A MULHER DO MEU MARIDO

A MULHER DO MEU MARIDO

JANE CORRY

Tradução de
Márcio El-Jaick

2ª edição

EDITORA RECORD
RIO DE JANEIRO • SÃO PAULO
2019

CIP-BRASIL. CATALOGAÇÃO NA PUBLICAÇÃO
SINDICATO NACIONAL DOS EDITORES DE LIVROS, RJ

C85m Corry, Jane
2ª ed. A mulher do meu marido / Jane Corry; tradução de Márcio El-Jaick. – 2ª ed. – Rio de Janeiro: Record, 2019.

Tradução de: My Husband's Wife
ISBN 978-85-01-11382-5

1. Romance inglês. I. El-Jaick, Márcio. II. Título.

CDD: 823
18-50707   CDU: 82-31(410.1)

Meri Gleice Rodrigues de Souza – Bibliotecária – CRB-7/6439

TÍTULO EM INGLÊS:
MY HUSBAND'S WIFE

Copyright © Jane Corry, 2016

Publicado originalmente em 2016.

Texto revisado segundo o novo Acordo Ortográfico da Língua Portuguesa.

Todos os direitos reservados. Proibida a reprodução, no todo ou em parte, através de quaisquer meios. Os direitos morais da autora foram assegurados.

Direitos exclusivos de publicação em língua portuguesa somente para o Brasil adquiridos pela
EDITORA RECORD LTDA.
Rua Argentina, 171 – Rio de Janeiro, RJ – 20921-380 – Tel.: (21) 2585-2000, que se reserva a propriedade literária desta tradução.

Impresso no Brasil

ISBN 978-85-01-11382-5

Seja um leitor preferencial Record.
Cadastre-se no site www.record.com.br e receba informações sobre nossos lançamentos e nossas promoções.

Atendimento e venda direta ao leitor:
sac@record.com.br

Este livro é dedicado ao meu incrível segundo marido, Shaun.
Alegria sem fim! Você não só me faz sorrir como
também me dá espaço para escrever.

Dedico este livro também aos meus maravilhosos filhos,
que me inspiram dia após dia.

Prólogo

Metal reluzindo.

Estrondo ecoando em meu ouvido.

"Está entrando no ar o noticiário das cinco horas."

O rádio chiando no aparador de madeira, abarrotado de fotografias (férias, formatura, casamento); o belo prato azul e rosa; meia garrafa de Jack Daniel's, parcialmente escondida por um cartão de aniversário.

Minha cabeça dói muito. Meu pulso direito também. A dor no peito é alucinante. Assim como o sangue.

Deito-me no chão, no frio da ardósia preta. E estremeço.

Acima de mim, na parede, há a imagem de uma casinha branca na Itália, cheia de buganvílias roxas. Uma lembrança da lua de mel.

Pode um casamento, mesmo já estando morto, terminar em assassinato?

Esse quadro será a última coisa que vou ver. Mas, em minha mente, estou revivendo minha vida.

Então é verdade o que dizem sobre a morte: o passado volta para nos acompanhar até o momento final.

THE DAILY TELEGRAPH

Terça-feira, 20 de outubro de 2015

O artista Ed Macdonald foi esfaqueado e encontrado morto em sua casa. Acredita-se que...

PARTE UM

Quinze anos antes

1

Lily

Setembro de 2000

— Nervosa? — pergunta Ed.

Ele está se servindo do seu cereal preferido. Rice Krispies. Em geral, eu também gosto (puro, sem leite). Quando criança, eu era fascinada pelos duendes da embalagem, e a magia ainda não desapareceu completamente.

Mas hoje não tenho estômago para comer nada.

— Nervosa? — repito, em frente ao espelho, junto à pia, colocando os brincos de pérola na orelha.

Nosso apartamento é pequeno. Foram necessárias algumas concessões.

Com o quê?, quase acrescento. Nervosa com o primeiro dia da vida de casada, talvez? Vida de casada mesmo. Nervosa porque deveríamos ter procurado um lugar melhor, em vez de aceitar morar na parte ruim de Clapham, tendo um vizinho alcoólatra, num apartamento onde tanto o quarto como o banheiro são tão pequenos que meu único frasco de base Rimmel (bege claro) e meus dois batons (rosa queimado e vermelho rubi) ficam guardados com as colheres de chá na gaveta dos talheres?

Ou nervosa por voltar ao trabalho depois da nossa lua de mel na Itália? Uma semana na Sicília, bebendo Marsala e comendo sardinha grelhada e queijo pecorino, num hotel pago pela avó do Ed.

Talvez eu esteja nervosa por todas essas coisas.

Em geral, adoro meu trabalho. Até pouco tempo atrás, eu me dedicava ao direito trabalhista, ajudando pessoas — sobretudo mulheres — que haviam sido injustamente demitidas. Cuidando dos oprimidos. Essa sou eu. Quase me tornei assistente social, como meu pai, mas, graças a uma orientadora vocacional e, digamos, a certos acontecimentos, aqui estou eu. Uma *solicitor* recém-qualificada de 25 anos, vivendo com o salário mínimo da classe. Tentando fechar o botão na parte de trás da saia azul-escura. Ninguém usa cores vibrantes num escritório de advocacia, a não ser as secretárias. Passa a mensagem errada, ou pelo menos foi o que me disseram quando comecei. A advocacia pode ser uma bela carreira, mas há ocasiões em que parece estar ridiculamente parada no tempo.

— Vamos transferi-la para a área criminal — anunciou meu chefe, como se fosse um presente de casamento. — Achamos que você vai se sair bem nessa área.

Portanto, agora, no primeiro dia depois da lua de mel, estou me arrumando para ir ao presídio. Para encontrar um homem que foi acusado de assassinato. Nunca estive num presídio. Nunca quis ir a um lugar desses. É um mundo desconhecido, reservado a indivíduos que infringiram a lei. Sou o tipo de pessoa que volta imediatamente à banca de jornal se o jornaleiro me deu dinheiro demais quando me devolveu o troco pelo meu exemplar mensal da *Cosmo*.

Ed agora está desenhando num caderno colocado ao lado do cereal, com a cabeça ligeiramente inclinada para a esquerda. Meu marido está sempre desenhando. Foi uma das primeiras coisas que me chamaram atenção nele.

— Publicidade — disse ele, triste, dando de ombros, quando lhe perguntei o que fazia. — Departamento de criação. Mas ainda vou ser artista em tempo integral. Isso é temporário, só para pagar as contas.

Gostei daquilo. Um homem que sabia o que queria. Mas, de certo modo, eu havia me enganado. Quando está desenhando ou pintando, Ed não sabe nem em que planeta se encontra. Neste momento, esqueceu inclusive que me fez uma pergunta. Mas, de repente, para mim, é importante responder.

— Nervosa? Não, não estou nervosa.

Ele assente com a cabeça, mas não sei se me ouviu de fato. Quando Ed entra nesse estado, o resto do mundo não importa. Nem mesmo a mentira que conto.

Por que, pergunto a mim mesma ao segurar sua mão esquerda, aquela com a aliança de ouro reluzente, não conto a ele o que realmente estou sentindo? Por que não admito que estou enjoada e que preciso ir ao banheiro embora tenha acabado de voltar de lá? Será que é porque pretendo fingir que nossa semana longe do mundo real ainda existe no "agora", e não apenas nas lembranças que trouxemos, como o lindo prato azul e rosa no qual Ed está desenhando agora?

Ou será que é porque pretendo fingir que não estou apavorada com o que tenho pela frente? Sinto um arrepio percorrer minha espinha quando borrifo no pulso o Chanel N° 5 que compramos no *free shop*. (Presente do Ed, usando um dos cheques que ganhamos de casamento.) No mês passado, o advogado de um escritório concorrente foi esfaqueado nos pulmões quando foi se encontrar com um cliente em Wandsworth. Acontece.

— Vamos — chamo, a ansiedade deixando ríspida minha voz geralmente tranquila. — Senão vamos nos atrasar.

Com relutância, ele se levanta da cadeira bamba que o antigo proprietário do apartamento deixou para trás. Meu marido é um homem alto. Magro, com um jeito despretensioso de andar, quase como se preferisse estar em outro lugar. Quando menino, aparentemente seu cabelo era dourado como o meu, mas agora é um louro escuro. ("Sabíamos que seu nome ia ser Lily desde a primeira vez que vimos você", minha mãe sempre dizia.) E ele tem dedos grossos que não mostram nenhum sinal do artista que deseja ser.

Todos nós precisamos ter sonhos. O lírio, de onde vem meu nome, é uma flor destinada a ser bonita. Graciosa. Tenho o rosto harmonioso, o cabelo naturalmente dourado e o que minha finada avó chamava de "elegante pescoço de cisne". Mas, daí para baixo, há gordura de sobra, em vez do caule delgado. Independentemente do que eu faça, não saio do 46. Isso quando tenho sorte. Sei que não deveria me importar. Ed diz que meu físico faz "parte de mim". Diz isso com boa intenção. Eu acho. Mas meu peso me deixa chateada. Sempre deixou.

Ao sairmos, meus olhos se voltam para os cartões de casamento encostados na vitrola do Ed endereçados ao Sr. e à Sra. Macdonald. O nome parece tão estranho.

Sra. Macdonald.

Lily Macdonald.

Passei um tempão tentando aperfeiçoar minha assinatura, cruzando o "y" sobre o "M", mas de algum modo ainda não me parece direito. Os nomes não combinam. Espero que isso não seja um sinal negativo.

Por outro lado, todos os cartões exigem uma carta de agradecimento, a ser enviada até o fim da semana. Se tem uma coisa que minha mãe me ensinou foi ser educada.

Um dos cartões tem uma caligrafia particularmente floreada, chamativa, em caneta azul-turquesa.

— Davina já foi minha namorada — explicou Ed, antes de ela aparecer em nossa festa de noivado. — E agora somos amigos.

Penso em Davina, com sua risada estridente e seus cachos vermelhos esculpidos que a fazem parecer uma modelo pré-Rafaelita. Davina, que trabalha com eventos, organizando festas às quais todas as "mulheres requintadas" compareçam. Davina, que estreitou os olhos violeta quando fomos apresentadas, como se estivesse se perguntando como Ed foi se apaixonar pela moça alta, roliça e descabelada que vejo no espelho todos os dias.

Será que um homem é, de fato, capaz de ser apenas amigo de uma mulher quando o relacionamento acaba?

Decido deixar a carta de minha antecessora por último. Ed se casou *comigo*, não com ela, lembro a mim mesma.

Meu marido aperta minha mão como se entendesse minha necessidade de ser tranquilizada.

— Vai ficar tudo bem, você sabe disso.

Por um instante, imagino se ele está se referindo ao nosso casamento. Então eu me lembro. Meu primeiro cliente como advogada criminalista. Joe Thomas.

— Obrigada.

É reconfortante saber que Ed não acreditou na minha falsa manifestação de coragem. E também preocupante.

Juntos, fechamos a porta e conferimos o trinco duas vezes porque tudo é muito novo para nós. Ao seguirmos pelo corredor, outra porta se abre, e uma menina de cabelo preto, comprido e brilhoso, preso num rabo de cavalo, surge com a mãe. Eu já havia visto as duas antes, mas, quando digo "Oi", elas não respondem. As duas têm a pele morena, linda, e caminham com tanta elegância que parecem flutuar.

Saímos juntos para o ar frio do outono. Nós quatro estamos indo na mesma direção, mas mãe e filha seguem na frente, porque Ed está escrevendo algo no caderno enquanto caminhamos. As duas parecem cópias exatas, só que a mulher está usando uma saia preta curta, e a menina — que agora faz birra por algum motivo —, um uniforme escolar azul-marinho. Quando tivermos filhos, digo a mim mesma, vamos ensiná-los a não fazer birra.

Estremeço quando nos aproximamos do ponto de ônibus: o pálido sol de outono é bem diferente do calor da lua de mel. Porém, é a perspectiva de nos separarmos que me dá um aperto no peito. Depois de uma semana juntos, a ideia de passar oito horas sem meu marido é quase assustadora.

Acho isso meio preocupante. Até pouco tempo atrás, eu era independente. Ficava satisfeita com minha própria companhia. Mas, desde o instante em que Ed e eu nos falamos pela primeira vez naquela festa, seis meses antes (apenas seis meses atrás!), eu me sinto ao mesmo tempo fortalecida e debilitada.

Paramos, e eu me preparo para o inevitável. Meu ônibus vai para um lado, o dele, para o outro. Ed seguirá para a agência de publicidade, onde passa os dias criando slogans para fazer as pessoas comprarem algo que nunca desejaram.

E eu vou para o presídio, com meu terninho azul-escuro e meu bronzeado.

— Não vai ser tão ruim quando você estiver lá — garante meu novo marido (nunca na vida imaginei dizer essas palavras!), ao me dar um beijo.

Ele tem gosto de Rice Krispies e daquela pasta de dentes forte com a qual ainda não me acostumei.

— Eu sei — respondo, antes de ele se dirigir ao ponto de ônibus do outro lado da rua, com os olhos agora fixos no carvalho da esquina, assimilando suas cores, sua forma.

Duas mentiras. Mentirinhas inofensivas. Para fazer o outro se sentir melhor.

Mas é assim que algumas mentiras nascem. Pequenas. Bem-intencionadas. Até ficarem grandes demais para serem controladas.

2

Carla

Por quê? — choramingava Carla, arrastando o passo, puxando a mão da mãe para interromper aquela marcha decidida em direção à escola. — Por que eu tenho que ir?

Se ela continuasse fazendo manha, talvez vencesse a mãe pelo cansaço. Essa tática havia funcionado na semana anterior, embora fosse dia santo. A mãe estava mais emotiva do que de costume. Aniversários, dias santos, Natal e Páscoa sempre a deixavam assim.

— Como o tempo passa! — falava a mãe entre suspiros, com o sotaque carregado que era tão diferente de todas as outras mães da escola. — Nove anos e meio sem o seu pai. Nove longos anos.

Desde que se lembrava, Carla sabia que o pai estava no paraíso com os anjos. Isso porque ele havia quebrado uma promessa quando ela nasceu.

Uma vez, Carla perguntou que promessa ele havia quebrado.

— O tipo de promessa que não tem conserto — respondeu sua mãe.

Como a linda xícara azul com asa dourada, pensou Carla. A xícara havia escorregado de sua mão certo dia, quando ela se ofereceu para enxugar a louça. A mãe chorou porque a peça era da Itália.

Era triste o fato de que seu pai estivesse com os anjos. Mas ela ainda tinha a mãe! Uma vez, um homem no ônibus achou que as duas eram irmãs. Isso fez sua mãe achar graça.

— Ele só estava sendo gentil — disse ela, com as bochechas vermelhas.

Mas depois, naquele dia, ela deixou que Carla ficasse acordada até mais tarde. Isso ensinou à menina que, quando a mãe estava feliz, era uma boa hora de pedir alguma coisa.

Também funcionava quando ela estava triste.

Como agora.

Desde que o semestre havia começado, Carla sonhava em ter um estojo de lagarta, feito de pelúcia verde, como os que todos na escola tinham. Aí talvez os outros parassem de implicar com ela. Ser diferente era ruim. Ser diferente significava ser inferior a todos os outros da turma. *Pigmeia!* (Uma palavra estranha, que não estava no *Dicionário infantil* que ela havia convencido a mãe a comprar no sebo da esquina.) Ser diferente era ter sobrancelhas pretas grossas. *Pelo amor dos pelos!* Ser diferente era ter um nome que não era igual ao de mais ninguém.

Carla Cavoletti.

Ou "Espagoletti", como diziam as outras crianças.

Carla Peluda Espagoletti!

— Por que não podemos ficar em casa hoje? — insistiu ela.

Na nossa casa de verdade, ela quase acrescentou. Não na da Itália, da qual a mãe sempre falava e que ela, Carla, nunca nem sequer conhecera.

A mãe se deteve por um instante quando seus vizinhos de cabelos dourados passaram, lançando um olhar de censura para ela.

Carla conhecia aquele olhar. Era o mesmo que os professores lhe dirigiam na escola quando ela não sabia a tabuada do nove.

— Também não sou boa com números — respondia a mãe, indiferente, quando Carla pedia ajuda para fazer o dever de casa. — Mas isso não tem importância, desde que você não coma doce e engorde. Mulheres como nós só precisam ser bonitas.

O homem do carro brilhoso e chapéu marrom falava *sempre* para a mãe dela que ela era bonita.

Quando ele visitava as duas, a mãe nunca chorava. Soltava seus compridos cachos pretos, passava seu perfume favorito, o Apple Blossom, e sorria com os olhos. O aparelho de som ficava ligado para que eles dançassem, embora Carla não pudesse ficar com eles a noite toda. "Hora de dormir, *cara mia*", anunciava a mãe. Então Carla tinha de deixar a mãe e o convidado dançando sozinhos na pequena sala de estar, enquanto as pessoas nos retratos, parentes da mãe, os contemplavam das paredes rachadas. Às vezes, essas pessoas a visitavam em pesadelos, que interrompiam a dança e deixavam sua mãe brava.

— Você já é bem grandinha para continuar tendo esses sonhos. Não pode ficar me incomodando quando o Larry está aqui.

Pouco tempo antes, Carla precisara fazer um projeto escolar que se chamava "Minha Mãe e meu Pai". Quando ela contou isso em casa, toda animada, a mãe se lamentou e chorou com a cabeça apoiada na bancada da cozinha.

— Eu *preciso* levar um objeto para a escola — insistiu Carla. — Não posso ser a única que não vai levar nada.

Por fim, a mãe tirou da parede a fotografia do homem de aparência rígida, de terno e olhos severos.

— Leve o papai — disse, numa voz embargada, como se tivesse uma bala entalada na garganta.

Carla gostava de bala. Com frequência, o homem do carro brilhoso levava um saquinho para ela. Mas as balas grudavam na mão, e depois ela ficava um tempão lavando-a.

Carla segurou a fotografia com cuidado.

— Esse é o meu avô?

Ela já sabia a resposta. A mãe havia lhe dito inúmeras vezes. Mas era tão bom ouvir. Era bom se assegurar de que tinha um avô como todos os seus colegas de turma, muito embora o dela morasse a vários quilômetros de distância, nas montanhas acima de Florença, e nunca respondesse às cartas.

A mãe de Carla enrolou a fotografia numa echarpe de seda laranja e vermelha com cheiro de naftalina. Ela não via a hora de levá-la para a escola.

— Esse é meu *nonno* — anunciou ela, orgulhosa.

Mas todos riram.

— *Nonno, nonno* — provocou um menino. — Por que você não tem um avô, como todos nós? E onde está o seu pai?

Isso foi antes do dia santo em que ela convenceu a mãe a ligar para o trabalho falando que estava doente. Um dos melhores dias da sua vida! Juntas, elas fizeram piquenique num lugar chamado Hide Park, onde a mãe cantou músicas e contou como havia sido sua infância na Itália.

— Meus irmãos costumavam me levar para nadar — disse, com a voz nostálgica. — Às vezes pescávamos o que íamos jantar, depois a gente cantava, dançava e tomava vinho.

Maravilhada por ter matado aula, Carla enlaçou com o dedo uma mecha do cabelo preto da mãe.

— O papai também estava lá?

De repente, os sorridentes olhos pretos da mãe não estavam mais felizes.

— Não, minha pequena. Não estava. — Ela pôs-se a guardar a garrafa térmica e o queijo que estavam sobre a toalha xadrez vermelha. — Vamos. Temos que voltar para casa.

E, de repente, já não era mais o melhor dia da sua vida.

O dia de hoje também não parecia nada promissor. Haveria uma prova, a professora tinha avisado. Matemática e ditado. Duas das piores matérias para ela. Quando estavam chegando ao ponto de ônibus, Carla apertou a mão da mãe.

— Você pode ser pequena para a sua idade — comentara o homem do carro brilhoso certa noite, quando ela se recusou a ir cedo para a cama —, mas é muito determinada, não é?

E por que não seria?, ela quase respondeu.

— Você precisa ser legal com o Larry — a mãe sempre a advertia. — Se não fosse por ele, não poderíamos morar aqui.

— Por favor, vamos ficar em casa juntas? Por favor! — implorava a menina agora.

Mas a mãe não quis saber de conversa.

— Preciso trabalhar.

— Por quê? O Larry vai entender se você não puder se encontrar com ele no almoço.

Em geral, ela não dizia o nome dele. Achava melhor chamá-lo de "o homem do carro brilhoso". Parecia que, assim, ele não fazia parte da vida delas.

A mãe se virou, quase batendo em um poste. Por um instante, parecia furiosa.

— Porque, minha pequena, ainda tenho um pouco de orgulho. — Os olhos dela se abrandaram. — Além do mais, gosto do meu trabalho.

O trabalho da mãe era muito importante. Ela precisava fazer com que mulheres sem graça ficassem bonitas! Trabalhava numa loja grande que vendia batom, rímel e loções especiais que deixavam a pele na cor "bege suave" ou "branco luminoso", ou algo entre um e outro, dependendo do tom da pele da pessoa. Às vezes, a mãe levava algumas amostras para casa e maquiava Carla, de modo que ela acabava parecendo ser muito mais velha. Tudo para ficar bonita para um dia conhecer um homem com um carro brilhoso e que iria dançar com ela na sala de estar.

Foi assim que sua mãe conheceu Larry. Ela estava vendendo perfumes naquele dia, porque alguém estava de licença médica. Licença médica era ótimo, comentou a mãe, se isso significasse que podíamos substituir a pessoa. Larry foi à loja para comprar perfume para a esposa. Ela também estava doente. E agora a mãe fazia um favor à esposa dele, porque Larry estava feliz de novo. Ele também era bom para Carla, não era? Levava bala para ela e tudo mais.

Mas, naquele instante, ao caminhar na direção do ponto de ônibus, onde viram a mulher de cabelo dourado (a vizinha que, segundo a mãe, devia comer muito bolo), Carla desejava outra coisa.

— Posso pedir pro Larry um estojo de lagarta?

— Não. — A mãe fez um gesto largo com os braços delgados e as unhas vermelhas. — Não pode.

Não era justo. Carla quase podia sentir o pelo macio do estojo. Quase podia ouvi-lo dizendo: *Eu deveria ser seu. Aí todos iam gostar da gente. Dê um jeito, Carla. Faça alguma coisa.*

3

Lily

O presídio fica no fim da linha District, seguida de um longo percurso de ônibus. O verde-musgo daquela linha no mapa do metrô me faz sentir segura, ao contrário do vermelho da Central, que é forte e evoca perigo. Neste momento, meu trem está parando em Barking. Fico tensa e, pela janela molhada de chuva, corro os olhos pela plataforma, procurando rostos conhecidos da minha infância.

Mas não há nenhum. Apenas um grupo de homens de olhos inchados, feito casacos amassados, e uma mulher conduzindo um menino de uniforme vermelho e cinza.

Já tive uma vida normal bem perto daqui. Ainda consigo ver a casa em minha mente: uma construção de pedrinhas da década de 1950, com esquadrias de janela amarelas que divergiam do bege mais tradicional da vizinhança. Ainda me lembro de andar pela rua, de mãos dadas com minha mãe, a caminho da biblioteca. Lembro-me com muita clareza do meu pai dizendo que eu logo teria um irmão ou uma irmã. Finalmente! Em pouco tempo, eu seria como todas as outras crianças da turma, que tinham famílias animadas e barulhentas. Bem diferente do nosso trio sossegado.

Por algum motivo, lembro-me da menina de uniforme azul-marinho do nosso prédio, fazendo birra agora de manhã, e de sua mãe, com aqueles lábios carnudos, a cabeleira negra e os dentes brancos perfeitos. Elas estavam falando italiano. Quase me senti tentada a parar para contar a elas que tínhamos acabado de voltar da nossa lua de mel na Itália.

Com frequência, fico imaginando a vida dos outros. Qual seria a profissão daquela linda mulher? Modelo, talvez? Mas hoje não consigo impedir que meus pensamentos se voltem para mim mesma. Para minha própria vida. Como seria minha vida agora se eu tivesse me tornado assistente social, em vez de advogada? E se, assim que me mudei para Londres, eu não tivesse ido àquela festa com a menina que morava comigo, algo que normalmente eu me recusaria a fazer? E se não tivesse derramado vinho no tapete bege? E se aquele louro gentil ("Oi, meu nome é Ed") de echarpe azul e voz aveludada não tivesse me ajudado a secá-lo, dizendo que, em sua opinião, o tapete era muito sem graça e precisava mesmo de vida? E se eu não estivesse tão bêbada (por nervosismo) e não tivesse falado da morte do meu irmão quando ele perguntou sobre minha família? E se esse homem divertido, que me fez rir e ao mesmo tempo me ouviu, não tivesse me pedido em casamento no nosso segundo encontro? E se seu mundo artístico, privilegiado (tão nitidamente diferente do meu), não tivesse representado uma fuga de todos os horrores do meu passado...

Você está me dizendo a verdade sobre seu irmão? A voz da minha mãe me arranca de Londres, lançando-me em Devon, para onde nos mudamos dois anos depois da chegada de Daniel.

Ajeito o casaco e tento me livrar daquela voz, como se a jogasse pela janela, em direção aos trilhos. Não preciso mais ouvi-la agora. Sou uma mulher adulta. Casada. Tenho um emprego digno e responsabilidades. Responsabilidades às quais deveria estar dando atenção agora, em vez de ficar recordando o passado.

— Você precisa deduzir o que a promotoria está pensando — é o que sempre diz o sócio majoritário do escritório. — Antecipar-se.

Eu me mexo para abrir espaço entre os dois homens robustos de calça cinza, abro a volumosa pasta preta. Missão difícil num vagão abarrotado. Escondendo o resumo do processo com a mão (não devemos ler documentos particulares em público), corro os olhos pelo texto para refrescar minha memória.

CONFIDENCIAL

Processo *pro bono*

Joe Thomas, 30, vendedor de seguros. Condenado em 1998 pelo assassinato de Sarah Evans, 26, vendedora de uma loja de roupas e sua namorada, depois de jogá-la numa banheira de água escaldante. Causa da morte: insuficiência cardíaca, aliada a graves queimaduras. Vizinhos testemunharam ter ouvido uma violenta discussão. Hematomas no corpo condizentes com um empurrão.

É a parte da água que me assusta. Assassinato deveria envolver algo perverso, tipo faca, pedra ou veneno, como os Bórgias faziam. Banho de banheira deveria ser seguro. Reconfortante. Como o verde-musgo da linha District. Como luas de mel.

O metrô sacoleja, e sou jogada de encontro ao homem de cinza à esquerda, depois ao homem de cinza à direita. Meus papéis caem no chão molhado. Horrorizada, me curvo para pegá-los, mas é tarde demais. O homem da direita já está com o resumo nas mãos para me devolver, não sem antes ler o que está escrito.

Meu primeiro processo de assassinato, quero dizer, para aplacar seu olhar desconfiado.

Mas fico apenas vermelha como um pimentão e guardo os papéis na pasta, ciente de que, se meu chefe estivesse presente, eu seria demitida no ato.

Logo o trem para. É hora de descer. Hora de tentar salvar um homem que já odeio — uma banheira! —, quando tudo que quero é voltar para a Itália. Reviver minha lua de mel.

Da maneira certa, dessa vez.

Sempre que pensava em presídio, imaginava algo como o que via na série de TV Colditz. Nada parecido com a entrada enorme que me faz lembrar a casa dos pais do Ed, em Gloucestershire. Só fui lá uma vez, mas foi o suficiente. O clima era gelado, e não estou falando apenas da ausência de aquecimento central.

— Tem certeza de que é aqui? — pergunto ao taxista.

Ele confirma, e sinto que está sorrindo, embora eu não esteja vendo seu rosto.

— Todo mundo fica surpreso quando chega a esse lugar. Costumava ser uma residência até que o serviço penitenciário assumiu o local. — Então a voz dele fica mais sombria. — Agora tem um bando de malucos aí dentro, e não estou falando só dos criminosos.

Inclino-me para a frente. Minha preocupação inicial de acrescentar um táxi aos gastos (acabou que o ônibus não vai até o presídio) se dissipa com essa intrigante informação. Eu sabia que o Breakville tinha uma grande concentração de psicopatas e que era referência em aconselhamento psicológico. Mas talvez a sabedoria local fosse útil.

— Você está falando dos funcionários? — arrisco.

O taxista bufa quando passamos pelo que parece ser um conjunto habitacional.

— Exatamente. Meu cunhado foi guarda aqui, até surtar. Morava aí.

O motorista indica o conjunto habitacional. Então viramos em uma esquina. À esquerda, fica uma das casas mais bonitas que já vi, com lindas janelas de guilhotina e uma hera vermelha deslumbrante. Se eu tivesse de chutar, diria que se trata de uma construção eduardiana. É, sem dúvida, um contraste absoluto com as casas pré-fabricadas que vejo à direita.

— A recepção fica ali — diz o taxista, apontando para a casa.

Remexo a bolsa, sentindo-me obrigada a lhe dar uma gorjeta, nem que seja pelas informações adicionais.

— Obrigado. — A voz revela satisfação, mas os olhos estão preocupados. — A senhora vai visitar o presídio?

Hesito. É isso que ele deduziu que eu fosse? Um dos bons samaritanos que acham que têm o dever de ajudar os perdidos?

— Mais ou menos.

Ele balança a cabeça.

— Cuidado. Esses caras... não é à toa que estão aqui.

Então ele vai embora. Observo o táxi se afastar, meu último elo com o mundo exterior. Só quando já estou andando até a casa posso perceber que me esqueci de pedir recibo. Se não consegui fazer nem isso direito, que esperança há para Joe Thomas?

E, ainda mais importante: será que ele merece?

— Açúcar? Fita adesiva? Batata chips? Objetos cortantes? — pergunta o homem do outro lado da divisória de vidro.

Por um instante, fico imaginando se ouvi direito. Minha mente ainda está agitada, depois do estranho percurso que fiz. Eu havia me dirigido à bonita casa, aliviada com o fato de o presídio não ser tão horrível assim, no fim das contas. Mas, quando entrei naquele lugar, me indicaram outro caminho, passando pelas casas pré-fabricadas, até chegar a um muro com arame farpado no alto, que eu até então não tinha notado. Com o coração acelerado, caminhei junto ao muro até encontrar uma porta pequena.

"Toque", dizia o aviso na parede.

Ofegante, obedeci. A porta se abriu automaticamente, e eu me vi numa sala apertada, não muito diferente da salinha de espera de um aeroporto doméstico. Num dos lados, havia uma divisória de vidro, que é onde estou agora.

— Açúcar, fita adesiva, batata chips, objetos cortantes? — repete o homem, voltando os olhos para minha pasta. — Economiza tempo se a senhora tirar antes de ser revistada.

— Não tenho nada... Mas por que seria relevante se eu tivesse os três primeiros?

Os olhos dele se cravam nos meus.

— Eles podem usar açúcar para fazer bebida alcoólica, fita adesiva para amordaçar alguém. E a senhora poderia estar trazendo batata chips para subornar um dos presos ou ser bem-vista entre os homens. Isso já aconteceu. Pode acreditar. Satisfeita?

Ele certamente parece estar. Conheço o tipo. Exatamente como meu chefe. O tipo que gosta de deixar as pessoas constrangidas. Ele conseguiu, mas algo dentro de mim — uma força que eu não sabia ter — me obriga a não me deixar intimidar.

— Se, por "eles", você se refere aos detentos, acho que está sem sorte — respondo. — Não tenho nada da sua lista.

Ele murmura algo semelhante a "advogados de defesa de coração mole" antes de apertar uma campainha. Outra porta se abre, e uma guarda aparece.

— Levante os braços — pede ela.

Novamente parece que estou num aeroporto, só que dessa vez não há nenhum bipe. Por um instante, estou de volta a Roma, onde minha pulseira de prata — presente de casamento do Ed — fez o alarme de segurança disparar.

— Abra a pasta, por favor.

Obedeço. Há vários documentos dentro dela, meu estojo de maquiagem e uma embalagem de bala.

A guarda pega os dois últimos como se fossem troféus.

— Lamento, mas teremos que confiscar isso até você sair. Seu guarda-chuva também.

— Meu guarda-chuva?

— Possível arma.

Ela fala de forma ríspida, mas detecto uma ponta de generosidade que não havia no homem atrás da divisória de vidro.

— Por aqui, por favor.

Ela me conduz por outra porta e, para minha surpresa, vejo-me num pátio arborizado bastante agradável. Há homens de roupa verde à la Robin Hood plantando flores. Minha mãe está fazendo o mesmo em Devon: ela me disse ontem, pelo telefone. De repente, me ocorre que pessoas diferentes podem estar fazendo a mesma coisa em várias partes do mundo. Mas essa atividade unificadora não significa que elas tenham algo em comum.

Um dos homens olha para o cinto de couro da guarda, no qual há um molho de chaves e um apito prateado. Teria o apito alguma serventia, caso esses homens nos atacassem?

Cruzamos o pátio, na direção de outro prédio. A guarda tira as chaves da algibeira, pega uma e abre a porta. Entramos num corredor. Há outras duas portas. Portas duplas e portões duplos, separados por alguns centímetros. Ela os abre e os fecha novamente depois que passamos.

— Cuidado para não prender os dedos.

— Alguma vez você já ficou se perguntando se fechou mesmo? — indago. Ela me encara.

— Não.

— Sou o tipo de pessoa que sempre precisa voltar para conferir se fechou a porta de casa — comento.

Não sei exatamente por que admiti isso. Talvez para tentar aliviar o clima no mundo estranho que estou adentrando.

— Aqui é preciso estar sempre atento — diz ela, em tom de censura. — Por aqui.

O corredor se estende à nossa frente. Há mais portas em ambos os lados, com placas: "Ala A", "Ala B", "Ala C".

Um grupo de homens com roupa laranja vem em nossa direção.

Um deles — careca, a cabeça brilhando — cumprimenta a guarda.

— Bom dia, moça.

Então olha para mim. Todos olham. Enrubesço. Muito. Mesmo.

Aguardo enquanto passam.

— Os prisioneiros podem andar livremente pelo presídio?

— Só quando saem da ala para ir à sala de ginástica, à capela ou à sala de aula. Isso exige menos supervisão do que uma situação em que os guardas acompanhariam cada prisioneiro individualmente.

Quero perguntar que tipo de situação seria essa. Mas, em parte por nervosismo, escuto sair uma pergunta diferente da minha boca.

— Eles podem escolher a cor da roupa? Como esse laranja forte?

— A cor mostra a ala a que eles pertencem. E não faça perguntas assim para eles, ou vão achar que você está interessada neles. Alguns são perigosamente espertos. Tentam nos condicionar, se não tomarmos cuidado. Fazem amizade para ficarmos do lado deles, para nos deixar menos vigilantes. Quando nos damos conta, estão arrancando informações sem percebermos, ou nos fazendo agir como não deveríamos.

Que absurdo! Quem se deixaria enganar dessa maneira? Agora paramos. Ala D. Mais uma porta e um portão duplo. A guarda fecha ambos. Outro corredor largo se estende à nossa frente, com salas em ambos os lados. Três homens aguardam, como se estivessem matando tempo na rua. Todos estão olhando para nós duas fixamente. Um quarto homem limpa um aquário de peixes dourados, está de costas para nós. Acho isso incongruente: assassinos cuidando de peixes dourados? Mas, antes que eu possa perguntar qualquer coisa, estou entrando numa sala à esquerda.

Há dois jovens sentados à mesa. Não são muito diferentes daqueles do corredor — cabelo curto, olhar inquisitivo —, só que estão de uniforme. Tenho consciência de minha saia apertando a cintura e novamente penso que gostaria de ter sido mais disciplinada na Itália. É normal comer em excesso na lua de mel?

— Advogada para o *Sr. Thomas* — anuncia a guarda.

Ela pronuncia o "Sr." com ênfase. Soa sarcástico.

— Assine aqui, por favor — pede um dos homens. Seus olhos vão da pasta para meus seios, então voltam para a pasta. Noto que, à nossa frente, há um tabloide com uma modelo seminua. Ele consulta o relógio. — A senhora está cinco minutos atrasada.

Não é culpa minha, quero responder. *Seu sistema de segurança me atrasou.* Mas algo me diz para ficar quieta. Preciso me poupar para batalhas mais importantes.

— Fiquei sabendo que o Thomas quer recorrer — comenta o outro homem. — Tem gente que não desiste, não é mesmo?

Alguém pigarreia atrás de nós. Um homem alto, forte, de cabelo castanho e barba curta, parado sob o vão da porta. Era um dos que estavam aguardando no corredor. Mas ele não olha diretamente para mim. Em vez disso, abre um sorriso. Estende a mão num cumprimento vigoroso. Esse sujeito é um vendedor experiente, lembro a mim mesma.

Mas não tem o estereótipo de um presidiário, ou pelo menos não o tipo que eu imaginava. Ele não tem tatuagens, ao contrário do guarda ao meu lado, com um dragão azul e vermelho no braço. Meu cliente usa um relógio aparentemente sofisticado e sapatos marrons, que se destacam entre os tênis dos outros homens e destoam do uniforme penitenciário verde. Tenho a sensação de que ele é uma pessoa que está mais habituada a terno e gravata. Aliás, agora vejo que há um colarinho branco por baixo do moletom do uniforme. O cabelo é curto, mas bem-cortado, revelando a testa alta e as sobrancelhas escuras. Os olhos sugerem que está desconfiado, esperançoso e um pouco apreensivo, tudo ao mesmo tempo. A voz é grave. Segura, mas com um sotaque que não é rude nem refinado. Ele poderia ser meu vizinho. Um advogado. Ou o gerente da delicatéssen do bairro.

— Prazer, Joe Thomas — diz, soltando minha mão. — Obrigado por vir.

— Lily Macdonald — respondo.

Meu chefe havia me instruído a usar nome e sobrenome. ("Embora precisemos manter distância, não queremos parecer superiores. Há um equilíbrio delicado entre advogado e cliente.")

Por outro lado, o olhar de Joe Thomas é de admiração. Enrubesço novamente, embora, dessa vez, mais por constrangimento do que por medo. Nas poucas ocasiões em que recebi algum tipo de atenção dos homens, nunca soube como reagir. Ainda mais agora, num momento tão evidentemente inapropriado. Nunca consigo me livrar daquela persistente voz irônica em minha cabeça, dos tempos de escola. *Rolha de poço. Baleia. Gorducha.* Para dizer a verdade, ainda não consigo acreditar que tenho uma aliança no dedo. De repente, tenho uma visão de Ed na cama, em nossa lua de mel, na Itália. O sol quente entrando pelas persianas bege. Meu marido abrindo a boca, prestes a dizer alguma coisa, então se virando para o outro lado...

— Me acompanhem — diz um dos guardas com rispidez, trazendo-me de volta ao presente.

Juntos, Joe Thomas e eu atravessamos o corredor, passando pelos olhares fixos, pelo homem que está limpando o aquário de peixes dourados com um cuidado que em qualquer outro lugar seria de tocar o coração. Estamos indo em direção a uma sala com a placa "Visitas". É um cômodo pequeno. A janela gradeada dá para um pátio de concreto. Tudo aqui dentro é cinza: a mesa, as cadeiras de metal, as paredes. Com apenas uma exceção: um cartaz com um arco-íris e a palavra ESPERANÇA escrita embaixo, em letra de forma roxa.

— Vou ficar aqui fora — avisa o guarda. — Tudo bem?

Todas as palavras são carregadas de uma aversão que parece se dirigir tanto ao prisioneiro como a mim. "Agentes penitenciários não costumam gostar muito de advogado", avisara meu chefe. "Acham que estamos roubando o que lhes pertence. Tentando livrar a cara de criminosos, quando foram necessários sangue, suor e lágrimas por parte da polícia e da promotoria para prendê-los."

Quando me explicou a situação nesses termos, entendi o que ele queria dizer.

Joe Thomas agora olha para mim de maneira inquisitiva. Obrigo-me a retribuir o olhar. Posso ser alta, mas ele é mais alto.

"Os visitantes geralmente ficam ao alcance dos olhos, mas não necessariamente ao alcance do ouvido dos agentes penitenciários", acrescentara meu chefe. "Os detentos costumam se abrir mais quando não há nenhum guarda no recinto. Os presídios variam. Alguns não nos dão alternativa."

Mas esse me deu.

Não, não está tudo bem, quero responder. *Por favor, fique aqui comigo.*

— Está ótimo, obrigada.

Minha voz pertence a outra pessoa. Alguém mais corajoso, mais experiente.

Tenho a sensação de que o guarda vai dar de ombros, mas ele não chega de fato a fazer isso.

— Bata na porta quando tiver terminado.

Então ele nos deixa.

Sozinhos.

4

Carla

O tempo se arrastava. Parecia que havia se passado uma eternidade desde que ela vira a mulher gorda de cabelo dourado olhando para ela, de manhã, pensou Carla. Mas seu estômago já roncava de fome. Será que já estava na hora do almoço?

Ela consultou o relógio da sala de aula. O ponteiro grande estava no dez, e o pequeno, no doze. Isso queria dizer que eram doze e dez? Ou dez e doze? Ou alguma coisa completamente diferente, porque, como dizia a mãe, "nesse país, nada é igual".

Carla correu os olhos pelas carteiras da sala. Todas tinham lagartas verdes cheias de lápis, canetas hidrográficas e canetas-tinteiros com tinta de verdade. Como ela detestava seu estojo de plástico barato, com zíper emperrado e apenas uma caneta esferográfica dentro, porque era só o que a mãe podia comprar.

Não era de se admirar que ninguém quisesse ser amigo dela.

— Carla!

A voz da professora a sobressaltou.

— Talvez você possa nos dizer! — Ela indicou a palavra no quadro. — O que você acha que significa?

P O N T U A L? Não era uma palavra que ela já tivesse visto, embora lesse o *Dicionário infantil* na cama todas as noites. Já estava na letra "C".

C de cama.

C de cedo.

C de conluio.

Carla havia escrito a explicação de cada palavra no caderno, fazendo um desenho ao lado, para se lembrar do significado.

Cama era fácil. Conluio foi mais difícil.

— Carla! — A voz da professora era ríspida. — Você está sonhando acordada de novo?

Houve uma explosão de gargalhadas. Carla enrubesceu.

— Ela não sabe — decretou um menino atrás dela, cujo cabelo era da cor de uma cenoura. Então, um pouco mais baixo, para que a professora não ouvisse: — Carla Peluda Espagoletti não sabe!

As gargalhadas aumentaram.

— Kevin — interveio a professora, mas não no mesmo tom de voz ríspido com que havia se dirigido à menina. — O que você disse?

Ela se virou, os olhos cravados em Carla, na segunda fila. Carla escolhera se sentar ali para aprender. Mas eram sempre os alunos que se sentavam atrás que faziam bagunça e escapavam impunemente.

— Leia a palavra, Carla. Começa com que letra?

"P". Isso ela sabia. Depois "O". Depois...

— Vamos, Carla!

— Potro — disse ela.

As gargalhadas eram ensurdecedoras.

— Só cheguei à letra C em casa — ela tentou se justificar.

Não adiantou. Sua voz foi abafada, não apenas pelos insultos como também pelo sinal, que começara a soar. Imediatamente, os alunos se puseram a guardar os livros e a se retirar da sala, enquanto a professora dizia algo sobre as novas regras sobre as brincadeiras na hora de almoço.

Almoço? Então deviam ser doze e dez, em vez de dez e doze! Carla respirou aliviada. A sala tinha ficado vazia.

O menino de cabelo cor de cenoura havia deixado sua lagarta verde em cima da carteira.

A lagarta piscou para ela. *Charlie*, disse. *Meu nome é Charlie.*

Apreensiva, ela se dirigiu à carteira na ponta dos pés e alisou o pelo da lagarta. Então, lentamente (com a lentidão do medo), botou Charlie debaixo da blusa. Carla estava "quase pronta" para seu primeiro sutiã, a mãe vivia dizendo. Enquanto isso, precisava se contentar com uma camiseta. Mas, mesmo assim, dava para esconder algo, como a mãe sempre escondia dinheiro, "para o caso de uma emergência".

— Você agora é meu — sussurrou ela, ajeitando o casaco. — Ele não merece ter você.

— O que você está fazendo? — Uma professora colocou a cabeça dentro da sala. — Você deveria estar na cantina. Desça agora mesmo.

Carla preferiu se sentar longe das outras crianças, sentindo Charlie aninhado contra o peito. Ignorando os comentários depreciativos de sempre ("Você não trouxe seu próprio espaguete?"), comeu um prato de carne dura. Por fim, quando chegou a hora de ir para o pátio, dirigiu-se ao extremo oposto, onde se sentou no chão, tentando se fazer invisível.

Normalmente, Carla se sentiria triste, excluída. Mas hoje, não. Hoje tinha a própria lagarta verde, que era quentinha e reconfortante.

— Vamos cuidar um do outro — sussurrou ela.

Mas o que vai acontecer quando descobrirem que você me pegou?, perguntou Charlie.

— Vou dar um jeito.

Ai!

A bola de futebol veio tão rápido que Carla mal viu. A cabeça girou, e era como se o olho direito não pertencesse mais a ela.

— Você está bem? Carla, você está bem?

A voz da professora estava longe. À distância, ela viu outra professora repreendendo o menino de cabelo cor de cenoura. O verdadeiro dono da lagarta Charlie.

— Kevin! Eu falei claramente sobre as novas regras agora de manhã. É proibido jogar bola nessa parte do pátio. Veja o que você fez!

Essa é nossa chance, sussurrou Charlie. *Diga à professora que você precisa ir para casa. Podemos fugir antes que eles percebam que eu desapareci.*

Carla se levantou, com cuidado para não fazer nenhum movimento brusco que pudesse deslocar o novo amigo. Dobrando os braços para esconder Charlie, conseguiu abrir um sorriso. Um dos sorrisos que treinava na frente do espelho. Era um truque que ela havia aprendido com a mãe. Toda noite, sua mãe fazia várias caras diferentes olhando para o espelho da cômoda, antes de o homem do carro brilhoso chegar. Havia o sorriso de felicidade, para quando ele chegava na hora, o sorriso ligeiramente triste, para quando ele se atrasava. Havia o sorriso com o rosto inclinado, para perguntar se ele queria mais uma taça de vinho. E havia o sorriso que não olhava nos olhos, para mandar Carla se deitar, para que ela e Larry pudessem ouvir música sozinhos.

Agora Carla adotava o sorriso ligeiramente triste.

— Meu olho está doendo. Quero ir para casa.

A professora olhou para ela com a testa franzida enquanto a levava para a secretaria.

— Vamos ter que ligar para a sua mãe e ver se ela está em casa.

Aiuto! Socorro! Ela não havia pensado nisso.

— Nosso telefone não está funcionando, porque não pagamos a conta. Mas a mamãe está em casa, sim.

— Tem certeza?

A primeira parte era verdade. A mãe iria conversar com Larry sobre o telefone quando ele aparecesse. Aí ele iria pagar a conta, e o telefone voltaria a funcionar. Mas a segunda parte — sobre a mãe estar em casa — era mentira. Sua mãe estava no trabalho.

De algum modo, porém, ela precisava voltar para casa antes que descobrissem Charlie dentro de sua blusa.

— Temos o número do trabalho dela — anunciou a professora, abrindo o arquivo. — Vamos tentar, por via das dúvidas.

Era o fim. Tremendo, ela ouviu a conversa.

— Entendi. — A professora desligou o telefone e se virou para Carla, com um suspiro. — Parece que sua mãe tirou o dia de folga. Você sabe onde ela está?

— Eu disse. Ela está em casa! — A mentira saiu com muita facilidade de sua boca. — Eu sei voltar sozinha — acrescentou, o olho bom cravado na professora. — Não é longe.

— Infelizmente, não podemos permitir isso. Tem outra pessoa para quem possamos ligar? Um vizinho, talvez, que pudesse chamar a sua mãe?

Por um instante, ela pensou na mulher de cabelo dourado e no marido dela. Mas ela e a mãe nunca haviam falado com eles. "É melhor manter distância", era o que a mãe sempre dizia.

O Larry preferia que fosse assim. Queria as duas para si.

— Tem — respondeu Carla, em desespero. — O amigo da minha mãe, Larry.

— Você tem o número dele?

Ela balançou a cabeça.

— Tia. Tia! — Outra aluna estava batendo à porta. — O Kevin acertou mais um menino!

A professora resmungou.

— Estou indo. — No caminho, elas passaram pela moça que ajudava a tomar conta da turma. Ela estava sempre de sandália, mesmo quando chovia.

— Sandra, você pode levar essa menina para casa para mim, por favor? Não é longe daqui. Parece que a mãe dela está em casa. Kevin! Pare agora mesmo!

Quando chegou à rua de casa com a moça da sandália, Carla estava realmente começando a se sentir mal. O olho inchara tanto que estava difícil enxergar. Sentia uma dor acima da sobrancelha que fazia sua cabeça latejar. Mas nada disso era tão terrível quanto a certeza de que a mãe não estaria em casa e ela teria de voltar àquela escola horrorosa.

Não se preocupe, sussurrou Charlie. *Vou dar um jeito.*

Era melhor ele se apressar!

— Você sabe o código? — perguntou a moça da sandália quando elas chegaram à entrada do prédio.

Claro. A porta se abriu. Mas, assim como Carla já imaginava, ninguém atendeu quando elas bateram à porta do apartamento 7.

— Talvez minha mãe tenha saído para comprar leite — sugeriu ela, em desespero. — Podemos entrar para esperar.

Carla sempre fazia isso antes de a mãe voltar do trabalho. Mudava de roupa, arrumava um pouco a casa (porque as manhãs eram sempre muito corridas para a mãe) e começava a preparar risoto ou macarrão para o jantar. Uma vez, quando estava muito entediada, olhou debaixo da cama da mãe, onde ela guardava suas "coisas especiais". Lá, encontrou um envelope com fotografias. Todas tinham o mesmo homem de chapéu torto e sorriso seguro. Algo lhe disse para guardar as fotografias e não tocar no assunto. Mas, volta e meia, quando a mãe não estava, ela olhava as fotos.

Agora, entretanto, ela viu (depois de pegar a cadeira que ficava no final do corredor) que a chave não estava no lugar de sempre, sobre a esquadria da porta. Apartamento 7. Era um número de sorte, dissera a mãe, quando elas se mudaram. Elas só precisavam esperar a sorte chegar.

Se ao menos ela tivesse a chave da porta dos fundos, que ficava perto da lixeira! Mas a cópia da chave era do Larry, para que ele pudesse entrar quando quisesse e descansar com a mãe. A mãe brincava dizendo que era a porta particular dele!

— Não posso deixar você aqui. — A voz da moça de sandália parecia um lamento, como se aquilo fosse culpa da Carla. — Precisamos voltar.

Não. Por favor, não. Ela tinha medo do Kevin. E das outras crianças. Charlie, *faça* alguma coisa!

Então ela ouviu passos pesados se aproximando.

5

Lily

RECURSO.
RE-CURSO.
NOVO CURSO.

Joe Thomas está escrevendo num pedaço de papel à minha frente.

Afasto do rosto o cabelo, normalmente preso atrás da orelha, tentando ignorar o cheiro de repolho que vem do corredor, e olho novamente as três linhas sobre a mesa, entre mim e Joe Thomas. O homem encantador que conheci uma hora atrás desapareceu. Este homem mal disse uma palavra. Agora, deixa a caneta de lado, como se esperasse que eu fosse falar alguma coisa. Decidido a me obrigar a seguir suas regras.

Para qualquer outra pessoa, isso seria enervante.

Mas toda a prática que tive na adolescência agora me é útil. Quando estava vivo (ainda preciso me obrigar a dizer essas palavras), Daniel escrevia palavras e frases de todas as maneiras possíveis. De cabeça para baixo. De trás para a frente. Em ordem aleatória.

Não é culpa dele, dizia minha mãe. Mas eu sabia que isso não era verdade. Quando estávamos apenas nós dois, meu irmão escrevia normalmente. *É um jogo*, diziam seus olhos, brilhando de malícia. *Me acompanhe! Somos nós contra eles!*

Agora desconfio de que Joe Thomas está jogando comigo. Isso me dá uma força inesperada. Ele escolheu a pessoa errada. Conheço todos os truques.

— Recurso — digo com clareza e rispidez. — Para tudo há várias interpretações, não é?

Joe Thomas bate os calcanhares um no outro. Pá, pá, pá, pá.

— Com certeza. Mas nem todo mundo pensa assim.

Ele solta uma risada. Uma risada seca. Como se as pessoas que não pensassem assim estivessem perdendo algo importante na vida.

Fico imaginando quem terá pregado o cartaz roxo da ESPERANÇA. Um funcionário bem-intencionado, talvez? Ou um bom samaritano que estava visitando o presídio? Já estou aprendendo que aqui há todo tipo de pessoas.

Como meu cliente.

Eu mesma gostaria de ter um pouco de esperança. Volto os olhos para meus papéis.

— O relatório diz que a água escaldante da banheira arrancou a pele da sua namorada.

O rosto de Joe Thomas permanece inalterado. Também, o que eu esperava? A essa altura, ele já está habituado a acusações e reprimendas. É disso que se trata esse presídio especificamente. Também podemos chamar de "discussão". Aqui, psicólogos conversam com prisioneiros sobre os motivos pelos quais eles cometeram os crimes. Outros homens em grupos de apoio fazem o mesmo. Um estuprador pode querer saber por que outro preso cortou o pescoço da mãe. E esse mesmo presidiário pode perguntar ao estuprador por que ele atacou uma menina de 13 anos.

Meu chefe teve muito prazer em me deixar inteirada do assunto. Quase como se quisesse me assustar. E, no entanto, agora que estou aqui, no presídio, sinto a curiosidade tomar conta de mim. *Por que* Joe Thomas assassinou a namorada numa banheira de água escaldante?

Se é que havia de fato feito isso.

— Vamos examinar o argumento da promotoria no seu julgamento — proponho.

O rosto dele se mantém impassível, como se estivéssemos prestes a conferir uma lista de compras.

Corro os olhos pela página, embora mais para evitar o olhar fixo dele do que para me lembrar do que está escrito ali. Um bom advogado precisa ter memória fotográfica: sempre guardo todos os detalhes. Há momentos em que gostaria de não conseguir fazer isso. Mas agora é vital.

— O senhor e Sarah foram morar juntos, poucos meses depois de se conhecerem num bar. Segundo o testemunho de alguns amigos dela, vocês tinham uma "relação de altos e baixos". Os pais da Sarah disseram no tribunal que ela havia contado a eles que o senhor era controlador, e que a filha tinha medo de que o senhor a machucasse. Sarah chegou a prestar queixa na polícia, quando o senhor a empurrou da escada nos fundos de casa, o que a fez quebrar o pulso direito. Mas depois ela retirou a queixa.

Joe Thomas assente sutilmente.

— Isso mesmo. Ela caiu porque estava bebendo, embora tivesse prometido parar. Quando isso aconteceu, ela pôs a culpa em mim porque não queria que a família soubesse que tinha voltado a beber. — Ele encolhe os ombros. — Os alcoólatras podem ser mentirosos compulsivos.

E eu não sei?

— Mas uma ex-namorada também prestou queixa contra o senhor. Disse que o senhor a perseguia.

Ele se mostra irritado.

— Eu não chamaria de perseguição. Só a segui algumas vezes para ver se ela ia mesmo aonde dizia que estava indo. De qualquer forma, ela retirou a queixa.

— Foi porque o senhor a ameaçou?

— Não. Porque ela se deu conta de que eu só fazia isso porque gostava dela. — Ele me encara. — Seja como for, terminei com ela logo depois.

— Por quê?

Ele me fita com um olhar que diz "Não está óbvio?"

— Deixei de gostar dela porque ela não vivia de acordo com as minhas regras.

Nota dez no quesito "controlador".

— Aí o senhor conheceu a Sarah.

Ele assente.

— Um ano e dois dias depois.

— O senhor fala com muita certeza.

— Sou bom com números e datas.

Ele não diz isso com arrogância. É mais uma observação, tão óbvia que mal merece atenção.

Continuo:

— Na noite em que ela morreu, alguns vizinhos disseram ter ouvido gritos.

Joe balança a cabeça.

— Os Jones? Aquele casal seria capaz de dizer qualquer coisa que pudesse nos prejudicar. Falei isso para o meu advogado na época. Tivemos vários problemas com eles quando fomos morar lá.

— Então o senhor acha que eles inventaram isso? Por que fariam uma coisa dessas?

— Não sou eles, então não tenho como saber. Mas, como eu disse, não nos dávamos bem. A televisão deles estava sempre alta. Nunca tínhamos paz. Reclamávamos, mas eles não ligavam. O Jones não gostou quando reclamei do jardim dele. Era um lixo! Contrastava muito com o nosso, que, aliás, eu fazia questão que estivesse sempre impecável. Depois disso, eles ficaram insuportáveis. Começaram a nos ameaçar. Jogavam lixo no nosso jardim. — Ele contrai a boca. — Mas me acusar de assassinato foi um pouco demais.

— E suas impressões digitais no aquecedor? — Indico o relevante trecho do relatório. — A promotoria disse que o senhor aumentou a temperatura da água ao máximo.

Os olhos negros nem se movem.

— Eu disse ao advogado na época. Preciso repetir? A chama sempre apagava, eu precisava ficar acendendo o aquecedor toda hora. Por isso é claro que havia impressões digitais minhas nele.

— Então como a Sarah morreu, se o senhor não a matou? Como o senhor explica os hematomas no corpo dela?

Ele começa a tamborilar em cima da mesa, como se acompanhasse uma música que só ele ouvisse.

— Olhe. Vou contar exatamente o que aconteceu. Mas a senhora precisa me deixar contar do meu jeito.

Percebo que esse homem necessita estar no controle. Talvez eu permita isso por um tempo, para ver o que descubro.

— Tudo bem.

— Ela estava demorando a voltar do trabalho. Eram oito horas e dois minutos quando chegou. Normalmente, ela chegava às seis. Em ponto.

Não consigo deixar de intervir.

— Como o senhor pode ter tanta certeza?

A fisionomia dele sugere que acabei de perguntar algo muito idiota.

— Porque ela levava exatamente 11 minutos para ir da loja até a casa. Foi um dos motivos pelos quais eu a incentivei a aceitar o trabalho, depois que fomos morar juntos. Era conveniente.

Minha mente se volta para o perfil de Sarah. "Vendedora de uma loja de roupas." Evoca uma imagem estereotipada. Imediatamente me repreendo. Não sou uma típica advogada. Ed não é um típico publicitário. E Joe? Será ele um típico vendedor de seguros? Não sei. Ele é sem dúvida muito preciso em relação a números.

— Continue — peço.

— Ela estava bêbada. Isso era óbvio.

— Como?

Outra vez aquela expressão "Você é idiota?"

— Mal conseguia ficar em pé. Fedia a vinho. E também tinha tomado meia garrafa de vodca, mas não dá para sentir cheiro de vodca.

Confiro meu arquivo. Ele tem razão. O nível de álcool no sangue dela era alto. Mas isso não prova que ele não a matou.

— E o que aconteceu?

— Tivemos uma briga por causa do atraso dela. Eu tinha feito o jantar, como de costume. Lasanha com molho de tomate, alho e manjericão. Mas, quando ela chegou, a massa já estava seca, horrível. Por isso brigamos. Levantamos a voz, admito. Mas não houve nenhum grito, como os vizinhos disseram. — O rosto dele se contrai de repulsa. — Aí ela passou mal, vomitou no chão da cozinha.

— Porque estava bêbada?

— Não é isso que acontece quando a pessoa exagera? Nojento. Ela pareceu melhor depois disso, mas estava toda suja de vômito. Pedi que tomasse um banho. Me ofereci para encher a banheira, como sempre fazia, mas ela não quis. Bateu a porta do banheiro e ligou o rádio que ficava lá dentro. Radio 1. Sua estação preferida. Então, fui lavar a louça.

Interrompo-o.

— O senhor não ficou receoso de deixá-la sozinha numa banheira estando bêbada?

— No começo, não. Como eu disse, ela pareceu melhor depois de vomitar, mais sóbria, e, de qualquer forma, o que eu poderia ter feito? Fiquei com medo de que ela prestasse queixa na polícia de novo contra mim. A Sarah conseguia ser muito criativa quando queria.

— Então quando o senhor foi ver como ela estava?

— Depois de mais ou menos meia hora, fiquei *realmente* preocupado. Não ouvia barulho de água, e ela não respondeu quando bati à porta. Por isso entrei no banheiro. — O rosto dele estava impassível. — Foi quando eu a encontrei. Quase não a reconheci, embora a cabeça estivesse para fora da banheira. A pele estava roxa. Vermelha e roxa. Uma parte se desprendeu do corpo. Tinha umas bolhas enormes.

Meu corpo estremece involuntariamente.

Joe se mantém em silêncio por alguns instantes. Fico aliviada com o intervalo.

— Ela deve ter escorregado e caído dentro da banheira. A água estava muito quente — continua ele. — Muito mais quente do que se esperaria depois de trinta minutos, por isso não consigo nem imaginar como estava quando ela entrou. Eu me queimei só de tirá-la da banheira. Tentei ressuscitá-la, mas nunca fiz curso de primeiros socorros. Não sabia se estava fazendo direito. Por isso liguei para a emergência.

Ele diz esta última parte num tom moderado. Não angustiado. Mas também não totalmente impassível. Parece alguém que está tentando manter a calma.

— Os policiais disseram que o senhor não parecia muito abalado quando eles chegaram à sua casa.

Os olhos dele voltam a se cravar nos meus.

— Nem todas as pessoas demonstram emoção da mesma maneira. Quem garante que a pessoa que chora mais alto é a que está sofrendo mais? — Nisso ele tem razão. — Estou dizendo a verdade — acrescenta, com firmeza.

— Mas o júri considerou o senhor culpado.

Sinto uma espécie de pressão nos olhos.

— O júri cometeu um engano. Meus advogados eram uns idiotas.

O cartaz da ESPERANÇA parece me fitar com desdém.

— Em geral só há a possibilidade de entrar com recurso quando existem novas provas. O que o senhor disse já consta dos atos. Mesmo que o senhor esteja dizendo a verdade, não temos como provar nada.

— Eu sei.

Estou perdendo a paciência.

— Então o senhor tem provas novas?

— Isso é você quem deve encontrar — diz ele.

Meu cliente pega a caneta de novo e volta a escrever.

— Senhor Thomas, o senhor tem alguma prova nova?

Ele apenas continua escrevendo. Será isso algum tipo de pista?

— O que você acha?

Sinto vontade de dar uma resposta ríspida, mas apenas espero. O silêncio é outro truque que aprendi com meu irmão.

Ouço o tique-taque de um relógio de parede que não havia notado até então. Abaixo dele, há um aviso escrito à mão: NÃO MEXER. Não consigo me segurar e solto uma risada seca. É o que basta para quebrar o silêncio.

— Um detento roubou o último. — Joe Thomas está achando graça também. — Desmontou para ver como funcionava.

— E descobriu? — pergunto.

— Não. — O rosto dele volta a endurecer, e meu cliente passa o dedo no pescoço, traçando uma linha imaginária. — Morreu antes.

O gesto evidentemente tem o intuito de me intimidar. O que consegue, mas algo me deixa decidida a não demonstrar isso. Com cuidado, olho para o papel em cima da mesa. O que será que significa aquilo que ele está escrevendo desde que cheguei?

— Eu estava pensando em Rupert Brooke — diz, afinal. — Sabe, o poeta? "E ainda há mel para o chá?"

Fico surpresa.

— O senhor gosta dos poetas de guerra?

Ele dá de ombros, contemplando o pátio pela janela.

— Não conheci esses poetas, então, como posso dizer que gosto deles? Posso apenas imaginar como se sentiram.

— Como?

Ele volta o rosto para mim.

— Você não fez seu dever de casa direito, não é, Sra. Hall?

Congelo. Será que ele não me ouviu quando me apresentei como Lily Macdonald? E como sabe que Hall é meu sobrenome de solteira? Tenho uma súbita lembrança da mão quente do Ed segurando a minha no altar. Essa visita tinha sido marcada antes do meu casamento, por isso talvez Joe Thomas tenha recebido meu nome de solteira. Talvez não estivesse prestando atenção quando me apresentei. Minha intuição me diz que não seria bom corrigi-lo agora, pois isso poderia comprometer o início da nossa relação.

Além disso, estou mais preocupada com a alusão ao dever de casa. O que deixei escapar? Um advogado não pode se dar ao luxo de se enganar, meu chefe sempre nos diz isso. Até agora, me saí bem. Ao contrário do rapaz recém-qualificado que foi contratado no mesmo mês que eu, mas demitido por não apresentar um recurso no tempo devido.

— Nada que esteja nos papéis — acrescenta ele, ao me ver correndo os olhos pelas páginas. — Mas eu esperava que a senhora tivesse investigado mais. Pense bem... Os poetas de guerra. O que eles viveram? Que comportamento apresentaram ao voltar para casa?

Sinto-me uma estudante em dificuldade, no programa de TV *University Challenge*.

— Choque — respondo. — Muitos se recusaram a falar devido ao estresse pós-traumático.

Ele assente com a cabeça.

— Continue.

Em desespero, vasculho minha memória impecável.

— Alguns eram violentos.

Joe Thomas se recosta na cadeira, os braços cruzados. Um sorriso satisfeito no rosto.

— Exatamente.

Isso não está fazendo sentido.

— Mas você não estava no Exército.

— Não.

— Então por que matou sua namorada?

— Bela tentativa. Eu me declarei inocente, lembra? O júri cometeu um erro. É por isso que estou recorrendo. — Ele toca meus papéis com um dedo delgado de artista que não combina com seu corpo forte. — Está tudo aí. Quer dizer, menos essa outra pista. Agora cabe à senhora descobrir.

Joe Thomas se levanta de súbito, arrastando a cadeira. Por um instante, a sala gira e minha boca fica seca. O que está acontecendo? Esses olhos escuros, quase negros, parecem me atravessar. Eles sabem o que há dentro de mim. Veem coisas que Ed não vê.

E, sobretudo, não condenam.

Ele se inclina para a frente. Sinto seu cheiro. Não consigo exatamente identificá-lo. Não é uma essência de limão ou madeira, como as que meu marido usa. É antes um cheiro natural, molhado, animal. Fico estranhamente ofegante.

PUM!

Sobressalto-me. Ele também. Aturdidos, olhamos para a janela, de onde veio o barulho. Um imenso pombo cinza parece estar congelado no ar, lá fora. Uma pena branca se solta. A ave deve ter se chocado contra o vidro. Mas, milagrosamente, sai voando.

— Está vivo — comenta Joe Thomas. — O último morreu. Era de se imaginar que eles não chegariam perto por causa das grades, não é? Mas é como se eles soubessem. Talvez saibam. Afinal, os pássaros alcançam alturas sobre as quais não sabemos nada.

Os criminosos, advertira meu chefe, podem ser admiravelmente sensíveis em relação a certos assuntos. Não se deixe enganar.

— Quero que a senhora vá embora agora e volte na semana que vem. — As instruções saem da boca de Joe Thomas como se o episódio do pombo não tivesse acontecido. — A senhora precisa descobrir a conexão entre mim e os poetas de guerra. Isso lhe dará a base do meu recurso.

Já chega.

— Isso aqui não é um jogo — respondo bruscamente, para esconder o inexplicável misto de medo e excitação que faz meu coração bater acelerado. — O senhor sabe tanto quanto eu que as visitas levam tempo para serem agendadas. Pode ser que eu não consiga voltar tão cedo. O senhor precisa tirar o máximo de proveito desse encontro.

Ele encolhe os ombros.

— É mesmo? — Ele volta os olhos para meus pulsos ainda bronzeados, com a pulseira prateada, então se fixa na reluzente aliança de casamento, que exala frescor. — Aliás, eu me enganei agora há pouco, não foi? É Sra. Macdonald, não é? Espero que a lua de mel tenha sido boa.

Ainda estou trêmula quando o táxi me deixa na estação de metrô. Como Joe Thomas sabia que eu estava em lua de mel? Será que meu chefe contou isso para alguém quando organizava a papelada da visita, enquanto eu estava fora? Se foi o caso, trata-se de uma contradição flagrante com outro conselho que ele me deu: "Preste atenção para não dar nenhuma informação pessoal. É essencial manter limites entre você e o cliente."

O conselho e a advertência da guarda sobre "condicionamento" me pareceram óbvios a ponto de serem desnecessários. Como a maioria das pessoas (ou pelo menos é assim que imagino), fiquei chocada com o artigo que li sobre visitantes e funcionários que tinham casos com os detentos. Jamais havia lido algo daquele tipo envolvendo advogados. Quanto aos pensamentos estranhos de agora há pouco, eram apenas nervosismo. Só isso. Além da minha decepção com a Itália.

Quanto ao "engano" de Joe Thomas em relação ao meu sobrenome, não posso deixar de imaginar que tenha sido proposital. Talvez para *me* desestabilizar? Mas por quê?

— Cinco libras e trinta, senhora.

A voz do taxista atropela meus pensamentos. Grata pela interrupção, procuro moedas na bolsa.

— Isso aqui é euro — diz ele, com desconfiança, como se eu tivesse deliberadamente tentado enganá-lo.

— Desculpe! — Enrubescendo, encontro a moeda certa. — Estava viajando, devo ter misturado o dinheiro.

Ele pega a gorjeta de má vontade, sem se deixar convencer. Um erro. Um erro simples. Mas que, no entanto, poderia ser facilmente considerado mentira. Será que é assim que Joe Thomas se sente? Será possível que ele tenha cometido um erro e esteja tão cansado de ser mal interpretado que decidiu brincar comigo? Mas isso não faz sentido.

Consulto o relógio. É mais tarde do que eu imaginava. Com certeza, meu tempo seria mais bem empregado se eu fosse para casa, e não para o escritório, e anotasse minhas observações. Além do mais, assim eu poderia pesquisar sobre Rupert Brooke. Meu cliente pode ter me deixado irritada com seus conhecimentos sobre minha vida particular, mas também conseguiu me deixar intrigada e incomodada, com aquela sensação de que eu deveria saber a resposta de uma pergunta.

"Arranque dele o máximo possível de informações", pedira meu chefe. "Foi ele quem nos procurou para entrar com o recurso. Isso significa que deve haver provas novas, a menos que ele só queira atenção. Acontece muito. De qualquer forma, vamos sondar um profissional."

Em outras palavras, consultaríamos um *barrister*.

Mas tenho plena consciência de que não fui muito longe. Sob que premissa podemos recorrer? Insanidade? Ou o comportamento dele é apenas excêntrico? Quantos outros clientes apresentariam um quebra-cabeça assim para o advogado? No entanto, há alguma relevância na história de Joe Thomas. Alcoólatras mentem mesmo. Vizinhos podem mentir. Júris podem se enganar.

Meus raciocínios conflitantes fazem a viagem de metrô parecer muito mais rápida do que pela manhã. Num piscar de olhos, ou assim me parece, já estou no ônibus, voltando para casa. A palavra me dá um calafrio. Casa! Não a casa de Devon, e sim nosso primeiro lar depois de casados, em Clapham. Vou poder preparar o jantar. Espaguete à bolonhesa, talvez? Não é tão complicado assim. Vou vestir aquela túnica azul que minha mãe me deu para levar na lua de mel. Arrumar um pouco a bagunça. Deixar o apartamento mais acolhedor para quando Ed chegar. Mas, ainda assim, alguma coisa me parece errada.

Nas poucas vezes em que saí cedo do trabalho, senti-me uma menininha levada. E eu não costumava ser uma menininha levada. Em meu boletim sempre constou a palavra "aplicada", como um paliativo para a falta de louvores mais convincentes, como "inteligente" ou "sagaz". Não foi nenhum segredo que todo mundo — sobretudo eu — tenha ficado pasmo quando entrei numa das universidades de maior prestígio do país por mérito próprio. E depois quando fui aceita em um escritório, apesar da competição. Quando estamos sempre preparados para as coisas darem errado, é um choque quando dão certo.

— Por que você quer ser advogada? — perguntou meu pai, um dia.

A pergunta ficou pairando no ar.

— Por causa do Daniel, claro — respondeu minha mãe. — A Lily quer endireitar o mundo. Não quer, minha filha?

Agora, ao saltar do ônibus, percebo que pensei em meu irmão hoje como fazia muito tempo não pensava. Provavelmente por causa de Joe Thomas. Aquela mesma postura defensiva. A mesma arrogância que, por outro lado, demonstra vulnerabilidade. O mesmo gosto por jogos. A mesma recusa em fazer o que se espera, ainda que diante de adversidades.

Mas Joe Thomas é um criminoso, lembro a mim mesma. Um assassino. Um assassino que dominou você, penso, irritada, ao me dirigir ao nosso apartamento, depois de ter pegado a correspondência na entrada do prédio. Contas? Já?

Começo a sentir uma pontada de apreensão — *falei* com o Ed que não devíamos ter feito uma hipoteca tão grande, mas ele apenas me girou no ar e disse que tudo daria certo —, e então paro. Uma menina e uma mulher estão discutindo em frente à porta do apartamento 7. Tenho certeza de que é a mesma menina de uniforme azul-marinho que vi pela manhã. Mas a mulher definitivamente não é a mãe dela, com aquele cabelo preto vertendo em cachos. É uma mulher comum, de seus 30 anos, com sandálias vermelhas, embora não seja o tipo ideal de calçado para o clima.

À medida que me aproximo, vejo um hematoma azul no olho da criança.

— O que está acontecendo? — pergunto.

— A senhora é a mãe da Carla? — indaga a mulher.

— Sou vizinha dela. — Confiro o hematoma. — E quem é *você*?

— Sou professora assistente na escola da Carla.

Ela diz isso com certo orgulho.

— Me pediram que a trouxesse de volta para casa. Ela sofreu um pequeno acidente no pátio. Mas parece que a Sra. Cavoletti não está aqui, e a chefe dela disse que ela não está trabalhando hoje, por isso vamos ter de voltar para a escola.

— Não. Não!

A menina — Carla, ela disse? — puxa meu braço.

— Por favor, posso ficar com você? Posso? Por favor!

A mulher se mostra hesitante. Parece desorientada. Conheço a sensação. Claro que ela tem motivo para ficar hesitante. Não conheço a menina, embora ela finja me conhecer. Mas ela se machucou feio na escola. Sei como é isso.

— Acho que ela precisa ir para a emergência.

— Não tenho tempo! — Os olhos da mulher se arregalam, em desespero. — Preciso buscar meus filhos.

Evidentemente, isso não é da minha conta. Mas há algo na aflição da menina que me faz querer ajudar.

— Então eu a levo.

Entrego à moça meu cartão de visita.

— Caso você precise entrar em contato.

Lily Macdonald. Advogada.

Isso parece tranquilizá-la. Embora talvez não devesse.

— Vamos — digo. — Vamos pegar um táxi até o hospital. Quer que eu deixe você em algum lugar?

A moça recusa, embora a proposta pareça apaziguá-la ainda mais.

Ocorre-me que seria muito fácil sequestrar uma criança, sendo as circunstâncias favoráveis.

— Meu nome é Lily — apresento-me, assim que a moça vai embora e deixo um bilhete debaixo da porta do apartamento 7, avisando à mãe da Carla o que aconteceu. — Você sabe que, na verdade, não deveria falar com estranhos, não é?

— O Charlie disse que não tinha problema.

— Quem é Charlie?

Ela tira um estojo verde de baixo do moletom.

Que lindo! Eu tinha um de madeira quando estava na escola. O meu tinha um compartimento secreto para a borracha.

— O que aconteceu com o seu olho?

A menina abaixa a cabeça.

— Foi um acidente. Não foi de propósito.

— Quem foi responsável por esse acidente, querida?

Mas, enquanto eu faço a pergunta, já ouço outras vozes.

O júri cometeu um engano, disse Joe Thomas.

Deve ser um engano, lamuriou-se minha mãe quando encontramos Daniel.

Será isso um engano?, perguntei a mim mesma ao atravessar a nave da igreja.

Chega de enganos, penso, ao levar Carla para a minha casa, a fim de chamar um táxi.

De agora em diante, preciso fazer o certo.

6

Carla

— Quem foi responsável por esse acidente, querida? — perguntou Lily, a mulher do cabelo dourado, quando elas entraram no apartamento 3.

A voz era bastante clara. Parecia a de uma atriz de televisão. Elegante, diria sua mãe.

— O Kevin. Um menino da minha turma. Ele jogou uma bola em mim.

Carla afagou o pelo de Charlie. Era quentinho, reconfortante. Correu os olhos pela sala. O apartamento tinha a mesma estrutura do dela, porém havia mais fotos na parede. Também era mais bagunçado. Tinha papéis sobre a bancada da cozinha e um par de sapatos marrons debaixo da mesa, como se alguém os tivesse esquecido ali. Pareciam sapatos de homem, com sola grossa e cadarço. Sapato, a mãe sempre dizia, é uma das armas mais importantes do guarda-roupa feminino. Quando Carla dizia que não entendia como isso era possível, a mãe apenas ria.

— Se a sua mãe não está no trabalho, onde você acha que ela poderia estar?

Carla encolheu os ombros.

— Talvez com o Larry, o amigo dela. Às vezes, ele leva minha mãe para almoçar perto da loja. Ela vende coisas bonitas para enfeitar as mulheres.

— E onde fica a loja?

— Num lugar chamado Night Bridge.

Lily sorriu, como se ela tivesse dito algo engraçado.

— Você quer dizer Knightsbridge?

— *Non lo so.*

Quando estava cansada, ela sempre recorria ao italiano, embora tentasse obrigar a mãe a falar inglês em casa.

— Bem, vamos deixar um bilhete para ela dizendo onde estamos. O táxi já deve estar chegando.

Carla ainda alisava o pelo verde e macio.

— O Charlie também pode ir?

— Claro que essa coisinha pode ir.

— *Ele* pode. Charlie é *ele*.

— Claro — respondeu a mulher, com um sorriso.

Está vendo?, sussurrou Charlie. *Eu disse que daríamos um jeito.*

As pessoas foram simpáticas com ela no hospital. Uma das enfermeiras lhe deu um caramelo daqueles que grudam no céu da boca. Carla precisou tirá-lo com o dedo. A mãe só permitia que ela chupasse bala quando o Larry dava. Bala, assim como bolo, engordava. E depois ficava difícil arranjar um namorado para pagar o aluguel.

Ela esperava que a moça de cabelo dourado não contasse nada à sua mãe.

— Pense em alguma coisa que você goste e aí não vai doer tanto — sugeriu a nova amiga, segurando a mão dela enquanto a enfermeira passava um negócio ardido em sua testa.

Então Carla pensou no nome da nova amiga. Lily! Que bonito! Às vezes Larry levava lírios quando as visitava. Uma vez, ele e a mãe dançaram tanto quando ela estava na cama que os lírios caíram no chão e mancharam o tapete de amarelo. Quando ela saiu para ver o que tinha acontecido, Larry disse que não era nada, mas que pediria a alguém que lavasse o tapete. Talvez também pedisse a alguém que consertasse a blusa da mãe. Os três botões de cima haviam caído aos pés dela, como balinhas vermelhas.

Ela contou para Lily essa história quando as duas pegaram o táxi de volta para casa. Estavam demorando a chegar, porque o motorista disse que havia algo chamado "desvio".

Lily ficou um tempo em silêncio.

— Você costuma ver o seu pai? — perguntou.

Carla encolheu os ombros.

— Ele morreu quando eu era pequena. Minha mãe chora quando falamos dele.

Então ela olhou pela janela e viu um monte de luzes acesas. Uau!

— Essa é a Piccadilly Circus — explicou Lily.

— Sério? — Carla colou o nariz no vidro. Começava a chuviscar. Dava para fingir que o nariz estava molhado de chuva. — Onde estão os leões?

— Leões?

— Você disse que era um circo. Não estou vendo leão, nem mulher de saia andando na corda bamba.

Lily soltou uma risada. Parecia o som que a mãe fazia quando Larry as visitava. Carla sempre a ouvia rir pela parede que separava o quarto dela do quarto da mãe.

— Não ria! É verdade. Eu sei como os circos são. Já vi fotos em livros.

Talvez ela não devesse ter gritado. O sorriso de Lily se tornou uma linha reta. Mas, em vez de ficar chateada — como a mãe, quando Carla dizia alguma coisa que não devia —, ela se mostrou gentil e legal.

— Desculpe, mas você me lembrou uma pessoa.

Imediatamente, a curiosidade de Carla despertou.

— Quem?

Lily desviou os olhos.

— Alguém que eu conhecia.

Elas agora estavam passando embaixo de uma ponte. O interior do táxi ficou escuro. Carla ouviu Lily assoando o nariz. Quando elas saíram do outro lado, os olhos dela estavam brilhando.

— Gostei do seu estojo.

— Não é estojo. É uma lagarta. — Carla alisou o pelo verde: primeiro para um lado, depois para o outro. — O Charlie entende tudo que você diz.

— Eu tinha a mesma sensação em relação a uma boneca minha. Ela se chamava Amelia.

— Você ainda tem essa boneca?

O rosto se desviou novamente.

— Não. Não tenho.

Lily usou exatamente o tom de voz que a mãe de Carla usava quando dizia que só havia jantar para uma pessoa, mas que não importava porque ela não estava com fome. E, assim como fazia com a mãe, Carla se manteve em silêncio, porque às vezes os adultos não queriam ouvir mais perguntas.

Enquanto isso, o táxi avançava por ruas largas com lojas bonitas, depois por outras menores, com caixas de fruta do lado de fora. Por fim, passou por um parque que ela conhecia e dobrou na rua de casa. O pelo do Charlie se eriçou. Carla sentiu o coração acelerar na mesma hora. A essa altura, a mãe já estaria em casa. O que ela diria?

Nunca fale com estranhos. Quantas vezes ela já lhe dissera isso? E, no entanto, Carla não apenas saíra com uma estranha, como também roubara o Charlie.

— Pode deixar que explico tudo para a sua mãe — falou Lily, como se soubesse o que Carla estava pensando. Então entregou duas notas ao taxista. — Você acha que ela já está em casa? Senão você pode...

— *Piccola mia!*

Ela sentiu o perfume sofisticado da mãe antes de vê-la.

— Onde você estava? Estou louca de preocupação! — Então ela olhou para Lily, os olhos negros cintilando. — Como você ousa levar minha filha? E o que fez com o olho dela? Vou dar queixa na polícia. Vou...

De repente, ocorreu a Carla que Lily não entendia o que a mãe estava dizendo porque ela estava falando em sua própria língua, italiano, que a mãe dizia ser "a língua dos poetas, dos pintores e dos grandes pensadores". O que quer que isso significasse. Lily parecia confusa até ouvir a palavra *polizia.* Então, seu rosto ficou vermelho e irritado.

— Sua filha se machucou na escola. Acertaram uma bola nela. — Ela falava muito baixo, como se estivesse se controlando para manter a calma. Mas Carla via que o pescoço dela estava ficando vermelho. — Uma professora a trouxe para casa, mas você não estava aqui. Ela teria que voltar para a escola, mas eu cheguei do trabalho mais cedo e me ofereci para levá-la ao hospital, para que examinassem o olho dela.

— A professora... por que ela não fez isso?

A mãe agora falava em inglês. Carla ficava apreensiva quando isso acontecia, porque às vezes as palavras saíam na ordem errada. De modo que as pessoas riam ou tentavam corrigi-la. E ela não queria que a mãe se magoasse.

— Parece que ela tinha que buscar os filhos.

— O pessoal da escola ligou para o seu trabalho — interveio Carla. — Mas disseram que você não estava trabalhando hoje.

Os olhos da mãe se arregalaram.

— Claro que estava! Minha gerente me mandou para um treinamento. Alguém iria saber onde eu estava! *Mi dispiace.* — A mãe agora quase a sufocava com um abraço. — Desculpe. Obrigada por cuidar da minha pequena.

Juntas, ela e a mãe se embalavam na escada suja. Embora o abraço fosse meio embaraçoso, Carla ficou feliz. Era assim antes de o homem do carro brilhoso entrar na vida delas. Apenas ela e a mãe. Sem risadas do outro lado da parede, risadas que a excluíam e que surgiam em seus pesadelos.

— Você é italiana? — A voz suave de Lily desfez o abraço da mãe, e o antigo vazio retornou. — Meu marido e eu passamos a lua de mel na Itália. Na Sicília. Adoramos.

Os olhos da mãe se encheram de lágrimas. Lágrimas de verdade, observou Carla. Não o tipo de lágrimas que ela treinava na frente do espelho.

— O pai da minha filha era de lá...

A pele da Carla começou a formigar. Ela não sabia disso.

— Mas agora... agora...

Coitada da sua mãe. A voz saía embargada. Ela precisava de ajuda.

Carla ouviu a própria voz se erguendo.

— Agora somos só minha mãe e eu.

Não fale do Larry, ela queria pedir. Não mencione aquele homem.

— É muito difícil — continuou a mãe. — Não gosto de deixar minha pequena sozinha, mas preciso trabalhar. É pior no sábado, quando não tem aula.

A Lily dos cabelos dourados estava assentindo com a cabeça.

— Se ajudar, meu marido e eu podemos tomar conta dela de vez em quando.

Carla sentiu a respiração parar. Sério? Aí ela não precisaria ficar dentro de casa sozinha, com a porta trancada. Teria com quem conversar, até a mãe voltar para casa!

— Você tomaria conta da minha pequena? É muita gentileza sua.

As duas mulheres agora estavam ruborizadas. Será que Lily estava arrependida por ter se oferecido para ficar com ela? Carla esperava que não. Os adultos sempre faziam promessas e depois descumpriam.

— Agora preciso ir. — Lily voltou os olhos para a pasta. — Tenho que trabalhar, e você deve estar querendo ficar com a sua filha. Não se preocupe com o corte. O médico disse que vai cicatrizar rápido.

A mãe suspirou.

— Não é boa essa escola. Espere só para ver o que vou falar com as professoras amanhã.

— Não vai, não, mãe! Você vai estar no trabalho.

— Tsc.

As duas já estavam entrando em casa.

— Moramos no número 3, caso vocês precisem de alguma coisa — disse Lily.

Será que a mãe ouvira? Carla registrou o número, por via das dúvidas.

Assim que ficaram sozinhas, a mãe se virou para ela. O rosto sorridente havia se transformado numa carranca de lábios vermelhos. Como os adultos conseguiam mudar de expressão tão rápido?

— Nunca, nunca mais fale com estranhos. — O dedo em riste balançava diante do nariz dela. O esmalte vermelho estava lascado no canto direito da unha, notou Carla. — Dessa vez você teve sorte de encontrar um anjo, mas, da próxima, pode ser o diabo. Entendeu?

Não exatamente, mas Carla sabia que era melhor não fazer mais nenhuma pergunta.

À exceção desta:

— Meu pai era mesmo da Sicília?

O rosto da mãe ficou vermelho.

— Não posso falar disso. Você sabe que esse assunto me aborrece. — Ela franziu a testa, fitando a blusa de Carla. — O que você está escondendo aí?

Relutante, Carla mostrou Charlie.

— É uma lagarta.

Ela precisou forçar as palavras a saírem da boca, com medo.

— Era esse o estojo que você estava querendo que eu comprasse?

Carla conseguiu apenas assentir.

A mãe contraiu os olhos.

— Você roubou o estojo? De outra criança? É por isso que está machucada?

— Não! Não!

Elas agora falavam em italiano. Acelerado. Impetuoso. Desesperado.

— A Lily te contou o que aconteceu. Jogaram uma bola em mim. Mas, quando voltamos do hospital, ela comprou o Charlie para me fazer sentir melhor.

O rosto da mãe se abrandou.

— Foi muita gentileza dela. Preciso agradecer.

— Não.

Carla sentiu um fio de urina lhe escorrer pela perna. Isso acontecia às vezes, quando ficava nervosa. Era outro motivo pelo qual as crianças da escola implicavam com ela. Acontecera uma vez na aula de educação física. *Carla Espagoletti Fedorenta! Por que você não usa fralda, como um bebezinho?*

— Ela ficaria sem graça — acrescentou Carla. — Igual ao Larry. A senhora sabe como são os ingleses.

Aflita, ela prendeu a respiração. Era verdade que, quando o homem do carro brilhoso lhes dava presentes, a mãe dizia que elas não deviam falar muito para não deixá-lo sem graça.

Por fim, a mãe assentiu.

— Você tem razão.

Carla soltou um longo suspiro de alívio.

— Agora vá lavar as mãos. Hospital é um lugar sujo. — A mãe estava olhando para o espelho, passando as mãos no volumoso cabelo negro. — O Larry vem jantar. — Os olhos dela se acenderam. — Você precisa ir para a cama cedo.

7

Lily

Outubro de 2000

— Açúcar? Fita adesiva? Batata chips? Objetos cortantes? — pergunta o homem do outro lado da divisória de vidro.

É verdade o que me disseram no escritório. Nós nos acostumamos com o presídio: mesmo na segunda visita. Impassível, observo o guarda com o rosto barbeado, quase de bebê.

— Não — respondo numa voz segura, que não me pertence.

E me afasto para a revista. O que aconteceria se eu conseguisse trazer algo ilegal escondido: drogas ou simplesmente um inofensivo pacotinho de açúcar? A ideia é estranhamente tentadora.

Atravesso o pátio com meus novos sapatos vermelhos de salto gatinho. Só para aumentar minha autoconfiança, disse a mim mesma quando os comprei. Hoje não há homens de uniforme cuidando do jardim. O dia está nublado, frio. Envolvo o blazer azul-marinho em mim, como proteção, e acompanho a guarda através das portas duplas.

— Como é o presídio? — perguntou Ed à noite, depois da minha primeira visita.

Para ser sincera, eu quase havia me esquecido da visita depois do drama de levar a menina italiana ao hospital e então me deparar com a fúria de sua mãe, até ela ficar calma. A reação foi evidentemente compreensível. Ela estava preocupada. "Obrigada, do fundo do meu coração, por ter cuidado da Carla", ela dissera em um bilhete que colocou embaixo da minha porta.

Ainda não sei se eu deveria ter me metido na vida delas, mas é isso que acontece quando temos a consciência apurada.

— Falta ar — respondi a meu marido. — Não conseguimos respirar direito lá.

— E os homens?

Ele me abraçou de maneira protetora. Estávamos deitados no sofá, lado a lado, de frente para a televisão, um pouco apertados, mas daquele jeito gostoso. O aconchego conjugal que quase (mas não exatamente) compensa a outra parte da relação.

Pensei nos prisioneiros que eu tinha visto no corredor, com olhos fixos em mim e camisetas revelando músculos proeminentes. Pensei em Joe Thomas, com suas observações inteligentes (ainda que estranhas) e no quebra-cabeça que ele havia me apresentado.

— Não são o que imaginamos. — Virei o rosto para meu marido, meu nariz aninhado ao pescoço dele. — Meu cliente poderia ser nosso vizinho, um homem comum. Também é inteligente.

— Sério?

Senti a curiosidade do Ed aumentando.

— Mas como era fisicamente?

— Forte. Barbado. Alto, mais ou menos da sua altura. Olhos castanho--escuros. Dedos delgados. Surpreendentemente delgados.

Meu marido assentiu, e percebi que ele desenhava meu cliente em sua cabeça.

— Ele mencionou Rupert Brooke, o poeta de guerra — acrescentei. — Sugerindo que teria alguma coisa a ver com o processo.

— Ele era do Exército?

Os homens da família do Ed têm por tradição ingressar na Real Academia Militar de Sandhurst e desfrutar de carreiras ilustres no Exército. Em nosso primeiro encontro, ele me falou da decepção que seus pais sofreram quando ele se recusou a fazer o mesmo. Escola de Belas-Artes? Será que ele havia enlouquecido? Um emprego seguro. Era disso que ele precisava. Ser designer gráfico em uma agência de publicidade era um arranjo infeliz em todos os sentidos. As pessoas não se rebelavam na família do Ed, ele me contou. Andavam na linha. Ironicamente, gostei disso na época. Fazia com que eu me sentisse segura. Mas isso parecia ter deixado meu marido ressentido. Nas poucas reuniões de família às quais o acompanhei, ele era sempre excluído. Não que ele tenha me dito isso. Não precisava. Dava para ver.

— Do Exército? — repito. — Não, parece que não.

Ed se sentou, e senti um sopro frio entre nós. Não apenas a ausência do calor de seu corpo, mas a distância que surge quando alguém está em outro plano. Até nosso casamento, eu não sabia que um artista podia se deslocar tão suavemente entre a vida real e o mundo imaginário. A família do Ed pôde se recusar a pagar a escola de belas-artes, mas, nas horas vagas, ninguém poderia impedi-lo de fazer o que ele faz de melhor. De repente ele estava com um caderno nas mãos e já desenhava o rosto de um dos homens que nos observava das fotografias sobre a cornija da lareira. Esse especificamente era seu pai, quando jovem.

Pai...

E agora estou aqui, atravessando o pátio com a resposta ao quebra-cabeça do meu cliente na pasta.

— Seu pai era do Exército — declaro, na sala de visitas, deslizando alguns papéis sobre a mesa, na direção dele.

O rosto de Joe Thomas se mantém indiferente.

— E daí?

— E daí que ele foi exonerado. Sem honra.

Falo com concisão e rispidez de propósito. Quero provocar esse homem, obrigá-lo a reagir. Algo me diz que essa é a única maneira de ajudá-lo. *Se eu quiser ajudá-lo.*

— Ele tentou se proteger quando um homem ameaçou esfaqueá-lo num bar, segundo ele mesmo declarou. — Corro os olhos pelas anotações que levei dias para reunir, com a ajuda de uma estagiária dedicada. — Mas, quando o seu pai empurrou o homem, ele caiu de uma janela e quase sangrou até a morte. Acho que existe uma ligação entre isso e o seu processo. Estou certa?

O rosto de Joe Thomas se fecha. Corro os olhos pela sala.

— Não há campainha de emergência aqui — anuncia meu cliente, com a voz suave.

Começo a transpirar. Esse homem está me ameaçando?

Ele se recosta na cadeira e me observa como se fosse eu e não ele que estivesse numa situação delicada.

— Meu pai foi punido por agir em legítima defesa. Foi humilhado. Nossa família foi ridicularizada. Tivemos que nos mudar. Sofri *bullying* na escola. Mas aprendi uma grande lição: legítima defesa não é defesa, porque ninguém acredita em você.

Encaro o homem sentado a minha frente e tiro uma foto de dentro da pasta. A fotografia mostra uma ruiva esguia. A mulher morta. Sarah Evans. Namorada de Joe Thomas.

— O senhor está dizendo que agiu em legítima defesa contra uma mulher que parece não ter força suficiente para segurar um tijolo?

— Não exatamente.

Ele vira o rosto para a janela. Há dois guardas caminhando lá fora, conversando. Será que eles me ouviriam se as coisas fugissem do controle? Imagino que não. Então por que não sinto mais medo?

Joe Thomas também observa os homens, com um sorriso divertido nos lábios. Estou ficando impaciente.

— No que exatamente o senhor pretende basear o recurso?

— A senhora passou no primeiro teste. Agora precisa passar no segundo. Aí vai descobrir.

Ele escreve algo no papel que trouxe consigo.

38,4
36,2

A lista cresce.

Nunca fui boa com números. Palavras são meu forte. Também há letras ao lado de alguns números. Mas elas não significam nada para mim.

— O que é isso?

Ele sorri.

— Cabe à senhora descobrir.

— Escute, Joe. Se quiser a minha ajuda, precisa parar de brincadeira.

Eu me levanto.

Ele também se levanta. Nossos rostos estão próximos. Próximos demais. De novo, sinto seu cheiro. Imagino o que aconteceria se eu me inclinasse para a frente... Mas dessa vez estou preparada. Mentalmente, lanço a imagem contra a janela, como o pombo. Quase vejo as penas.

— Se quiser me ajudar, Sra. Macdonald, precisa me entender. Digamos que seja outro teste para ver se a senhora está habilitada para o cargo. Esse recurso é tudo para mim. Quero ter certeza de que escolhi a pessoa certa para o trabalho. Até lá, não sou Joe. Sou Sr. Thomas. Entendido?

Ele passeia os olhos pelo meu corpo. Devagar.

— A senhora é alta, não é?

Minha pele toda parece arder.

Ele se dirige à porta.

— Nos encontraremos quando a senhora tiver a resposta.

Esse homem não está apenas sendo insolente, digo a mim mesma ao seguir para a recepção. Está agindo como se *ele* estivesse no comando, e não eu.

Então por que, além de irritação, sinto cada vez mais entusiasmo?

— Tudo bem? — pergunta o guarda com rosto de bebê, quando estou de saída.

— Tudo bem — respondo.

Algo me diz para não acrescentar mais nada.

— Ele é meio estranho, não é? — comenta o guarda.

— Em que sentido?

— Você sabe. Arrogante. Ele sempre se acha superior a todo mundo. É meio distante. Mas pelo menos não nos deu nenhum problema. Ao contrário do outro.

O guarda sorri com malícia, como se estivesse tentando me assustar.

— Como assim?

— A senhora não soube? Um garoto partiu para cima do advogado outro dia. Não machucou, não. Só assustou. — O rosto endurece. — Mas, se vocês querem defender assassino e estuprador, o que esperam?

— O que você faz da vida? — pergunta o homem sentado de frente para mim. ("Posso?")

Estou empoleirada na beira de um sofá verde-limão, no apartamento da Davina, em Chelsea, com paredes cor-de-rosa e iluminação suave. A música está alta, e meu estômago ronca.

— Não precisa preparar nada antes de sairmos — avisou Ed. — Vai ter comida na festa.

Mas há apenas alguns folhados de cogumelo e vinho. Muitos. Minha nova companhia é simpática, agradável. Só que, neste momento, a última coisa que quero é conversar.

— Sou advogada — respondo.

Ele assente. De um tempo para cá, noto que esse é um gesto que muita gente faz quando digo o que faço. Às vezes é lisonjeiro. Outras vezes é quase aviltante, como se deduzissem que mulher não é apta para a atividade.

Quatro horas atrás, eu estava na penitenciária. Agora, estou cercada de pessoas conversando alto e se embebedando. Algumas estão até dançando. É estranho.

— E você? — pergunto, embora não esteja de fato interessada na resposta.

O que realmente quero saber é onde Ed está. Eu não queria vir. Aliás, só fiquei sabendo da festa quando voltei para casa e encontrei meu marido com sua nova camisa bege de gola padre, o cheiro de pós-barba pronunciado.

— Vamos sair.

Fiquei animada. As duas últimas semanas haviam sido difíceis para mim, mas agora meu marido queria me levar para sair!

— A Davina ligou. Chamou um pessoal das antigas e queria que nós fôssemos também. — Ele olhou para meu terninho. — É melhor você trocar de roupa.

E agora aqui estamos. Eu, com meu vestido azul-claro florido da Marks & Spencer. E Davina, com uma saia vermelha colada ao corpo — roupa que evidentemente prendeu a atenção do meu marido (muito mais do que a minha) quando ela nos recebeu. Isso foi há uma hora. Onde ela está? E onde está o Ed?

— Sou atuário.

A voz da minha nova companhia interrompe meus devaneios.

— Como?

Ele abre um sorriso.

— Não se preocupe. Muita gente não sabe o que é. Eu trabalho com estatística. Tento descobrir quanto tempo as pessoas vão viver. Quantas pessoas devem morrer engasgadas ou ter leucemia antes dos 60 anos. Bem divertido, eu sei... mas, para seguro, por exemplo, é importante. — Ele estende a mão para mim. — Meu nome é Ross. Prazer. Conheço seu marido. Aliás...

Ali está ele! Quase dou um pulo do sofá e me dirijo ao Ed. Seu rosto está vermelho, e sinto cheiro de vinho em seu hálito.

— Onde você estava?

— Como assim? — A voz dele é defensiva, severa. — Saí para respirar um pouco.

— Sem me falar nada?

— Preciso avisar sempre que for sair de perto de você?

Sinto as lágrimas surgirem.

— Por que você está agindo assim?

Um Ed diferente daquele com quem me aninhei no sofá me encara.

— Por que *você* está agindo assim?

Porque não estou vendo a Davina, quero dizer. Mas seria estupidez.

— Porque não estou vendo a Davina — ouço-me dizer.

O rosto do Ed se transforma em uma carranca.

— E você deduziu que ela e eu estávamos juntos.

Meu coração bate descompassado.

— Não. Eu não quis dizer...

— Está bem. Chega.

Ele pega meu braço.

— Espere! O que...?

— Vamos embora.

Ele me puxa em direção à porta.

— Preciso pegar meu casaco — protesto.

Todos ficam olhando para nós, inclusive Davina, que está entrando na sala, de braço dado com um homem muito mais velho, que eu ainda não tinha visto.

— Vocês já vão embora? — A voz dela é aveludada. — Que pena! Quero apresentar vocês ao Gus. — Ela olha para o homem mais velho com adoração. — Preciso me desculpar por não ter sido uma boa anfitriã. Mas o Gus e eu estávamos... ocupados.

Ed segura minha mão com tanta força que me machuca. E se afasta.

— A Lily está com dor de cabeça.

Não, não estou, quase digo. Mas ouço-me agradecendo-lhe a noite deliciosa e fico estarrecida ao ver como a mentira escapa com tanta facilidade.

— Agora são vocês que precisam nos visitar — acrescento.

Os olhos da Davina brilham.

— Iríamos adorar, não é, Gus?

Ela se aproxima do meu marido e deita a cabeça entre o peito e o braço dele. É um gesto espontâneo, natural, que me lembra que eles já namoraram. Ela sorri para mim. *Está vendo?*, parece dizer. *Ele foi meu muito antes de ser seu.*

Perplexa, espero Ed se afastar. Mas, por um instante, ele apenas permanece ali, como se considerasse suas opções.

Quero dizer alguma coisa, mas tenho muito medo das consequências. Por sorte, Gus quebra o silêncio constrangedor que se instaura, apesar da música alta.

— Acho que precisamos deixar os recém-casados irem embora.

Ed se recusa a falar comigo durante todo o trajeto até nossa casa. É uma conversa unilateral.

— Não sei por que você está agindo assim — digo, correndo para acompanhá-lo. — Só perguntei onde você estava. Fiquei preocupada. E não conhecia ninguém...

Quanto mais falo, mais idiota pareço.

— Você tem ciúme dela.

Pelo menos, agora ele está falando comigo.

— Não, não tenho.

— Tem, sim.

Ed abre a porta.

— Tudo bem. Tenho. — Não consigo me controlar. — Você ficou seguindo a Davina como um cachorrinho desde o instante em que pisamos naquele apartamento chique. Não conseguia despregar os olhos dela. Depois sumiu...

— PARA RESPIRAR UM POUCO, PORRA! — grita ele. Afasto-me, chocada. Apesar de seus altos e baixos, Ed nunca tinha gritado comigo.

— Você ouviu o que a Davina falou. — Ele agora fala mais baixo, mas a raiva ainda está ali. — Ela tem namorado. E nós estamos casados. Isso não basta para você?

— Basta para *você*? — murmuro.

Há uma pausa. Nenhum dos dois ousa dizer nada.

Finalmente me permito pensar em nossa lua de mel e no que aconteceu. Ou no que não aconteceu. Minha mente volta ainda mais no tempo, para a noite do pedido de casamento, no nosso segundo encontro, num restaurante no Soho. Para os beijos que se seguiram na cama, em meu apartamento minúsculo. Para meu murmúrio suplicante: se você não se importa, eu prefiro "esperar" até nos casarmos.

Ele arregalou os olhos, incrédulo.

— Você nunca fez isso?

Imaginei que ele diria que aquilo era ridículo. Que praticamente ninguém mais é virgem aos 25 anos. Preparei-me para devolver a aliança, para admitir que tudo não passou de um sonho.

Mas ele me abraçou, afagando meu cabelo.

— Acho isso muito bonito — tranquilizou-me. — Imagine a lua de mel maravilhosa que teremos.

Maravilhosa? Foi um desastre absoluto.

Exatamente como eu temia, meu corpo se recusou.

— O que foi? — perguntou ele.

Mas não consegui — e não consegui contar a ele. Embora soubesse que Ed achava que a culpa era dele.

Então, não é de se admirar que tenha virado as costas para mim.

O clima ficou tão ruim que me obriguei a ceder na última noite.

— Vai melhorar — prometeu ele, depois.

Este é o momento para contar tudo, penso agora. Não quero perder esse homem. Ironicamente, adoro quando ele me abraça. Também gosto de conversar com ele, de estar com ele. Mas sei que isso pode não bastar para ele, pelo menos não por muito tempo. Não é nenhuma surpresa que Ed fique seduzido pela Davina. A culpa é minha.

— Ed, tem uma coisa que preciso...

Paro ao ouvir um barulho estranho. Alguém está colocando um bilhete embaixo da porta. Ed pega o bilhete e o entrega a mim, em silêncio.

Aqui é a Francesca, do apartamento 7. Preciso trabalhar no domingo. Lamento pedir isso, mas será que vocês poderiam tomar conta da minha pequena? Ela vai se comportar.

Ed dá de ombros.

— Você é quem sabe. Afinal, vou estar pintando. — Ele se vira em direção ao banheiro, mas se detém. — Desculpe, o que você estava dizendo?

— Nada.

Fico aliviada. Graças à oportuna interrupção, o momento passou. Prefiro assim. Se tivesse feito minha confissão, teria perdido Ed para sempre.

E isso não pode acontecer.

8

Carla

Sua mãe estava feliz, observou Carla, animada. Elas cantaram durante todo o caminho até o ponto de ônibus. Na noite anterior, a mãe e o homem do carro brilhoso haviam dançado tanto que o chão tremeu. Mas Carla foi uma boa menina e não saiu da cama para pedir a eles que parassem, embora fosse difícil pegar no sono assim. Ela apenas se enroscou em Charlie, a lagarta.

Agora estava pulando. Era importante tomar mais cuidado do que nunca para não pisar nas linhas da calçada. Ela precisava se assegurar de que nada de ruim iria acontecer depois de tanta coisa boa.

— Sinto muito que tenham machucado você — dissera uma das professoras (a única que era boazinha), quando todos os outros alunos saíram para brincar. — O menino que acertou você também machucou outras crianças. Não vai acontecer de novo.

Kevin não estava na escola. Então, ela se sentia segura para levar Charlie com ela. Um caloroso sentimento de gratidão envolveu Carla, como um cobertor de lã e nuvem. *Grazie! Grazie!* Ela seria como todos os outros.

Bem, não exatamente. Carla viu seu reflexo no espelho do motorista do ônibus quando ela e a mãe entraram. Ela seria sempre diferente por causa da pele morena, do cabelo preto e das sobrancelhas, que eram mais grossas do que as de qualquer outra criança. *Carla Peluda Cavoletti!*

— Carla! — chamou a mãe, com rispidez, interrompendo seus pensamentos. — Não fique pulando. Isso não vai fazer o ônibus andar.

Mas ela estava procurando Lily. Pouco tempo depois do incidente do olho, a chefe da mãe havia pedido a ela que trabalhasse num domingo.

— O que vou fazer? — lamuriara-se a mãe, os olhos aflitos. — Não tenho com quem deixar você, *cara mia.*

Então os olhos dela se voltaram para a fotografia da mulher de xale com o rosto que parecia um monte de ondas encrespadas feitas de pedra.

— Ah, se sua *nonna* estivesse aqui para me ajudar!

Carla estava preparada.

— A moça que me levou pro hospital, lembra? Do apartamento 3? Ela falou que eu podia ficar com ela, se você precisasse.

Ela se lembrou do Charlie. E se Lily contasse à mãe que Charlie, a lagarta, não havia sido um presente?

Tarde demais. A mãe já havia escrito um bilhete e o deixara debaixo da porta de Lily. Durante toda a noite de sábado, Carla ficou se revirando de preocupação na caminha estreita, com a cruz simples acima, feita com madeira da Terra Santa. O coitado do Charlie também estava com medo. *Não quero deixar você*, murmurava ele.

De manhã, Carla acordou com a mãe debruçada sobre ela.

— A moça simpática e o marido vão ficar com você. Comporte-se, viu?

O coração do Charlie batia acelerado quando eles atravessaram o corredor. O dela também.

Que ninguém nos descubra!

— Volto assim que puder — disse a mãe para Lily. — Você é muito gentil. Também preciso agradecer pelo presente que comprou para ela.

Fez-se silêncio. Um silêncio tão alto que todo mundo ouvia. Devagar, Carla ergueu os olhos para fitar Lily. Ela usava uma calça que deixava os quadris muito largos e não estava de batom. Instintivamente, Carla deduziu que ela não era o tipo de mulher que costumava mentir.

— Presente? — perguntou Lily com toda a calma.

— O estojo de lagarta — interveio Carla, a voz trêmula, os olhos cravados nos de Lily, os dedos cruzados às costas. — Você comprou para mim depois que saímos do hospital, para eu me sentir melhor. Lembra?

Fez-se novo silêncio. Os dedos de Carla se atrapalhavam na tentativa de se cruzar. Então Lily assentiu.

— Claro. Agora por que você não entra? Pensei em fazermos um bolo juntas. Você gosta de cozinhar?

A mãe ficou exultante. Carla também.

— Ela adora cozinhar!

— Adoro! Adoro, sim!

Nada de escola agora, Carla disse para si mesma enquanto entrava no apartamento. Foi um dia incrível! Carla e Lily derramaram farinha no chão todo ao juntarem os ingredientes do bolo. Mas Lily não se enfureceu como a mãe costumava fazer. Nem precisou "descansar um pouco" com o marido, um homem alto chamado Ed, que ficou sentado no canto da sala, fazendo alguma coisa num caderno. No começo, ela sentiu medo dele, porque ele parecia um ator de cinema das revistas que o Larry comprava para sua mãe. O cabelo dele lembrava o de Robert Redford, um dos favoritos da mãe.

Também ficou um pouco assustada quando Ed perguntou a Lily por que ela havia mudado suas tintas de lugar "de novo", numa voz irritada, exatamente como a do Larry quando ele descobria que ela ainda estava acordada.

Mas então Ed perguntou se podia desenhá-la, e a fisionomia dele pareceu mudar. Ele ficou muito mais feliz.

— Seu cabelo é lindo — elogiou, dividindo o olhar entre o papel e o rosto dela.

— Minha mãe escova todas as noites! Cem vezes. *Cento!*

— Tchento? — perguntou Ed, hesitante, como se provasse uma comida exótica pela primeira vez, e ela riu do sotaque dele.

Ninguém se importou quando Lily sugeriu que todos almoçassem, mesmo quando Carla disse que não gostava de frango, porque a mãe tinha uma galinha de estimação na Itália, cujo pescoço foi torcido pelo pai da mãe no aniversário de 8 anos dela.

Por isso Carla ensinou Lily e Ed a fazer macarrão de verdade, em vez cozinhar os palitos duros que havia no armário. Demorou bastante, mas eles riram quando ela mostrou como pendurar a massa no cabide que ficava acima do fogão.

— Parem! — pediu Ed, levantando a mão. — Preciso desenhar vocês duas assim! Carla, dê o braço a Lily de novo.

— O Charlie também precisa aparecer no desenho.

Assim que disse essas palavras, Carla se deu conta de que deveria ter ficado quieta.

O rosto de Lily ficou sério, como se alguém tivesse agitado uma varinha mágica na frente dela.

— Onde foi que você arranjou esse brinquedo, Carla?

— Não é brinquedo. — Carla abraçou Charlie. — Ele é de verdade.

— Mas onde você o arranjou?

— É segredo.

— Um segredo ruim?

Carla pensou nas outras crianças da turma, que tinham pais e não precisavam depender de homens de chapéu com carros brilhosos. Será que isso não lhe dava o direito de tomar o que elas tinham?

Ela balançou a cabeça.

— Você roubou, não foi?

Carla sabia que não adiantava negar. Ela apenas assentiu.

— Por quê?

— Todo mundo tem um. Eu não queria ser diferente.

— Ah. — A testa franzida de Lily se desfranziu. — Entendi.

Carla segurou a mão dela.

— Por favor, não conte para a minha mãe.

Fez-se novo silêncio. Ed não notou nada, dividindo o olhar entre elas e o papel.

A respiração de Lily estava tão alta que fez a pele do braço de Carla se arrepiar.

— Tudo bem. Mas você não pode roubar de novo. Promete?

Uma esperança surgiu em seu peito.

— Prometo. — Ela ergueu Charlie para Ed vê-lo melhor. — O Charlie está dizendo obrigado.

Quando a mãe bateu à porta do apartamento, Carla não queria ir embora.

— Não posso ficar mais um pouco? — pediu ela.

Mas Ed estava sorrindo com a mão na cintura da Lily. Talvez os dois quisessem dançar.

— Tome — disse ele, entregando-lhe um papel. — É para você.

Tanto Carla como a mãe tomaram um susto.

— Que desenho lindo você fez da minha filha! — exclamou a mãe. — Você é tão talentoso!

Ed enfiou as mãos nos bolsos, parecendo Larry quando a mãe lhe agradecia pelo perfume, pelas flores ou por qualquer presente que ele tivesse levado naquela noite.

— É só um esboço. Feito com carvão. Não toquem nele agora, senão vai borrar.

Carla não ousaria tocar nele. Iria apenas olhar. Aquela era mesmo ela? Era o desenho de uma criança, não da adulta que ela gostaria de ser. Para piorar, Charlie não estava no desenho.

— Como se diz? — perguntou a mãe.

— Obrigada. — Então, lembrando-se do livro que eles estavam lendo na escola, sobre reis e rainhas da Inglaterra, ela dobrou o joelho numa mesura. — Obrigada por me deixar ficar aqui.

Para sua surpresa, Ed soltou uma risada.

— Ela é incrível. Volte sempre, Carla. Na próxima vez, vou fazer um desenho de verdade. — Ele estreitou os olhos, como se a avaliasse. — Talvez em acrílico.

E agora aqui estava ela, a caminho da escola, esperando Lily.

Talvez ela não venha, disse Charlie. *Talvez ainda esteja chateada com a gente porque você me roubou.*

Carla se empertigou.

— Nunca mais diga isso. Eu mereço ter você. Assim como você merece me ter. Você queria ficar com aquele idiota?

Charlie balançou a cabeça.

— Então! — sussurrou Carla. — Não vamos mais falar sobre isso, está bem?

— Se segure. — A mãe estendeu a mão para protegê-la quando o ônibus deu a partida. — Está finalmente andando.

Ao se recostar no assento, Carla observou as árvores passarem com suas folhas verdes e amarelas. Então a viu. Lily! Correndo pela rua. Correndo como ela tentava correr nos pesadelos, embora os pés, naquele outro mundo, estivessem sempre grudados no chão.

— Vem! — gritou ela. — Você pode se sentar comigo!

Mas o ônibus seguiu seu caminho, ganhando velocidade. Do outro lado da rua, ela viu Ed esperando outro ônibus. O trabalho dele ficava do outro lado da cidade, contara ele no dia anterior. Carla bateu com força no vidro e acenou. Isso! Ele estava acenando para ela também. Embora lamentasse que

Lily tivesse perdido o ônibus, Carla também se sentia feliz porque agora tinha amigos. Amigos de verdade. Era mais um passo para deixar de ser diferente.

— Acho que você estava enganada, mamãe — disse ela.

A mãe, que conferia o rosto no espelhinho que sempre levava na bolsa, olhou para ela.

— Enganada em relação a quê, Carla?

— Você disse que a mulher que não se cuida não consegue arranjar marido bonito. Também falou que a Lily é gorda. Mas o Ed parece um ator de cinema.

A mãe soltou uma risada alta, que fez o homem do outro lado do ônibus olhar para ela, cheio de admiração.

— Isso é verdade, minha menininha esperta. — Ela beliscou as maçãs do rosto da filha. — Mas o que eu não disse é que mulheres como a Lily podem arranjar marido, mas precisam ter cuidado. Ou podem perdê-lo.

Como elas poderiam perder o marido?, imaginou Carla ao se preparar para saltar (seu ponto estava próximo). Elas o largavam na rua? Ou o esqueciam no ônibus, como ela havia esquecido a presilha de cabelo cor-de-rosa na semana anterior? Além do mais, Lily podia ser gorda, mas era generosa. Guardara o segredo sobre Charlie. E a deixara fazer bolo. Seria isso suficiente para manter Ed? Carla não queria que ela tivesse de procurar outro marido.

Ela estava prestes a perguntar, mas a mãe já estava lhe dando instruções sobre a tarde, quando suas aulas terminassem.

— Espere por mim, minha pequena. Está ouvindo? Aqui no portão, mesmo que eu me atrase.

Assentindo alegremente, Carla saltou do ônibus, acenou para a mãe, atravessou o pátio e se dirigiu à sala de aula. Depois do incidente com a bola, na outra semana, ela ficou decepcionada ao ver que as crianças da turma continuavam não sendo muito simpáticas com ela. Mas agora havia Charlie, logo elas mudariam de ideia. Ela tinha certeza.

Na hora do recreio, Carla enrolou Charlie no moletom, para que ele não sentisse frio, e o deixou no armário. Então foi para o pátio.

— Posso brincar? — perguntou às meninas que estavam jogando amarelinha.

Ninguém respondeu. Era como se ela não tivesse falado nada.

Ela tentou um grupo de meninas que jogavam uma bola de tênis na parede.

— Posso brincar também? — pediu.

Mas elas apenas desviaram o rosto.

Carla sentiu como se o estômago estivesse vazio, embora não estivesse.

Desanimada, voltou à sala de aula. Não havia ninguém. Nem mesmo a professora assistente que a levara para casa quando Kevin machucou seu olho. Na verdade, ela não a via desde aquele dia, embora tivesse ouvido uma professora dizer que ela havia sido "demitida", o que quer que isso significasse.

Animada, Carla se dirigiu ao armário e começou a desenrolar o moletom. Charlie entenderia tudo sobre as crianças não falarem com ela. Charlie a faria se sentir melhor...

Não. NÃO!

Charlie estava morto. Rasgado de ponta a ponta, o pelo verde lindo despedaçado. E, sobre ele, um bilhete. Em letras de forma vermelhas.

LADRONA.

9

Lily

Preciso correr mais rápido ou vou perder o ônibus. Se fosse magra, seria mais fácil correr. Paf, paf, meus seios balançam. Os mesmos seios que Ed acariciou ao se deitar, sem que eu esperasse, sobre mim, à noite. Mas, depois, quando ele abriu os olhos, eles revelaram surpresa com a pessoa que estava debaixo dele.

Eu.

Também fiquei surpresa. Naquele estado entre a vigília e o sono, imaginei outra pessoa. Suas mãos macias em meus seios. Sua boca na minha. Sua ereção pressionando meu corpo...

— Preciso ir ao banheiro — murmurei antes de seguir cambaleando para o banheiro minúsculo, secando meus olhos.

Quando voltei, Ed estava dormindo.

De onde viera aquilo? Por que imaginei Joe Thomas na cama comigo? Um homem que detesto...

E com quem Ed estava fantasiando? Imagino. Pode não ter havido nada além daquele gesto espontâneo na outra noite, mas sinto o cheiro no ar. Assim como senti o cheiro de Joe Thomas. Se tem uma coisa que aprendi com o passar dos anos é que devo acreditar na minha intuição.

Enquanto todos esses pensamentos se atropelavam em minha mente, Ed dormia, bem tranquilo. Roncava baixinho, a barba clara despontando no queixo. Em silêncio para não acordá-lo, levantei-me da cama, fui na ponta dos pés até a cozinha e peguei o esfregão.

Fiquei tão entretida que só me dei conta de que Ed se aproximava quando ouvi sua voz.

— Por que você está limpando o chão a essa hora?

Ed estava dando nó na gravata, que, embora ele não tivesse notado, tinha uma manchinha de sangue do corte que havia feito ao se barbear.

Ajoelhada, ergui os olhos.

— Está imundo.

— Você não vai se atrasar para o trabalho?

E daí? Preciso deixar os azulejos brilhando. Se eu não podia consertar meu casamento, queria deixar pelo menos o chão da cozinha impecável.

E é por isso que agora estou atrasada. Se não tivesse surtado com a faxina, não teria saído de casa 15 minutos depois do horário que normalmente saio. Não estaria vendo o ônibus passando por mim. Não estaria temendo as desculpas que teria de inventar para o meu chefe.

Quando vou desacelerando, ofegante, vejo Carla com o nariz colado ao vidro do ônibus, acenando para mim.

— Vem — diz ela, movimentando os lábios.

Então acrescenta alguma outra coisa.

Gorducha? Claro que não. Carla é uma menina doce. Embora eu tenha notado que Francesca me olha com dó. Também percebi que a filha copia tudo o que a mãe faz.

Além disso, não seria a primeira vez que me chamam de gorda.

Quando me sento no ponto para esperar o próximo ônibus, não consigo deixar de pensar em Carla. Carla e sua lagarta verde.

— Você roubou, não foi? — perguntei, quando estávamos tomando conta dela, ontem. — Por quê?

Ela virou o rosto para o outro lado, meio sem graça e, ao mesmo tempo, com rebeldia. Uma desconfortável afetação madura que sugeria que ela sabia o que estava fazendo.

— Todo mundo tem um. Eu não queria ser diferente.

Não quero ser diferente. Era exatamente o que Daniel dizia.

Minha intuição estava certa. Preciso ajudar essa menina.

Meu chefe me aguarda em sua sala. Ele é trinta anos mais velho que eu e tem uma esposa que parou de trabalhar quando se casou. Tenho a sensação de que ele me julga.

Pouco tempo depois de começar a trabalhar no escritório, fiz a besteira de comentar com um colega que quis estudar Direito "para fazer o bem".

Meu chefe ouviu.

— O bem? — escarneceu ele. — Você escolheu a profissão errada.

Enrubesci (ah, se houvesse cura para isso!) e mantive a cabeça baixa. Mas, às vezes, sobretudo quando ele está falando comigo com rispidez, tenho vontade de lhe contar o que aconteceu com Daniel.

É claro que não falaria nada com ele. Nem o Ed entenderia, se eu contasse a história toda. Seria loucura contar ao meu chefe. Ele agora está sentado na minha frente, com um sorriso gélido nos lábios. Há uma pilha de documentos entre nós.

— Como você está se virando com Joe Thomas?

Cruzo as pernas debaixo da mesa e volto a descruzá-las. Estou ciente dos vestígios de Ed, da noite passada, ainda dentro de mim. Marcando meu corpo como a surpresa marcara o rosto dele.

— O cliente continua fazendo joguinhos comigo.

Meu chefe solta uma risada. Não é uma risada amistosa.

— Ele está num presídio com vários outros psicopatas, Lily. O que você esperava?

— Esperava uma reunião mais agradável. — As palavras saem da minha boca antes que eu possa contê-las. Com ou sem razão, o medo me dá coragem para me defender. — Acho que não conheço tão bem os fatos — continuo, tentando contornar a situação. — Por que ele quer entrar com um recurso depois de dois anos preso? E por que recorre a enigmas, em vez de falar comigo diretamente?

Pego o papel que Joe me deu, com números e letras.

— O que o senhor acha que isso significa? — pergunto, num tom mais conciliatório. — Foi o cliente que me entregou.

Meu chefe mal olha para o papel amassado.

— Não faço ideia. Esse processo é seu, Lily. Talvez seja uma nova prova que ele acabou de descobrir, quem sabe. Isso explicaria a demora para entrar com o recurso. — Ele estreita os olhos. — Entreguei a você um processo difícil, exatamente como fizeram comigo quando eu tinha a sua idade. Essa é a sua chance de mostrar a que veio. Não nos decepcione.

Passo o resto da semana fazendo o máximo que posso. Mas há outros processos sob minha responsabilidade também. Eles surgem com regularidade e meio que de propósito, ou assim parece. Meu chefe está claramente me testando. Assim como Ed, com sua postura ora cálida, ora fria.

— Ainda estou penando com aquele cliente — comento certa noite, durante o jantar: uma torta de carne malpassada que não se parece nem um pouco com a fotografia no já surrado livro da Fanny Craddock que a mãe do Ed me deu.

Ed come devagar, o mais devagar possível. Minha refeição é um desafio. Davina, por sua vez, estudou numa daquelas escolas de gastronomia na Suíça.

— Aquele que... Ed? Está tudo bem?

Levanto-me de pronto. Ed parece estar tentando respirar, o rosto ficou vermelho. Alguma coisa entalou em sua garganta. Desesperada, bato em suas costas. Um pedaço de carne voa pela sala. Ele pigarreia e pega um copo d'água.

— Desculpe — peço. — Acho que não cozinhou direito.

— Não. — Ele pigarreia novamente, mas segura minha mão. — Obrigado. Você me salvou.

Por um instante, há uma conexão entre nós, mas ela logo desaparece. Nenhum dos dois tem mais apetite. Jogo a carne na lata do lixo, dando-me conta, tarde demais, de que ela devia ter sido assada antes de eu cobri-la com a massa. Mas também há outra coisa.

Como teria sido fácil deixar Ed morrer engasgado! Fingir que foi um acidente.

Fico chocada — não, estarrecida — comigo mesma. De onde veio esse pensamento?

Mas é quando tenho minha ideia.

Ross. O atuário que conheci naquela festa horrível, quando Ed e Davina sumiram. Ele não havia discutido exatamente essa questão comigo? *Eu trabalho com estatística. Tento descobrir quanto tempo as pessoas vão viver. Quantas pessoas devem morrer engasgadas ou ter leucemia antes dos 60 anos. Bem divertido, eu sei... mas, para seguro, por exemplo, é importante.*

Por isso peguei o número dele com Ed. E, sim, Ross estava livre no dia seguinte. Que tal almoçarmos no clube que ele frequenta?

— Esses números — digo, entregando a Ross o papel, quando nos sentamos à mesa com toalha branca engomada e um garçom a postos — foram compilados por um cliente. Ele está... está preso por assassinato.

Ross me lança um olhar atônito.

— E você acha que ele é inocente?

— Na verdade, você ficaria surpreso se o conhecesse.

— Sério?

Ficamos em silêncio enquanto o garçom serve o vinho. Só uma taça, digo a mim mesma. Ando bebendo mais do que gostaria, o que não é bom nem para a concentração nem para a ingestão calórica. Mas Ed tem o hábito de beber um pouco toda noite, e parece errado não acompanhá-lo.

— Preciso saber o que esses números significam — digo, em desespero.

— O Joe é bom com números.

— Joe? — pergunta ele, franzindo a testa.

— Geralmente tratamos o cliente pelo primeiro nome — respondo, lembrando-me de que, na verdade, Joe me pediu que o chamasse de "Sr. Thomas" até eu resolver o quebra-cabeça. — Esse homem tem algum problema. É extremamente metódico em relação a certos assuntos e tem dificuldade de falar com as pessoas. Prefere se comunicar por enigmas, e esse... esse é um deles.

Detecto um brilho de interesse nos olhos de Ross.

— Vou investigar. — O tom de sua voz é tão tranquilizador que quase sinto vontade de abraçá-lo. — Me dê alguns dias e eu telefono para você.

E ele, de fato, telefonou. Então marcamos outro encontro.

— É um misto de temperaturas de água e modelos de boiler, incluindo a idade — explica agora, com uma risadinha. — E, se não estou enganado, as implicações são assombrosas. Mostrei os números a um amigo engenheiro... Não se preocupe, não dei nenhum detalhe do que se tratava. Mas ele disse que há um padrão definido. Por isso decidi investigar um pouco mais no nosso departamento de pesquisa.

Ele me entrega um recorte de jornal. Vejo que é do *Times* de agosto, quando eu estava me preparando para o meu casamento. Uma época de euforia, quando talvez eu não estivesse lendo o jornal com a atenção de hábito.

ESCANDÂLO: BOILERS DEFEITUOSOS

Corro os olhos pelo artigo com crescente animação.

— Então — digo, resumindo o texto —, desconfia-se de que alguns boilers, fabricados nos últimos dez anos, sejam defeituosos. Até agora, sete clientes prestaram queixa alegando temperaturas irregulares que provocaram queimadura. Há investigações em curso, mas, por enquanto, não há nenhum plano de fazer *recall* dos modelos em questão.

Ross assente.

— Sete se manifestaram, mas com certeza há mais.

— Mas isso acontece há anos. Por que ninguém notou antes?

— Essas coisas demoram. As pessoas custam a perceber que há um padrão.

É claro. Advogados também podem deixar de notar certas coisas. Mas eu não posso ser um deles.

— Desvendei os números — anuncio, ao entrar na sala de visita, no dia seguinte.

É engraçado como isso está se tornando mais natural. Até as portas e os portões duplos já são familiares para mim. E também a postura aparentemente casual do meu cliente, os braços cruzados quando ele se recosta na cadeira, os olhos escuros cravados nos meus. Esse homem tem 30 anos, a idade do Ed: meu marido fez aniversário há algumas semanas. E, no entanto, é como se eu estivesse lidando com um adolescente brigão.

Uma coisa é certa: não irei permitir que aquelas fantasias ridículas entrem em minha cabeça novamente.

— Desvendou os números? — Ele se mostra quase aborrecido. — Sério?

— Já sei sobre os boilers e os processos judiciais. Você vai me dizer que o fabricante do boiler é responsável pela morte da Sarah. Já me falou que a água estava mais quente do que se esperaria depois de trinta minutos. Seu boiler estava com defeito. Essa é a sua defesa, ou talvez sua *legítima* defesa.

Ele inclina a cabeça para o lado, intrigado, como se considerasse o que acabei de dizer.

— Mas eu já disse. Legítima defesa não salva ninguém.

— Salva se a pessoa tiver o advogado certo — respondo.

— Parabéns.

Em poucos segundos, ele vai de desapontado a sorridente. Estende a mão para mim, como se quisesse me cumprimentar.

Ignoro-o. Estou mal-humorada. Irritada também.

— Por que você simplesmente não me falou dos boilers? Teria economizado um bom tempo.

— Eu já disse. Precisei dar algumas pistas para ver se você era inteligente o suficiente para assumir o processo. Preciso ter alguém do meu nível para isso. Alguém competente.

Obrigada, Ross, penso. Obrigada.

Ele se recosta na cadeira, bate as mãos nas coxas e solta outra risada.

— E você conseguiu, Lily. Muito bem! Está contratada.

Contratada? Achei que já estivesse trabalhando para ele.

— Você ainda não me disse exatamente o que aconteceu. — Minha voz é fria, o que ergue uma barreira entre mim e ele. — Chega de brincadeiras — acrescento. — Se quer que eu represente você, preciso saber tudo sobre a sua vida. Chega de pistas. Chega de joguinhos. Fatos. Por que, por exemplo, você sempre fazia o jantar? Por que geralmente preparava o banho da Sarah? — Respiro fundo. — A Sarah tinha razão quando disse à família que você era controlador?

O rosto dele se mantém impassível.

— Por que você precisa saber essas coisas?

— Porque acho que isso pode nos ajudar.

Durante alguns instantes, ele não diz nada. Deixo o silêncio crescer entre nós.

Ele olha pela janela. Não há ninguém no pátio, embora seja outro dia bonito de outono. Talvez os outros homens estejam trabalhando: todos têm funções no presídio. Vejo a lista no corredor quando entro. Os sobrenomes escritos a giz ao lado da tarefa.

Smith — Cozinha.
White — Banheiros.
Essex — Aquário.
Thomas — Biblioteca. (Por que isso não me surpreende?)

Ao lado de cada nome, há também a palavra "Ensino". Fico imaginando o que eles aprendem no presídio. Ler e escrever, talvez, se o alardeado índice de analfabetismo for verdade. Ou será algo mais avançado? (Depois, eu descobriria que muitos homens se formam pelas universidades de ensino a distância.)

— O banho, Joe — insisto. — Por que geralmente você preparava o banho dela?

A voz do meu cliente soa mais baixa do que de costume. Mal o escuto.

— Para abrir a água fria antes. Foi o que sempre fiz. Para evitar queimadura. — O murro na mesa me dá um susto. — Idiota! Ela devia ter me ouvido.

— Tudo bem. A água estava quente. Mas não importa. Eles provaram que você a empurrou na banheira.

O rosto dele endurece.

— Não provaram nada. Só argumentaram bem. Eu já disse que não encostei nela. Ela deve ter caído. Os hematomas deviam ser da queda.

— Então por que ela não saiu da banheira, se a água estava tão quente?

— Porque... ela... estava... bêbada... demais.

Ele profere as palavras devagar, com um longo intervalo entre elas, como se eu precisasse que ele as soletrasse.

— Se ela tivesse me deixado preparar o banho, isso não teria acontecido — afirma, outra vez. — Ele parece obcecado por esse ponto. E algo nessa obsessão me faz acreditar nele. Pelo menos nessa parte. — E não pense que não sinto culpa, porque sinto.

Minha pele fica arrepiada.

— Eu não devia tê-la deixado tanto tempo sozinha. Devia ter me certificado antes de que ela estava bem. Sempre fui muito cuidadoso com ela. Mas, dessa vez...

Joe Thomas é claramente controlador. Mas isso não faz dele um assassino. Eu não lavo o chão da cozinha todas as manhãs, antes do trabalho, como parte da minha rotina? Daniel precisava prender o lençol nas pontas da cama. Meu chefe sempre pendura o paletó de uma certa maneira junto à porta da sua sala. Joe Thomas gosta de deixar o papel exatamente no centro da mesa, entre nós. (Ele queria um caderno, já me disse. Mas falta material no presídio.)

— Você precisa fazer as coisas do seu jeito — observo, num murmúrio. — Porque, assim, as coisas não dão errado.

Ele me encara.

— E daí?

— Não tem problema. Eu entendo.

Ele olha fixamente para mim como se quisesse que eu desviasse o olhar. Mas, se eu fizer isso, ele vai achar que só falei aquilo para que se abrisse comigo.

E algo ainda me intriga.

— Se o boiler estava com defeito, por que você não notou quando o ligou outra vez?

— Eu fui preso logo depois, lembra?

Como sou idiota!

— E as pessoas que se mudaram para a sua casa? Ninguém percebeu que a água estava esquentando demais?

Ele dá de ombros.

— Eles reformaram o banheiro e trocaram o boiler. Você não faria o mesmo se alguém tivesse morrido ali?

— Então quando *você* se deu conta de que poderia haver um defeito de fabricação?

— Algumas semanas atrás, me mandaram esses números pelo correio, com uma única palavra: boiler.

— Quem foi que mandou?

— Não sei. Mas sou bom com números. Fiz minha pesquisa na biblioteca do presídio e deduzi que essa era a resposta. — Os olhos dele brilham. — Precisam acreditar em mim dessa vez. Eu não sou o responsável pela morte da Sarah.

A voz dele treme.

Reflito sobre isso. Algo que aprendemos na faculdade de Direito é que tanto advogados como criminosos às vezes recebem dicas anônimas. Em geral, de pessoas que guardam rancor de alguém ou desejam atingir algum objetivo. Seria possível que alguém na indústria do boiler quisesse fazer justiça?

Eu me levanto.

— Aonde você vai?

A pergunta é quase infantil, exalando vulnerabilidade. Lembro-me da menina italiana com seus cachos negros e suas sobrancelhas dignas de adolescente, e não de uma criança de 9 anos.

— Preciso encontrar um *barrister* que pegue o processo.

Brota um sorriso no rosto de Joe Thomas.

— Então você acha que temos base para entrar com o recurso?

Estou com a mão na maçaneta. Um guarda espera do lado de fora, observando-nos pelo quadrado de vidro que há no meio da porta. Os olhos apertados revelam censura ao meu plano de tirar do presídio um de seus detentos.

— Talvez — respondo, com cautela. — Se o que você está dizendo fizer sentido. Mas chega de joguinhos. Precisamos trabalhar nisso juntos. Promete?

Prometo, disse Daniel, já no fim.

Promete?, perguntei a Carla, quando pedi a ela que não roubasse de novo.

— Prometo — responde Joe Thomas agora.

Deixamos a sala. O guarda consulta o relógio.

— A senhora sabe o caminho de volta? — pergunta, com severidade. — Preciso fazer outra coisa.

Atravesso o corredor em direção à recepção, ao lado do meu cliente.

Passamos por um homem grandalhão de moletom laranja.

— Tudo certo para hoje à tarde? — pergunta ele a Joe.

— Três horas, em ponto — responde meu cliente. — Na sala comunitária. Estou animado. — Ele se vira para mim. — Totó.

Quando vim ao presídio pela primeira vez, o guarda comentou que Joe era arrogante, mas essa breve conversa com outro presidiário me pareceu amistosa. Junto coragem para perguntar algo que anda me incomodando.

— Como você sabia que eu tinha acabado de me casar quando estive aqui pela primeira vez?

Ele encolhe os ombros.

— Leio o *Times* todo dia, de ponta a ponta. Tenho uma memória fotográfica boa, Lily. Macdonald é um nome do Exército. Aparece de vez em quando.

Embora eu tenha me apresentado ao Joe (segundo instruções do meu chefe) como Lily Macdonald, parte de mim agora sente necessidade de impor certa distância entre nós. Quero pedir a ele que me chame de Sra. Macdonald, para manter a impessoalidade. Apesar dos pensamentos que invadem minha cabeça.

Ainda bem que, ao contrário de açúcar, fita adesiva, batata chips e objetos cortantes, posso escondê-los.

Preciso escondê-los, na verdade.

10

Carla

LADRONA.

Se gritasse alto o bastante, Carla disse a si mesma, Charlie iria se curar. Assim como Jesus se curou, mesmo depois de o pregarem na cruz. O padre havia dito isso no domingo de Páscoa, na missa. (Ela e a mãe não iam à igreja com muita frequência, embora a mãe rezasse o tempo todo. Ela costumava dizer que havia coisas que nem Deus entendia.)

LADRONA.

Se continuasse gritando, aquelas letras vermelhas horríveis iriam desaparecer, e o corpo estraçalhado do Charlie iria se recompor como o do Nosso Senhor. O olho preto que faltava voltaria ao lugar e piscaria para ela. *Você achou que eu ia deixar você?*, perguntaria ele.

Carla o abraçaria, e o pelo verde e macio faria com que ela se sentisse melhor novamente.

Mas gritar não estava funcionando. Não como funcionava em casa, quando ela queria alguma coisa e a mãe cedia porque as paredes eram finas ou porque o homem do carro brilhoso estava para chegar a qualquer instante.

— O que está acontecendo aqui?

Uma mulher alta e magra entrou na sala de aula. Carla não gostava dessa professora. Ela costumava tirar os óculos e olhar para as pessoas como se soubesse — como se realmente soubesse — o que estavam pensando.

— É por isso que você está chorando? — A professora, que tinha o nariz ossudo, apontou para os restos do Charlie. — Por causa dessa velharia?

Os soluços de Carla se atropelavam.

— Não é uma velharia. É o Charlie. Minha lagarta. Esfaquearam ele. Olha.

— Esfaquearam? Que melodrama!

A professora tirou os óculos, que a fitavam da mão dela. Um par de olhos de vidro, feitos de metal azul.

— Agora pare de chorar.

— Charlie. CHARLIE!

Tarde demais. A professora medonha já o havia arrancado de suas mãos e agora se retirava. Então o sinal tocou, e as crianças voltaram para a sala, inclusive a menina que era amiga do Kevin, o antigo dono do Charlie.

— Foi você, não foi? — sussurrou Carla, agitando o pedaço de papel escrito a caneta.

A menina olhou rapidamente para o papel.

— Ladrona — disse, em voz alta. — É o que você é. Sabemos o que você fez.

— Ladrona, ladrona — gritou outra menina.

Então todos estavam gritando.

— Ladrona, ladrona. Carla Espagoletti é ladrona!

O barulho fazia sua cabeça girar.

— Que confusão é essa?

A professora do nariz ossudo havia voltado.

— O que a senhora fez com o meu Charlie? — lamuriou-se Carla.

— Se você está falando daquele estojo rasgado, está na lata do lixo lá embaixo. Tenho certeza de que a sua mãe vai comprar outro. Agora comporte-se, mocinha, ou vai ficar de castigo.

Charlie não estava morto de fato, mas estava no meio de cascas de ovo, de pedaços de couve e saquinhos de chá. Carla precisou enfiar a mão no fundo da lata de lixo para encontrá-lo e, quando finalmente conseguiu, seu uniforme estava sujo e fedido.

— Não se preocupe — sussurrou ela. — Vai ficar tudo bem.

Com cuidado, com muito cuidado, ela o abraçou enquanto esperava a mãe, na esquina. (Se ficasse em frente ao portão da escola, alguém certamente iria perguntar o que ela estava fazendo ali.)

Charlie não estava falando, mas não tinha importância. Bastava esperar três dias e tudo ficaria bem de novo. Era assim com todo mundo. O padre havia dito.

Mas agora, quanto mais esperava, mais Carla ficava preocupada com a possibilidade de ela e a mãe terem se desencontrado. Todas as outras crianças já haviam ido para casa. Inclusive as professoras.

O céu estava escuro. Já era quase inverno na Itália. Os meses frios lá, a mãe sempre dizia, suspirando, eram maravilhosos! Havia sempre uma fogueira ao redor da qual parentes e amigos se sentavam. O canto e os abraços nos aqueciam. Ao contrário daqui, onde o aquecedor só levava nosso dinheiro.

Comece a andar. No princípio, a voz do Charlie era tão baixa que ela mal o ouviu. Então foi ficando mais alta.

— Eu sabia que você ia melhorar — sussurrou ela, alisando com delicadeza o pelo rasgado e sujo.

Mas para onde ela deveria ir? Talvez devesse dobrar à direita, no cruzamento. Agora onde estava? Talvez devesse virar à esquerda. Em geral, quando a mãe a pegava na escola, as duas andavam tão rápido que era difícil saber por quantas direitas e esquerdas elas passavam. As duas também conversavam no caminho. ("Tem um perfume novo, minha pequena! A gerente me emprestou um frasco para eu experimentar. Sinta o cheiro! O que você acha?")

E ela contava à mãe sobre seu dia, enquanto mantinha os dedos cruzados. ("Tirei dez em matemática de novo.")

Eles agora haviam passado por um parque. Seria o mesmo parque que havia perto de casa? Talvez. Ou talvez não. De repente, se eles seguissem em frente, Carla veria a loja onde ela e a mãe às vezes paravam para olhar as revistas.

— Para olhar, precisa comprar — advertia o homem do balcão.

Mas, por enquanto, não havia nenhum sinal do homem nem da loja. Carla sentiu o peito se apertar, as mãos suavam. Onde eles estavam?

Olhe, sussurrou Charlie. *Ali.*

O carro brilhoso! O mesmo carro azul que ficava estacionado na frente da casa delas nas noites de terça ou quinta-feira, e às vezes no domingo.

Mas hoje era segunda-feira.

É o Larry, sussurrou Charlie outra vez. *Está vendo o chapéu?*

Mas a mulher sentada ao lado dele não era a sua mãe. O cabelo era ainda mais dourado do que o da Lily, quase branco, e ela usava batom vermelho.

Agora Larry estava com a boca colada à da mulher. A professora havia mostrado a eles um filme sobre isso. Se alguém parava de respirar, tínhamos de misturar nossa respiração à respiração da pessoa, para lhe dar vida.

Agitada, Carla bateu na janela do carro.

— Você está bem?

Imediatamente, a mulher de cabelo quase branco e Larry se desgrudaram. A boca *dele* também estava vermelha. Carla sentia o coração bater acelerado.

— O que você está fazendo aqui? — gritou ele.

O grito foi tão alto que atravessou a janela, embora estivesse fechada. Fez doer os ouvidos dela.

— Estou perdida. — Carla não queria chorar, mas, agora que se sentia segura, podia admitir que estava com medo de andar pelas ruas escuras. — O Charlie me atrasou, e minha mãe não estava no portão da escola. Acho que ela deve ter ido para casa. Ou se atrasou no trabalho de novo...

— O que ela está dizendo, meu amor?

Só então Carla se deu conta de que havia começado a falar na língua da mãe.

— Espere aqui.

Por um instante, Carla achou que Larry estava falando com ela. Mas então notou que ele estava falando com a mulher de batom vermelho. De repente, ela era conduzida pela rua, até a esquina.

— O que você viu? Diga.

A voz dele era diferente da que tinha nas terças e quintas e às vezes no domingo. Era dura, como a pele velha dos pés, que precisamos raspar todas as noites, como a mãe raspa com uma pedra cinza, no chuveiro. ("Só os ingleses tomam banho de banheira, minha pequena. É uma sujeira!")

A boca de Carla estava tão seca que demorou para que as palavras saíssem.

— Vi você colando a boca na boca da mulher. Seus lábios estão vermelhos, como os dela.

— Como assim?

Ele apertava o braço dela cada vez mais forte.

Carla estava ficando mais assustada.

— A gola da sua camisa também — murmurou ela.

Larry olhou para baixo e limpou a mancha vermelha. Sua boca estava tão próxima que ela sentiu o hálito de uísque. Às vezes, a mãe não comia para elas poderem comprar o uísque do Larry, porque era importante. O homem precisa se sentir bem-vindo. Uísque e dança. E, em troca, o aluguel era pago. O aquecedor era consertado. Larry havia pagado a conta de telefone outra vez. *Vale a pena, cara mia. Confie em mim.*

— Rá! — O rosto se aproximou ainda mais. Ela via até os pelos do nariz dele. — Muito esperta — sussurrou Larry, puxando-a pela calçada. — Mas, se você é tão esperta, Carla, me diga que presente posso comprar para você. Para não precisarmos contar à sua mãe nada sobre hoje.

Lembra?, sussurrou Charlie. *Lembra do filme?*

Claro. Ela e a mãe tinham visto um filme na televisão, certa noite. Era tarde, e ela não estava conseguindo dormir. Então pulou da cama e se sentou no sofá com a mãe. Era a história de um menino que via um casal roubando uma loja. O casal dava dinheiro ao menino para que ele não falasse nada.

É a mesma coisa, sussurrou Charlie. *Chama-se suborno.*

— Isso é suborno? — perguntou ela.

O rosto de Larry começou a transpirar.

— Não brinque comigo. O que você quer?

Isso era fácil. Ela mostrou Charlie para ele.

— Cura ele.

Larry franziu a testa.

— O que é isso?

— Minha lagarta. Machucaram ele.

Larry apertou seu braço novamente.

— Compro qualquer coisa, se você ficar de boca calada.

Qualquer coisa? Carla sentiu uma pontada de entusiasmo.

— Vamos fazer o seguinte. — Ele agora a conduzia de volta ao carro. — Vou levar você para casa e, no caminho, passamos numa loja de brinquedos. Vou dizer à sua mãe que encontrei você andando na rua depois que saiu da escola e decidi comprar um presente para você. Em troca, não pode falar nada. Nada mesmo. Não quer deixar sua mãe aborrecida, não é?

Carla balançou a cabeça de um lado para o outro. Os cachos bateram em seu rosto, em concordância.

Ele abriu a porta do carro.

— Saia.

Esta última palavra se dirigia à mulher de cabelo quase branco, sentada no banco da frente.

— Mas, Larry, o que...

— Eu disse *saia*.

Larry deu a ré com tanto ímpeto que o carro bateu numa pilastra de pedra, na calçada. Aí ele ficou praguejando durante todo o trajeto até a casa, como se a batida fosse culpa de Carla, não de sua própria impaciência.

— Você a encontrou! Encontrou minha filhinha! — exclamou a mãe, quando eles chegaram à casa delas. — Fiquei tão preocupada! Ela não estava em frente ao portão da escola, por isso achei que tivesse...

Em silêncio, Carla deixou a mãe abraçada a Larry e foi para o quarto. Na bolsa, havia o novo Charlie, para substituir o antigo.

O padre tinha se enganado. Não demorava três dias para voltarmos a viver. Demorava três horas.

Minha cabeça dói.

Os pensamentos se confundem.

Às vezes, é como se eu tivesse 15 anos a menos.

Às vezes, é como se não estivesse aqui, como se estivesse lá no alto, olhando tudo que ainda está acontecendo.

Talvez a ressurreição de fato seja verdade.

Mas não como aprendemos na igreja.

Talvez seja a chance de fazermos tudo de novo. Dessa vez, direito.

Ou talvez esses sejam apenas os devaneios de uma alma moribunda.

Que jamais voltará.

11

Lily

ASSASSINO DA BANHEIRA DE ÁGUA ESCALDANTE ENTRA COM RECURSO CONTRA CONDENAÇÃO

Joe Thomas, sentenciado à prisão perpétua em 1998, entrará com recurso contra a condenação por assassinato. Thomas alega que a causa da morte da namorada, Sarah Evans, foi consequência de um boiler defeituoso.

Os pais de Sarah se disseram "chocados" ao saber da notícia. "Esse homem matou nossa filha", afirmou Geoff Evans, 54, professor de Essex. "Ele merece apodrecer no inferno."

A Sra. Evans, 53, está atualmente se submetendo ao tratamento quimioterápico para câncer de mama.

Meu chefe solta um assobio ao ler o artigo na segunda página do *Times* de hoje.

— Então já estão querendo o seu sangue. Você tem certeza em relação ao *barrister*?

— Tenho. Tony Gordon aceitou trabalhar *pro bono,* como nós. Disse que esse pode ser um processo de relevância nacional.

Meu chefe olha para mim com indiferença.

— Não quero que seja uma mulher — decretara Joe. — Sem querer ofender, mas os jurados podem gostar de ver uma mulher andando pelo tribunal e ficar imaginando o que há por baixo do vestido. Acho que é o argumento de um homem que vai ganhá-los.

Engoli minha resposta.

— Já o vi em audiência algumas vezes — tranquilizei meu cliente. — Tony sabe lidar com o público.

Também ajuda o fato de ser bonito — algo nele me lembra Richard Burton —, com talento para fazer as juradas se sentirem como se fossem as únicas pessoas da sala e os jurados se acharem privilegiados por serem responsáveis pela vida do réu.

Com sorte, ele nos surpreenderá. Mas, antes, parece que precisamos fazer um requerimento à CCRC, a Criminal Cases Review Commission, a fim de obtermos autorização para entrar com o recurso. Se achar que a solicitação se justifica, a comissão encaminhará o processo ao Tribunal de Apelação. Se permitirem o recurso, Tony disse que entraremos com um segundo processo. Até lá, ele está suficientemente seguro para "nos dedicarmos às preliminares", economizando tempo. Os tribunais estão trabalhando rápido. Precisamos estar preparados.

Volto à minha mesa para continuar coletando informações para Tony. Divido a sala com outro *solicitor* recém-qualificado. Mas meu colega, que acabou de se formar em Oxford, está doente por causa do estresse.

É comum na advocacia. É muito fácil errar, decepcionar o cliente, frustrar o escritório. E, durante o tempo todo, vemos pairando sobre nós o medo de sermos processados por cometer algum deslize. Isso me lembra algo que uma professora disse no primeiro ano: "Acreditem ou não, a justiça nem sempre é justa. Há quem escape impunemente. Há quem vá para a cadeia por crimes que não cometeu. E uma porcentagem desses 'inocentes' já escapou impunemente de outros crimes. Por isso, podemos dizer que, no fim, tudo fica equilibrado."

Estou ciente disso tudo ao me debruçar sobre o computador. E, no entanto, como num ato de rebeldia, meus pensamentos se voltam para Ed.

— Por que não fazemos uma reuniãozinha? — sugeri durante o jantar, certa noite.

Ed — meu marido há quase dois meses — ergueu os olhos da bandeja. Isso mesmo. Passamos a jantar na frente da televisão, algo que a mãe dele certamente desaprovaria.

Mas ajuda a preencher as lacunas de silêncio. O homem gentil e divertido que conheci há menos de um ano parece ter perdido o senso de humor. Em vez de intercalar momentos de ânimo e desânimo, agora está sempre desanimado. Já não tenta me abraçar na cama. Mas às vezes me possui durante a noite — quando estamos ambos semiadormecidos — com uma urgência que me deixa assustada.

— Reuniãozinha? — repetiu ele, ao engolir a garfada de macarrão com queijo.

Pelo menos, Ed é educado. Minha última imitação de um prato da Delia Smith estava visivelmente pastosa, mas, com bravura, ele seguiu comendo. De torta de carne malpassada, "progredi" para macarrão com queijo cozido demais. Mesmo com dois salários, nosso dinheiro era curto.

— Uma reuniãozinha — respondi, com firmeza.

Havia sido ideia do Ross.

— Como estão as coisas? — perguntara ele, ao telefonar para saber se suas informações haviam tido resultado.

Envergonhada, lembrei-me de que eu nem sequer havia lhe mandado um cartão de agradecimento. E o tom de gentileza em sua voz me deixou feliz. É estranho o que um pouquinho de atenção pode fazer. Ou a falta de.

— Meio tensas — admiti.

— Por causa do Ed?

— Por quê? — Senti um aperto no peito. — Ele falou alguma coisa com você?

— Não...

— O que foi, Ross? — Minhas mãos suavam. — Fale. Sei que ele é seu amigo, mas preciso saber.

Minha voz era chorosa. Eu estava pedindo ajuda a alguém que mal conhecia, mas precisava saber a verdade. Estava cansada de mentiras.

— Tem certeza de que você quer saber? Duvido que seja relevante. É só intriga das pessoas.

— Ross, fale. Por favor.

Com certeza, ele notou o tom de desespero em minha voz.

Ouvi-o suspirar.

— A Davina está falando para todo mundo que saiu para beber com o Ed na terça-feira. Tenho certeza de que não é nada.

Terça-feira? Minha mente se agitava na tentativa de relembrar a semana. Ele havia saído tarde do trabalho. De repente, fiquei furiosa. Era do meu marido que estávamos falando. Podíamos não estar às mil maravilhas, mas ainda havia tempo. Eu não deixaria aquela mulher atrapalhar meu recomeço. O recomeço que eu havia planejado antes mesmo de conhecer Ed.

— Acho que eu não devia ter falado nada. Mas, se eu fosse você, faria alguma coisa.

— Tipo o quê?

Minha voz saiu como um grasnido.

— Convide a Davina para uma reuniãozinha essa semana mesmo. Convide várias pessoas. Mostre a ela que vocês são um casal. — A voz dele endureceu. — A Davina não é uma pessoa muito legal. Você é dez vezes melhor do que ela.

Então, antes que eu pudesse dizer qualquer coisa, ele acrescentou:

— E não se esqueça de me chamar.

Sinceramente, reuniãozinha é a última coisa de que preciso agora que o processo está ganhando velocidade.

— Se mostrarmos que houve negligência por parte do fabricante do boiler, isso terá um grande impacto sobre a indústria inteira — disse Tony, depois de concordar em pegar o processo. — Mas temos que fazer muita pesquisa e entrevistar bastante gente. Vou começar pelas testemunhas especializadas. Enquanto isso, quero que você entreviste esse grupo. — Ele me entregou uma lista de telefones. — São pessoas que prestaram queixa por mudanças extremas de temperatura no boiler.

— Onde você conseguiu isso?

— Não importa. Precisamos pôr mãos à obra.

Não havia tempo para intervalo. Eu não deveria fazer nenhum intervalo. E, no entanto, aqui estou. Somos oito pessoas apertadas em torno da mesinha, em nosso apartamento minúsculo, que deixei bastante bonito com lanternas de papel e lírios. Lírios por toda parte. Comprei dúzias no mercado. O cheiro é delicioso.

Também tomei o cuidado, seguindo o conselho do Ross, de usar o pronome possessivo na primeira pessoa do plural em todas as oportunidades. "Nosso" novo sofá. "Nossos" planos para o Natal. "Nossas" fotografias de casamento. A mensagem é clara. Agora somos um casal. Talvez tenha sido por isso que todos conseguiram comparecer, apesar do convite feito em cima da hora: pela curiosidade de ver como estamos nos saindo.

Não é difícil notar que deixei Davina irritada. Aliás, ela não para de espirrar desde o instante em que chegou.

— Sou alérgica ao pólen — justifica-se, entre espirros, enquanto tiro o vaso grande do meio da mesa, em frente à cadeira dela.

Evidentemente, se eu soubesse disso, não teria comprado flores. Pelo menos, acho que não.

A fisionomia do Ed é uma máscara de aversão ao contemplar a ex-namorada. Ele é artista. Precisa que as coisas estejam bonitas. E, nesse instante, Davina não satisfaz a essa necessidade.

Até meu *coq au vin* está passável.

Eu me sinto triunfante.

— Obrigada pela noite adorável — diz ela ao se despedir, de braço dado com o homem maçante que trouxe para o jantar. Um homem diferente do que estava com ela na última vez.

Ross pisca para mim ao se despedir.

— Obrigada — sussurro em seu ouvido.

— De nada.

Ele passeia os olhos pelo meu corpo. Com certeza, não pode estar me admirando! Embora eu ache mesmo que estou bonita. Estou usando um vestido branco, simples, que cobre as curvas que prefiro não mostrar, enquanto revela as curvas que são mais aceitáveis.

— Você está linda — elogia Ed, assim que a porta se fecha. — Pelo menos, parece que o Ross achou.

Naquele momento, me ocorre que um pouco de ciúme por parte do meu marido não seria má ideia.

— Acho que vamos marcar um drinque na semana que vem — comento ao calçar as luvas de borracha para lavar a louça.

— Drinque? — O tom de voz se ergue. — Por quê?

— Ele está me ajudando em um processo. — Pego um copo manchado de batom vermelho, que lavo com fúria sob a água quente. — Somos só amigos. Ao contrário de você e da Davina. Sei que vocês se encontraram para beber uma noite dessas. Não negue.

— Pelo amor de Deus! — Ed joga a toalha de prato em cima da bancada. — Foi com você que eu me casei no fim das contas, e não com ela.

— Como assim, no fim das contas?

Ele não olha para mim.

— Nós estávamos noivos — responde ele, devagar. — Ela terminou comigo. Não contei para você porque não queria que se sentisse ameaçada quando a conhecesse.

Ameaçada? Ele só pode estar de brincadeira. Agora me sinto muito pior.

— Quando foi que ela terminou com você? Quanto tempo antes de nos conhecermos?

— Duas semanas — murmura ele.

— DUAS SEMANAS? Você começou a sair comigo duas semanas depois da sua noiva ter terminado com você e achou que não devia me contar?

— Já expliquei o motivo. — O rosto do Ed está vermelho. — Não existem coisas que você não me contou sobre a sua vida?

Meu corpo esquenta. Então esfria, quando a imagem do estábulo surge em minha mente. O que ele sabe? *Como* pode saber? Isso é loucura, pare com isso, digo a mim mesma. Ele está jogando verde. Fique quieta. Não diga nada.

Ed agora se aproxima. Põe as mãos no meu quadril.

— A Davina e eu nos encontramos para botar a conversa em dia. — Há súplica em sua voz. — Não foi nada de mais.

Meus olhos se enchem de lágrimas.

— Você se casou comigo para superar o término de um relacionamento, Ed?

— Não. Eu me casei com você porque... porque você é generosa, atenciosa e bonita...

— Bonita? Agora sei que você está mentindo.

— Não estou. — Ele me segura pelos ombros. — Para ser sincero, parte do encanto é o fato de você não saber que é bonita.

— Eu sou gorda!

Quase cuspo as palavras.

— Não. Você tem corpo de mulher. De uma mulher de verdade. Mas, mais importante do que isso, é bonita por dentro. Quer consertar o mundo.

Ah, se ele soubesse, penso quando Ed me beija com delicadeza.

Ele não tem o direito de saber?

Será que devo acreditar quando Ed diz que não há nada entre ele e Davina?

Será que tenho o direito de perguntar, sendo que escondo tanto *dele*?

E — igualmente relevante — quem pode declarar Joe Thomas "culpado" ou "inocente" quando somos todos capazes de fazer o mal, em maior ou menor escala?

A campainha toca quando estou deitada nos braços de Ed. Quase consegui, digo a mim mesma. Amor sincero entre marido e mulher. Ou pelo menos afeto...

A campainha toca de novo. Ajeitando a camisola, consulto o relógio — já são dez horas? Quando chego à porta, me deparo com uma mulher linda de vestido de seda preto e laranja, o cabelo negro vertendo em cachos sobre os ombros. Ainda estou pensando no que se passou entre mim e Ed, então demoro alguns instantes para entender quem é.

— Desculpe — lamuria-se Francesca. — Preciso trabalhar de novo e não tenho a quem mais recorrer.

A pequena Carla já entrou em nosso apartamento, como se morasse aqui. Está pulando pela sala.

— Podemos cozinhar como naquele dia? — pergunta ela.

Evidentemente, é uma intrusão. O sinal de alerta em minha cabeça diz que, quanto mais eu permitir, mais isso se tornará um hábito. Além disso, preciso trabalhar. Começo a pensar em uma desculpa quando Ed aparece, o telefone na mão, parecendo perturbado.

— Era o namorado da Davina. Ela foi levada às pressas para o hospital. Teve um ataque de asma por causa dos lírios.

— Ela está bem?

— Está. Mas parece que poderia ter sido pior.

Para minha vergonha, sinto uma pontada de decepção e alívio. Mas logo a advogada que existe em mim assume uma postura ofensiva.

— Você devia ter me falado que ela era alérgica ao pólen antes de eu espalhar as flores pela casa. Você não sabia?

Ele encolhe os ombros.

— Só lembrei quando ela falou.

A intimidade da noite passada se dissipa rapidamente. De súbito, nos damos conta da menina dançando pela sala e de Francesca aguardando no vão da porta.

— A mãe da Carla tem que trabalhar hoje — digo.

Ed assente. O alívio nos olhos é idêntico ao meu. Ambos precisamos de algo que nos distraia de nós mesmos. A menininha de cachos negros e sobrancelhas grossas é a desculpa perfeita. Podemos brincar de mamãe e papai de novo.

— Tudo bem — responde Ed, virando-se para Francesca. — É um prazer ajudar. Não tem problema. Não tem problema nenhum.

12

Carla

— Posso lamber a vasilha? Por favor! Por favor! — pediu Carla, a colher de pau já entre a boca e a cheirosa massa de ovo, farinha, manteiga e açúcar.

A mãe nunca a deixava provar nada que já não estivesse assado. Mas algo dizia a Carla que ela conseguiria convencer Lily. Às vezes bastava saber o jeito certo de persuadir a pessoa.

— Por favooor?

— Claro! — Lily estava ao lado dela, com um avental rosa de bolinhas brancas. — Meu irmão e eu sempre fazíamos isso quando tínhamos a sua idade.

Hummm. Que delícia!

— Mas só um pouco, porque senão você pode passar mal! — alertou Lily. Lily pousou a mão no braço dela.

Carla fez beicinho como a mãe fazia quando Larry dizia que ia se atrasar, mas logo se lembrou de que isso às vezes o deixava aborrecido. E ela não queria deixar Lily aborrecida.

— Qual é o nome do seu irmão? — perguntou, na tentativa de mudar de assunto.

Houve uma pausa, enquanto Lily botava o bolo no forno. Ela quase conseguia sentir a pausa, como aqueles segundos entre o instante em que se colocava a agulha no disco e o momento em que a música começava a tocar.

Ed, que estava sentado no chão, de pernas cruzadas, desenhando, deixou o carvão de lado. Lily levou um bom tempo colocando o bolo no forno antes de voltar à mesa. Seu rosto estava vermelho. O forno devia estar quente.

— O nome dele era Daniel.

Carla conhecia aquela voz cantada. Era a mesma voz que a mãe usava quando dizia algo muito importante, mas sobre o qual não queria se estender. "Seu avô não quer me ver mais." Ou "Um dia, talvez, você volte à Itália sozinha. Sua avó iria adorar conhecer você."

A língua inglesa era muito estranha. Mas, embora detestasse a escola, Carla prestava muita atenção nas aulas de gramática. Adorava. Era como uma cantiga. Uma cantiga de ninar que a mãe às vezes cantava para ela em italiano. Eles agora estavam aprendendo os tempos verbais. Presente. Passado. Futuro. *Ela caminha pela rua. Ele caminhou pela rua. O nome do meu irmão é Daniel. O nome do meu irmão era Daniel.*

Isso queria dizer que o irmão da Lily devia ter mudado de nome. Eles tinham lido uma história na escola sobre uma pessoa que havia feito isso.

— Qual é o nome dele agora?

O carvão do Ed já riscava o caderno de novo. Mas Lily havia retornado ao fogão, ficando de costas para Carla.

— Não quero mais falar sobre ele.

Sua voz tinha ficado inesperadamente triste.

Imediatamente, a boca de Carla ficou seca. O doce da manteiga, da farinha e do açúcar desapareceu. Mas, ao mesmo tempo, ela sentia uma espécie de entusiasmo. Do tipo que temos quando acontece uma desgraça, mas não conosco.

— Alguém machucou ele?

De repente Carla pensou em Charlie com o pelo rasgado, junto ao papel com a palavra "Ladrona".

— Acho que já chega de perguntas por hoje. — Ed se levantou. — Dê uma olhada nisso, Carla. O que você acha?

A menina no papel era exatamente como *ela*! Estava levando a colher de massa de bolo à boca. Os olhos brilhavam. Mas, ao mesmo tempo, havia uma sombra de tristeza. Como Ed sabia que por dentro ela ainda estava sofrendo pelo Charlie? O novo não tinha o mesmo cheiro. Não gostava dela como o verdadeiro Charlie. Ela sentia isso.

— Onde está a Lily? Ela não aparece no desenho.

Lily soltou uma risada, mais grave do que de hábito. Em geral, sua risada era aguda.

— Não se preocupe, Carla. Estou acostumada.

Ela ficou apreensiva. Será que a mãe não dizia essas coisas quando Larry se atrasava ou não aparecia? *Estou acostumada. Acostumada com o fato de sua mulher vir em primeiro lugar. Não se preocupe comigo.*

— Pare — rosnou Ed, com a voz baixa. — Na frente da criança, não.

— Não sou criança — começou Carla, mas Ed já lhe entregava o desenho. — Pode ficar com ele, se quiser.

Sério? Era dela? Ela o guardaria na caixa especial, com o primeiro desenho que Ed havia lhe dado. Ele devia gostar mesmo dela.

— Por que não? É melhor do que deixar aqui. Minha esposa querida pode ficar com ciúme disso também, como de tudo o mais.

— Achei que você tivesse dito "Na frente da criança, não".

Lily lavava a louça com fúria, espirrando água para todos os lados. Uma gota caiu no sapato de Carla. Os sapatos estavam apertados, mas a mãe só receberia no mês seguinte.

"Não posso pedir mais dinheiro ao Larry", dissera.

Mas Carla podia. Desde que o havia surpreendido com a mulher de batom vermelho, tinha a impressão de que poderia pedir muitas coisas ao Larry. O novo Charlie era apenas o começo.

— Podemos dar uma volta? — perguntava agora, dando a mão esquerda ao Ed e a direita a Lily. Então se lembrou de algo que ouvira a mãe dizer através da parede, depois que a dança com Larry havia terminado. — Por favor? Por favorzinho?

No fim da tarde, havia mais cinco desenhos. Carla no parque, no balanço. Carla alimentando os patos. Carla correndo. Carla pensando, com a mão no queixo. Carla tomando um sundae com calda de morango que Lily havia comprado para ela.

— Por que não tem nenhum desenho da Lily? — perguntou ela ao Ed.

Assim que fez a pergunta, Carla se deu conta de que não deveria ter falado nada. Ela só queria saber o que havia deixado Lily aborrecida.

Mas Lily soltou uma risada estranha.

— Porque não mereço ser pintada.

Ed não disse nada. Mas, quando Carla voltou à casa deles no domingo seguinte, havia um desenho novo encostado na parede.

Lily olhando pela janela. Era como se ela pudesse sair do papel a qualquer momento!

E foi quando Carla compreendeu. A mãe estava enganada. Lily podia não ter o corpo da mãe, mas era bonita, generosa e atenciosa. Carla sentiu o coração se encher de ternura. Como gostava daquela mulher!

— Que lindo! — exclamou.

Ed se mostrou satisfeito. Lily também. Eles se abraçaram, parecendo mais felizes do que ela se lembrava de já ter visto. Isso fez Carla se sentir bem de novo. Se não fosse pelos domingos, não conseguiria aguentar a semana. Segunda-feira... Terça-feira... Quarta-feira...

A mãe já não precisava deixar um bilhete embaixo da porta de Lily. Parecia estar subentendido que, no Dia do Senhor, ela ficaria no apartamento do Ed e da Lily, enquanto a mãe ia trabalhar.

— Em breve — prometeu Ed, depois de ela ter admirado o novo desenho da Lily — vou desenhar você outra vez. Mas agora preciso sair.

— Sério? — perguntou Lily, levantando a cabeça. — Aonde você vai?

Ed encolheu os ombros.

— Dar uma volta. Me inspirar.

Carla não se importava que ele saísse. Ele não era sua pessoa preferida. Lily era. Lily, que tinha tempo para ela em vez de ficar sempre desenhando num caderno quando eles deveriam estar andando.

Mas não tardou para que Lily também ficasse ocupada.

— Preciso trabalhar — anunciou. — Você pode ficar lendo um pouco?

Carla fez beicinho. Isso geralmente bastava para conseguir o que queria.

— Mas deixei meu livro em casa.

— Você tem a chave?

— A chave extra fica em cima da porta.

— Você pode pegar então?

Lily mal ergueu os olhos ao perguntar.

— Tudo bem.

— Obrigada.

Lily sorriu para ela. Carla se encheu de ternura novamente.

— Quer que eu vá com você?

— Você está ocupada. — Carla estava ávida para agradar. — Eu vou.

Assim que enfiou a chave no buraco da fechadura, Carla ouviu o gemido. Alguém estava com dor! Teria a mãe ficado doente e voltado para casa? O barulho vinha do quarto dela.

Carla abriu a porta e se deteve. Aquele era o chapéu do Larry, no chão. E ele estava em cima da mãe. Só que não parecia ela. O rosto estava vermelho. O cabelo estava molhado. Os olhos estavam tão arregalados que era como se pudessem saltar das órbitas. Estaria Larry machucando a mãe? Mas a mãe não parecia triste. Nem parecia a mãe.

Carla deu meia-volta e saiu correndo.

— Onde está o livro? — perguntou Lily, quando ela voltou.

— Não achei.

— Você está bem? Está tão calada!

— Posso ver televisão?

— Claro.

— E posso passar a noite aqui?

Lily a abraçou.

— Só temos um quarto, *poppet*.

Poppet? Lily já a havia chamado assim. Carla não sabia o que era, mas era uma palavra bonita.

Lily fechou os livros.

— Quer saber? Posso trabalhar depois. Por que não fazemos *fudge* de novo? Aí você pode dar um pedaço para a sua mãe, quando ela voltar do trabalho.

A campainha tocou, seguida pela voz da mãe:

— *Piccola?* Sou eu!

Carla sentiu o coração se apertar. Intuitivamente, sabia que a mãe estava ali porque ela a vira em casa, quando deveria estar trabalhando. E, embora a voz parecesse alegre, ela certamente ficaria zangada quando as duas estivessem sozinhas.

— Na verdade — exclamou Lily —, parece que ela chegou mais cedo.

13

Lily

Estou correndo atrás da Davina no parque. Ela segura alguma coisa, que preciso pegar senão meu casamento com Ed irá acabar. Davina diminui o ritmo, mas, sempre que acelero, ela desaparece. Então começa a espirrar. Tão forte que o objeto que está segurando cai. Estendo o braço para pegá-lo, mas ele escapa das minhas mãos. Por fim, já sob a luz da lua, consigo segurá-lo. É uma aliança. Igual à aliança que Ed me deu, que era da bisavó dele. Mas, quando a seguro, ela se desintegra, vira pó. E Davina ri. Uma risada alta, aguda...

— Você pode desligar? — pergunta Ed, cheio de sono, do outro lado da cama.

Aos poucos percebo — que alívio! — que a risada da Davina é o despertador. A luz que entra filtrada pela janela é de fato a luz da lua, mas mesmo assim é hora de levantar. São seis da manhã. Preciso pegar o ônibus mais cedo porque tenho uma reunião com Tony Gordon. O homem que pode, ou não, me ajudar a libertar Joe Thomas.

— Reexaminemos os fatos.

Tony Gordon é alto e imponente, o tipo de homem que ficaria à vontade tanto na tela de cinema como nas salas do Lincoln's Inn. E não é só pela largura dos ombros ou pela maneira segura com que enverga o terno cinza-escuro. É também por sua voz grave, autoritária, com um toque rascante. Seu jeito de andar sugere uma autoconfiança nata. As camisas sofisticadas (hoje é uma rosa listrada que pareceria afeminada em qualquer outro indivíduo). Ele atende ao telefone com calma, mesmo quando está sob pressão. Não hesito em afirmar que isso provavelmente tranquiliza a pessoa do outro lado da linha. Com certeza me tranquiliza.

Quanto mais eu trabalho com ele, mais tenho certeza de que este é um homem que sabe o que está fazendo, seja quando dirige um carro, pendura um quadro, briga pela libertação de um condenado por assassinato ou faz amor com uma mulher.

De onde veio esta última ideia? Enquanto ouço Tony discorrer sobre estimativas — números relacionados a boilers, hora do "incidente" —, meus pensamentos se voltam para o rosto do Ed, que mal rocei com os lábios para me despedir pela manhã.

Já temo a hora de voltar para casa. Quem vê de fora acha que estamos felizes. Vamos ao supermercado juntos nas noites de sexta-feira, assistimos aos nossos programas de televisão preferidos lado a lado no sofá depois do trabalho e cuidamos da pequena Carla aos domingos. Dou espaço a Ed para que ele possa pintar nas horas vagas, porque é só isso que ele quer fazer. Ele diz que odeia trabalhar para "idiotas" durante a semana. Mas é difícil deixar de notar que as duas taças de vinho à noite agora são três ou quatro. Ou que ele quase nunca mais tenta me tocar.

Sei que essas queixas parecem ladainhas de pessoas casadas há muito tempo. Mas nós só estamos casados há dois meses. Aonde vamos parar?

— O que você acha?

De repente, vejo Tony Gordon me encarando. Sinto-me enrubescer de vergonha. Ele é um *barrister* famoso. Pode ser a salvação de um homem inocente. Pelo menos minha intuição diz que Joe é inocente, embora eu não goste muito dele. E aqui estou eu, pensando no fracasso do meu casamento.

— Não sei.

Parece ser a coisa mais segura a dizer.

— Lily, pense bem. No parecer psicológico suplementar que pedi, consta que nosso cliente revela sinais da síndrome de Asperger e também apresenta comportamento obsessivo. — Tony Gordon consulta suas anotações. — Esses transtornos são abrangentes e significam coisas distintas para pessoas distintas. Mas, nesse caso, uma das características dele é gostar que tudo esteja em ordem. Ele fica incomodado quando os objetos não estão no lugar certo, interpreta o que escuta literalmente, nem sempre reage às situações como as outras pessoas, tem dificuldade para se comunicar com os outros, detesta qualquer tipo mudança e é bom com números.

— Meu irmão é um pouco assim — ouço-me dizer.

Sei que deveria ter dito "era" em vez de "é", mas a verdade é que com frequência faço isso. Fica mais fácil fingir que Daniel ainda está vivo.

— É mesmo? — Imediatamente, sinto o interesse de Tony Gordon crescer.

— Isso faz com que ele se comporte de maneira estranha?

— Quando ele era mais novo — respondo —, falavam apenas que ele era difícil. Ninguém nunca deu um rótulo ao meu irmão. Mas ele podia ser simpático com a pessoa e, no instante seguinte, fazer uma grosseria. Ele não gostava de mudança...

Mentalmente, corro a mão pela sela. Sinto o cheiro de madeira. Seguro Amelia. *Não.*

— Você está bem, Lily?

Volto os olhos para minhas mãos, que tremem.

— Sim.

Sim, isso fazia Daniel agir de maneira estranha. Não, não estou bem.

Mas Tony Gordon já estava pensando em outra coisa.

— Precisamos atentar para isso — murmura para si mesmo. — Precisamos salientar fatos e números, em vez de emoções. Na minha opinião, a defesa não fez isso como deveria no primeiro julgamento. Também ajudaria se o júri fosse formado por pessoas que gostam de estatísticas, o tipo de gente que deixa a cabeça falar mais alto que o coração, e não o contrário. Também precisamos mostrar que, embora os pacientes com síndrome de Asperger tenham comportamentos e características comuns, todos são diferentes. Únicos. Têm personalidade própria, que influencia seu comportamento tanto quanto a própria síndrome. Segundo minha pesquisa, esse comportamento frio e obsessivo que notamos nele não é necessariamente consequência da síndrome de Asperger. A situação é mais complicada. Ainda mais se alguém do júri tiver uma experiência pessoal que não se encaixe na do Joe. Ou se um jurado se sentir ofendido com o caso dele.

Começo a me perguntar se preciso mesmo estar aqui. Afinal, já passei todas as informações ao *barrister*. Agora a responsabilidade é dele.

— Por favor, peça ao seu escritório que a deixe ir comigo quando eu for visitar o cliente — diz ele. — Sua experiência pode ser útil. Vai haver muita publicidade em torno desse processo. — Ele me lança um olhar solidário, quase paternal. — Ninguém vai gostar de nós — acrescenta. — Seremos o diabo. Assassino é sempre assassino para o público, mesmo quando se prova sua inocência. Esse processo é de extrema importância, de âmbito nacional. Se for autorizado e se ganharmos, abrirá as comportas para todo tipo de ação judicial. Precisamos ter cuidado.

— Eu sei — respondo, ao mesmo tempo que me dou conta de que, na verdade, não sei disso.

Mas não posso mostrar ignorância. Quero ser adulta. Quero ser boa no meu trabalho. Quero ser boa no meu casamento. Só não sei como.

Deixo o Lincoln's Inn, com suas belas paredes de tijolo e seu gramado verde, e caminho entre os grupos de turistas do meio-dia. Gosto de andar por Londres. É bom respirar o ar fresco depois de ficar enclausurada num escritório e, além do mais, isso me dá tempo para pensar.

Dirijo-me à Ponte de Westminster, parando por um instante para contemplar o horizonte. "A Terra não tem nada a mostrar de mais belo..."

Daniel adorava poesia. Admirava a ordem. A maneira como as palavras se encaixavam exatamente onde deveriam. Quando ficava angustiado com alguma coisa — uma peça de quebra-cabeça que faltava, um sapato que não estava no lugar certo —, eu às vezes lia para ele. Precisava ser um poeta com ritmo e alguma excentricidade. Edward Lear era sempre uma boa opção.

— Desculpe — digo quando alguém esbarra em mim.

Desanimada, esfrego o cotovelo. Sou mestre em me desculpar pela indelicadeza de outra pessoa. Fazia isso o tempo todo com Daniel. O homem, por sua vez, nem sequer notou minha existência. Olho para trás, mas ele já desapareceu na multidão.

Então me dou conta de uma coisa. Minha bolsa. Não a que está pendurada no ombro, mas a menor, que estava debaixo do meu braço, a que tinha os documentos do caso do Joe Thomas. Os números que ele me entregou e as anotações que fiz durante a reunião, agora há pouco. Tudo se foi.

Enquanto avanço às pressas na direção do escritório, as recentes palavras de Tony Gordon ecoam em meus ouvidos. *Esse processo é de extrema importância, de âmbito nacional. Se for autorizado e se ganharmos, abrirá as comportas para todo tipo de ação judicial. Precisamos ter cuidado.*

Na hora, achei que ele estava falando que precisávamos ter cuidado para ganhar o caso. Agora começo a imaginar se ele estaria se referindo à nossa própria segurança. Será possível que eu tenha sido roubada com esse propósito? Será possível que aquele homem na ponte — de cujo rosto mal recordo — tenha esbarrado em mim com a intenção de se apropriar de informações vitais?

Quase corro pela High Holborn, o cotovelo latejando cada vez mais. Terei de contar ao meu chefe. Contar a Tony Gordon.

Ao subir a escada, com seu elegante corrimão vitoriano de mogno, quase tropeço numa secretária.

— Tenho dois recados para você.

O primeiro é do Tony. No breve intervalo de tempo desde que nos despedimos, a CCRC entrou em contato com ele. A comissão encaminhará o processo ao Tribunal de Apelação. Ótimo. Agora só precisamos da autorização do tribunal.

— Agora não, por favor — digo à secretária, que agita o segundo recado na minha frente.

— É urgente. — Ela me entrega o papel. — Você precisa ligar para ela imediatamente.

Sarah Evans.

Por que o nome me parece familiar?

Então me lembro. É o nome da namorada morta de Joe Thomas.

14

Carla

Carla puxava a mão da mãe. Para trás. Para trás. No sentido contrário ao ponto de ônibus. No sentido contrário à escola, às risadas e aos olhares de asco que faziam com que ela se sentisse ainda mais estúpida.

Para piorar, o novo Charlie não falava nada.

— Precisamos correr — advertia a mãe, a voz cada vez mais próxima daquele tom que geralmente indicava tristeza ou histeria. (Hoje, definitivamente histeria.) — Vamos nos atrasar!

O ônibus já dobrava a esquina.

— Chegou! — A mãe franziu o rosto bonito. — Rápido!

Relutantemente, ela se deixou puxar pela calçada. Os sapatos pretos de couro brilhante se arrastavam nas folhas molhadas, sapatos pelos quais Larry havia pago. Não havia sido um bom fim de semana, sem Lily e Ed.

— Você não pode passar todo domingo na casa deles — decretara a mãe, como se esse não tivesse sido um acordo que ela própria havia estipulado.

Mas Carla sabia o verdadeiro motivo. Era porque Carla a vira com Larry em casa quando a mãe deveria estar trabalhando. A mãe se sentia culpada. No começo, isso pareceu bom, porque Carla pensou que poderia fazer o que quisesse. Mas depois acabou sendo ruim, porque a mãe cancelou seus domingos com Lily. Ela não faria mais bolo nem lamberia a vasilha. Não faria mais bonecos com castanhas e alfinetes. Nem pompons de lã, como os que Lily fazia quando era pequena. Ela não se sentaria de frente para o Ed, sentindo-se especial, enquanto ele a desenhava. Não correria no parque. Nem brincaria com Lily e Ed.

Ela ficaria em casa com a mãe, esperando o Larry. Embora ele não tivesse aparecido no domingo passado. Elas haviam preparado uma lasanha especial.

— Suba!

A voz da mãe estava carregada de alívio. Elas haviam finalmente conseguido pegar o ônibus. Carla subiu a escada e se sentou no lugar de sempre, na frente.

Agora Lily nunca estava no ônibus.

— Preciso sair mais cedo para o trabalho — havia explicado.

Mas Ed ainda estava lá, esperando do outro lado da rua, com o caderno na mão, desenhando. Talvez estivesse desenhando-*a*! Com força, ela bateu na janela.

— Carla! — A voz da mãe revelava irritação. — Já falei para não fazer isso.

Mas Ed ouviu! Estava acenando com o caderno! Carla ficou feliz. Ele gostava dela. Dava para ver pelo jeito como observava seu rosto, cada detalhe. Às vezes, Carla tinha permissão para ver os desenhos. Ele fazia as sobrancelhas grossas dela parecerem quase bonitas! Ah, se as outras crianças da escola as enxergassem assim! Talvez não fossem tão cruéis com ela.

Quando o rosto de Ed se perdeu de vista, Carla sentiu um vazio.

— Você não vai pegar o Charlie? — perguntou a mãe, apontando para o chão sujo do ônibus, onde Carla o havia deixado cair, entre embalagens de bala e uma lata de refrigerante.

— O nome dele não é Charlie. Ele é só uma lagarta — respondeu Carla, no mesmo tom de voz que as outras crianças usavam quando ela dizia uma bobagem na sala de aula.

A mãe ficou intrigada.

— Mas você gostava tanto dele!

Esse era o outro Charlie, ela queria dizer. O Charlie que ela havia roubado de um garoto que a atormentava na escola, o Charlie que havia sido brutalmente assassinado por outra criança. Mas ela não podia dizer nada. Esse Charlie, que o Larry comprou, não tinha o mesmo cheiro. Era calado demais. Não ouvia os segredos dela.

— Chegamos!

A voz da mãe ficou mais animada quando ela viu a escola. Era como se quisesse que ela descesse logo do ônibus para se ver livre para trabalhar, rir, se perfumar e talvez se encontrar com Larry na hora do almoço.

Carla observou as crianças entrando pelo portão da escola. Os meninos tinham o rosto duro. As meninas mostravam os dentes para ela, como ratos.

— Por favor, Carla. Por favor.

A mãe a puxava pela escada. Charlie, debaixo do seu braço, não tentou resistir.

— Só vou se você perguntar pra Lily se posso ficar com ela no domingo.

A mãe piscou.

— Você prefere ficar com um casal de desconhecidos do que ficar comigo?

— Eles não são desconhecidos. São meus amigos. Gosto de ficar com eles do mesmo jeito que você gosta de ficar com o Larry.

— Vocês vão saltar ou não? — resmungou o motorista.

Uma mulher com uma sacola de compras as encarava. Assim como as meninas de uniforme marrom que frequentavam uma escola mais bonita, no fim da rua. A escola que não tinha meninos, onde ninguém cuspia no chão nem era mal-educado. A mãe dizia que era uma escola católica, onde as freiras ensinavam. Ela havia tentado matricular Carla lá, mas a escola não a aceitou, porque elas não costumavam ir à missa.

— Não podemos começar a ir? — perguntara Carla.

— Eu disse que começaríamos a ir, mas as freiras falaram que era tarde demais.

Carla só esperava que não fosse tarde demais para voltar a passar os domingos com Lily e Ed.

— Eu pergunto — dizia a mãe agora, com um suspiro às avessas, o ar entrando na boca, em vez de sair. — Mas você precisa ir para a escola nesse instante. Promete?

Carla assentiu.

— Prometo.

A mãe ofereceu o rosto para um beijo, mas Carla a ignorou. Apenas se dirigiu à escola, para mais um dia de tormento.

— Italiaaana!

— Por que você fala engraçado?

— Por que você tem pelo nos braços, como um homem?

— Seus braços são peludos como as sobrancelhas.

Os muitos insultos vinham rápido, e agora todos os dias.

— O que você vai roubar dessa vez? Meu pai disse que todo italiano é ladrão. Roubaram a bolsa da minha tia em Roma.

Este último comentário foi de um menino gorducho que tinha o rosto parecido com o focinho de um cachorro que ela viu no parque. Ed explicou que era um buldogue.

— Eu não *rôbo*!

— Roubo, Carla. — A voz da professora de nariz ossudo interrompeu a conversa. — É assim que se diz. E que história é essa de roubar?

— A Carla roubou o estojo do meu amigo. Eu já falei. Mas ninguém acredita em mim porque ele jogou a bola de futebol nela.

Não adiantou. Ela não conseguiu deixar de enrubescer.

— Não é verdade.

A professora estreitou os olhos.

— Tem certeza?

Ela se empertigou.

— Absoluta.

— Entendi.

A professora se dirigiu à mesa seguinte.

— Mentirosa, mentirosa — entoaram as crianças.

Se estivesse ali, o Charlie — o verdadeiro Charlie — diria a ela para ignorá--las. Mas agora só havia aquele impostor (ela estava na letra "I" do dicionário), que só ficava no seu colo, sem fazer nada.

— Mentirosa, mentirosa.

— Se você não parar, Deus vai te castigar — grunhiu Carla olhando para Jean, a menina que estava mais próxima, com a voz mais estridente. — Você vai morrer!

As crianças se calaram, assustadas. Carla também se assustou consigo mesma. Não sabia nem de onde haviam surgido aquelas palavras.

— Carla Cavoletti! Retire-se da mesa já!

Ótimo. Era exatamente o que ela queria. De cabeça erguida, Carla deixou o refeitório.

— Você vai passar o resto da tarde na secretaria.

De novo, ótimo. Se não estivesse em sala de aula, não seria atormentada. Foi quando Carla teve uma ideia. Ela agora sabia o que pediria ao Larry em seguida.

— Eu detesto a escola — lamuriou-se Carla, repetidas vezes, naquela noite.

Evidentemente, a professora havia contado à mãe dela sobre o castigo. Carla tentou explicar seu lado da história, mas a mãe ficou aborrecida com ela.

— *Cara mia*, você precisa se entrosar com os ingleses.

Pela primeira vez na vida, Carla desejou que Larry as visitasse naquela noite, para poder continuar com seu plano. A mãe o esperava, porque estava com o vestido rosa e havia borrifado Apple Blossom no pescoço. Mas aí o telefone tocou. A mulher do Larry estava precisando dele. A mãe ficou desolada. Carla também.

Na manhã seguinte, ao atravessar o portão da escola, notou um silêncio estranho no pátio. As outras crianças estavam em grupos, lançando olhares terríveis para ela.

Todas cochichavam. O nome "Jean" surgiu várias vezes.

— O que aconteceu? — perguntou Carla a uma menina da sua turma que se sentava na frente e não era tão má quanto as outras.

Mas a menina se afastou dela, como se Carla fosse um cachorro perigoso.

— Não chegue perto de mim.

Quando todos fizeram fila, Carla entendeu finalmente o que se passava.

— Infelizmente, temos uma má notícia — começou a diretora, os olhos vermelhos como os da mãe na noite anterior, depois que Larry telefonou. — Jean Williams foi atropelada ontem à noite, quando estava voltando para casa. Está no hospital, muito mal.

No hospital? Jean Williams? A menina que havia sido tão cruel com ela no dia anterior? A menina que ela falou que ia morrer?

Carla notou que os alunos que estavam perto dela começavam a se afastar. Várias pessoas se viravam para olhar para ela, desconfiadas. Nesse dia, ninguém implicou com ela no pátio. Ninguém lhe dirigiu a palavra.

No final da semana, Carla já não comia nem dormia direito. Quando finalmente apagava, sonhava com Jean caindo, sob as rodas do carro brilhoso de Larry. E acordava gritando.

— Qual é o problema, *cara mia*? — perguntou a mãe, afagando a testa dela. — É por causa da pobrezinha daquela menina?

Todos os pais sabiam. A escola havia mandado uma circular sobre "cuidados no trânsito".

Foi minha culpa, Carla queria dizer, mas algo a deteve. Se fizesse a mãe continuar sentindo pena dela, conseguiria concluir seu plano.

— As outras crianças não são legais comigo — murmurou. — A Jean... A Jean era a única que gostava de mim.

A mentira escapou com tanta facilidade que parecia verdade.

— Ah, minha querida! — Os olhos da mãe se encheram de lágrimas. — O que posso fazer para você se sentir melhor?

Era sua chance!

— Quero ir para outra escola. A escola que tem uniforme marrom e não aceita meninos.

— Mas eu já disse, *piccola*. As freiras não deixaram.

Carla ergueu os olhos.

— Fala com o Larry. Ele consegue tudo.

A mãe enrubesceu.

— Nem o Larry pode resolver isso. Mas talvez ele considere a possibilidade de botar você numa escola particular...

Nessa noite, quando Larry chegou para o jantar (embora fosse sábado!), Carla não precisou que lhe dissessem duas vezes que era hora de dormir. Colando o ouvido à parede, ouviu vozes abafadas.

— Sei que é pedir muito, mas...

— Impossível! O que a minha mulher diria se descobrisse que esse dinheiro está saindo da nossa conta todos os meses?

Mais vozes abafadas.

— Mas tem uma coisa que eu talvez possa fazer. Essa escola de freiras que você mencionou... Nosso escritório reserva uma quantia anual para doação. Não estou prometendo nada, mas talvez possa mexer uns pauzinhos. Mesmo para uma católica não praticante como você, minha querida...

A música terminou antes que Carla pudesse ouvir mais. A porta bateu. Eles haviam entrado no quarto. Em breve, Larry sairia para ir ao banheiro.

Lá estava ele. Com rapidez, ela pulou da cama e abriu a porta.

— Larry — murmurou.

E se deteve. Horrorizada. Em vez do terno, ele usava uma camisa, que estava aberta, e por baixo... eca! Em desespero, ele se cobriu com as mãos. Pela sua fisionomia, Larry estava tão aturdido quanto ela.

— Você deveria estar dormindo! — resmungou, irritado.

Carla voltou os olhos para a porta fechada do quarto da mãe.

— Se você não me ajudar a entrar na escola do uniforme marrom, vou contar pra minha mãe sobre a mulher do carro.

Ele fechou a cara.

— Sua...

— Larry! — gritou a mãe, do quarto. — Cadê você?

Carla o encarou.

— Não vou repetir.

Não vou repetir. Foi o que uma professora lhe disse um dia na sala de aula. Agora era sua vez de ser dura.

Na manhã seguinte, durante o café, a mãe era só sorrisos.

— Minha pequena, adivinhe! Falei para o Larry que você não está feliz, e ele vai ver se consegue uma vaga na escola das freiras. Não é maravilhoso?

Maravilhoso! Maravilhoso!

Carla o fitou.

— Obrigada — disse ela calmamente.

— Você não vai dar um beijo nele para agradecer?

Juntando coragem, ela se levantou e beijou o rosto do Larry. A pele dele era velha, seca.

— Mamãe — perguntou, cheia de doçura, voltando a se sentar —, você pensou no que eu pedi? Se você for trabalhar no domingo, me deixa na casa da Lily e do Ed?

A mãe e Larry se entreolharam.

— É o que você quer?

A voz da mãe revelava entusiasmo.

— É, por favor!

— Então vou perguntar se eles concordam.

Se eles concordam? Claro que concordam! Carla ouviu a voz de Lily no fim do corredor:

— Adoramos ficar com ela. Basta trazê-la quando você sair.

Algo havia mudado. Carla percebeu isso no instante em que entrou no apartamento. Ed mal falava com Lily. E Lily, em vez de recebê-la com uma nova receita de bolo ou um rolo de lã para fazer mais pompons, estava sentada à mesa da cozinha, cercada de livros.

— Ela está trabalhando numa ação — explicou Ed, ao pedir a Carla que se sentasse de uma maneira específica no sofá. — Não podemos incomodá-la.

— Assim como não podemos incomodar você quando está pintando
— rebateu Lily.

Carla começou a se sentir pouco à vontade.

— Achei que *ação* fosse quando a gente faz alguma coisa.

Ed tomou um gole do copo que estava à sua frente, com um líquido marrom
que tinha o cheiro do uísque que a mãe oferecia ao Larry quando ele as visitava.

— Lily tem estado ocupada demais com as ações dela.

— Acho que já chega, não é?

As palavras saíram cantadas da boca de Lily, mas seus olhos estavam vazios.

— Claro. — Ed se virou para Carla. — Agora quero que você fique sentada
aí, sem se mexer, pensando numa coisa boa.

Então Carla lhe obedeceu. Pensou em como seria ir para uma escola nova,
onde ninguém implicava com ela. E pensou no cartão-postal com um ônibus
de Londres que ela e a mãe haviam enviado para o *nonno*, na Itália, embora
não esperassem resposta. E pensou...

Que barulho era aquele na porta? Um envelope! Ávida para agradar, ela
correu para pegá-lo, entregando-o a Lily. Ed parecia irritado. Ih, ela havia se
esquecido que tinha de ficar parada.

— Ed? — A voz de Lily parecia a da mãe quando Larry dizia que não poderia vir para o jantar. — Veja isso.

Ed fechou a cara.

— Temos que chamar a polícia. — Ele olhou para Carla. — Vamos ver se
a sua mãe já chegou do trabalho?

15

Lily

Meu primeiro pensamento, quando Carla me entregou o envelope, foi que devia ser da Sarah. Lembro-me do recado que a secretária me deu na semana passada.

— Como era a voz da pessoa? — perguntei, na ocasião.

A secretária deu de ombros.

— Sei lá. Normal.

Não parecia ser de uma mulher morta?, quase perguntei.

Com a mão trêmula, disquei o número.

— Sarah Evans.

— Não havia dúvida. Sarah Evans estava falando comigo. O que estava acontecendo?

— Meu nome é Lily Macdonald — comecei, lembrando-me, no último instante, de usar meu novo sobrenome. — Estou retornando sua ligação sobre...

Irritada, ela me cortou.

— Sobre minha filha.

Senti uma onda de alívio. Sarah Evans decerto fora batizada com o nome da mãe.

— Como você pode defender aquele homem? — murmurou. — Como?

O alívio logo foi substituído por um aperto no peito. Será que eu não sentiria o mesmo se tivesse uma filha? Até aquele momento, estava apenas preocupada em libertar Joe Thomas.

Mas a voz aflita fez com que eu me lembrasse das palavras da minha própria mãe, muitos anos antes. *Como você pôde, Lily? Como?*

Comecei a transpirar. Coitada daquela mulher. Aí me lembrei do artigo que li e me senti ainda pior. Ela estava com câncer.

— Sinto muito, mas não posso discutir o processo com a senhora.

Odiando a mim mesma, desliguei o telefone e fui contar ao meu chefe que havia "perdido" alguns documentos vitais ao recurso de Joe Thomas.

Agora, em nosso apartamento, quando leio o bilhete que haviam acabado de deixar debaixo da porta, deduzo que seja dela.

— Como ela me encontrou? — pergunto, trêmula. — Como sabe onde nós moramos?

— *Ela?* — pergunta Ed, intrigado. — Você sabe quem escreveu isso?

Resumindo, explico o que aconteceu.

— Por que você não me contou?

— Porque a nossa vida agora é assim. — As palavras escapam da minha boca como um jato de água. (É uma imagem que me persegue desde que assumi o processo do Joe.) — Você nunca pergunta como foi o meu dia. Quando chega em casa, só quer saber de pintar ou desenhar.

— Por favor, não briguem.

O fiapo de voz ao meu lado nos lembra que há outra pessoa na casa. Uma criança pela qual somos responsáveis, nem que seja por um dia.

— Desculpe, *poppet.* — Abraço-a. — Ed tem razão. Precisamos ver se a sua mãe já voltou. Tenho que dar um telefonema importante.

— Não posso ficar aqui enquanto isso?

Os olhos negros me fitam com súplica.

— Hoje, não — responde Ed de maneira firme. Ele olha para mim: — Quer que eu ligue para essa mulher?

— Por quê?

— Sou seu marido.

Mas que tipo de marido só conta à esposa depois do casamento que estava noivo de outra mulher? No entanto, não posso dizer isso na frente da menina. Não seria certo.

— Vamos? — chama Ed, virando-se para Carla.

Ouço-os atravessar o corredor, os passos vagarosos de Ed acompanhando os passinhos curtos de Carla. Leio novamente o bilhete. Há vários erros de ortografia. Não parece algo que Sarah Evans, aparentemente uma mulher que teve boa educação, escreveria. Mas nunca se sabe.

SE AJUDA AQUELE HOMEM, VOCÊ VAI SE AREPENDE.

Em vão, tento conter a tremedeira. Ed tem razão. Preciso prestar queixa antes que isso piore.

Estou deitada na cama, tentando não pensar em minha nova realidade. Alguém quer me fazer mal. É assustador.

— Me conte mais uma vez o que aconteceu — pediu Tony Gordon quando telefonei para ele, no dia seguinte.

Então eu contei. Exatamente como havia contado à polícia e ao meu chefe. Uma menina que tinha ido nos visitar ouviu alguém deixando um envelope embaixo da porta. Não, não vimos quem foi, embora eu tivesse recebido um telefonema da mãe da vítima alguns dias antes. No mesmo dia em que alguns documentos vitais haviam sido roubados.

Quanto mais eu repetia aquilo, mais parecia que era eu a acusada. Também havia a inusitada tentação de enfeitar um pouco a história, torná-la mais interessante ou crível. Seria assim que se sentiam os criminosos? Seria assim que eles se enterravam num buraco ainda mais fundo? Como Daniel?

Evidentemente, ninguém podia fazer nada. Como alguém poderia encontrar o remetente desconhecido de um bilhete datilografado, sem carimbo postal? A única coisa que podiam fazer era dizer "tome cuidado", como se isso ajudasse. Claro que isso teve o efeito contrário. Quando estou me dirigindo para o ponto de ônibus e ouço alguém em meu encalço, nem me dou ao trabalho de olhar para trás.

Não me deixarei assustar. Não me deixarei intimidar. Foi por isso que estudei Direito. Preciso acreditar em algo que vence o mal. Se me deixar intimidar, é sinal de que perdi.

Reviro-me na cama, inquieta, observando o teto ser iluminado pelo farol dos carros.

Aí escuto. Claramente.

— Por favor, Davina — diz Ed. Então, mais alto: — Davina.

Ele está falando enquanto dorme.

— Não sou a Davina.

Começo a sacudi-lo. Ele acorda.

— O que foi? O que aconteceu?

— Você me chamou de Davina.

— Não seja ridícula.

— Estou falando sério. Você ainda gosta dela, não gosta?

— Pelo amor de Deus, Lily. Vá dormir e pare de imaginar coisas.

Mas sei que não estou imaginando coisas.

Dessa vez, é ele quem está mentindo.

De imediato, uma nova frieza se interpõe entre nós. Agimos como se o outro não existisse, tentando nos desvencilhar um do outro no apartamento minúsculo, dormindo o mais longe possível um do outro, como se um toque fortuito pudesse nos matar.

Nunca fui o tipo de mulher que tem amigos íntimos. Sempre fugi da intimidade: chances demais de dividir confidências. Mas agora me vejo desesperada para ter alguém com quem conversar. Alguém que pudesse me aconselhar sobre Ed.

Só consigo pensar em uma pessoa.

Telefono para Ross na hora do almoço. Conto a ele sobre Ed e os murmúrios de "Davina" em seu sono. Mas, como ele é tão compreensivo e solidário, acabo contando também sobre a carta anônima, confidenciando que a polícia me pediu apenas para "tomar cuidado".

Ross se limita a ouvir, em vez de oferecer soluções rápidas. (Como se houvesse alguma!) Mas é bom verbalizar meus temores para alguém que não seja eu mesma.

Nessa noite, Ed chega tarde.

— Saí para beber — diz.

— Com a Davina? — pergunto, o coração acelerado.

Então ele vai me abandonar. Apesar de seu comportamento, fico apavorada. Agora terei de recomeçar. Quem mais poderia me amar?

— Na verdade, com o Ross. — Ele segura minha mão. — Olhe, sei que nosso casamento não começou muito bem, mas eu te amo, Lily. E estou preocupado com você. Essa carta... esse homem que roubou a sua bolsa... você indo visitar esse criminoso na penitenciária... Não gosto disso. Estou com medo.

— Sinto muito. É o meu trabalho.

As palavras saem ríspidas, mas, por dentro, me sinto aliviada por ele parecer se importar.

— Sei que é o seu trabalho e admiro você por isso. O Ross disse que você é uma mulher muito especial. E tem razão.

Ah, se ele soubesse!

— Falar com ele — prossegue Ed — me fez lembrar de como tenho sorte. — Suas mãos apertam as minhas. Estão quentes, apesar do frio que faz lá fora. — Vamos recomeçar? Por favor?

— E a Davina?

— O que tem a Davina? — Ele me encara. — Não sinto mais nada por ela, Lily. Foi com você que eu me casei. E é com você que quero ficar. Você acha que podemos recomeçar?

Estou exausta. O escritório está a todo vapor, Tony Gordon telefona o tempo todo. Por sorte, ele tinha cópias dos documentos que foram roubados — diz que sempre tira pelo menos duas cópias dos documentos —, embora seja "uma pena" que alguém esteja com os originais.

Ed também está a todo vapor.

É como se dessa vez ele realmente me enxergasse. E a mais ninguém. Diz meu nome e não o dela. À medida que começo a confiar em meu marido, meu corpo passa a responder ao dele. Mas ainda há ocasiões em que me sinto insegura, imaginando que ele está com outra mulher.

Isso me deixa culpada. E a pressão constante do meu trabalho nos deixa irritados.

— Você precisa parar um pouco — argumenta Ed, quando estou lendo mais um arquivo durante o jantar. — Mal conversei com você essa semana.

Volto os olhos para o caderno de desenho dele, sobre a mesa.

— Pelo menos sou paga para isso. Não é passatempo.

Um comentário cruel. Provocado pela irritação que sinto com o que estou lendo. Mas é tarde demais para retirar o que foi dito.

— Um dia — responde Ed, a voz abafada —, *serei* pago para fazer o que mais gosto de fazer. Enquanto isso, amargo um trabalho que odeio durante a semana para trazer comida para casa.

— Eu também contribuo.

— E não sabemos disso?

Quero que o casamento dê certo. Mas, apesar do que acontece no quarto, começo a duvidar de que isso seja possível. Talvez seja apenas o processo de Joe Thomas. Quando isso terminar, conseguirei pensar direito outra vez. Mas agora, não. Tem muita coisa acontecendo.

No fundo da minha mente, há *aquele* dia assomando: 24 de novembro. Oito anos antes. Todo ano a data chega mais rápido do que eu esperava.

— Preciso visitar meus pais — aviso a Ed, no dia seguinte, quando estamos deitados na cama, abraçados.

O despertador tocou. Estamos ambos tentando juntar coragem para sair da cama quentinha (o apartamento é uma geladeira) e nos arrumar para o trabalho. Mas preciso enfrentar algo que vinha adiando.

— É aniversário de morte do Daniel — acrescento.

Ele me abraça forte.

— Você deveria ter me falado. Quer que eu vá com você? Posso ligar para o trabalho, dizer que estou doente.

Chega de mentiras.

— Obrigada. Mas acho melhor eu ir sozinha.

Penso novamente na versão dos acontecimentos que contei ao Ed. Quando nos conhecemos. Desde então, não conversamos mais sobre o assunto.

Também consultei meus pais.

Eles concordaram comigo.

Há coisas que não queremos que o restante do mundo saiba.

Eu esperava que minha mãe e meu pai fossem se mudar depois da morte do Daniel. Mas não, eles permaneceram na mesma casa. Uma construção georgiana maltratada mas ainda bonita, comprada muitos anos antes, pelos meus avós, no alto da montanha, com arbustos bem-cuidados na frente e trilha de terra para o mar nos fundos.

E estábulo.

E fantasmas.

— Não queremos perder as lembranças — justificou minha mãe, na época.

Lembranças! Não era justamente isso que precisávamos deixar para trás?

— Também tivemos bons momentos — advertiu meu pai.

Quando avanço em direção à casa, pego-me desejando que Ed estivesse aqui para segurar minha mão. Desejando agora ter contado tudo a ele quando tive a oportunidade.

Mas, se eu tivesse contado, ele certamente teria me deixado.

— Lily!

Meu pai me envolve num abraço apertado. Não há como resistir. Sou uma criança de novo. Estou da volta ao tempo em que me sentia segura.

— Lily. — A voz suave de minha mãe irrompe com uma pontada de valentia. — Faz tanto tempo desde sua última visita!

— Desculpem — começo.

— Não tem problema. Sabemos que você está ocupada no trabalho.

Meu pai já está me conduzindo para a sala. Sento-me no sofá gasto. Meus pais podem ter herdado essa casa linda, mas têm pouco dinheiro para mantê-la. O aquecimento central a óleo quase nunca está ligado. Estremeço, pensando que deveria ter trazido um casaco mais grosso.

— Li sobre esse seu novo processo — comenta meu pai. — Parece interessante.

Ele pega o *Daily Telegraph*, fazendo meu coração acelerar. Ali está. O artigo enorme na segunda página.

MÃE DA VÍTIMA DO BANHO DE ÁGUA ESCALDANTE CONTRA-ATACA

Dou uma lida rápida. Há os detalhes medonhos de praxe sobre o crime, um retrato de Sarah Evans que procuro não olhar e uma fala da mãe: "Não consigo entender como alguém pode defender esse monstro."

Abaixo, há duas fotografias. Eu e Tony Gordon. Nós dois estamos sorrindo. Algo pouco apropriado às circunstâncias. Que ótimo. Onde arranjaram essas fotos? Talvez numa lista de perfis de advogados profissionais, de domínio público?

— Parece que você pegou um caso grande — comenta meu pai, cheio de orgulho, ao me servir um gim-tônica.

— Como você sabe que esse homem é inocente? — pergunta minha mãe, a voz baixa, sentada ao meu lado no sofá, um copo já na mão.

Pela janela, ela observa o jardim com suas árvores nuas e o cercado.

Na infância, eu era a menina dos olhos dela. Lembro-me dela cozinhando comigo como cozinho com Carla. Cantávamos músicas abraçadas. Saíamos para procurar castanhas. Mas então Daniel chegou e já não havia tempo para fazer essas coisas normais.

Como sei que Joe é inocente? A pergunta da minha mãe me pega de surpresa.

Porque há similaridades com Daniel, quero responder. *Porque ele não consegue deixar de dizer a verdade, mesmo que, para isso, precise ser rude. E porque minha intuição me diz que devo salvá-lo.*

Escolho apenas a parte que pode fazer sentido.

— Surgiram novas provas que mostram...

Então me detenho.

— Ela não pode falar. Você sabe disso, meu amor.

Meu pai pode estar aposentado (depois do Daniel, foi impossível para ele continuar trabalhando), mas, como assistente social, lidava com muitos advogados. Conhece o protocolo. Para mim, entretanto, ele sempre será meu paizinho. O homem que, à noite, lia histórias para mim e me garantia que não havia ninguém escondido embaixo da cama.

— Você vai dormir aqui? — pergunta minha mãe.

— Infelizmente, preciso voltar para casa.

A decepção deles é flagrante.

— O almoço já está quase pronto.

Ela se levanta e, no caminho até a cozinha, volta a encher o copo.

O almoço é um suplício. Conversamos sobre tudo, menos sobre o motivo de eu estar aqui. Minha mãe enche o copo com frequência, enquanto belisco a torta de peixe, prato preferido do meu irmão.

Depois minha mãe se retira para seu "descanso". Meu pai se mostra cansado do esforço para manter a paz.

— Posso subir um pouco? — pergunto.

Ele assente, aliviado.

A escada range exatamente como rangia quando Daniel descia no meio da noite e eu o seguia para me assegurar de que ele estava bem. Seu quarto está como ele deixou. Carrinhos de brinquedo dispostos à perfeição na estante, com o *Golden Treasury* do Palgrave e as antigas edições do *Beano*, que ele ainda lia na adolescência. Pôsteres de mulheres seminuas na parede. Roupas dobradas na cômoda, a maioria casacos de moletom e algumas camisetas. Pego uma, que levo ao rosto.

No início, as roupas tinham o cheiro dele, mas isso se dissipou com o passar dos anos.

Sem conseguir me conter, viro-me para o armário no qual meu irmão guardava seu "tesouro". Os álbuns de figurinhas — que vão desde oceanos do mundo a estrelas do cosmo — estão impecavelmente empilhados. Assim como as montagens de Lego que ele passava horas criando. Ai de quem encostasse nelas! Lembro-me de uma diarista ser "repreendida" por isso. Foi preciso uma boa remuneração para que ela não prestasse queixa do hematoma no pulso, cortesia do meu irmão.

Com reverência, pego um álbum de figurinhas. É sobre pássaros. Daniel economizava dinheiro para comprar os pacotes de figurinhas. Passava horas colando todas cuidadosamente na posição certa, dentro da marca. Sabiás. Canários. Melros. Pombos.

Sem pensar duas vezes, guardo o álbum na bolsa. E outros dois. Vejo pela janela o velho cavalo marrom pastando no capim invernal. Quero sair para ver o Merlin de perto. Aninhar meu rosto no pescoço dele. Mas não me sinto forte o bastante.

Ouço um barulho na porta. É meu pai.

— Eu queria conversar com você.

Sinto meu peito se apertar. O que foi agora? Que outra má notícia me aguarda?

— Como está a vida de casada? — pergunta ele.

Hesito. É o suficiente para ele saber.

— Entendi. — Ele solta um suspiro e me abraça. Sou adolescente de novo, o sofrimento ainda fresco. — Lembra o que eu disse? — pergunta ele. — Você precisa recomeçar a sua vida, deixar o passado para trás. Senão vai acabar como nós.

Meu pai não precisa entrar em detalhes. Suas palavras me fazem voltar um ano no tempo, quando admiti a ele que não saía muito e que passava a maior parte do tempo no escritório.

— Você precisa ter vida social — aconselhou ele. — É hora de seguir em frente, o Daniel ia querer isso.

E foi quando a menina com quem eu dividia apartamento me convidou para ir a uma festa com ela. A festa na qual conheci o Ed. Mal acreditei quando aquele homem alto e bonito começou a conversar comigo e depois — milagrosamente — me convidou para sair. O que ele viu em mim? Pensei em dizer não. Aquilo só podia acabar em desilusão.

Mas, na ocasião, me pareceu uma rota de fuga para a sanidade.

— Açúcar? Fita adesiva? Batata chips? Objetos cortantes? — pergunta o guarda, na semana seguinte.

Observo Tony Gordon se submeter aos procedimentos, que são obviamente familiares para ele, assim como estão se tornando cada vez mais familiares para mim. As penitenciárias, disse Gordon a caminho daqui, podem acabar criando raízes na gente. Também podem, acrescentou com um olhar de advertência, ser curiosamente viciantes.

Já notei isso.

Enquanto isso, estamos seguindo o guarda. Atravessamos o pátio e cruzamos as portas e os portões duplos do longo corredor, passando por homens de calça de moletom verde, até alcançarmos a ala D.

O cartaz da ESPERANÇA está rasgado no canto inferior direito. Joe Thomas nos recebe de braços cruzados, como se tivesse nos convocado.

— Esse é Tony Gordon — digo a ele, abrindo um sorriso para esconder o nervosismo. Depois da visita aos meus pais, só consigo ver o Daniel sentado ali. O mesmo rosto inteligente, que, no entanto, mostra vulnerabilidade. Aquele jeito de olhar de lado, como se tentasse decidir se somos de confiança ou não. — Ele é seu *barrister* — acrescento, embora seja desnecessário, porque Joe já sabe disso.

— Então, o que você tem a me dizer?

Fico quase constrangida com a falta de traquejo social de Joe. Mas Tony se põe a discorrer sobre a defesa — informações sobre o fabricante do boiler, nossa proposta de interrogar novamente o casal Jones (os vizinhos que depuseram contra ele da outra vez), as testemunhas especializadas —, até fazer mais perguntas ao Joe. Algumas eu mesma queria fazer, mas não tive coragem. Outras nem sequer considerei.

— Por que você sempre preparava o banho da Sarah?

Já perguntei isso, mas quero me certificar. Talvez para fazê-lo cair em contradição.

Ele nos fita com um olhar de "Não é óbvio?" que faz com que eu me lembre do dia em que o conheci, quando declarou sua inocência.

— Eu preciso. Sou assim.

Lembro-me do fato de que quem tem um comportamento obsessivo tende a criar hábitos rotineiros. Tenho lido bastante sobre o assunto. Por um instante, imagino se Tony prepara o banho da esposa. Não para controlar, mas para ser gentil. Por algum motivo, não vejo isso acontecendo.

— Você diria que existem hábitos que outras pessoas achariam estranhos?

Joe encara Tony de modo desafiador.

— O que pode parecer estranho para você não é estranho para mim. E vice-versa. Na minha opinião, meus hábitos são normais. São minhas regras. Eles me dão segurança. Se alguém quer fazer parte da minha vida, precisa aceitar isso.

— Você disse isso à defesa no primeiro julgamento? — Tony consulta os próprios papéis. — Porque não há nenhum registro aqui.

Joe encolhe os ombros.

— O advogado achou que isso me faria parecer controlador demais. Que me faria parecer *frio*.

— Você bateu na Sarah durante a briga, quando ela chegou em casa bêbada?

— Não.

— Aumentou a temperatura do boiler?

— Não. Já disse que não. Mas a água ainda estava quente quando eu entrei no banheiro, o que sugere que devia estar quase fervendo quando ela ligou, mais cedo. Foi assim que queimei as mãos, quando a tirei da banheira.

As perguntas se atropelam, como se já estivéssemos no tribunal. Uma preparação importante para o interrogatório ao qual Joe será submetido.

Se está irritado com o fato de todas as respostas se dirigirem a mim, Tony não deixa transparecer.

— Muito bem — diz, levantando-se. — Acho que temos o bastante para dar continuidade ao trabalho.

— *Acha?* — Joe Thomas crava os olhos em meu colega. — "Achar" não vai ser suficiente para me tirar desse lugar. Acredite em mim.

— Acredite em mim também — murmura Tony Gordon, um rosnado baixo de "essa bola é minha" que me lembra nosso antigo cachorro, sempre ao lado do Merlin.

Daniel era obcecado por cavalos, por isso, depois de muita insistência, meus pais compraram um para ele, de um fazendeiro vizinho, quando nos mudamos para Devon. Aquele animal tranquilo e desajeitado não considerava Daniel "diferente" de ninguém. Desde o início, formou-se um laço especial entre eles. Era meu irmão que o cavalo procurava primeiro quando íamos ao estábulo pela manhã, para alimentá-lo e limpar o local. Quando nos revezávamos para montar nele, Merlin parecia ter um cuidado especial com Daniel, que, por sua vez, parecia ganhar cada vez mais segurança. Montávamos até na praia. E uma vez Daniel recebeu autorização para levar Merlin à cozinha, como um agrado.

Lembranças ao mesmo tempo felizes e dolorosas que me impediram de me aproximar do cercado, e sobretudo do estábulo, durante a visita aos meus pais.

Agora Joe me encara. Seus olhos estão aflitos. Quero tranquilizá-lo, embora eu mesma ainda esteja assustada com o bilhete que haviam deixado embaixo da minha porta. Esse não é o momento para mencionar o bilhete ao cliente, decretou Tony antes de nossa chegada.

— Ele é bom no que faz — sussurro para Joe quando nos despedimos. — Se alguém pode tirar você daqui, essa pessoa é ele.

Então faço o que faço.

Pego um álbum de figurinhas do meu irmão dentro da bolsa. Já calculei que cabe no bolso de Joe, embora também tenha dito a mim mesma que talvez não lhe dê, apenas lhe mostre. Quando ele pega o álbum, sua mão roça na minha. Uma onda elétrica atravessa meu corpo. É tão violenta que mal consigo ficar em pé. O que estou fazendo?

Acabo de cruzar aquela linha sobre a qual meu chefe e o guarda haviam me alertado. Cometi um delito. Dei um presente a um prisioneiro pelo simples fato de que ele me lembra meu irmão. Meu raciocínio é cheio de falhas. Já não posso confortar meu irmão. Por isso quero confortar esse homem. No entanto, ao fazer isso, arrisco minha carreira. Minha vida...

Quanto ao roçar das mãos, foi acidental. Pelo menos é o que digo a mim mesma. Além do mais, Joe já está olhando para o outro lado, como se nem sequer tivesse notado o que aconteceu.

Quando Tony e eu atravessamos o corredor, passando pela sequência de portas e portões duplos, estou certa de que serei advertida. Alguém vai bater no meu ombro. Serei retirada do processo. Tudo estará perdido.

Então por que, agora que cruzamos o portão principal, sinto essa euforia?

— Apesar dos pesares, acho que correu tudo bem — avalia Tony Gordon, passando a mão no cabelo, quando finalmente chegamos ao estacionamento.

Respiro o ar fresco.

— Eu também.

Pela segunda vez na vida, penso que sou uma criminosa.

16

Carla

— Carla! Carla! Venha brincar! Venha brincar!

A menininha que pulava diante dela no pátio usava aparelho nos dentes e tinha orelhas que pareciam ter sido plantadas por Deus no ângulo errado.

Se fosse na antiga escola, pensou Carla, a menina seria um prato cheio para os alunos. Mas, aqui, ela era a mais querida da turma! E também era simpática com todo mundo. Inclusive com Carla.

No primeiro dia de aula, Carla estava com tanto medo que mal conseguia botar um pé na frente do outro. Era a única aluna nova! O semestre havia começado fazia um século, e todas as alunas já se conheciam. Decerto iriam odiá-la. Mas, assim que atravessou o portão com a estátua de Nossa Senhora, Carla se tranquilizou.

Ninguém cuspia no chão. Ninguém riscava as paredes. Ninguém começou a imitar o sotaque italiano dela. Na verdade, o pai da menina de aparelho, ao lado de quem a haviam colocado na sala de aula, viera da Itália muitos anos antes.

— *Meu* pai está com os anjos — confidenciou Carla.

— Coitadinha.

Depois disso, a nova amiga fazia questão de incluí-la nas brincadeiras durante o recreio. Era como se todos os seus sonhos tivessem se tornado realidade, pensou Carla quando foi pular corda com as outras meninas.

Até mesmo as professoras freiras eram amáveis, embora seus mantos parecessem com os das bruxas do livro que ela havia acabado de ler. As freiras gostaram de ver que Carla sabia fazer o sinal da cruz na hora certa.

— Que voz linda! — exclamou uma irmã de rosto plácido ao ouvir Carla cantando *O senhor é meu pastor*, com a voz ligeiramente trêmula.

E, quando ela teve dificuldade com a divisão de polinômios, outra irmã se sentou ao seu lado para explicar exatamente o que fazer.

— Entendi! — admirou-se Carla. — Agora tudo faz sentido!

Ninguém dizia que ela era idiota. Ou que era lenta.

Só havia dois problemas.

— Agora estamos quites — sussurrara Larry, ao visitá-las na noite anterior. — Tive que pedir muitos favores para matricular você nessa escola. Por isso chega de exigências, entendido?

Será que a escola nova equivalia àquela mulher no carro, que não era sua mãe? Carla não sabia. Não era o tipo de conta que ela podia perguntar às novas professoras.

O outro problema não era tão grande, mas algo teria de ser feito. Afinal, *ninguém* na escola tinha um Charlie! Os estojos de lagarta haviam sido moda no ano anterior. Agora, todas as meninas tinham estojos de gatinha. Estojos de pelo macio, cor-de-rosa, com olhos de plástico que se mexiam e bigodes de verdade, também feitos de plástico.

Chega de exigências, decretara Larry. Mas ela queria uma gatinha! Precisava de uma gatinha. Senão seria Diferente com "D" maiúsculo de novo.

— Se o meu pai estivesse vivo, ele compraria para mim — confidenciou à nova amiga, Maria, quando elas estavam tomando sopa, inclinando o prato para afastá-lo ligeiramente delas como haviam aprendido.

Havia um refeitório perfeito na escola, com mesas de madeira, em vez daquelas de plástico que balançam. E as meninas precisavam se sentar eretas e aguardar até que todas fossem servidas. Também precisavam comer de boca fechada. E, em vez de jantar, elas almoçavam.

Maria se inclinou para a frente, o pequeno crucifixo de ouro oscilando no pescoço, e fez o sinal da cruz.

— Há quanto tempo seu pai está no paraíso?

— Desde que eu era bebê.

Carla lançou mais um olhar desejoso para o estojo de gatinha da amiga, que estava no colo dela. Diziam que até a irmã Mercy tinha um estojo de gatinha, guardado em sua sala.

— Ele quebrou uma promessa — acrescentou ela.

— Que tipo de promessa?

— Acho que foi a promessa de ficar vivo.

A nova amiga encolheu os ombros, solidária.

— Eu quebrei o braço no semestre passado. Doeu muito. — Ela tocou a mão de Carla. — Meu tio me deu um estojo de gatinha de aniversário sem saber que eu já tinha um. Você pode ficar com ele, se quiser.

— Jura? — Carla sentiu uma alegria imensa, seguida de um peso no peito. — Mas todo mundo vai achar que eu roubei.

— Por quê? — Maria franziu a testa. — Se pensarem isso, eu digo que foi presente. Quando é o seu aniversário?

Carla sabia disso muito bem. Era por isso que vinha contando os dias no calendário que ficava pendurado na parede da cozinha. O calendário que tinha imagens da cidade onde o *nonno* morava, com suas ruas de pedra e um chafariz no meio da praça.

— Dia 9 de dezembro — respondeu, de pronto.

— Não está longe! — A amiga abriu um sorriso, revelando o aparelho. — Então pode ser seu presente. No meu aniversário, eu ganhei uma bicicleta.

Maria manteve a palavra. No dia seguinte, trouxe um estojo de gatinha novo, com pelo macio, cor-de-rosa, e olhos que se mexiam.

— Minha própria gatinha!

Era tão macia! Tão quentinha! Tão gostosa!

Charlie grunhiu algo. Estava em seu direito, mas, por outro lado, também deveria ter falado mais, como o antigo Charlie. Era hora de seguir em frente. Agora ela poderia ser como todas as outras meninas!

Naquela tarde, elas tinham aula de artes. Havia mais tintas e lápis de cera nesta escola. Carla adorava! Se prestasse bastante atenção nas instruções, talvez pudesse ser uma pintora de verdade, como Ed.

No momento, porém, a turma estava fazendo uma colagem, cortando várias imagens de revistas e colando numa cartolina enorme. Seria para a exposição do Advento, à qual todos os pais iriam comparecer! Sua mãe estava até tentando conseguir uma folga.

— A senhora me empresta a tesoura? — pediu Carla.

A freira — uma das mais jovens — lhe entregou a tesoura, mantendo as lâminas para baixo, afastadas de Carla.

— Tome cuidado, querida, está bem?

Carla abriu um sorriso bonito para a freira.

— Claro, irmã Agnes. — Ela esperou um pouco antes de levantar a mão. — Posso ir ao banheiro?

A irmã Agnes, que estava ocupada cortando a Virgem Maria para outra aluna, assentiu. Agora era sua chance!

Com rapidez, Carla pegou Charlie numa mão e a tesoura na outra. Atravessou às pressas o corredor, em direção ao banheiro. E, fechando-se em uma das cabines, cortou a cabeça de Charlie. Ele não soltou nenhum gemido, embora a cabeça, separada do restante do corpo, a fitasse cheia de recriminação. Aí ela cortou o corpo dele em duas partes. Ainda nenhum gemido. Por fim, jogou os três pedaços na lata de lixo, no lado que dizia "Absorventes". (Ninguém sabia o que exatamente era aquilo, embora houvesse rumores de que as meninas mais velhas jogavam sangue ali dentro como penitência para pecados como beijar um menino.)

Depois disso, Carla puxou a cordinha para parecer que estava de fato usando o banheiro, lavou as mãos e retornou à sala de aula, mantendo a tesoura junto à saia plissada marrom. Em silêncio, sentou-se em seu lugar e se pôs a cortar uma imagem do menino Jesus na manjedoura.

Depois ela se dirigiu à fila para pegar mais uma imagem da pilha de revistas e jornais.

— O que significa essa palavra? — perguntou a menina que estava na sua frente.

Ela indicava a fotografia de um menino, com uma palavra escrita abaixo: ASSASSINATO.

Carla ouviu com atenção. Gostava da maneira como as alunas eram incentivadas a perguntar nessa escola. Ninguém implicava com nenhuma aluna por fazer perguntas. Dava para aprender muito.

— Ah, minha querida! Isso não deveria estar aqui. Vou guardar.

— Assassinato — interveio outra menina, que estava quase no começo da fila. — É o que está escrito.

— E o que significa?

— Assassinato, meu amor, é quando se tira a vida de alguém, assim como tiraram a vida do Nosso Senhor. É pecado. Um pecado grave.

Carla ouviu a própria voz se erguer na sala de aula.

— Precisa ser a vida de uma pessoa?

A irmã Agnes balançou a cabeça.

— Não, querida. Aplica-se à vida de qualquer criatura do Senhor. Veja São Francisco e o amor dele pelos menores seres vivos.

Carla sentiu súbita ânsia de vômito. Charlie era um ser vivo. Ela havia matado o novo Charlie só porque ele estava "fora de moda" e porque a amiga tivera pena dela.

— Existe alguma coisa que a pessoa possa fazer para se desculpar por um assassinato? — perguntou, num fio de voz.

A irmã Agnes franziu a testa, gerando uma infinidade de rugas.

— Pode rezar. — Ela soltou um suspiro. — Mas há crimes que Deus não pode perdoar — acrescentou, benzendo-se. — Não se esqueçam, meninas. Os assassinos vão para o inferno.

Os pesadelos recomeçaram depois disso. Às vezes, o novo Charlie rastejava no paraíso em três pedaços, a cabeça procurando o corpo. Outras vezes, apenas olhava para ela. *Você me assassinou. Você me assassinou.*

Às vezes, Carla sonhava com o antigo Charlie, o que era ainda pior.

— O que foi, minha pequena? — perguntou a mãe. — Você está feliz na escola nova, não está?

Ela assentiu.

— Muito feliz.

— Suas amigas, elas são boazinhas com você. — A mãe pegou o estojo de gatinha cor-de-rosa que Carla estava prestes a guardar na mochila. — E as freiras sabem ensinar bons modos. Você precisa parar de sonhar com a outra escola. Graças ao Larry, isso é coisa do passado.

Se a mãe queria acreditar que os pesadelos se deviam à antiga escola, não havia por que corrigi-la. Pelo menos, foi isso que a Gatinha lhe disse. *Agora eu sou sua amiga. Pare de se preocupar com o Charlie.*

Por isso, Carla tentou. Mas não era fácil como parecia. Ela já havia notado que, quando aprendia uma palavra nova, ela começava a aparecer em toda parte. E assim foi com "Assassinato". Carla passou a vê-la nos jornais, no ônibus. Ouvia a palavra na televisão, e ela também ficava surgindo em seus sonhos, noite após noite.

Ela e a mãe começaram a pegar o ônibus mais cedo, para que sua mãe chegasse ao trabalho antes dos outros funcionários e pegasse emprestados alguns batons novos para "experimentar em casa".

Um dia, Lily pegou o mesmo ônibus que ela! Carla ficou exultante.

— Gostou do meu uniforme novo? — perguntou, alisando o casaco marrom. — É de uma loja especial, custou muito caro. Mas o Larry...

— Psiu — interveio a mãe. — Pare de incomodar a Lily. Olhe, ela está trabalhando.

— Não tem problema. — Lily colocou a pilha de papéis sobre os joelhos e deu a Carla um sorriso afetuoso, que também era destinado à mãe. — É dever de casa, como você também tem.

Carla espiou os papéis.

— É aritmética? Posso te ajudar, se você quiser. Eu não entendia nada na outra escola, mas agora as irmãs me explicaram e...

A voz dela se perdeu.

— O que foi? — perguntou a mãe.

Mas Lily sabia. Carla notou. Às pressas, ela já estava guardando os papéis na bolsa. Só que era tarde demais. Era aquela palavra terrível de novo.

Assassinato.

Por que a palavra apareceu no dever de casa da Lily? Será que isso queria dizer que sua amiga havia matado alguém? Uma pessoa de verdade? Não apenas um estojo?

Ela sentiu um arrepio na coluna.

— As pessoas gentis nem sempre são boas como parecem — advertira-as a madre superiora, certo dia. — O diabo pode tomar o corpo delas. Devemos estar sempre vigilantes.

Carla não sabia o que era "vigilante" até procurar no dicionário. Agora ela se afastava de Lily. Seria possível que sua amiga Lily, que a ajudava a preparar bolo e a deixava lamber a vasilha, fosse uma pessoa má? Será que era por isso que estava sempre brigando com Ed? Porque ele também achava que ela era má?

— O que foi? — repetiu a mãe.

— Nada.

Carla olhou pela janela e viu o parque, onde as últimas folhas vermelhas e amarelas haviam caído das árvores e agora dançavam na grama molhada.

De repente, Lily já não parecia tão simpática.

Talvez — que ideia assustadora! — só estivesse sendo simpática para poder fazer mal a ela também.

Depois disso, Carla começou a sentir dor de barriga aos domingos.

— Quero ficar em casa — disse à mãe, na primeira vez.

— Mas a Lily e o Ed estão esperando você.

Carla se virou na cama, resmungando.

— A Lily está sempre fazendo dever de casa, o Ed me obriga a ficar parada, para me desenhar. Eu não quero ir.

A mãe insistiu, prometeu coisas, mas não adiantou. *Não ceda*, aconselhou a Gatinha, os olhos pretos se mexendo. *Ela vai acabar acreditando. Escute! Já está funcionando. Ela está no telefone com o Larry e disse que não pode encontrá-lo porque você está doente.*

À tarde, Carla estava se sentindo suficientemente bem para ir ao parque. Mas a mãe criou caso:

— Sua dor de barriga passou rápido. Você já consegue até pular e correr.

No domingo seguinte, porém, a dor de barriga voltou. Dessa vez, Larry foi visitá-las, embora ela estivesse doente. Ele se sentou na beirada da cama dela, a expressão séria.

— O que você acha que faria sua barriga melhorar? — perguntou, num murmúrio.

Uma bicicleta, respondeu a Gatinha, ao lado dela. *Rosa, como a da Maria.*

— Uma bicicleta — repetiu Carla. — Rosa. Com buzina. E cestinha.

Larry assentiu.

— Veremos o que vai acontecer no seu aniversário, na terça-feira — disse Larry, e Carla sentiu a garganta se apertar. — Você vai fazer 10 anos, eu acho.

Ela confirmou.

— Idade suficiente para parar com essas brincadeiras infantis. — A voz de Larry era baixa, mas firme. — Depois disso, chega de gracinhas. Está me ouvindo?

17

Lily

Dezembro de 2000

Apesar das palavras corajosas que digo a meu marido — "sei cuidar de mim mesma, obrigada" —, fiquei abalada com o bilhete anônimo e com tudo o que aconteceu desde então. Hoje quebrei minha promessa quando me dirigia ao ponto de ônibus. Olhei para trás. Essas manhãs frias de inverno são escuras, pode haver alguém escondido à sombra dos arbustos.

Mas não vi ninguém.

Também faz um tempo que não vejo Carla. Espero que ela esteja melhor da dor de barriga. Sentimos falta dela no domingo. Sentimos falta do alívio que ela se tornou para nós, a distração que nos livra da obrigação de ter de conversar. Sentimos falta do papel que ela desempenha para Ed — o novo retrato que ele vem fazendo dela está ficando realmente lindo — e da permissão que isso me dá para trabalhar sem interrupção.

Há pouco tempo em minha vida para fazer qualquer outra coisa.

— O Tribunal de Apelação autorizou o recurso. Conseguimos um segundo julgamento — me informa Tony Gordon, pelo telefone. — A data está marcada. — Sua voz revela entusiasmo, mas também certa apreensão. — Março. Isso não nos dá muito tempo, mas eles estão botando o trabalho acumulado em dia. Prepare-se para cancelar o Natal.

Imagino que ele não esteja brincando. Os azevinhos já estão carregados de frutas quando passo por eles todas as manhãs.

Frutas vermelhas como sangue. Vermelhas como a fúria. Vermelhas como o casaco que Daniel usava naquela noite.

— O Natal é um campo de batalha com comida boa, de quebra — dissera meu irmão, um dia.

Tive a sensação de que ele ouvira isso em algum lugar, mas falou como se aquilo fosse algo da cabeça dele.

De qualquer forma, ele tem razão. Ed quer que passemos o dia com os pais dele. Eu quero que seja com os meus.

— Eles não têm mais ninguém — argumentei.

Ainda não chegamos a um acordo.

Fico imaginando como Joe Thomas passará as chamadas festas de fim de ano. Será que alguém *o* visitará? Também gostaria — tarde demais — de não ter lhe presenteado com o velho álbum de figurinhas do Daniel em nosso último encontro. Passei do limite. O que deu em mim?

A visita de hoje precisa ser diferente.

Os olhos de Joe Thomas ardem. Eles me lembram um tigre. "Tigre, tigre que flamejas." Um dos poemas preferidos do Daniel. Joe quase rosna ao falar.

— Deixaram um bilhete ameaçando você embaixo da porta da sua casa?

A caminho do presídio, Tony anunciou que era hora de revelar isso.

— Precisamos pressioná-lo agora que o dia da audiência foi marcado. Temos que avançar. Incitá-lo, ver se arrancamos mais informações dele. Descobrir se há alguma lacuna.

Está funcionando. Joe contrai visivelmente o maxilar. Mantém os punhos fechados. O cartaz da ESPERANÇA está torto na parede.

— O que o bilhete dizia?

— Se ajudar aquele homem, você vai se arrepender. — Tony pronuncia todas as palavras com muita clareza, como se estivéssemos numa sala enorme. — Devo acrescentar — diz Tony, com uma risada — que não estava muito bem escrito.

— Deixem comigo. — Os olhos do Joe escurecem, se isso é possível. Já li sobre esse tipo de mudança de cor, mas achei que fosse licença poética. No entanto, aqui temos um exemplo, na minha frente. — Vou dar uma sondada.

Tony assente.

— Obrigado.

Então é isso, entendo de súbito. Tony quer ver se Joe tem contatos lá fora. Tirando proveito do que meu *barrister* já disse ser "uma clara empatia do cliente com você", ele está confirmando suas suspeitas.

— De que outra maneira você pode nos ajudar nesse processo? — pergunta Tony, debruçando-se sobre a mesa de metal, fazendo-a inclinar, de modo que uma perna da mesa roça a minha perna, desfiando a meia-calça.

Imediatamente, Joe se recosta na cadeira, os braços cruzados.

— Como assim?

— Aqueles números que você recebeu pelo correio — sugere Tony — vieram de um contato seu, não vieram? Devem ter vindo. Alguém que trabalha para a companhia de gás, para o fabricante do boiler, ou em algum setor da indústria. Você está pagando a essa pessoa, ou ela te deve um favor?

A fisionomia de Joe é um estudo sobre ausência de emoções. Já vi isso antes, nas telas do meu marido. Um esboço. Nada mais. Então Ed preenche os sentimentos: um arco da sobrancelha para indicar incredulidade ou graça, uma curva dos lábios para sugerir irritação ou desejo. No rosto de Joe não há nada disso.

— Por que eu faria isso? — pergunta ele. — E por que você acha que eu contaria a você se fosse verdade, embora não seja?

— Porque — responde Tony — você precisa nos ajudar para se ajudar. Vou te dar um tempo para pensar nisso, Joe. Quando eu voltar, gostaria que você me dissesse quem é o seu contato, e então talvez tenhamos chance de ganhar o processo. E, antes que você comece a discorrer sobre aquela história de honra entre criminosos, preciso fazer uma pergunta. Você realmente quer passar outro Natal nesse lugar? — Ele corre os olhos pelo cômodo vazio, com o cartaz de NÃO RETIRE abaixo do relógio e o piso gasto. — Porque eu não iria querer, se estivesse no seu lugar.

Quando saímos da sala, lanço para Joe um olhar que diz "Sinto muito". Não consigo evitar. Sua reação ao bilhete me convenceu de uma vez por todas de que ele é inocente. Não dá para fingir esse tipo de coisa.

— Obrigado pelas figurinhas — sussurra Joe, quando passo por ele.

Congelo, torcendo para que o guarda parado junto à porta aberta não tenha escutado.

— Não recebo muitos presentes aqui.

Não respondo.

Joe volta os olhos para minhas pernas. Nota a meia-calça desfiada. Franze a testa.

— Você precisa dar um jeito nisso.

E segue pelo corredor no sentido contrário, como se eu o tivesse insultado.

Trêmula, acompanho Tony pelo corredor, passando por homens que nos encaram, desejando parecer segura como meu colega, com suas costas eretas e seu ar arrogante.

Quando chegamos à entrada, ainda estou tremendo.

— Você se saiu muito bem — elogia Tony, pousando a mão em meu ombro. — A penitenciária não é fácil. Não se preocupe. Joe e eu agora chegamos a um entendimento. Não preciso mais que você me acompanhe nessas visitas. Basta uma secretária. Agora você só verá esse homem quando todos estivermos no tribunal.

Volto os olhos para o muro com arame farpado enrolado no alto, ainda visível pela janela. Ver Joe apenas na audiência? Sinto uma decepção irracional, mas também há outra coisa. Ele vai achar que não gosto dele. E de repente entendo que gosto. Muito.

Joe Thomas representa minha chance de salvar um homem inocente.

De compensar o fato de não ter salvado Daniel.

O telefone toca quando estou afundada em papéis. Não papéis dos quais deveria estar me ocupando — processos que meu chefe empilha em minha mesa já sobrecarregada, sobre fraudes, furtos e agressões —, e sim papéis referentes ao caso de Joe.

Tudo bem Tony dizer que assumirá o processo a partir daqui, mas preciso fazer minha parte no escritório. Decerto, quanto mais informações eu puder lhe passar, melhor, não? E são muitas informações. Todo dia, o correio traz mais cartas de pessoas que leram sobre o caso no jornal. Uma mulher que se queimou gravemente no banho ("Disseram que era culpa minha, por não ter conferido a temperatura primeiro, mas estava na posição de sempre, e o boiler tinha acabado de passar pela manutenção"). Um homem cujo rosto ficará marcado para o resto da vida ("Eu estava bêbado quando abri a torneira, por isso deduzi que fosse minha culpa quando a água saiu pelando"). Um pai que quase botou o filho pequeno na banheira depois de tomar o cuidado de abrir a água fria com a quente, e então descobriu que a fria estava fervendo. Aparentemente, uma peça do boiler estava com defeito.

O processo cresce, e com ele o alvoroço da mídia. Os repórteres telefonam várias vezes pedindo atualização, qualquer coisa que ponha lenha na fogueira no que pode vir a se tornar um escândalo nacional.

Acabei de desligar o telefone, irritada com uma jornalista insistente. Por isso, quando o telefone toca de novo, poucos segundos depois, imagino que seja ela.

— Sim, o que foi? — resmungo, notando que estou começando a parecer meu chefe.

E essa não é uma ideia que me agrada.

— Joe Thomas cumpriu o prometido. — É Tony Gordon, a voz grave, suave. — Descobrimos quem escreveu o bilhete.

Minha boca fica seca. É difícil imaginar um agressor que não conhecemos. Alguém que nos assusta sem mostrar o rosto. Alguém que nos persegue nos sonhos: sonhos que nos fazem acordar gritando.

— Quem é? — pergunto.

— O tio da vítima.

Vítima. Uma maneira tão fria e dura de dizer. Volto os olhos para a pasta sobre a mesa. Sarah Evans sorri para mim. Ela era uma pessoa. Uma mulher que dividia a cama com Joe Thomas. Ele podia ser controlador. Ela podia ter se desencantado com ele. Ou não saber o que sentia por aquele homem. Eu mesma estou confusa em relação ao Ed.

Mas merece ao menos um nome próprio.

— Você está falando da Sarah?

Tony Gordon parece achar graça.

— Já fui assim, sabia? — Então ele endurece a voz. — Vou te dar um conselho, Lily. Não se envolva demais nos processos. Senão você começa a perder contato com o mundo real e tudo pode ficar meio nebuloso.

Do outro lado da sala, vejo meu chefe, em seu escritório de vidro, com o telefone na mão, gesticulando para mim.

— Preciso desligar — digo.

— O tio foi advertido. Mas, ainda assim, quero que você tenha cuidado. Esse processo pode alavancar uma sucessão de ações judiciais. Vamos incomodar muita gente, inclusive os malucos de sempre, entendeu? Tente pegar outro caminho para ir para o trabalho. Mantenha a casa trancada. Peça ao seu marido que cuide de você.

Não durmo. Não como. Mal falo com Ed. Não tenho tempo.

A intimidade que tínhamos se perdeu nessa preparação louca para o julgamento. Volto para casa ainda mais tarde, sobretudo agora que as luzes de Natal iluminam a Regent Street e o trânsito fica lento, porque todo mundo parece contemplá-las, extasiado. Ed e eu já não discutimos sobre o que ele gostaria de jantar. Ambos deduzimos que ele irá dar um jeito. Pelo menos, parece que reduziu novamente o consumo de álcool. Isso porque quer estar com "a cabeça limpa" quando pinta, à noite. É por esse motivo, digo a mim mesma, que decidi não lhe contar sobre as advertências de Tony. Não quero que ele se preocupe, que se distraia.

— Sua mãe ligou — avisa Ed, certa noite, quando chego ao apartamento, pouco antes das onze horas.

Ele fala como um marido falaria com a esposa que mal fica em casa e só merece um beijo na testa, em vez de um abraço de verdade.

— É urgente — acrescenta, antes de voltar a se sentar à nossa pequena mesa na cozinha.

Seus cadernos de desenho estão por toda parte. Retratos de uma menina enrolando o cabelo no dedo. Correndo no parque. Pulando uma poça. Lendo um livro, com um suéter jogado nos ombros. Cozinhando. Outra menina — na verdade, mulher — sem expressão. Tudo estudos para um quadro que pretende pintar em breve.

Sinto uma inveja inesperada. Gostaria de ter tempo para cultivar uma paixão criativa como meu marido. Mas estou presa, enredada em algo que é grande demais: uma teia de mentiras e verdades que esperam que eu — com minha experiência limitada — desvende. Não sou a única. Outra advogada recém-qualificada do escritório está tendo dificuldade com um processo de divórcio. Não sabe exatamente o que fazer. Sinto pena da cliente.

Minha mãe atende ao telefone de pronto. Quase consigo ver a casa já decorada: o corredor com ouropel trançando o corrimão, visco pendurado no lustre central, azevinhos nos retratos da parede, inclusive nos retratos a giz de mim e do Daniel, quando éramos crianças. Pequenos objetos dispostos sobre a mesa para esconder o vazio do quinto lugar. Decorações natalinas aguardando minha chegada porque, sem a filha, meus pais não têm nada.

O peso da responsabilidade paira sobre minhas palavras.

-— Desculpe a hora, é que eu estava trabalhando.

Preparo-me para ouvir minha mãe dizer — como já falou antes — que estou trabalhando demais. Que um marido precisa da esposa ao seu lado. Mas, imediatamente, antes mesmo de ouvir sua voz falhar, entendo que aconteceu alguma coisa.

— O que foi? — murmuro.

Depois do Daniel, senti um estranho alívio de saber que nada de mal poderia acontecer de novo. E essa é uma sensação sobre a qual já ouvi outras pessoas comentarem. Passado algum tempo, uma mulher na rádio disse que, quando a filha morreu num acidente de carro, ela deduziu que não precisava se preocupar tanto com seu outro filho porque seu pior medo já havia se tornado realidade.

Era assim que eu me sentia também, até ouvir a voz da minha mãe.

— O papai está bem? — consigo perguntar.

Por um instante, imagino-o caído ao pé da escada. Ele escorregou. Teve um infarto.

— Não estamos doentes.

Sinto o alívio brotar em forma de suor. Ed está debruçado sobre a mulher sem expressão, mas de tal modo que deduzo que está ouvindo o que digo.

— Então o que foi?

— O Merlin... É o Merlin... Ele... morreu.

Apoio-me na beirada da mesa. Ed segura minha mão. Agradecida, retribuo o gesto.

— Ele estava velho... — começo.

— O veterinário disse que parece que a comida dele foi envenenada — diz minha mãe, soluçando.

— Envenenada?

Ed se sobressalta quando repito a palavra.

— Como assim?

A voz da minha mãe sai embargada:

— Nós o encontramos no cercado. Tinha um bilhete no estábulo.

Um bilhete. Meu corpo começa a tremer. O peito parece subir à garganta. A fome que eu estava sentindo quando entrei em casa desaparece.

— O que diz o bilhete? — pergunto.

Mas eu já sei a resposta.

— Diz: "Mande sua filha desistir do processo." — A voz da minha mãe se ergue, aflita. — Foi desse processo que você nos falou? O processo sobre o boiler, que está saindo no jornal?

Ed se inclina para a frente, preocupado. Tão preocupado que deixa o caderno cair.

Devagar, desligo o telefone. Não apenas por causa do Merlin, que era meu último elo com Daniel, além dos meus pais. Nem por causa do horror de saber que alguém, em algum lugar, encontrou minha família. O tio de Sarah Evans, talvez? Afinal, foi ele quem escreveu o outro bilhete.

Não. Desligo o telefone em estado de choque porque o caderno do Ed está aberto, revelando a verdade absoluta. Eu havia deduzido que a mulher sem expressão seria uma versão adulta de Carla, esperando ganhar forma. Mas é Davina quem ri para mim do tapete, o cabelo jogado para trás, vitoriosa.

18

Carla

Carla não teve uma festa de aniversário como todas as outras meninas da escola. Não havia espaço no apartamento, disse a mãe. Mas olhe o que o Larry comprou!

No corredor do prédio, estava a bicicleta cor-de-rosa mais linda que ela já vira. Era quase tão brilhosa quanto o carro do Larry. Tinha buzina, como ela pedira, e cestinha. E, quando andou no parque, parecia voar!

— Você sabe pedalar direitinho — elogiou Larry, mas sem sorrir.

No domingo seguinte, o telefone tocou duas vezes no intervalo de uma hora.

— Quando atendo — disse a mãe, confusa —, não ouço nada. Deve estar quebrado. Atenda você da próxima vez.

Carla fez o que a mãe lhe pediu. No começo, também não ouviu nada. Mas, quando estava prestes a desligar, ouviu alguém respirando.

A barriga começou a doer novamente.

— Não quero ir para a casa da Lily e do Ed — murmurou ela.

A mãe passou a mão no cabelo.

— Você só está preocupada por causa desses telefonemas. Devem ser crianças passando trote. Quando encontrar a Lily, você vai se sentir melhor.

Ela começou a chorar.

— Não vou. Estou passando mal.

A mãe se irritou.

— Você é muito difícil, sabia?

Carla ainda estava deitada no sofá quando Larry chegou. Ouviu os dois cochichando no corredor.

— Inventando... Tenho certeza... Sempre melhora na segunda-feira... Só diz que está doente... Sem febre... Desobediente...

Como ela se sentia cansada! Os pensamentos até se perdiam. No começo, foi agradável. Mas então imaginou ouvir uma campainha à distância. E, depois disso, uma palavra começou a martelar em sua mente como se estivesse escondida e agora aparecesse para incomodá-la.

Assassinato!

Assassinato!

Era a palavra terrível que ela havia lido nos papéis de Lily. Quanto mais pensava na palavra, mais ficava convencida de que Lily também faria mal a ela. Era a vontade de Deus, porque ela havia matado Charlie.

— O que você está dizendo?

Quando ela abriu os olhos, a mãe a fitava.

— Você teve um pesadelo, *cara mia*. Mas já passou. Agora levante-se. Adivinhe quem veio ver você?

— Oi, Carla!

Era o Ed.

Ela havia se esquecido de como ele era simpático. Afinal, não era ele que era mau. Era a Lily...

— Eu estava querendo começar um retrato novo hoje. — Os olhos dele brilhavam. — Se ficar bom, pretendo inscrevê-lo num concurso. Com permissão da sua mãe, é claro.

— Concurso! — Com reverência, a mãe repetiu a palavra. — Ouviu, Carla?

— Mas antes preciso que você pose de novo para mim. — Ed olhava para ela com súplica, o que a fez se sentir adulta, importante. — Você está se sentindo bem para passar a tarde com a gente? — Ele se virou para a mãe. — A Lily precisa ir para o escritório de novo, mas vou cuidar direitinho da sua filha. O que você acha?

— É claro que sim — respondeu a mãe, extasiada. — Ela só estava cansada.

Carla assentiu. Na verdade, a dor de barriga já havia melhorado um pouco.

— Maravilha! — exclamou Ed. — Vamos começar?

A primeira coisa que Carla viu ao entrar no apartamento 3 foi um tapete novo no chão da sala.

— O que aconteceu com o antigo? — perguntou, notando que esse era mais bonito, azul-esverdeado, do que aquele marrom sem graça de antes.

— A Lily ficou zangada e derramou café nele — respondeu Ed.

— Pergunte a ele por quê, Carla.

Lily veio da cozinha, trazendo uma pilha de papéis. A voz era aguda.

Então Lily estava em casa?

Carla ficou paralisada.

Ed abriu um sorriso, mas Carla sabia que ele estava nervoso.

— Achei que você ia para o escritório — disse, num murmúrio.

— Mudei de ideia. Vou trabalhar no quarto. Perco muito tempo no trajeto. — Lily sorriu, mas não era um sorriso de verdade. — Algum problema?

— Como você preferir.

Ed falava daquele jeito educado que os adultos falam quando não gostam
muito da outra pessoa. Carla já vira isso várias vezes na novela preferida da
mãe. Lily se retirou para o quarto.

— Por que você não se senta no sofá, Carla?

Ela fez o que ele pediu, trêmula.

— A Lily vai assassinar você? — sussurrou.

Ed olhou para ela e começou a rir. Uma risada gostosa que quase a fez
querer acompanhar. Então ele parou.

— Por que você está perguntando isso?

Imediatamente, ela se sentiu ridícula.

— Porque... porque eu vi a palavra "assassinato" no dever de casa dela
quando a gente estava no ônibus. E fiquei com medo... — Sua voz começou
a tremer. — Achei que ela queria me matar e talvez matar você também e...

— Calma, calma. — Ed agora estava sentado ao seu lado, abraçando-a.
— Você entendeu errado, querida.

Querida? Era assim que o Larry chamava a mãe, às vezes. Foi gostoso. Era
como se ela fosse adulta.

— A Lily é advogada. Tenta botar o mundo nos eixos.

Ed bufou, como se não concordasse com o que estava dizendo.

— O que isso quer dizer?

— Quer dizer que ela tenta ajudar as pessoas que se machucaram e as
pessoas que foram acusadas de machucar outras pessoas, mas na verdade não
machucaram. Entendeu?

Não, mas Carla sentiu necessidade de assentir de qualquer maneira, para
que Ed não achasse que ela era burra.

— No momento, minha mulher está tentando ajudar um homem que está preso porque foi acusado de assassinato, mas na verdade é uma boa pessoa. Ou pelo menos ela acha que é.

— Mas então por que ele está preso?

Ed agora estava atrás do cavalete, desenhando. Carla sentiu frio sem o abraço dele.

— Boa pergunta. Mas a Lily também está triste porque o cavalo do irmão dela morreu.

Carla fez uma careta.

— Tenho medo de cavalo. Um cavalo tentou me morder quando fui fazer um passeio no zoológico com a minha turma. — De repente, ela se lembrou da mancha do tapete. — Foi por isso que a Lily derramou o café?

Ed começou a esfregar alguma coisa na tela.

— Não. Foi porque eu... porque fiz uma coisa que não devia ter feito.

Ele parecia tão triste que Carla começou a se levantar para abraçá-lo.

— Por favor, não se mexa.

Então ela permaneceu imóvel.

— Posso falar?

A mão dele se deslocava pela tela. Ela não a via, mas ouvia o som dela ao se mexer.

— Pode.

— Também fiz uma coisa que não devia. Eu... cortei o Charlie novo.

— Quem?

— Meu estojo de lagarta.

— Por quê?

— Porque queria um estojo melhor.

A mão de Ed se movia mais rápido. A voz parecia vir de longe, como se ele não estivesse ouvindo de fato.

— Todos queremos coisas melhores de vez em quando, Carla. Mas, se parássemos para apreciar o que temos, o mundo seria um lugar mais agradável. Agora venha ver isso.

Às pressas, ela se dirigiu ao cavalete. Ali estava ela! Sentada no sofá. Os olhos fixos à frente. Um sorriso nos lábios. Mas as mãos... estavam entrelaçadas como se houvesse alguma coisa errada, apesar da alegria no rosto.

— O desenho mostra outro lado seu — observou Ed. — Os jurados estão cansados de pinturas sentimentais. Com sorte, acho que podemos ganhar o concurso.

Ganhar? Quando isso acontecia na televisão, as pessoas se tornavam famosas! Carla ficou tão animada que, quando pediu licença para ir ao banheiro, não conseguiu resistir ao impulso de usar o perfume que estava na pia. Também passou um pouco do gloss da Lily.

— Que cheiro bom! — comentou Ed, quando ela voltou e se sentou no sofá.

Carla cruzou os dedos.

— É só sabonete.

Sentindo-se muito adulta por causa do perfume e do retrato, tentou se sentar ereta como uma verdadeira moça inglesa.

A tela foi enviada aos jurados do grande concurso de que Ed havia falado. Mas os jurados levariam muito tempo para decidir quem seria o vencedor.

— Saberemos no ano que vem — prometeu ele, apertando de leve o braço dela.

Enquanto isso, o mundo inteiro se mostrava animado com o Natal. A mãe compareceu à peça da escola sobre o nascimento de Jesus, na qual Carla e a amiga Maria faziam o papel de anjos. Depois chorou dizendo que gostaria que o *nonno* as visse, porque talvez a perdoasse.

— Perdoasse o quê? — perguntou Carla.

— Você não ia entender.

Então a mãe começou a chorar de novo. Foi constrangedor porque elas estavam no ônibus, voltando para casa, no último dia de aula. A mãe estava com o uniforme de trabalho, que tinha cheiro de perfume.

— O Larry não vai poder passar o Natal com a gente — lamentou.

Carla sentiu o coração saltar. Que bom!

— Por que não?

A mãe fungou.

— Porque precisa ficar com a esposa.

Então a mulher que estava na frente delas, no ônibus, se virou para trás e lançou para elas um olhar de desprezo que fez a mãe chorar ainda mais alto. Ela ainda estava chorando quando as duas chegaram ao apartamento. Talvez, pensou Carla voltando os olhos para o apartamento 3, seus amigos saíssem para ver que barulho era aquele.

— Podemos passar o Natal com o Ed e a Lily? — perguntou.

Agora que Ed havia explicado que Lily não era assassina, Carla gostava dela de novo. Embora não tanto assim. Ela havia deixado Ed aborrecido, afinal de contas, era ele quem tinha desenhado o quadro dela.

— Eles vão passar o Natal com a família. — A mãe a abraçou. — Somos só você e eu, minha pequena.

As lágrimas da mãe ainda não haviam acabado quando Carla abriu a janelinha 24 do Calendário do Advento. Enquanto isso, a árvore de Natal que Carla convencera a mãe a comprar no mercado permanecia encostada na parede, sem nenhum enfeite.

— Precisamos decorar a árvore! — insistia ela.

Mas a mãe havia se esquecido de comprar ouropel e, além do mais, elas não tinham muito dinheiro. Por isso Carla acabou pendurando suas meias brancas de ginástica na árvore.

Ao pé da árvore, ela agora notava que havia dois presentes.

— Foi o Larry que nos deu — disse a mãe.

Ela segurou a mão de Carla.

— Precisamos ir lá agradecer a ele.

Mas estava escuro e frio lá fora. A mãe disse que não tinha importância. Ela iria parar de chorar — "Prometo, minha pequena!" — se ela pudesse apenas passar na frente da casa onde o Larry morava. Por isso as duas caminharam vários quilômetros, porque o ônibus não passava, pois era feriado e os motoristas também precisam descansar. Algumas casas por onde passaram eram dez vezes o tamanho do apartamento.

Elas finalmente pararam diante de uma construção branca, alta, que parecia subir até o céu. A janela do segundo andar estava iluminada, e a cortina, aberta.

Lágrimas começaram a escorrer pelo rosto da mãe.

— Ah, se eu pudesse estar lá dentro com o Larry!

Carla tentou puxá-la.

— Só um instante — pediu a mãe, sem se mexer.

Entediada, Carla chutou algumas folhas enquanto esperava.

— Não! — murmurou a mãe, levando a mão ao pescoço.

Carla acompanhou o olhar dela. Na janela, havia uma menininha olhando para elas.

— Quem é aquela? — perguntou Carla.

— É a filha dele.

— Além de esposa, ele tem uma filha? — admirou-se Carla.

A mãe assentiu, as lágrimas aumentando.

Uma filha como ela?

— O que acontece com elas nos domingos?

Os braços da mãe tremiam tanto que Carla precisou segurá-los para mantê-los parados.

— Aos domingos, nós somos a família dele. *Elas* têm os outros dias. Agora vamos embora.

Juntas, elas avançaram pelas ruas, passando pela decoração de Natal nas janelas, até chegar à casa delas, com a árvore sem enfeites, os dois presentes na meia.

— O que você está fazendo? — perguntou a mãe quando Carla jogou o dela na lata do lixo, sem abrir.

— Não quero.

O rosto ardia de raiva. Larry precisava desaparecer, Carla disse a si mesma. Ele não fazia bem à mãe. Ela precisava dar um jeito de se livrar dele. Assim como se livrara do Charlie.

Mesmo sendo errado.

Ainda bem que não estou morrendo no Natal.

Seria difícil demais para todos os envolvidos.

Deveria ser proibido acontecer desgraças quando o restante do mundo festeja.

É muito mais difícil para quem fica.

E a lembrança estraga os Natais seguintes.

Mas será que existe um bom momento para morrer?

Nunca imaginei que seria assim.

Esse misto de dor e reflexão, de recriminações contra terceiros, recriminações contra mim mesma.

E evidentemente o medo. Porque, pelo barulho, ainda há alguém aqui.

19

Lily

O Natal sempre foi um acontecimento na minha casa.

— O Daniel adora — dizia minha mãe, para explicar a árvore de três metros de altura e a infinidade de presentes.

Não tínhamos muito dinheiro, mas minha mãe economizava o ano inteiro. Uma vez, meu irmão ganhou um trenzinho Hornby que ele desmontou e montou "só para ver como funciona". Isso demorou três dias, durante os quais ele se recusou a participar de qualquer refeição com a família, inclusive o almoço de Natal, porque estava "ocupado".

Ninguém tentou dissuadi-lo. Era impossível fazê-lo mudar de ideia. Talvez seja por isso que, no começo, Daniel conseguia tudo o que queria. Só quando seus desejos se tornaram ilegais, foi que meus pais começaram a impor limites. Mas, a essa altura, era tarde demais.

Como será este ano?, imagino enquanto esperamos meu pai nos buscar na estação de Exeter. Nos últimos Natais, minha mãe nos fitava com um olhar confiante que dizia "Está tudo ótimo". Mas ela não enganava ninguém. Então, depois de tomar o terceiro gim antes do almoço, começava a falar do Daniel como se ele ainda estivesse vivo.

— Ele vai adorar essas luzes, vocês não acham? — perguntava, como se meu irmão fosse descer a escada a qualquer minuto.

Meu pai mantinha um ar forçado de resignação. Ao mesmo tempo, cuidava da minha mãe com uma ternura que irradiava culpa. Quando passa por uma tragédia, ou o casal se une ou se afasta. Imagino que eu deva me sentir grata por meus pais terem se unido.

Faz frio na sala de espera da estação, devido a uma corrente de ar que entra pela porta. Estremeço. E não apenas pelo pobre Merlin, que morreu por minha causa. Ou por esse assassino desconhecido. (Segundo a polícia, o tio de Sarah tinha álibi comprovado, embora, como disse Tony, ele pudesse ter incumbido alguém da missão.)

Não. É porque às vezes — e você pode achar isso uma bobagem — fico imaginando se não estou fazendo jus ao meu nome. Os lírios maculam os objetos à volta, que ficam manchados com uma substância que é difícil de tirar. É como se eu maculasse quem quer que tentasse amar. Daniel, o cavalo do Daniel, Ed... Quem será o próximo?

Joe?

Não seja ridícula, digo a mim mesma.

Notando minha aflição, Ed tenta me abraçar, mas eu me afasto dele. Como ele espera que eu reaja quando estava desenhando o rosto da mulher de quem foi noivo?

— Você ainda gosta dela? — gritei na ocasião, derramando café no tapete.

— Não. — Ele parecia genuinamente perplexo, como uma criança. — Mas o rosto dela... fica aparecendo no meu trabalho.

— Trabalho? — gritei. — Seu trabalho é publicidade. — Bati no desenho de Davina, que estava com a cabeça jogada para trás, rindo. Não consegui me segurar. — Você está tendo um caso com ela?

— Quando eu teria tempo para isso? E, mesmo se estivesse, que importância isso teria para você? Você só liga para esse processo. Não dá a mínima para o nosso casamento.

Ed também estava nervoso.

Quando demos por nós, a discussão havia se transformado numa gritaria, algo que parecia acontecer com cada vez mais frequência.

Desde então, mal nos falamos, a não ser para combinar o Natal. Dia 25 na casa dos meus pais, em Devon. Dia 26 na casa dos pais dele, em Gloucestershire.

A mão quente de Ed é uma oferta de paz, mas estou enredada demais em meus pensamentos. Daniel. Merlin. O bilhete.

— Seu pai chegou — anuncia Ed, aliviado, porque já não teremos de ficar sozinhos em silêncio, no vento frio.

— Primeiro Natal de casados, hein? — comenta meu pai, exultante, abrindo a porta do velho Land Rover para entrarmos.

Não consigo nem olhar para Ed enquanto trocamos amabilidades. Só sei que meus pais usarão a farsa do nosso casamento como desculpa para ficarem alegres, para esquecer o lugar vazio à mesa e a sela ainda pendurada no depósito porque ninguém tem coragem de jogá-la fora.

Parte de mim anseia por confidenciar a eles o quão infeliz estou. Mas não devo. Preciso compensar o que aconteceu de qualquer maneira.

— Meus amores! — Minha mãe está junto à porta. Os olhos transmitem uma alegria afetada. A mão treme. O copo que ela deixou sobre a mesinha do corredor está pela metade. — Que bom ver vocês!

— Que árvore bonita — comenta Ed, admirando o pinheiro gigantesco que se ergue pela escada caracol, até o terceiro andar. — Como vocês conseguiram trazê-la para dentro?

Minha mãe abre um sorriso radiante.

— O Daniel ajudou. Ele já deve estar descendo. Entrem e fiquem à vontade.

— O que está acontecendo? — sussurro para meu pai assim que tenho a oportunidade.

Ele está inconsolável.

— Você sabe como ela fica nessa época do ano.

— Mas está piorando, pai. Não deveria estar melhorando?

Ed, justiça seja feita, revela-se um verdadeiro cavalheiro. Quando minha mãe pega o álbum de fotos para exibir os filhos, ele parece de fato interessado.

Mas as perguntas — "E onde é isso?" — se dirigem à minha mãe. Sou completamente ignorada.

Durante a Missa do Galo, pessoas da cidade que não vejo há séculos vêm me abraçar e cumprimentar Ed pela primeira vez. Como minha sogra faz questão de que "todos os Macdonalds" se casem na pequena capela da família, só havia lugar para os parentes próximos.

— Então esse é o sortudo! — exclama um dos outrora meninos que frequentavam o bar da cidade quando eu morava aqui. — Todos nós adoramos a Lily. — Ele bate no ombro do Ed. — Cuide bem dela.

Dessa vez, sou eu quem não consegue olhar para ele. Avançamos em silêncio de volta para casa, no encalço dos meus pais, respirando aquele ar carregado. Na adolescência, eu não via a hora de sair desse lugar, vivia ridicularizando-o por ser tão "provinciano". Só agora me dou conta de como é bonito e de como é tocante a preocupação que todos nutrem uns pelos outros. E de como essa cidadezinha representa valores sólidos, verdadeiros. Não há mentiras, meias, verdades nem joguinhos aqui.

Joe Thomas agora parece estar em outro mundo.

— Quem vai ver como o Merlin está? — pergunta minha mãe quando meu pai pega a chave da porta dos fundos que fica embaixo do muro de pedra. — Alguém precisa ver se ele derrubou a vasilha de água de novo.

— Mãe — começo. — O Merlin...

Mas meu pai intervém.

— Eu vou, meu amor. Vá se deitar. Não tem com o que se preocupar. O peru já está no forno, e o casalzinho deve estar querendo ir para a cama.

Sinto um calafrio. Não são apenas as mentiras do meu pai ou nossa farsa como casal. É também medo. Depois do bilhete, pedi ao meu pai que tivesse cuidado em relação à segurança da casa. Mas ele continua deixando a chave no lugar de sempre. Onde qualquer pessoa pode encontrá-la.

De manhã, conversarei com ele, digo a mim mesma ao me deitar, enquanto Ed ainda está no banheiro. Quando ele vem se deitar, já apaguei a luz e finjo que estou dormindo.

— Sinto muito.

A voz do meu marido indica que ele não se deixou enganar pelas minhas costas viradas nem pela pretensa respiração tranquila.

Sento-me recostada no travesseiro.

— Imagino que a gente esteja falando da Davina. Mas você sente muito por estar apaixonado por ela? Sente muito por ter se casado comigo? Ou sente muito...

— Sinto muito pelo Daniel. Deve ser difícil para vocês.

As palavras de Ed se perdem no silêncio. Será que ele diria isso se soubesse a história toda?

— Não quero falar sobre isso — respondo, virando-me de costas para ele.

Adormeço. Profundamente. É o melhor sono que tenho há anos. Estou correndo na areia com Daniel. Ele ainda é criança. Está rindo, pulando na água. Pegando conchas, que organiza meticulosamente no peitoril da janela do quarto dele. Então alguém no sonho (quem?) mexe nas conchas. Daniel grita porque a pessoa acabou estragando tudo. Joga as conchas fora e começa a pegar outras...

Acordo assustada. É noite. Escuto um barulho estranho no telhado. Talvez uma gaivota. Imagino o que Joe Thomas estará fazendo agora. Será que ele está acordado analisando aqueles números outra vez? Decidindo se revela a fonte secreta que mandou aquilo para ele?

E Tony Gordon. O que estará fazendo? Será que ele está na cama com a esposa? Raramente fala de sua vida pessoal. Só uma vez mencionou uma filha, e isso quando precisou atender ao telefonema da esposa, no dia em que perdeu uma peça de teatro na escola. E não foi algo que ele me contou: foi apenas o que deduzi ouvindo a conversa. Ele manifestou remorso, mas, quando desligou o telefone, parecia que já havia esquecido o assunto, pois voltou ao trabalho imediatamente.

Imagino que Tony Gordon seja um homem que consegue facilmente setorizar a vida.

Minha inquietação acorda Ed. Ele alisa minhas costas. As mãos descem. Não me mexo. Lágrimas começam a escorrer pelo meu rosto. Não sei se ele acha que sou eu ou Davina. Meu amor-próprio diz que devo me afastar, esperar até ambos estarmos acordados, conscientes do que estamos fazendo. Mas o sonho com Daniel mexeu comigo. Sinto-me sozinha. Estou triste. E me pego deixando Ed me penetrar. Quando alcanço o clímax, porém, não é nele que estou pensando.

Pela manhã, lavo o cheiro do meu marido na banheira antiga, que tem uma rachadura no esmalte, de quando Daniel tirou o filtro do ralo e enfiou uma imensa bola de gude azul e prateada no cano "para ver se descia".

Desobstruir o cano havia sido um transtorno.

— Feliz Natal — diz Ed, entregando-me um embrulho vermelho.

Será que ele se lembra de ter feito amor comigo à noite? Ou se sente consumido pela culpa de ter imaginado Davina?

A única maneira de eu justificar minha própria fantasia é que estou tão presa em minha culpa por causa do Daniel que não consigo me permitir ser feliz. Autodestruição. Por isso imagino alguém com quem sou proibida de fazer sexo por ferir a ética profissional.

Há uma caixinha dentro do embrulho vermelho. Uma caneta. Na verdade, eu estava esperando que fosse um perfume. O vidro que ganhei na lua de mel está quase vazio. Como pode um artista ser tão observador num instante e tão cego no minuto seguinte?

— Você está sempre escrevendo. Achei que seria útil.

— Obrigada — respondo, entregando-lhe o presente que eu havia escondido na pasta.

É uma caixa de lápis pastéis de óleo. Ed pega um por um, parecendo uma criança.

— Isso é incrível.

— Agora você pode fazer outros retratos da Davina.

Não consigo me segurar. Por outro lado, como meu marido reagiria se eu exibisse outro homem na frente dele?

Ele fecha a cara.

— Precisamos ir amanhã cedo — diz Ed com frieza, depois de aceitarmos o carro da minha mãe emprestado, por causa do número limitado de trens durante o feriado. — Senão, vamos chegar atrasados à casa dos meus pais.

A casa onde passei a infância é linda. Mas, quando vi pela primeira vez a casa da família do Ed, pouco antes do casamento, não consegui acreditar. Era praticamente um castelo.

— Na verdade, não é tão grande quanto parece — comentou ele, quando eu ainda estava no carro, criando coragem para saltar enquanto admirava, embevecida, o mármore elisabetano, os torreões, o brasão da família sobre a porta, as janelas com pinázios e o jardim que se estendia a perder de vista.

A quem ele queria enganar? A si próprio? Artista, eu estava começando a aprender, é bom nisso. Por outro lado, advogado também é. Ambos precisam atuar. Precisam representar. Entrar na alma alheia...

A verdade é que grande parte da casa do Ed é reservada ao público: a taxa de visitação se destina à manutenção. A outra parte, fria de doer, é onde moram os pais dele, além de um irmão com a esposa. Outro irmão trabalha em Hong Kong e não virá para o Natal.

É um alívio. Já bastam as pessoas que estão aqui. A mãe do Ed é uma mulher alta, magra e meio distante, que não vejo desde o casamento e que até agora não me pediu para chamá-la pelo primeiro nome. Artemis. Bem condizente.

O irmão tem a mesma arrogância, embora o pai seja educado. Ele me perguntou sobre o processo "daquele assassino". Evidentemente, anda lendo sobre o assunto.

— Aliar-se a criminosos? Que trabalho horrível você tem, querida — comenta minha sogra durante os aperitivos que antecedem o jantar na biblioteca, outro lugar gelado, onde as lombadas de couro dos livros estão descascando. — Você não prefere fazer uma coisa mais agradável? No meu tempo, quem tinha que trabalhar se dedicava ao ensino ou à enfermagem, antes de se casar. Claro que muitas filhas das minhas amigas trabalham agora com o que acredito se chamar relações públicas ou organizam eventos...

A voz dela se perde quando Ed olha na direção dela, mas é tarde demais.

— Na verdade — respondo —, acho que esse tipo de trabalho convém mais a mulheres como a Davina.

Faz-se silêncio. Era para ter sido uma piada. Mas ninguém se deixa enganar, muito menos Ed. Ou eu. Minha sogra sutilmente muda de assunto (a recente promoção do filho primogênito numa imensa seguradora), mas o mal já está feito.

— Preciso de um pouco de ar — murmuro para Ed, pegando a pashmina de caxemira que meus sogros me deram de presente, saindo para a varanda com vista para o jardim.

O jardim é esplendoroso, devo admitir. Minha sogra parece passar o tempo todo ali.

— Não foi intenção da Artemis.

Viro-me na direção da voz serena. É minha cunhada, com o filhinho no colo. De todos os parentes do Ed, é dela que mais gosto. Ela me parece mais normal do que os outros e tem as unhas sempre ligeiramente sujas, talvez por ser paisagista.

— Ela só diz o que pensa. Você vai se acostumar.

O menininho sorri para mim. Há um espaço grande entre os dentes da frente. Não sou do tipo maternal, tive pouca experiência com criança. Embora, para minha surpresa, goste de ficar com Carla.

— Não sei se quero me acostumar — respondo.

Minha cunhada franze o cenho.

— Como assim?

— Não sei por que o Ed se casou comigo. — Sinto que estou falando mais comigo mesma do que com essa mulher que nem sequer conheço tão bem assim. Talvez seja o vinho que tomei antes do jantar, na tentativa desesperada de me aquecer, além de acalmar os nervos. — É evidente que ele ainda gosta da Davina. Só não entendo por que escolheu se casar comigo?

Há uma pausa, durante a qual noto a hesitação da minha cunhada. O menininho se debate para descer do colo dela. Com suavidade, é colocado no chão.

— Mas você sabe da herança?

— Que herança?

— Você está de brincadeira, não é? — Ela olha para minha fisionomia aturdida. — Não, você não está de brincadeira. Droga! Ele disse que você sabia...

Ela parece realmente aflita.

— Por favor! — imploro. — Você é a única pessoa que pode me dizer alguma coisa. Não acha que tenho o direito de saber?

Ela olha para trás. Não há ninguém. O menininho está agora sentado a seus pés, comendo terra de um vaso de planta, mas ela não notou e não pretendo interrompê-la.

— O Ed ficou arrasado quando a Davina terminou com ele para ficar noiva de um banqueiro com quem estava saindo sem ninguém saber fazia algum tempo. O coitado do Ed gostava mesmo dela... mas não foi só isso. O tempo estava se esgotando. Henry, tire isso da boca!

— O tempo estava se esgotando para quê?

— É o que estou tentando dizer. A herança. Henry, cuspa isso AGORA. O avô dos meninos estipulou que, para receber sua herança, eles precisam se casar até os 30 anos e permanecer casados por pelo menos cinco anos. É ridículo, eu sei, mas parece que o pai da Artemis tem problemas com homens que não se casam. O irmão dele tinha outras inclinações, se é que você me entende, o que foi um escândalo na época. Eu sabia disso, mas Andrew e eu teríamos nos casado quando nos casamos de qualquer maneira, com ou sem herança.

Não consigo acreditar.

— Nós nos casamos pouco antes do aniversário de 30 anos do Ed — murmuro. — Achei que era precipitado, mas fiquei lisonjeada por ele estar tão encantado...

— E ele estava *mesmo*, tenho certeza disso.

— Bem, eu não. A ideia do Ed ter se apaixonado por mim sempre me intrigou. Sou toda errada para ele. Por que ele não se casou com uma mulher mais adequada?

— Você anda ouvindo o que a sua sogra diz? Sinceramente, Lily. Você precisa acreditar mais em si mesma. Todo mundo vê que o Ed te ama. Você é exatamente o que essa família precisa. Uma pessoa normal.

Normal? Rá! A ironia que há nesse comentário quase me faz deixar de ouvir o que ela diz em seguida.

— Quando o Ed contou para a gente sobre você, ficamos chocados, claro. Sobretudo com a rapidez do casamento. Mas, quando conhecemos você, entendemos por que ele te escolheu. Você é exatamente o tipo de mulher de que ele precisa. Tranquila, bonita sem ser vulgar. Eu disse que, se não desse certo... Henry, pare com isso!

— Você disse o quê? — pergunto.

Ela tem a decência de ficar constrangida.

— Eu disse que, se não desse certo, ele poderia se divorciar depois dos cinco anos. É uma piada entre nós, as esposas.

— Entendi.

Estou tão aturdida que não sei mais o que dizer.

— Ah, não fique assim. — Ela alisa meu braço. — Você precisa ver o lado bom.

— Você está brincando, não é?

— Não exatamente. Todos nós vamos herdar muito dinheiro quando o avô dele morrer. Aliás, ele agora está numa casa de repouso. Demência, coitado. E não culpo o Ed. — Ela diz esta última frase com mais seriedade. — Ele estava numa situação complicada. A Artemis não parava de falar do dinheiro que ele perderia se não agisse rápido, mas concordo que ele deveria ter sido franco com você.

Se ele tivesse me contado, eu não teria me casado. Ele devia saber disso. Toda aquela história parece absurda nos dias de hoje. Por outro lado, Ed vem de uma família bem diferente da minha. Eu sempre soube disso. Só não tinha me dado conta de como estamos distantes no que tange a dizer a verdade.

Ou de como estamos próximos.

— É claro — continua minha cunhada — que foi doloroso quando a Davina rompeu o noivado com o outro cara...

Sinto um calafrio.

— Quando foi isso?

— Henry! Quando vocês estavam em lua de mel.

Por fim, tudo faz sentido.

— Agora entendi — murmuro.

— O que você entendeu?

Ed aparece na varanda, o rapaz perfeito com seu casaco azul-marinho, sua camisa branca e sua calça bege. Por dentro, entretanto, não passa de um criminoso. Então não roubou minha vida?

— Você se casou comigo para não perder a sua herança — sussurro. — Mas queria mesmo a Davina. Não é de se admirar que tenha ficado tão chateado quando voltamos da lua de mel e você descobriu que ela tinha cancelado o casamento.

Ele se mostra abalado. Por um instante, esperei que essa história ridícula fosse mentira, mas meu marido permanece calado, sem fazer nenhuma tentativa de negar aquilo. Como todo bom advogado, cheguei à verdade. Mas não há nenhum prazer nisso.

— E agora, evidentemente — prossigo, furiosa —, ela gostaria de ter esperado por você, gostaria que você tivesse esperado por ela.

Ele segura meu braço.

— Vamos dar uma volta.

Minha cunhada se retirou com o filho. Seguimos pelo caminho de cascalhos. A voz do Ed está rouca.

— Ela não devia ter contado nada para você.

— Devia, sim. — Desvencilho-me dele. — Você se casou comigo por dinheiro. Mas eu poderia ser qualquer pessoa, desde que você se casasse antes de completar 30 anos.

Ele desvia o olhar para o lago.

— Não foi assim. Não, eu não queria perder a herança. Sabia que, quando recebesse o dinheiro, ia poder largar o trabalho e me dedicar à pintura. Talvez abrir uma galeria. Mas, ao mesmo tempo, fiquei realmente atraído por você. Tinha alguma coisa no seu rosto quando você me disse que seu irmão havia morrido... e como ele tinha morrido. Tentei desenhar aquilo depois da primeira noite, mas não conseguia. Era como se a sua dor fosse profunda demais.

— Você se casou comigo por piedade?

— Não foi isso que eu quis dizer — protesta ele. — Eu me casei com você porque você me intrigava e porque era evidente que você era uma pessoa boa, generosa. — Ele contrai o rosto. — Basta ver como você fez questão de limpar a mancha de vinho naquela festa, em vez de fingir que não tinha sido você. A Davina teria deixado pra lá. Você é uma pessoa muito melhor do que ela. Sincera.

Sincera? Fico tentada, como já fiquei em muitas outras ocasiões, a lhe contar tudo. A culpa pesa em mim como uma pedra. Mas, se estou aborrecida por causa da herança, como Ed ficaria se soubesse o que eu fiz?

Tento me afastar, mas, antes que consiga fazer isso, Ed segura meu rosto.

— Você é uma mulher bonita, Lily. Por dentro e por fora. E o mais incrível é que você não sabe disso. Esse foi outro motivo que me fez ficar apaixonado por você. E também é corajosa, fiel, inteligente. Sei que não tenho sido muito solidário em relação ao fato de você estar trabalhando tanto, mas, na verdade, fico realmente orgulhoso por você ajudar os injustiçados, como esse cliente seu.

Você entendeu tudo errado, quero gritar.

— Então por que você tem sido tão desagradável comigo?

— Porque... porque fiquei magoado quando você não me quis... fisicamente. Eu me senti rejeitado. Aí a Davina deixou claro que ainda estava interessada e fiquei... tentado. Não aconteceu nada. Juro. E tem esse processo. Parece que você só consegue pensar nisso e...

Sinto um aperto no peito. O número de advogados divorciados que há só no meu escritório mostra que o Direito faz mal à vida familiar.

Ele passa a mão no cabelo.

— A verdade, Lily, é que talvez tenhamos de fato nos casado rápido demais. Mas conheci você melhor e... quero ficar com você. Quero mesmo.

Será? Ou será por causa do dinheiro? São cinco anos de casamento para receber a herança.

— Diga — pede ele, puxando-me para perto — que você também me ama. — Amar? O que é o amor? Sem dúvida, sou a última pessoa que poderia responder a essa pergunta. — Vamos tentar de novo — propõe ele, erguendo de leve meu queixo, para eu ter de fitá-lo. Parece importante não desviar os olhos. — O que você acha?

Já tivemos essa conversa antes. Sempre acabamos brigando. Mas, neste instante, um par de olhos castanho-escuros surge em minha mente. *Suma daqui*, quero gritar.

— Não sei — respondo, em desalento. — Não consigo pensar direito com esse processo em andamento.

É verdade. Rever meus pais no Natal, visitar o estábulo vazio, essas coisas me deixaram mais decidida do que nunca a seguir em frente. A vencer. A fazer minha parte para cumprir a justiça. Isso é mais importante do que minha vida pessoal. Depois do Daniel, *precisa* ser.

Volto os olhos para as mãos do meu marido, que seguram as minhas, e as solto.

— Dou uma resposta quando o julgamento terminar. Desculpe.

20

Carla

Carla passou o Dia de Natal inteiro vendo a mãe chorar. Ela chorou quando abriu o presente do Larry e chorou quando não conseguiu prender o colar no pescoço.

No começo, Carla tentou consolá-la.

— Eu ajudo você com o fecho.

Mas, quando se olhou no espelho com o colar de prata, a mãe chorou ainda mais.

Carla desistiu. Será que a rainha chora?, perguntou a si mesma, sentada de pernas cruzadas, de frente para a televisão, vendo aquela mulher muito velha, de cabelo branco e sorriso cálido falando sobre "a importância dos valores da família".

Carla não estaria assistindo ao discurso da rainha se não fosse pela nova amiga da escola.

— Sempre assistimos — dissera Maria, quando elas estavam chupando os caramelos que uma freira de dentes separados lhes dera depois da missa, no fim do semestre.

Às vezes, apesar de se sentir culpada por isso, Carla desejava fazer parte da família de Maria. Mas, pelo menos, graças à amiga, ela agora tinha a Gatinha. E assistia ao programa certo na televisão. Só precisava de uma mãe que não tivesse o rosto vermelho de tanto chorar.

Se Larry não deixasse a mãe tão infeliz, tudo ficaria bem, Carla disse a si mesma ao contemplar o rosto sereno da rainha.

Tinha certeza de que alguma coisa iria acontecer em breve. Só precisava ser paciente.

— Você acha que a Lily e o Ed já voltaram? — perguntou à mãe.

A mãe balançou a cabeça, entre um soluço e outro. Se visse a mãe agora, Larry não a acharia bonita, com aquela mancha preta debaixo dos olhos.

— Eles ainda estão com a família — respondeu a mãe. — Assim como nós deveríamos estar com a nossa.

Carla pensou no lindo cartão de Natal do menino Jesus que elas haviam mandado para a Itália, na esperança de receber uma resposta.

A mãe voltou a chorar.

— É tudo culpa minha...

— Por que, mamãe?

— Porque é. — Os olhos da mãe se voltaram para o segundo embrulho, debaixo da árvore. — Você não vai abrir o seu presente? Peguei na lata do lixo.

A maior parte dela não queria. Mas outra parte ficou curiosa...

— Abra — insistiu a mãe.

Os olhos dela se iluminaram. Carla sabia o que a mãe estava pensando. Se fosse um presente bom, significaria que Larry amava a mãe mais do que a esposa e a menina que as duas tinham visto na janela.

Era difícil desembrulhar. Haviam prendido o papel com uma fita adesiva resistente, como se quem estivesse dando o presente não quisesse de fato dar. Por fim, conseguiu. Era uma caixa. Uma caixa retangular. E dentro havia...

— Um relógio — murmurou a mãe. — Que gentileza do Larry! — Agora havia riso em meio às lágrimas. — Deve ser caro, não é? O que diz o cartão?

Carla leu o cartão e o guardou no bolso.

— O que estava escrito? — insistiu a mãe.

— Nada. Só "Feliz Natal".

Mas Carla agora sentia o corpo esquentar. As palavras haviam sido meticulosamente escritas, para não haver erro.

Seja uma boa menina.

Larry estava advertindo-a para se comportar. Mas era ele quem precisava ter cuidado.

— O telefone! — exclamou a mãe. — Rápido! Atenda antes que pare de tocar. Deve ser o Larry. Atenda, por favor. Preciso me acalmar. Fale com ele primeiro. Agradeça pelo relógio. Depois eu falo.

Relutante, Carla se dirigiu ao telefone. Devagar, muito devagar, atendeu.

— Alô?

— Sua mãe está aí?

A voz do Larry era baixa, como se ele não quisesse que ninguém ouvisse.

— Pare de ligar — respondeu ela, também num sussurro, para que a mãe não escutasse.

E desligou o telefone.

— Não era ele? — A voz da mãe se ergueu num crescendo de melancolia.

— Acho que era a mesma pessoa que estava telefonando antes — respondeu Carla, olhando para o tapete.

Se olhasse com muita atenção, dava para divisar o rosto de um leão na estampa marrom.

A mãe estremeceu.

— A pessoa que não fala nada?

— É.

O rosto no tapete a encarava. *Mentirosa! Mentirosa!*, dizia.

A mãe parou de chorar e a abraçou.

— Não se preocupe, minha pequena. É minha culpa. Na próxima vez, *eu* atendo ao telefone.

Mas o telefone não tocou durante dois dias. Dois dias durante os quais Carla, a Gatinha e o leão do tapete imaginaram ter se safado.

Então aconteceu.

— Por que você mentiu para a sua mãe?

Os olhos de Larry brilhavam, duros. Pareciam a faca que a mãe usava para cortar pão. Em geral, a mãe fazia o próprio pão porque a "porcaria que vendem no mercado" não servia "nem para cachorro". Carla adorava o cheiro. Tentou se lembrar dele, para se sentir melhor, mas não conseguiu.

Larry estava diante dela, ao lado da mãe. Os dois contra ela.

Carla hesitou.

— Eu já disse. Achei que fosse aquela pessoa que telefona e não diz nada.

— É verdade — interveio a mãe. Ela estava apreensiva. Assustada como quando chegava pelo correio um envelope pardo com a palavra "Atrasado" dentro. — Também atendi a esses telefonemas. É assustador.

Larry piscou.

— Então você precisa ligar para a polícia.

A mãe soltou uma risada aguda.

— E eles se importam? Não conseguem nem impedir a garotada de quebrar janelas. Esse lugar não é bom. O Ed mesmo disse.

O rosto de Larry se inclinou para a frente como se tivessem prendido uma linha no nariz dele e puxado.

— Quem é Ed?

— Você sabe. — A voz de Carla era carregada de escárnio. — O vizinho que cuida de mim enquanto a mamãe *trabalha*. Ele e a mulher dele — respondeu Carla, enfatizando a palavra "trabalha" para não haver dúvida do que estava querendo dizer: *A mamãe não trabalha de verdade aos domingos. Fica com você, em vez de ficar comigo.*

Mas os olhos de Larry já haviam se voltado para o pulso dela.

— Você não está usando o relógio?

— Não funciona.

— É mesmo?

Por que ele parecia achar graça, em vez de ficar aborrecido?

A raiva a deixou destemida.

— Você comprou um para sua filha também?

Até foi bom a mãe ter ido à cozinha esquentar água para o chá. Larry aproximou o rosto do dela. Dava para sentir o cheiro de uísque.

— Você se acha muito inteligente, não é, Carla?

Não, ela queria dizer. *Não, sou péssima em matemática, embora minhas novas amigas agora me ajudem.* Mas, em vez de responder, ela fixou o olhar na marca do pescoço dele, que parecia ketchup. Fazendo isso, talvez conseguisse se manter calada.

— Sem comentários, né? — Larry se afastou, como se a avaliasse. — Gosto disso. Você se acha inteligente porque *é* inteligente, Carla. Acredite em mim. Pode não achar, mas é verdade. Você ainda vai longe. — Ele estreitou os olhos. — Só não sei em *qual* direção. Se para cima ou para baixo. Está nas suas mãos.

Duas semanas depois, Carla voltou da escola sem caber em si de tanta animação.

— Minha amiga Maria me convidou para passar uma tarde na casa dela — anunciou.

A mãe estava junto à porta. Elas haviam combinado que, agora que tinha 10 anos, Carla poderia voltar da escola sozinha, desde que nunca falasse com estranhos. E essa escola era muito mais perto, então Carla nunca se perdia.

— Que honra! — respondeu a mãe, ruborizada.

E, por um instante, Carla imaginou se Larry estaria ali. A mãe sempre ficava mais vermelha quando ele estava em casa.

Mas não, a casa estava vazia.

— Na quarta-feira! — continuou Carla. — A mãe dela vai buscar a gente na escola. Depois vai me trazer pra casa. Vamos brincar com as Barbies dela.

— A mãe dela dirige? —Os olhos da mãe cresceram, cobiçosos.

Carla assentiu.

— Todas as mães dirigem. Por favor, mamãe. Por favor, posso ir?

— Mas é claro. — A mãe era só sorrisos novamente. — É bom você ter amigas. Mãe que dirige deve ter muito dinheiro, você não acha?

Era verdade. Maria morava numa casa enorme onde caberiam tanto o apartamento 3 como o apartamento 7, e talvez outro.

A comida era deliciosa. Não era macarrão.

— Bife — disse a mãe da amiga, notando a avidez com que ela se punha a comer. — Você gosta?

Carla assentiu novamente, sem querer falar com a boca cheia. Também tomou o cuidado de segurar o garfo e a faca do mesmo jeito que a amiga e a mãe dela faziam. Depois se ofereceu para secar a louça.

A mãe da Maria abriu um sorriso.

— Estou vendo que você foi muito bem-criada! Na verdade, temos uma lava-louça, mas vocês podem me ajudar a botar os pratos nela.

Que máquina inteligente!

— Os pratos ficam de lado. Isso mesmo! — Ela entregou a Carla outro prato, enquanto continuava conversando, como se ela fosse adulta. Carla se sentiu orgulhosa. — A Maria me contou que a sua mãe é italiana, como meu marido. De onde ela é?

Carla hesitou, sem querer parecer estúpida. A mãe sempre ficava tão triste quando ela perguntava sobre a família que Carla não gostava de tocar no assunto.

— Não sei exatamente, mas sei que tem um vale cercado de montanhas. Ela disse que fica a uma hora de Florença, por uma estradinha íngreme, cheia de curvas.

— É mesmo? Vou perguntar ao meu marido se ele sabe que lugar é esse. Ele é do centro de Florença. Foi onde nos conhecemos. Você já foi lá?

— Não. — Carla balançou a cabeça, os cachos negros batendo no rosto. — Mas minha mãe diz que vamos visitar a cidade um dia.

Isso não era verdade, mas pareceu ser a coisa certa a dizer, porque, logo depois, a mãe da amiga falou para as duas pegarem sorvete no freezer. Um dia, Carla disse a si mesma, teria freezer, lava-louça e uma cômoda bonita como a que havia no quarto da amiga. Então ela e a mãe finalmente seriam felizes.

Depois a mãe de Maria deixou-a em frente ao prédio, onde havia os meninos de sempre, à toa, chutando a parede.

— Eu adoraria entrar, querida, mas não quero deixar o carro aqui.

Carla ficou triste quando elas foram embora. O apartamento parecia tão menor!

— Você se divertiu? — perguntou a mãe, da cozinha.

Carla assentiu.

— Podemos pedir ao Larry uma lava-louça? A mãe da Maria tem uma.

— Mas isso é porque ela tem marido, *piccola mia*. Talvez... — Ela se deteve, porque o telefone começou a tocar. — Pode deixar que eu atendo!

Mas Carla chegou primeiro ao aparelho. Pediria ao Larry uma lava-louça para a mãe e uma cômoda para ela.

— Alô?

Dessa vez, *realmente* havia alguém respirando do outro lado da linha, sem dizer nada.

Rapidamente, ela desligou o telefone.

21

Lily

Final de janeiro de 2001

Tudo que aconteceu desde setembro do ano passado nos trouxe a isto. Agora só faltam algumas semanas. A tensão cresce. Não apenas em meu peito, como também no escritório.

Mesmo se eu quisesse passar mais tempo com Ed depois das festas de fim de ano, não teria sido possível. No instante em que pisei no escritório, não parei mais. Telefonemas. Cartas. Visitas ao presídio. Joe Thomas, aparentemente, criou um alvoroço quando Tony o visitou sem mim, recusando-se a recebê-lo.

— Quero ver a Sra. Macdonald também — decretou.

Por isso fui até lá, sentindo um misto de entusiasmo e apreensão. Mal notei os trâmites de açúcar, fita adesiva, batata chips e objetos cortantes.

Dizendo a mim mesma que devia estar louca, entreguei uma pilha de documentos para Joe assinar. Debaixo da segunda pasta de papel, havia outro álbum de figurinhas da coleção do meu irmão.

— Obrigado — disse ele, os olhos cravados nos meus.

Tão fácil! E, no entanto, a euforia foi imediatamente substituída pelo medo e pela autorrecriminação. Por que eu continuava fazendo aquilo?

Por sorte, Tony estava ocupado demais escrevendo alguma coisa para notar o que havia acontecido. Na verdade, andava distraído desde as festas de fim de ano, volta e meia perguntando ao Joe a mesma coisa duas vezes.

— Não vou mais insistir com o cliente para saber como ele conseguiu aqueles números — confidenciou a mim, antes do encontro, no que parecia ser uma mudança completa de postura. — Acho que vamos obter mais informações dele se formos menos incisivos. Além disso, pedi que avaliassem os números de novo, e eles são válidos. Talvez estejamos prestes a descobrir algo realmente importante.

Deixo-o discorrer sobre o assunto. Ele é o especialista.

Enquanto fala, passa a mão no cabelo, um hábito frequente. Também não pude deixar de notar que havia um chupão no pescoço dele. Será que casais que estão juntos há mais de trinta anos (uma das poucas informações pessoais que tenho do Tony) ainda fazem isso?

Prometi a mim mesma que, depois do julgamento, me ocuparei dos problemas do meu casamento.

Agora tenho a desculpa perfeita para trabalhar até tarde, para voltar para casa quando Ed já está na cama, evidentemente deixando para trás mais uma garrafa de vinho vazia.

A pressão da mídia também está aumentando.

— Outra ligação do *Daily Telegraph* — avisa a secretária, com um pouco mais de respeito do que alguns meses antes. Ela também está trabalhando até tarde. — Quer atender?

Não. Como sempre. Para começar, o processo está *sub judice*. Não podemos falar a respeito. E, mesmo se for um daqueles artigos sobre prisioneiros que ganham o recurso e voltam a viver em liberdade, não me interessa.

Ainda não estamos nesse estágio.

Meus dedos formigam de entusiasmo enquanto leio e releio os argumentos, os números, os testemunhos.

— Você consegue se dar conta da importância desse julgamento, não é? — perguntou meu chefe, outro dia. Assim como as secretárias, ele começou a finalmente me tratar com mais respeito. — Se ganharmos, todo mundo vai querer nos contratar. Não quero botar pressão, Lily, mas esse processo pode não só ser a grande guinada do escritório, como pode a *sua* grande guinada.

A imprensa e meu chefe não são os únicos que estão animados. Joe Thomas também está, por mais que tente disfarçar.

— Vocês acham que temos chance? — perguntou em nossa visita mais recente. Na verdade, a última visita antes da audiência.

Tony assentiu.

— Desde que você faça o que ensaiamos. Olhe os jurados nos olhos. Lembre-se de que um dos nossos argumentos-chave é que você tem síndrome de Asperger, que foi oficialmente diagnosticado, além de ter necessidade de conferir as coisas e se ater a certas rotinas e padrões. Foi também por isso que você pareceu frio e indiferente quando a polícia chegou. No Reino Unido, uma em cada quatro pessoas tem algum tipo de problema de saúde mental em algum momento da vida. É provável que pelo menos parte do júri se solidarize. E ganharemos o restante com os fatos sobre o boiler, pura e simplesmente.

Mas Joe franze o cenho.

— Não acho que conferir as coisas seja um problema. E não fui frio nem indiferente. Só contei a eles o que aconteceu. Falando assim, parece que sou maluco.

— Ele não quis dizer isso — intervenho rapidamente. — O Tony só quer que você diga a verdade. Que explique que a Sarah se atrasou para o jantar, que ficava sempre pronto na hora, que ela vomitou porque tinha bebido muito, que você odeia sujeira e por isso sugeriu que ela fosse tomar banho. Mas ela não quis que você preparasse o banho para ela, como você normalmente fazia, como parte da sua rotina. Isso te deixou aborrecido, por isso você foi lavar a louça, para esfriar a cabeça. Depois de meia hora, ficou preocupado porque não ouvia barulho nenhum e entrou no banheiro para ver se ela estava bem. Ela estava na banheira, cheia de bolhas... Foi um acidente horrível.

Detenho-me. Os dois me encaram.

— É quase como se você estivesse lá — observa Tony.

Uma imagem do estábulo surge em minha mente. O cheiro de feno. O gelo nos caibros do telhado. O hálito quente do Merlin em meu pescoço frio. O grito desesperado da minha mãe: *Não! Não pode ser! Deve ser um engano.*

— Vamos continuar, ok? — digo de maneira ríspida.

Ah, se fosse fácil assim...

Março de 2001

— Esse processo, como Vossa Excelência sabe, é muito importante, não apenas para o réu, que sempre afirmou sua inocência, e evidentemente para a família da mulher falecida e para o grande público, como também para um integrante da equipe de defesa, que sofreu sérias provocações. A promotoria sabe disso, e, se alguma pessoa nesse tribunal tiver contato com os responsáveis, é bom saber que, se isso acontecer de novo, haverá graves consequências.

Tony Gordon se detém, para que as impactantes palavras sejam assimiladas. Preciso admitir. Ele é o estereótipo do advogado, andando pelo tribunal, agitando as mãos, encarando os integrantes do júri um de cada vez. Eu estaria convencida, se fosse eles. Como será ser casada com um homem como Tony? Tenho a impressão de que nosso *barrister* é capaz de fazer o que bem entende e se convencer de que tem esse direito.

A promotoria já falou. A oposição acusou veementemente Joe, alegando que ele é controlador, agressivo, um assassino cruel. Mas não teve sorte em relação à ex-namorada que havia acusado Joe de persegui-la: ela morreu no ano passado, de câncer de pulmão. Tão jovem! Fico chocada por sentir alívio. Mas assim é o Direito. O azar alheio pode fortalecer o caso.

— Também devemos dizer logo no início — continua Tony — que, embora a questão das hostilidades infligidas a um integrante da equipe de defesa seja séria, essas hostilidades não parecem ter nenhuma relevância em relação ao caso. Mas, se isso mudar, solicitarei introduzi-las como provas a serem apresentadas ao júri.

Enrubesço. Tony não havia me preparado para isso.

Apesar de frisar que não há "nenhuma relevância", Tony continua remoendo a questão. Será parte de sua estratégia?

— Houve cartas anônimas. Uma bolsa, contendo documentos importantes, foi roubada na rua. Mas, pior de tudo, um cavalo da minha colega de trabalho foi envenenado, na tentativa de nos fazer abandonar o processo.

Meu nome não é mencionado — nem o fato de que a primeira carta era do tio da Sarah —, mas está claro quem é "a colega de trabalho" por causa do meu rosto vermelho e também da olhada rápida, mas cheia de significado, que Tony dá em minha direção.

As pessoas se comovem. Do banco dos réus, Joe Thomas me encara. Há em seus olhos uma compaixão que nunca vi, nem mesmo quando ele falava da pobre Sarah.

Como Tony se atreve a me expor assim? Então me dou conta de que fez isso com um propósito. Quer mostrar aos jurados as lágrimas em meus olhos.

Quer mostrar o sofrimento causado por forças ocultas, que não desejam que esse julgamento se cumpra. O júri pode não se abalar com Joe Thomas e seus modos peculiares, mas pode se sentir solidário em relação a uma jovem, a alguém como eu.

Concentro-me em agir de maneira profissional. É do futuro de Joe Thomas que estamos falando. Um homem com hábitos que podem parecer estranhos a todos. Um homem que é vítima de um escândalo nacional.

Quando o constrangimento passa, pego-me correndo os olhos pelo tribunal. Nunca estive aqui. Até agora, meu trabalho para o escritório se deu em pequenas salas de audiência. Aqui é diferente. É grande, parece uma igreja. A madeira é mogno. Joe Thomas fica acima de nós, atrás de uma divisória de vidro. Faz calor, embora as ruas estejam congeladas, o que quase me fez escorregar quando cheguei, às oito e meia da manhã. Ocorre-me que, de fora, esse tribunal, assim como muitos outros, parece um prédio municipal comum, com sua fachada branca e seu ar reservado. Mas o aspecto exterior contradiz o circo — e teatro — que há aqui dentro.

O futuro de um homem está em jogo.

Tanta responsabilidade!

Começo a suar.

Joe Thomas também.

Observamos Tony e a promotoria interrogarem especialistas em boilers, estatísticos, funcionários da saúde e do setor de segurança, os policiais que trabalharam na noite da morte de Sarah. Então ele lança uma bomba. Outra para a qual não me preparou. Chama ao banco de testemunhas o homem que se mudou para o apartamento de Joe após a morte de Sarah. Depois de fazer uma série de perguntas inócuas, chega finalmente ao seu objetivo.

— O senhor pode descrever seus novos vizinhos, o Sr. e a Sra. Jones? — pede Tony.

O rapaz suspira.

— Difíceis. Reclamamos do barulho da televisão. Primeiro para eles, que nos ignoraram, depois para o condomínio, mas nada mudou. É insuportável. Já estamos procurando outro apartamento.

— O senhor acreditaria nas alegações deles de terem escutado gritos no apartamento do réu?

— Sinceramente, eu ficaria surpreso se eles conseguissem ouvir qualquer coisa que não fosse o barulho da televisão.

Eu sabia que Tony era bom, mas não tão bom assim.

Então a antiga chefe de Sarah se dirige ao banco de testemunhas. Ela não queria depor, porque as duas eram "amigas". Mas, sob juramento, admite que Sarah tinha "problemas com álcool". No fim das contas, Sarah já havia recebido uma última advertência por trabalhar embriagada.

Tudo contribui para criar um quadro mais amplo no qual Joe não é o diabo que fora pintado no primeiro julgamento.

Surge outra especialista médica. Sim, confirma ela, é muito provável que a pessoa com "excesso de álcool no organismo" entre numa banheira de água quente sem perceber e depois esteja bêbada demais para sair. E, sim, seria difícil distinguir os hematomas resultantes de uma queda e da posterior tentativa de sair da banheira dos hematomas infligidos por outra pessoa.

Por que esses especialistas não foram chamados no primeiro julgamento? Como eu já disse, existem bons advogados. E advogados não tão bons assim. E evidentemente exige tempo (o que equivale a dinheiro) e habilidade para conseguir os especialistas certos.

Outros vizinhos são chamados. Duas irmãs, já senhoras. Uma jogada inteligente da parte do Tony. As duas afirmam, uma após a outra, que com frequência viam Joe "sendo muito cavalheiro" com Sarah. Abrindo a porta do carro para ela, carregando as compras, esse tipo de coisa.

— Sempre achamos que a Sarah era uma moça de sorte — afirma a mais velha, com um sorriso.

Uma amiga de Sarah é chamada ao banco de testemunhas. Ela não queria depor, mas foi intimada a ir. Sim, admite, Sarah tinha problemas com álcool, o que a levava a fazer bobagens. Ela poderia dar um exemplo? Que tal a sexta-feira anterior à morte? Relutante, a amiga revela que Sarah quase havia sido atropelada por um carro quando ficou bêbada depois de sair para tomar uns drinques com as colegas de trabalho. E seria possível que Sarah tivesse caído numa banheira de água quente quando estava bêbada? Outro relutante "sim".

Amanhã ouviremos alguns especialistas médicos sobre transtornos do espectro autista. Joe vai odiar, mas sabe que é necessário para a defesa. Parece que uma em cada cem pessoas é afetada pelo autismo. Portanto, com sorte, haverá alguém no tribunal que se sentirá solidário.

E, por fim, traremos ao banco de testemunhas parentes de pessoas que também se queimaram, mas sobreviveram.

— Vamos deixar o melhor por último — como diz Tony.

Mas o melhor de tudo isso é que, desde que a audiência começou, não penso no Ed.

Depois do julgamento. Depois do julgamento. A decisão mais difícil da minha vida está cada vez mais próxima.

Mas, no fundo, já sei o que preciso fazer.

— Os jurados só ficaram 45 minutos reunidos! Vocês acharam que seriam horas!

A fisionomia de Joe está diferente da que tinha no presídio. Ele está animado. Exaltado. Exausto também.

Tony e eu sentimos o mesmo.

— Eles sabiam que eu era inocente.

Joe está com um bigode de cerveja. Foi a primeira coisa que ele quis fazer. Tomar cerveja num bar "acompanhado pela sua liberdade e pelas duas pessoas que a possibilitaram".

Nunca o vi tão emocionado, e ele olhava para mim quando disse isso. Agora estou embriagada pela euforia da absolvição dele, como se fosse eu quem tivesse sido libertada. Tony sente o mesmo. Vejo pelo rubor em seu rosto, que diz "Vencemos".

— O Direito é um jogo — observou ele, no começo. — Se ganhamos, somos reis. Se perdemos, somos fracassados. Não podemos nos dar ao luxo do fracasso. Por isso vicia tanto. Por isso é como se estivéssemos no banco dos réus, com o cliente.

Por isso, eu poderia acrescentar agora, um advogado sente a necessidade de ganhar discussões na vida pessoal também. Porque, se não conseguimos, há a implicação (certa ou errada) de que não seremos bons no trabalho. Será que Tony ganha as discussões em casa? Imagino que sim. Não quero pensar na minha própria situação.

Havia uma multidão na frente do tribunal, câmeras, gritos, flashes, jornalistas apontando microfones. Tony fez um discurso breve:

— Hoje é um dia de acerto de contas, não apenas para Joe Thomas, que foi finalmente declarado inocente, como também para todas as outras vítimas. Aguardamos mais desdobramentos em breve.

Ele nos conduziu ao carro e nos trouxe a esse bar, em Highgate, onde os clientes são prósperos cidadãos anônimos, em vez de jornalistas. Procurei Ed na multidão, mas ele não estava em parte alguma.

Pensarei nele mais tarde. Agora é o nosso momento.

Obrigado por tudo. É isso que se esperaria que Joe dissesse. É o que uma pessoa normal diria. Mas Daniel também não agradecia a ninguém.

— O que você pretende fazer agora? — pergunta Tony, terminando o último copo, consultando o relógio.

Pela maneira como ele fala, vejo que está aborrecido por não terem lhe agradecido e que também não gosta muito do nosso cliente, que tecnicamente já não é mais nosso cliente.

Joe Thomas encolhe os ombros.

— Vou usar o dinheiro para recomeçar a vida em outro canto.

Joe se refere às doações que recebemos durante o julgamento, quando ele declarou que não queria nenhuma compensação financeira, que desejava apenas limpar seu nome. Como um simpatizante escreveu ao *Times*: "É uma honra para a sociedade ainda haver pessoas que se mantêm honestas, mesmo quando suas ações foram mal interpretadas no passado."

— Também quero trabalhar com outra coisa — acrescenta ele.

Minha mente se volta para o perfil do cliente que li no trem, tantos meses antes. Parece ter sido em outra vida.

Joe Thomas, 30, vendedor de seguros. Condenado em 1998 pelo assassinato de Sarah Evans, 26, vendedora de uma loja de roupas e sua namorada...

— Para onde você vai?

Quando faço a pergunta, vejo Tony me lançando um olhar de advertência. Não fique íntima demais. Acabamos nosso trabalho.

— Para um hotel, eu acho. Uma pensão. Não tenho para onde ir hoje.

Mais uma vez, fico surpresa pela maneira literal como ele entende a pergunta.

— E no futuro, no geral?

— Ainda estou pensando. — Joe olha nos meus olhos. — Alguma sugestão?

Engulo em seco.

— Se fosse eu, acho que iria morar no exterior. Na Itália, talvez.

Só Deus sabe por que o local da minha lua de mel surge em minha cabeça.

Joe enxuga a espuma de cerveja da boca na manga do paletó.

— Não ia parecer que estou fugindo?

Tony se levanta.

— Não quero que vocês pensem que estou fazendo o mesmo, mas preciso ir. — Ele aperta minha mão. — Foi um prazer trabalhar com você, Lily. Você vai longe.

Ele se vira para o Joe, hesitante. Eu aguardo.

Às vezes, fico imaginando se Tony acredita mesmo que Joe é inocente, ou se isso tem alguma importância para ele.

O que ele deseja é a glória. Ganhar um processo importante que seja manchete nos jornais. Vi o prazer que ele sentia na frente das câmeras, quando saímos do tribunal. Prazer que também sinto. Fizemos história. A sensação é maravilhosa.

— Boa sorte.

Suspiro aliviada quando Tony finalmente aperta a mão de Joe e vai embora. Mas nosso cliente notou a demora.

— Ele não gosta de mim.

Joe diz isso como se estivesse constatando um fato.

Permaneço calada.

— Mas *você* me entende.

Ele me encara novamente antes de voltar os olhos para a bolsa que recebeu no presídio, com seus pertences. Fico imaginando se os álbuns de figurinhas do Daniel estão ali. Não os quero de volta. São lembranças demais.

Talvez seja o gim-tônica duplo que Tony me pagou, apesar de eu ter pedido uma única dose. Talvez seja o alívio por termos vencido. Talvez seja porque Joe me lembra Daniel. Seja o que for, me vejo falando.

— Eu tinha um irmão.

Corro os olhos pela rua: já mencionei que nos sentamos do lado de fora? Embora seja fim de tarde, o tempo está surpreendentemente agradável.

Além do mais, todos precisávamos de ar fresco depois de sair do tribunal. Um casal passa de braços dados, e sinto o cheiro do perfume sofisticado da mulher. Mas então sinto outro cheiro em minha mente. O cheiro de palha. E morte.

Descobri que Daniel estava usando drogas quando minha mãe me pediu que fosse chamá-lo no quarto para o jantar, na semana anterior ao seu aniversário de 17 anos. Ele estava quebrando uma pedra branca com uma faca.

— Isso é perigoso!

Eu já tinha visto algumas meninas da escola fazendo algo semelhante no banheiro, embora eu mesma nunca tivesse usado drogas.

— E daí?

— O que é perigoso? — perguntou meu pai, surgindo atrás de mim.

Daniel imediatamente guardou a pedra e a faca no bolso da calça. *Não fale nada*, suplicavam seus olhos. *Não fale nada.*

— Dirigir a oitenta quilômetros por hora quando o limite de velocidade é sessenta.

Peguei o *Manual de direção defensiva* que estava em cima da mesa.

— Claro que é, meu filho. Se você não entender isso, não vai passar nunca na prova de direção. Embora, sinceramente, eu ache que você não deveria nem fazer.

— Por que não? — objetou Daniel, os olhos brilhando.

— Porque, como disse o seu instrutor, você corre muito.

— Pelo menos não faço o que você está fazendo.

Alguns instantes de silêncio.

— Como assim?

Daniel estreitou os olhos.

— Você sabe. Ouvi sua conversa na extensão do telefone. Aliás, mais de uma vez. E vou contar para a mamãe.

Meu pai ficou imóvel.

— Não sei do que você está falando.

Nem eu sabia.

— Não é nada — respondeu meu irmão, quando eu lhe perguntei do que se tratava.

Mais uma das mentiras do Daniel, falei comigo mesma, para acobertar o próprio comportamento e deslocar a atenção para outra pessoa. Isso já havia acontecido antes.

Nessa noite, Daniel se recusou a descer para o jantar. Ficou no quarto, ouvindo música alta, que reverberava no teto e fazia nossa cabeça rodar.

— Abaixe isso! — gritou meu pai, batendo na porta.

Daniel não se dignou a responder. Como sempre, havia empurrado a cama contra a porta para que ninguém pudesse entrar em seu quarto.

Mais tarde, quando passei pela porta fechada do quarto do meus pais, ouvi os dois brigando. Já houvera outras brigas, evidentemente. Todas relacionadas ao Daniel. *Qual é o problema desse menino? O que vamos fazer?* Esse tipo de coisa.

Mas, dessa vez, era diferente. Dessa vez, senti um calafrio atravessar meu corpo.

— Ouvi o que o Daniel disse. Com quem você estava conversando no telefone? Quem é ela?

— Ninguém.

— Jura? Pela vida dos seus filhos?

Houve silêncio. Depois uma voz baixa. Tive de colar o ouvido na porta para escutar.

— ... culpa sua. Você não vê?... dedicou toda a sua atenção ao Daniel... procurar em outro lugar.

A voz da minha mãe era clara:

— Então é verdade? Como você pôde? Você a ama? Vai nos deixar?

Não consegui ouvir a resposta. Só o choro desesperado. Do outro lado da porta, eu estava com a cabeça baixa, quase passando mal. Meu pai estava tendo um caso?

Então vi Daniel subindo a escada. Daniel sorrindo como se não houvesse nada errado. Daniel com as pupilas dilatadas.

Corri no encalço dele, até o quarto.

— A mamãe e o papai vão se separar. E a culpa é sua.

Ele deu de ombros.

— Ela precisava saber.

Sua falta de preocupação me fez perder a cabeça.

— Se você não fosse tão horrível, a mamãe e o papai estariam bem.

Daniel se mostrou surpreso. Eu sempre o havia protegido, amado, cuidado dele, exatamente como me pediram no dia que ele entrou em nossas vidas. Embora ele parecesse testar nossos limites.

Mas o choque de saber sobre o caso do meu pai havia me deixado enfurecida. E foi quando falei outra coisa.

— Nunca deveríamos ter adotado você. Porque assim você não teria me machucado também. Odeio você.

Daniel franziu o cenho. Na mesma hora, vi que o havia magoado. Não. Que o havia deixado arrasado.

Estendi a mão para me desculpar. Ele se afastou, mas pareceu mudar de ideia. Segurou minha mão, apertando-a. A dor me fez soltar um grito. Ele me puxou, de modo que seus olhos ensandecidos se cravaram nos meus.

Eu sentia seu hálito.

Meu coração estava acelerado. As palavras estavam na ponta da língua, prontas para ser proferidas. Palavras que mudariam nossas vidas para sempre.

— Você é uma pessoa ruim, Daniel. Todo mundo diz isso e é verdade. Ruim mesmo.

Ele soltou uma risada. E entendi o que ela significava.

Bati nele. Com força. Primeiro num lado do rosto. Depois no outro.

— Eu queria que você nunca tivesse nascido.

— O que aconteceu depois?

Joe segura minha mão. Estamos bem próximos, ambos de cabeça baixa. A minha, de remorso. A dele, de compaixão. Sinto a mesma descarga elétrica que senti no presídio quando lhe dei os álbuns de figurinhas.

Tenho certeza de que ele também sente o mesmo.

Essa é a questão com pessoas como Joe e, até certo ponto, como Daniel. Elas podem não manifestar a emoção certa na hora adequada. Mas, se as provocamos, elas sofrem. E até choram. Como o restante de nós.

— Eu saí — murmuro.

— Para onde?

— Não... Prefiro não dizer.

Ele assente.

— Tudo bem.

— Quando voltei, minha mãe estava nervosa. Daniel tinha deixado um bilhete que dizia apenas "Tchau". Nós o procuramos por toda parte. Mas a casa é grande, temos alguns hectares. Um estábulo. Foi onde eu o encontrei. Ele sempre ia para lá. *Nós* sempre íamos para lá... Mas dessa vez ele estava... morto. Enforcado.

Joe aperta minha mão.

Minhas palavras agora saem junto às lágrimas.

— Eu o instiguei. Ele não estava bem...

A voz de Joe é suave.

— O que exatamente ele tinha?

Balanço a cabeça.

— O que chamavam de "desobediência deliberada", possivelmente causada por uma infância difícil. Era o que diziam os especialistas. — Solto uma risada rouca. — Ele nunca foi oficialmente diagnosticado, mas às vezes fico imaginando se...

Detenho-me, sem querer ofendê-lo.

— Se ele também tinha algum grau de autismo?

— Eu acho. — Contorço as mãos. — Mas ele fazia outras coisas inadequadas.

Joe está pensativo.

— É por isso que você me entende.

Não é uma pergunta.

Assinto. Constrangida. Mas ao mesmo tempo grata por esse homem me compreender também.

— Sinto muito pelo seu cavalo.

A voz de Joe está carregada de uma suavidade que nunca ouvi.

Encaro-o. Seus olhos agora são castanhos. Como ele faz isso? Como vai do castanho ao preto e do preto de volta ao castanho?

— Na verdade — respondo, procurando na bolsa a caixinha de lenços —, o cavalo era do Daniel. Por isso foi tão difícil.

— Vamos dar uma volta — propõe Joe.

E, quando nos levantamos, parece natural que ele me dê a mão.

22

Carla

Poucos dias depois da visita de Carla, Maria levantou a mão na sala de aula e pediu permissão para trocar de carteira.

— Por quê? — sussurrou Carla, embora o coração apertado já lhe dissesse a resposta.

Maria a ignorou. Era como se ela não tivesse falado nada.

— Quem gostaria de se sentar com a Carla? — perguntou a freira de dentes separados.

Ninguém se ofereceu. Todas pareciam se afastar dela. Uma menina de rabo de cavalo, que sempre a chamava para jogar amarelinha, sussurrou algo no ouvido de outra, que pareceu ficar espantada.

Era como estar novamente na antiga escola. Carla ficou tão abalada que não conseguiu terminar o exercício de matemática, matéria que agora dominava. Os números pairavam no ar como gigantescos pontos de interrogação. O que estava acontecendo?

— Elas puseram você no ostracismo — disse outra menina, a menos popular da turma, a quem a freira havia pedido que ocupasse o lugar de Maria.

Ela tinha o cabelo pegajoso, que a mãe só deixava lavar uma vez por mês porque era melhor para os "óleos naturais". A menina era sempre a última a ser escolhida nos times: ficar sentada ao lado dela era uma grande ofensa.

— Ostracismo? — Carla não entendeu. — Onde fica isso?

A menina de cabelo pegajoso encolheu os ombros.

— É quando não falam com a pessoa. — Ela estendeu o braço. — Vai ser bem melhor agora que somos duas.

Mas Carla não queria ser amiga da menina de cabelo pegajoso, a que todas desprezavam. Queria ser amiga da Maria, cuja mãe a havia convidado para jantar na casa delas, naquela rua de calçada larga, onde ninguém chutava lata de cerveja.

Na hora do recreio, Carla procurou Maria no pátio.

— O que eu fiz de errado? — perguntou.

Pela primeira vez no dia, Maria se virou para ela. Os belos olhos azuis estavam gelados. Desdenhosos.

— Meu pai tem um tio que mora nas montanhas perto de Florença. — Maria falava como se Carla cheirasse mal. — Ele conhece seus avós. Todos conhecem. E dizem que a sua mãe não é uma mulher boa.

A mãe? Não era uma mulher boa? A mãe, com seu sorriso cálido, com cheiro de Apple Blossom e de todos os outros perfumes deliciosos que vendia diariamente numa loja sofisticada, para esposas de outros homens? Isso não podia ser verdade!

— Maria! Maria! — Era a freira de dentes separados, que avançava na direção delas, o crucifixo balançando no pescoço, o maxilar contraído. — Recebi instruções da sua mãe para não deixar você conversar com essa menina.

Os olhos de Carla se encheram de lágrimas.

— Por quê?

A freira fez o sinal da cruz sobre os seios fartos, e dos quais ela e Maria haviam rido juntas na semana anterior mesmo.

— Você logo saberá. Pegue uma carta endereçada à sua mãe na secretaria, antes de ir para casa.

A mãe chorou ao ler a carta.

— A madre superiora quer ver sua certidão de nascimento — murmurou, a cabeça enterrada nas mãos, sobre a mesa bamba da cozinha. — Quer uma prova de que você tem pai. É minha culpa, por botá-la numa escola católica. Na escola em que estudava antes, não haveria problema.

Carla abraçou a mãe.

— Talvez esteja debaixo da sua cama, onde você guarda suas coisas especiais.

A mãe contraiu a boca e, por um instante, fez Carla se lembrar da bruxa má de um de seus livros preferidos da biblioteca.

— Como você se atreve a mexer nos meus pertences?

Carla pensou no homem bonito de chapéu que ela via de vez em quando, quando a mãe não estava em casa. Ele sempre sorria para ela com tanta simpatia!

— São só fotos, mamãe. Fiquei curiosa.

A mãe soltou um gemido.

— Talvez você mereça saber. Aquele homem é seu pai.

O pai dela! Então ele era assim.

— Talvez — sugeriu Carla, tentando ajudar — ele tenha levado esses papéis para o paraíso.

— Não. Não levou. — A mãe se pôs de pé, jogando para trás o glorioso cabelo negro. Já não estava triste, agora parecia irritada. — Se você não tivesse aberto a boca para a mãe da Maria, nada disso teria acontecido.

Um soluço escapou da garganta de Carla.

— Mas eu não sabia que estava fazendo uma coisa errada.

Não adiantou. A mãe entrou no quarto e — pela primeira vez desde que Carla se lembrava — trancou a porta.

— Por favor, abra! — implorou ela, do lado de fora.

Mas só ouviu o choro da mãe.

Talvez, Carla disse a si mesma, a tristeza da mãe passasse como passou depois do Natal. Talvez na segunda-feira as meninas começassem a ser gentis com ela outra vez.

Mas isso não aconteceu. As coisas pioraram com o passar das semanas. A mãe recebeu outra carta da madre superiora dando-lhe o prazo até março para apresentar a certidão de nascimento da filha. Do contrário, Carla teria de sair da escola. Era para o documento ter sido apresentado na matrícula. Mas, na ocasião, aparentemente houvera um "lapso".

Ninguém queria brincar com ela na hora do recreio. Havia começado a nevar na semana anterior, então todas as outras meninas colavam o nariz no vidro da janela e conversavam, animadas, dizendo que fariam bonecos de neve quando voltassem para casa. Maria tinha agora outra melhor amiga: uma menina bonita cujo tio lhe dera um crucifixo de prata que ela exibia para todo mundo. Até a menina do cabelo pegajoso se afastou de Carla quando elas tiveram de ficar no ginásio, porque estava molhado demais para brincar do lado de fora.

— Ouvi alguém dizer que você é *bastarda* — disse ela, num murmúrio.

Carla passou a tarde toda remoendo a palavra, até chegar à sua casa. Que estranho! Não havia essa palavra no *Dicionário infantil*.

— O que significa "bastarda"? — perguntou, quando a mãe voltou do trabalho, com seu uniforme branco.

— É disso que estão chamando você agora?

A mãe deitou a cabeça na mesa da cozinha e esmurrou o tampo, o que fez uma das pernas rachar e precisar ser escorada com o catálogo de telefone.

Outro dia se passou. E mais um.

— A certidão ainda não chegou da Itália?

— Não, *cara mia*.

Mesmo quando a mãe admitiu que a certidão não existia, as duas continuaram aguardando o carteiro.

— Assim não estaremos mentindo quando dissermos que estamos esperando — explicou a mãe, escovando o cabelo de Carla, como fazia todas as noites. — Ah, se eu pudesse contar ao Larry! Ele iria nos ajudar.

Isso era outra coisa. Larry estava trabalhando muito. Tanto que não tinha tempo para visitá-las.

— Ele é um homem importante — dizia a mãe, sempre. — Ajuda a rainha a decidir o que é certo e errado.

Certa noite, quando já estava na cama, Carla ouviu a voz dele no corredor, na frente do apartamento. Em geral, ele entrava pelos fundos. Além disso, era quarta-feira! Larry só aparecia às terças, quintas e às vezes no domingo (embora as visitas no Dia do Senhor andassem mais frequentes). Alguma coisa havia acontecido. Descendo da cama, de pijama, ela viu Larry abraçando a mãe no corredor, onde todo mundo poderia ver. Eca!

— Eu te amo... Ganhamos o processo... Queria contar a você antes de voltar para casa.

Era uma torrente de palavras. Palavras que Carla não entendia. Então ela ouviu outra voz.

— Tony?

Era a Lily!

— O nome dele não é Tony. — Carla se aproximou, ávida para esclarecer o engano. — É Larry. Ele é amigo da minha mãe. O amigo que ela encontra nos domingos, enquanto eu fico com vocês...

Ela cobriu a boca com a mão porque, evidentemente, Lily achava que a mãe estava no trabalho, e não deitada na cama com Larry.

Agora a mãe ficaria aborrecida com ela de novo. Mas a mãe parecia apenas confusa.

— O que você disse?

— Tony, o que você está fazendo? — perguntou Lily, olhando para Larry com uma cara estranha.

A mãe começou a se mostrar assustada.

— O nome dele não é Tony. Você está enganada. Larry! Diga a ela — pediu a mãe.

Mas Larry a afastou, voltando-se para Lily. O rosto dele estava muito vermelho.

— Preciso conversar com você.

Foi difícil ouvir exatamente o que ele estava dizendo no canto do corredor, embora ela ouvisse algumas palavras como "agradeço" e "discrição", ambas palavras que ela sabia escrever porque estavam no começo do dicionário.

— Você quer que eu mantenha seu caso sórdido em segredo? — Lily agora gritava. Virou-se para a mãe. Carla nunca vira a amiga tão irritada. — Como você pôde sair com o marido de outra mulher? Não tem vergonha? E você, Tony, se eu o vir de novo com a Francesca, vou contar para a sua esposa.

Carla teve uma imagem muito clara da cortina se fechando na casa pela qual elas haviam passado no Natal.

— Isso não é da sua conta.

— Tem uma criança envolvida, Tony. Depois não diga que não avisei.

Lily seguiu para seu apartamento, batendo a porta.

— Por que ela está com raiva? — perguntou Carla, quando Larry as conduziu para dentro de casa.

— Como você conhece a Lily? — perguntou a mãe, puxando a manga do paletó de Larry.

Larry já não estava vermelho. Estava branco.

— *Ela* — disse, apontando o dedo — precisa ir para o quarto.

— Não. — A mãe bateu o pé, o que fez Carla se lembrar do barulho de dança que ela ouvia através da parede, à noite, mas ela não estava dançando. — Minha filha também vai ouvir. Se você mente para mim, mente para ela também. Nós merecemos saber a verdade.

Nós? Pela primeira vez desde que Larry havia entrado na vida delas, Carla sentiu que ela e a mãe eram novamente uma dupla.

Larry ficou furioso.

— Como você quiser. Você sabe que tenho outra família. Deixei isso claro desde o começo.

A mãe inclinou a cabeça, como se estivesse ouvindo algo que não desejava ouvir.

— Eu trabalho com a Lily. Ela não sabe da minha... da minha situação em casa. Não sabe de nós. Ninguém sabe. Eu disse para você que meu nome era Larry para manter certo anonimato. — Ele suspirou. — Mas meu nome é mesmo Tony.

— Tony Smith, como era Larry Smith? — sussurrou a mãe.

A fúria se esvaíra. Ele deu outro suspiro. Um suspiro demorado, cansado.

— Não. Tony Gordon.

A boca da mãe se mexia como se ela estivesse repetindo aquilo para si mesma. Ou talvez estivesse rezando suas ave-marias.

— Entendi — disse, finalmente. — Precisamos tomar mais cuidado.

Tony a abraçou.

— Francesca, escute. Temos que dar um tempo até isso passar. Não posso correr o risco da Lily contar para a minha mulher...

Enquanto abraçava Francesca, ele olhava para Carla. Ela sabia o que ele queria dizer. Era como se ele estivesse dizendo: *Suma. Não quero você aqui.* Era a chance dela.

— E aquela mulher no carro? — perguntou. — A mulher que você estava beijando antes do meu aniversário. Você também ama aquela mulher?

Fez-se um silêncio terrível. A mãe se afastou, esbarrando na mesa da cozinha, tirando o catálogo de telefone do lugar. Ele rosnou para ela:

— Sua pirralha conivente do...

— Saia!

Inicialmente, Carla pensou que a mãe estivesse gritando com ela. Mas não. Era com Larry.

— Saia, saia! — gritou novamente.

Horrorizada, Carla viu a mãe jogar uma lata nele. Uma lata de feijão cozido. Ela errou. Por pouco. Mas jogou outra. Dessa vez, uma lata de tomate. De tomate italiano.

O rosto de Larry estava tão vermelho que Carla achou que o tomate havia saído da lata.

— Você cometeu um grande erro, mocinha — disse ele, inclinando-se para ficar da altura dela. — Você vai ver.

E se retirou, deixando a mãe entregue ao choro, ajoelhada no chão, o corpo enroscado como um caracol.

— Desculpa, mamãe — pediu Carla. — Eu não devia ter falado da mulher no carro. Prometi ao Larry que não ia falar nada. Foi por isso que ele me deu a lagarta...

A mãe levantou o rosto, vermelho como o do Larry.

— Ele subornou você?

Então a mãe chorou mais ainda. Chorou tanto que a barriga de Carla começou a doer. A dor aumentou, virou um nó que pulsava dentro dela.

Quando o telefone tocou, ambas o ignoraram.

— Estou com dor na barriga — resmungou Carla.

A mãe ainda estava sentada no chão.

— Não espere que eu acredite em você — murmurou. — Não acredito em mais ninguém. Nunca mais. Nem em mim mesma.

Naquela noite, a dor de Carla piorou. No sonho, tornou-se um açoite quente que a revirava por dentro. Alguém segurava o açoite. Maria. Machucando-a.

— Maria! — gritou ela. — Pare, por favor. Me deixe brincar!

— Está tudo bem, minha pequena. — A mãe se debruçava sobre ela. — O médico está vindo.

23

Lily

Quando volto de Hampstead, são quase sete horas. Ed está sentado à mesa da cozinha, desenhando.

— Ganhamos — anuncio.

Ele fica surpreso, e me dou conta de que anda tão envolvido no trabalho que se esqueceu de que hoje era o dia do veredicto. Ele se recompõe.

— Que maravilha! — exclama, levantando-se para me abraçar. — Precisamos comemorar! Abrir um vinho! — Ele fica subitamente sério. — E ter a conversa que você prometeu.

Minha mão treme ao abrir a porta da geladeira, só de ter uma perspectiva da conversa. Sinto meu coração se apertar. O Pinot que estava aqui no café da manhã já não está mais. Não há dúvida de quem o bebeu. Mas não estou com vontade de discutir.

— A bebida acabou — digo.

— Vou comprar.

Ele está se esforçando, preciso reconhecer.

— Pode deixar que eu vou.

Embora tenha acabado de entrar em casa, já me sinto claustrofóbica. Meu coração bate tão rápido que simplesmente preciso sair daqui.

Quando me viro, vejo pela janela um homem avançando para o portão do prédio. O chapéu está baixo, mas há algo no jeito de andar dele que me parece familiar.

Fecho a porta do apartamento e vou para o corredor.

Demoro a entender o que meus olhos veem.

O homem que estava se dirigindo ao nosso prédio e que agora gira Francesca no ar (enquanto a pequena Carla os observa, de pijama branco) é o Tony.

— Eu te amo — ouço-o dizer, ao colocá-la no chão. — Ganhamos o processo... Queria contar a você antes de voltar para casa.

Coincidência é uma dessas coisas que parecem inventadas até acontecerem na vida real. Durante meu breve tempo como advogada, já vi muitas. A maioria, trágica. O pai que atropelou o primogênito de 3 anos no dia em que o caçula nasceu. A senhora que foi ameaçada com uma faca pelo filho adotivo, numa rua escura, sem que o rapaz soubesse quem ela era. A mulher que teve um filho com um segurança de boate, que na verdade era o próprio pai que havia ido embora antes de ela nascer — e ele nem sabia que tinha uma filha.

E agora Tony e minha vizinha.

Fico decepcionada. E bastante irritada. Como a pessoa pode defender a lei quando ela própria age de maneira imoral? Quanta hipocrisia!

Talvez seja porque eu me lembro do sofrimento da minha mãe quando descobriu o caso do meu pai — caso que deve ter acabado logo, porque, após a discussão, meus pais pareceram levar uma vida normal. Depois da morte do Daniel, duvido que os dois tivessem energia para amar ou brigar. Mas aquilo marcou minha mãe. Ela nunca mais falou com o meu pai do mesmo jeito. Parte de mim acredita que, de alguma forma, ela acha que a infidelidade dele foi responsável pela morte do Daniel. Desde então, tentei perdoar meu pai. Mas os pedaços de uma família dilacerada nunca são cem por cento remendados.

Esse é um dos motivos por que perco o controle.

— Como você pôde sair com o marido de outra mulher? Não tem vergonha? E você, Tony, se eu o vir de novo com a Francesca, vou contar para a sua esposa.

É claro que eu não contaria nada à esposa do Tony (que na verdade nunca conheci). Isso só causaria mais sofrimento. Mas fico tão furiosa que não consigo pensar no que estou dizendo.

— Que barulheira foi essa? — pergunta Ed, quando volto para casa.

Conto a ele o que aconteceu.

Meu marido desprega os olhos do desenho. É um nariz. Um nariz bonito, arrebitado. Como o de Carla.

— Você não acha que não devia ter se metido nisso?

— Não. — Afasto-me. — Não é justo com ela nem com a esposa e os filhos do Tony. Nem com Carla. O Tony ficava com Francesca enquanto cuidávamos dela. Uma mulher preferir um homem à própria filha! E como ele a conheceu?

— Você parece estar mais incomodada com eles do que com a gente. — Ed parece nervoso. Sei que ele quer conversar, e lhe devo isso. — Vamos abrir o vinho?

— Eu me esqueci de comprar.

— Então eu vou. — Ele põe a mão no meu ombro. — Acho que nós dois estamos precisando.

Quando ele fecha a porta, lembro-me de algo que Tony disse durante o processo.

— Há ocasiões em que você vai se pegar jurando que azul é preto. E vai acreditar nisso. Todos nós agimos assim. Os advogados não mentem: distorcemos os fatos para criar outro mundo, no qual todos acreditem também. E quem pode dizer que não é um mundo melhor?

Quando Ed volta, estou na cama. Fingindo que estou dormindo.

Pela manhã, acordo antes do meu marido e deixo um bilhete para ele.

Conversaremos à noite. Prometo. Desculpe.

É um alívio voltar ao escritório no dia seguinte, onde posso tentar esquecer o olhar confuso de Carla, que não me sai da cabeça. Os telefones tocam como uma orquestra. As pessoas correm para lá e para cá. O lugar está uma loucura.

LIBERTAÇÃO DE DETENTO ABRE COMPORTA DE AÇÕES JUDICIAIS, grita a manchete na banca de jornal da esquina.

— Parabéns — diz um dos sócios do escritório, que nunca fez questão de falar comigo.

— Você fez um ótimo trabalho — diz meu chefe de maneira áspera.

Há balões em minha mesa, uma garrafa de champanhe e vários recados. Nenhum do Tony. Como vou conseguir olhar para ele agora? E, no entanto, é ele quem deveria estar envergonhado.

— Recebemos vários telefonemas, de possíveis clientes que querem trabalhar com você — acrescenta meu chefe, batendo em minhas costas, uma batida amigável. — Mas vamos conversar sobre isso mais tarde. Por que você não tira o resto do dia de folga, para compensar todas aquelas horas extras?

Voltar para casa na hora do almoço é praticamente impossível quando se trabalha em um escritório de advocacia, a menos que tenhamos sido demitidos. Mas meu coração está pesado. Não há escapatória. Hoje à noite terei de conversar com Ed. Está tudo uma confusão, penso enquanto viro a chave na porta.

— Ed? — Ele está de calça jeans, em vez do terno. Há uma tigela de cereal em cima da mesa, cercada de carvão para desenho. Ele está descalço. — Você chegou mais cedo do trabalho?

— Não.

Ele fala arrastado, o hálito está forte. Imediatamente vejo a garrafa de Jack Daniel's pela metade.

— Fui demitido.

Demitido?

Por um instante, toda sorte de possibilidades passa pela minha cabeça. Ele contrariou um cliente? Brigou com o chefe?

— Me pegaram trabalhando nisso quando eu deveria estar trabalhando *de verdade*.

Ele diz "de verdade" fazendo aspas com os dedos.

Volto os olhos para o desenho. A pequena Carla sorri para mim. É sempre a pequena Carla sorrindo. Ou dançando. Ou andando de bicicleta. Ele está perdido num mundo de faz de conta.

— Pelo amor de Deus! — exclamo. — Como vamos viver sem o seu salário? Você tem ideia do que acaba de fazer?

— Preciso saber o que vai ser de nós — continua Ed, como se eu não tivesse falado nada.

— Não sei. — Sinto vontade de gritar. — Não consigo pensar direito depois do que você acabou de dizer.

— Você prometeu que íamos conversar quando o julgamento terminasse. A gente podia ter conversado ontem à noite, mas você estava mais interessada em tentar resolver a vida amorosa da vizinha do que a nossa.

O que posso dizer? É verdade. Passo direto por ele a caminho do banheiro. Você vai se sentir um pouco deprimida depois do julgamento, avisou Tony. É como largar uma droga. Ganhar é um vício.

— Preciso de tempo para pensar — digo, fechando a porta.

Sento-me na beirada da banheira, enquanto deixo a água correr. Quente. Fria. Quente.

Depois de Sarah Evans, nunca mais vou olhar para uma banheira do mesmo jeito.

Assim como não posso olhar para o Ed do mesmo jeito.

Ou para mim mesma.

Em desespero, obrigo-me a considerar as opções.

Se eu abandonar o Ed, ficarei sozinha. Com medo. Não tenho ideia do que será do meu futuro.

Se eu ficar, talvez possamos recomeçar. Desde que Ed realmente esteja sendo sincero quando diz que não gosta mais de Davina. Mas será que posso confiar nele? E será que posso confiar em mim mesma?

Preciso tomar uma decisão. Qualquer que seja.

Moeda. Daniel recorria a uma moeda quando não sabia o que fazer. Pego uma revista que deixei ao lado da banheira. Se a revista abrir numa página de número ímpar, abandono o Ed.

Se for par, fico com ele.

Abro a revista num artigo sobre como preparar almoços de domingo para a família. Vejo a foto de uma família feliz sentada em torno da mesa. A imagem e o texto se embaralham. Almoço de domingo. Vida normal. O tipo de vida que poderíamos ter tido se Daniel não tivesse entrado em nossas vidas.

Volto os olhos para o número da página.

Saio do banheiro. Ed já não está desenhando. Está fitando o nada, os olhos vazios.

— Você quer começar tudo do zero? — pergunto.

Ele assente. Há esperança em seus olhos. Medo também.

Sinto exatamente o mesmo.

Seguro a mão do meu marido e o conduzo ao quarto.

Durante o mês seguinte, tento voltar à vida normal, mas não é fácil. O trabalho parece enfadonho depois da euforia de conseguir libertar Joe, muito embora todos no escritório, inclusive meu chefe, me tratem com mais respeito agora. Mas há excesso de trabalho.

— O cliente quer a Lily — adverte a secretária, quando meu chefe avoca para si um dos processos mais interessantes, envolvendo um jovem recém-casado cujo sogro (presidente de uma grande empresa) teria supostamente quebrado uma garrafa de Merlot na cabeça dele. Cinquenta pontos.

Mas, em vez de mostrar inveja, como temi, meu chefe assente.

— É melhor você ter sua própria sala, agora que é tão desejada.

Pessoas telefonam para perguntar se posso representá-las. Uma mulher cujo pai se queimou por causa de um boiler quer que eu assuma o processo. *Solicitors* dos quais nunca ouvi falar telefonam para me parabenizar. Uma revista feminina quer me entrevistar como "advogada em ascensão". Questões de saúde e segurança estão sendo discutidas na Câmara dos Comuns.

Mas, dentro da minha cabeça, está um inferno. Ed e eu podemos ter decidido recomeçar, mas jamais será simples assim. Preciso me obrigar a acreditar quando ele diz que está "bebendo com o Ross". E se estiver com Davina? Por sua vez, Ed se ressente do fato de eu voltar para casa tarde, carregada de arquivos. Mas aí, do nada, traz para mim uma xícara de chá, quando estou trabalhando de madrugada, pedindo que eu não "exagere". E, agora que passa o dia em casa, começou a fazer o serviço doméstico enquanto procura um novo emprego, algo com que tenho certeza de que os pais dele ficariam chocados. Ele não faz o serviço tão bem quanto eu faria, mas aprecio o gesto.

A culpa por causa de Carla piora. Quero me desculpar, mas ninguém atende quando bato à porta. Uma vizinha diz ter ouvido "tumulto" na noite em que eu as vi. Será minha culpa? Será que elas se mudaram por causa do que eu falei? A ideia me deixa péssima.

— Esqueça — pede Ed. — Você já se meteu demais nisso.

— Você não se preocupa com a Carla? — pergunto.

Ele dá de ombros.

— Não dá para ajudar todo mundo, Lily. Ela não é nossa filha.

É incrível que o artista possa ter tanto cuidado com uma obra de arte e, ao mesmo tempo, ignorar completamente o bem-estar de sua modelo.

Por outro lado, essa não é a mesma relação que existe entre advogado e cliente? Passamos horas juntos, conversando sobre o processo. Mas, quando o julgamento chega ao fim, a relação acaba. De uma hora para outra. Ou pelo menos é assim que deveria ser.

Para ser sincera, não consigo parar de imaginar onde Joe Thomas está. O que estará fazendo. Se foi para a Itália.

Então, certa noite, ele aparece. Está na entrada do escritório quando saio, depois de um longo dia de trabalho. É inacreditável como a pessoa pode mudar em poucas semanas! A barba se foi. O uniforme penitenciário se foi. Este homem barbeado, de casaco verde-musgo (gola de camurça marrom-clara virada para cima), parece mais um administrador imobiliário do que um vendedor de seguros.

— Vim me despedir.

Começamos a caminhar um ao lado do outro, exatamente como fizemos depois de beber, no dia em que ganhamos o processo. Com passos tranquilos.

Não sei aonde estamos indo e não me importo. De certa forma, este homem é mais real para mim do que Ed. Afinal, passei metade de um ano da minha vida tentando salvá-lo.

— Você arranjou trabalho?

— Arranjei. — Ele está animado. — Segui seu conselho. Lembra que você sugeriu a Itália? Bem, vou para a França.

Seu braço roça no meu quando atravessamos a rua.

— Um amigo da Córsega quer que eu o ajude com a reforma de casa. — Ele volta os olhos para as próprias mãos. — Sei usar bem isso aqui. E será uma mudança.

— A língua não vai ser um problema?

Ele sorri.

— Não. Graças à biblioteca da penitenciária, aprendi a falar francês e espanhol.

Não me surpreendo.

Estamos entrando num restaurante. Um restaurante caro.

— Isso é um agradecimento.

Ele fala como se esse jantar já tivesse sido combinado. Ele não sabe que tem alguém me esperando em casa? Sua presunção ao mesmo tempo me irrita e me instiga. Mas me deixo levar, permitindo que o garçom pegue meu casaco.

— Você fez muito por mim — acrescenta ele, entregando-me o cardápio, que uso para ocultar meu rubor.

— Fiz meu trabalho. — Mas logo as perguntas escapam da minha boca como se ele fosse um velho amigo que não vejo há anos: — Como você está? O que anda fazendo? Onde está morando?

— O mesmo amigo da França tem uma casa bonita em Richmond.

Richmond? Não consigo deixar de comparar a Clapham. A cozinha minúscula onde Ed continua desenhando, sem ganhar nada para isso, com currículos espalhados sobre a mesa.

— E você? — A voz dele é direta. — Como está a vida de casada?

— Vai indo.

Fico tentada a lhe confidenciar sobre Ed e Davina, mas já falei demais na última vez que nos encontramos. Hoje não estou bêbada de gim-tônica nem eufórica por termos ganhado o processo. Preciso lembrar a mim mesma que tenho uma posição de responsabilidade. Confidências são inapropriadas.

— Só indo?

Abro um sorriso.

— Está tudo ótimo. Na verdade, talvez a gente se mude.

Invento esta última parte, embora talvez nos mudemos mesmo.

— Que ótimo. — Joe Thomas se inclina para a frente. — Já consigo até imaginar, Lily. Uma casa no campo. Um cavalo como o Merlin...

— Merlin? — pergunto. — Eu nunca disse a você o nome do cavalo do Daniel.

— Não?

O sorriso dele já não é tão seguro.

Sinto o corpo gelar.

— Você teve alguma coisa a ver com a morte dele, não teve?

Espero-o negar. Apesar da minha pergunta, não acredito que foi esse o caso. Deve haver alguma explicação plausível.

— Tive que fazer isso. — Ele ajeita os talheres sobre a mesa. — Precisava que você ficasse do meu lado. Quando não acredita no cliente, o advogado não se esforça.

Sinto um gosto amargo na boca.

— Você envenenou o cavalo do Daniel para que eu *ficasse do seu lado*? Como?

Ele encolhe os ombros. Nunca o vi assim.

— Pedi a um amigo que botasse veneno na comida dele quando seus pais não estivessem em casa. Queria que você ficasse suficientemente furiosa para acreditar na minha história.

Levanto-me. A astúcia dele é inacreditável. A sinceridade é atordoante. Nauseante.

— E a minha bolsa que foi roubada na Ponte de Westminster? — Tudo começa a fazer sentido. Como fui idiota! — Você pediu a um amigo que a roubasse também, para que todo mundo no tribunal acreditasse que alguém na indústria dos boilers estava tentando nos intimidar?

Ele encolhe os ombros novamente.

— Foi o tribunal que errou. A água estava quente demais. Se queriam brincar comigo, que estivessem preparados para receber o mesmo tratamento.

Tony Gordon, imagino, concordaria com ele. Mas eu, não. Um erro não justifica o outro.

Ocorre-me outro pensamento.

— Quem ajudou você?

Ele sorri.

— Quando eu estava preso, aconselhei muita gente sobre questões financeiras. Sobre seguro e outras coisas. Não recebi pagamento. Mas eles sabiam que eu iria pedir favores.

— Mas, se eles também estavam presos, como poderiam ajudá-lo?

— Alguns já foram soltos. Outros tinham contatos aqui fora. A vida na penitenciária é assim. Não que eu recomende.

É inacreditável. Mas, ao mesmo tempo, lembro-me de quando estávamos no presídio e vi Joe combinar de se encontrar com um homem para jogar totó. "Três horas, em ponto", disse ele. "Na sala comunitária." Na ocasião, achei aquilo simpático, embora um pouco estranho, levando em conta sua personalidade. Estariam os dois na verdade marcando um encontro de negócios?

— Posso denunciar você.

— É mesmo? Se você fizer isso, serei obrigado a dizer o que aconteceu na última vez que nos encontramos.

— Como assim? — balbucio.

— Qual é, Lily? Pare de fazer joguinhos. Comigo não. Os álbuns de figurinhas que você me deu na penitenciária não são nada comparados ao último presente.

A voz dele pode estar firme, mas as mãos tremem.

Um pensamento terrível me atinge como uma marreta.

— Foi você, não foi? Você *matou* a Sarah. Assassinou sua namorada.

Uma senhora de brincos verdes nos observa, de uma mesa próxima. Joe olha dentro dos meus olhos.

— Muito cuidado com o que você diz.

— Mas foi você.

Estou segura disso.

Ele agora murmura:

— Por que você acha que eu vim me encontrar com você hoje? Para contar o que aconteceu. Mas lembre-se: quando a pessoa é absolvida, não pode ser julgada novamente pelo mesmo crime. Achei que você merecia saber a verdade, Lily.

Meu coração começa a bater muito rápido. Ele também parece estar nervoso. Fica batendo os punhos nos joelhos, como se estivesse tocando bateria.

— Ela chegou em casa bêbada, como eu disse. Tarde. Aí vomitou, mas não queria que eu entrasse no banheiro. Eu sabia que ela estava tentando esconder alguma coisa. Quando estava fechando a porta, vi um hematoma no pescoço dela.

Lembro-me da marca no pescoço de Tony.

— Um chupão? — E onde ela teria arranjando aquilo?

— Quando eu a confrontei, ela disse que tinha sido eu, mas estava mentindo. Não faço esse tipo de coisa. — Ele continua batendo nos joelhos. — Eu falei que íamos conversar quando ela estivesse bem, mas ela não queria me deixar preparar o banho, como eu sempre fazia. Ficava me chamando de esquisito. Por isso aumentei a temperatura do boiler. Para dar uma lição nela. Mas ela não parava de gritar. Disse que tinha conhecido outra pessoa, uma pessoa normal. Foi quando perdi a cabeça. Não podia deixá-la me trocar por outra pessoa. E a empurrei. Ela estava tão bêbada que quase não encostei nela. Foi muito simples, na verdade. Ela apenas caiu na água.

Faz-se silêncio. Estou perplexa. Ele não se mostra nem um pouco perturbado.

— Você não tentou tirá-la da banheira?

Ele dá de ombros.

— Ela me magoou. Queria me largar. Por isso não, não tentei tirá-la da banheira. Fui para a cozinha. Fiz chá. Limpei o vômito do chão. Falei para mim mesmo que daria a ela trinta minutos, para ela se recompor. Não queria matá-la. Só repreendê-la. Quando voltei ao banheiro, ela estava olhando para mim. O corpo estava vermelho e roxo. Não gosto dessas cores. Foi quando telefonei para a emergência e contei a história que contei para você nos nossos primeiros encontros. Se não fossem aquele vizinho imbecil e as invencionices da Sarah, estaria tudo bem.

Não consigo acreditar na maneira como ele fala. É tanta indiferença! Exatamente como a polícia disse.

Joe prossegue:

— Mas aí descobri o problema dos boilers. Foi um golpe de sorte. E cheguei à conclusão de que, se contratasse a pessoa certa, talvez tivesse chance de entrar com um recurso. Para ser sincero, no começo não estava muito seguro em relação a você. Por isso criei um teste e, preciso admitir, Lily, você provou seu valor.

Fico aturdida com a falta de arrependimento dele.

— Mas e o tal contato que mandou aqueles números para você? Quem era? E por que você não usou essas informações antes?

Joe bufa.

— Você não está entendendo, não é, Lily? Esse contato não existe. Nem os números. Foi apenas sorte. Li os artigos que começaram a sair no jornal e inventei os números. Ninguém poderia provar que meu boiler não estava com defeito. — Ele abre um sorriso presunçoso. — Existem livros didáticos muito interessantes na biblioteca da penitenciária. Sobre encanamento e esse tipo de coisa.

Faz-se outro longo silêncio. Estou chocada demais para falar. Joe mesmo admite: é um assassino. Quando me "testou" no começo, para ver se eu entendia o significado daqueles números, não era para saber se eu era apta ao cargo. Era para ver se eu era suficientemente ingênua para acreditar nele. Não apenas isso, mas também tirou proveito de suas idiossincrasias. Será que já sabia sobre o Daniel? Eu não me surpreenderia se ele soubesse.

Não é de se admirar que tenha anunciado ao tribunal que não queria compensação financeira, apenas "justiça". Era só mais uma maneira de convencer o júri de sua inocência. Assim como me convenceu.

— Venha para a França comigo — diz ele, de súbito. — Sei que você não está feliz. Formaríamos uma ótima dupla. Você é inteligente, ganha a vida tirando as pessoas de dificuldades. Esse é um grande talento.

Não é, não. A verdade é que deixei as informações me confundirem porque vi Daniel no Joe. Depois, ajustei minha mente para aceitar as informações, por mais frágeis que elas fossem, para torná-las realidade.

— Você me entende.

Joe segura minha mão. Uma parte de mim quer se desvencilhar. Outra parte deseja ficar assim para sempre. Ele a segura com força. Para me ameaçar ou tranquilizar? Já não sei. Com o coração apertado, imagino se tudo que deduzi que sabia sobre esse homem é falso.

— Lily...

Corro para fora do restaurante. Corro pela rua. Corro de volta para casa, passando pela porta silenciosa do apartamento de Carla. Vomito assim que chego ao banheiro. Alheia às batidas do Ed na porta, perguntando se estou bem.

Quatro semanas depois, ainda me sinto enjoada. E, só para o caso de haver alguma dúvida, a prova se encontra agora diante de mim, cortesia da caixinha retangular que comprei na farmácia.

Estou grávida.

PARTE DOIS

Doze anos depois

A cabeça ainda lateja.

Quando levanto a mão esquerda — a mão que não está doendo — para tocá-la, sinto algo pegajoso.

Sangue.

Minha visão está embaçada.

E no entanto posso jurar que vejo algo a distância. O que é?

Um sapato.

Um sapato vermelho.

Uma sirene ao longe.

Prendo a respiração, com esperança.

Mas a sirene se vai.

Ah, se eu pudesse voltar o tempo!

Mas, como nós três poderíamos dizer, a percepção tardia das coisas é algo bom.

O que é isso que estou ouvindo?

Meu sangue gela.

Ela ainda está aqui.

24

Carla

Outono de 2013

— Com licença, acho que você está no meu lugar — disse Carla.

Ela abriu um sorriso para o homem de terno sentado à janela, a duas fileiras da saída de emergência. Era um sorriso estudado. A combinação perfeita de charme e "Não se meta comigo".

— Desculpe. Não entendo o que você está dizendo.

Ela deveria ter imaginado. Nenhum italiano usaria uma gravata tão feia.

Carla repetiu a frase em inglês, com o mesmo sorriso.

O homem mostrou certa irritação, mas que foi logo abrandada, à medida que assimilava o cabelo preto, liso, os lábios cheios, a pele imaculada e o cheiro delicioso. Chanel N° 5. O perfume preferido dela desde que usara o de Lily, muitos anos antes.

— Desculpe — repetiu ele, levantando-se, quase batendo a cabeça no compartimento de bagagem. Então conferiu o cartão de embarque. — Você tem razão. Meu assento é o do meio.

Ele disse isso de tal modo que Carla deduziu que ele havia deliberadamente "se enganado" para viajar à janela, naquele voo de Roma a Londres. Também desconfiou de que, se fosse menos bonita ou estivesse menos determinada, o homem teria alcançado seu objetivo.

Havia poucos passageiros no avião, quando ele começou a taxiar pela pista, ela notou. Não havia ninguém no assento do corredor. Eram apenas ela e o homem, que agora lia o *Times*. Ela voltou os olhos para o jornal.

NOVO PLANO PARA CRISE DE REFUGIADOS

A comissária de bordo demonstrava os procedimentos de segurança, indicando coletes salva-vidas e máscaras de oxigênio. Então sobreveio um barulho, acompanhado de uma arrancada súbita.

Carla segurou a lateral do assento. Era a segunda vez que viajava de avião.

— Nervosa? — perguntou o homem.

— Não — respondeu Carla, com tranquilidade.

Mentalmente, ela cruzou os dedos. Outro hábito antigo, de quando falava alguma mentira.

Eles já estavam no ar! Pela janela, ela viu as casas minúsculas. Adeus, Itália, disse em silêncio, tocando a nuca nua: como era estranho sem o cabelo comprido.

— Seu cabelo maravilhoso! — exclamara a mãe, quando ela voltou do salão.

Mas Carla queria um estilo novo. Algo que se ajustasse à nova vida que se abria diante dela. Estava com quase 23 anos! Já era hora de fazer alguma coisa acontecer.

Ouviu-se o sinal de que os passageiros podiam desafivelar os cintos de segurança. Carla preferiria manter o cinto afivelado, mas o homem ao lado estava desafivelando o dele, por isso ela fez o mesmo. Duas comissárias empurravam um carrinho pelo corredor, em sua direção. O estômago de Carla roncava. Ela não tinha conseguido comer nada no café da manhã e já era começo da tarde.

— A senhora aceita algo para beber?

— Vinho tinto, por favor.

— Pequeno ou grande?

— Grande.

— Eu pago. — O homem sentado ao seu lado pôs a mão sobre a mão dela. — É o mínimo que posso fazer pelo equívoco dos assentos.

— Não foi nada — disse ela.

— Mesmo assim...

Ele estava flertando com ela. Não era nada inusitado. Ela inclinou a cabeça graciosamente, como a mãe fazia para Larry.

— É muita gentileza sua.

— Você está indo para Londres a trabalho ou a passeio?

— As duas coisas. — Carla tomou um gole demorado do vinho, que não era tão bom quanto os da adega do *nonno*, mas ajudava a relaxar. — Acabei de me formar em Direito na Itália e vou fazer uma especialização em Londres. Mas também pretendo visitar alguns velhos amigos.

— É mesmo? — O homem ergueu as sobrancelhas. Elas eram de um louro acinzentado, que traziam lembranças distantes de Ed debruçado sobre os cadernos de desenho. — Eu sou do ramo farmacêutico.

Carla sabia para onde aquilo estava indo. Ela já havia falado demais, em parte por nervosismo, o que o incentivara. Se ela não impusesse limite agora, ele passaria o restante da viagem puxando assunto.

— Desculpe — disse, tomando o restante do vinho. — Mas estou com dor de cabeça. Acho que preciso dormir.

A decepção dele lhe deu certo prazer. Não que ela precisasse de provas de que atraía os homens. O verdadeiro teste era atrair os homens *certos*.

Ela pegou na bolsa a máscara de dormir. Reclinando o banco, fechou os olhos. Quando começava a relaxar, houve uma guinada, seguida de um anúncio:

— Aqui é o comandante. Estamos entrando numa área de turbulência. Por favor, retornem a seus lugares e mantenham o cinto de segurança afivelado.

Em silêncio, Carla se pôs a rezar a ave-maria. Depois, numa tentativa de se distrair, permitiu-se voltar no tempo. Lembrar da época em que havia entrado num avião pela primeira vez. Quando era uma menina assustada, insegura. Ao contrário da nova Carla, que ela tanto havia se esforçado para se tornar.

Ela havia acabado de se recuperar da cirurgia de apendicite quando aconteceu. As fofocas se espalham depressa. Depois que a mãe da Maria descobriu que Francesca era da cidade natal de seu marido, as pessoas no vale e nas montanhas começaram a falar sobre a filha do *nonno*, que não era uma mulher de sucesso profissional em Londres, como ele alegava, nem "viúva", como Francesca dizia: era mãe solteira, que trabalhava numa loja e vivia com dificuldade. Instigado pela *nonna*, que no fim das contas estava por trás daqueles telefonemas mudos ("Consegui seu número, mas sempre que telefonava ficava com medo e desligava"), o *nonno* as chamou de volta para "casa". E, como a mãe já não podia pagar o aluguel, elas não tiveram alternativa.

Desde o instante em que retornaram, ela e a mãe se viram sob a autoridade implacável do *nonno*. O avô não deixava a mãe trabalhar. Ela precisava ficar em casa, cuidando da *nonna*, que tinha "dor nos ossos".

— Sinto muita saudade do Larry — confidenciava a mãe, quando ela e Carla estavam sozinhas no quarto que dividiam.

— Mas ele era um homem ruim — dizia Carla.

— Ele me amava.

A mãe culpava Lily. Lily o obrigara a se distanciar dela. Lily e sua intromissão.

Por mais que tentasse, Carla não conseguia fazer a mãe entender: a culpa era tanto de Larry como de Lily. O cabelo da mãe perdeu o balanço, o brilho. Surgiram fios brancos. No começo, um ou outro. Depois, muitos. Ela emagreceu. O viço da pele já não existia. E ela não parava de remoer aquela última noite no apartamento.

— Eu devia ter chamado o médico mais cedo — dizia. — Você podia ter morrido.

— Não, mamãe — tranquilizava-a Carla. — Você estava triste.

A mãe assentia.

— Talvez você tenha razão. Se a Lily não tivesse ameaçado o Larry, nada disso teria acontecido.

Seria isso verdade? Afinal, Carla já pretendia se livrar de Larry. Mas quando Lily fez isso em seu lugar, ela se deu conta de que, no fim, não havia sido uma boa ideia.

A vida das duas era regulada pelo *nonno*. Ela não podia voltar para casa tarde, nem quando já era adolescente. Não podia frequentar as festas para quais as amigas eram convidadas.

— Você quer acabar como a sua mãe? — perguntava ele.

— Psiu — intervinha a *nonna*.

Mas Carla já sabia toda a verdade. Uma vizinha dera com a língua nos dentes, pouco tempo depois que elas voltaram.

— Coitada da sua mãe! — Ela disse "coitada" com desdém, como se a mãe não fosse nem um pouco digna de piedade. — Ser enganada por aquele homem, que já era casado e tinha uma filha.

— Como a senhora sabe do Larry? — perguntou ela.

A mulher franziu o cenho.

— O nome do seu pai é Giovanni. Ele morava na Sicília, mas ouvi dizer que agora está em Roma.

Portanto o pai dela não estava morto. Carla imaginou que deveria ficar perplexa. Mas algo dentro dela desconfiava disso desde sempre. Afinal, não seria a primeira mentira que a mãe lhe contava. Giovanni devia ser o homem de chapéu nas fotografias que ficavam embaixo da cama da mãe. O comentário da vizinha instigou Carla a dar mais uma olhada na caixa, que, agora que elas estavam na Itália, a mãe escondia no fundo do armário, atrás das roupas. De fato, guardada num envelope, estava a certidão de nascimento dela. A parte do nome do pai estava em branco.

Apesar disso, Carla sabia que não podia perguntar nada à mãe, que ficaria ainda mais deprimida do que já estava. Por isso conversou com a *nonna*.

— A senhora tem o endereço do meu pai, para eu escrever para ele? — perguntou. — Se souber que estou aqui, talvez ele queira me ver.

— Psiu, menina. — A avó a abraçou. — Ele não quer saber de nós. Você precisa deixar o passado para trás.

Relutante, Carla obedeceu à *nonna*. Que escolha tinha? Ninguém lhe dizia nem sequer o sobrenome do pai. Cavoletti era evidentemente o nome de solteira da mãe, algo sobre o qual ela não pensava quando as duas mandavam aqueles cartões-postais para o *nonno* e a *nonna*.

— Eu não devia ter falado nada — acrescentou a vizinha. — E não pressione a sua mãe nem a sua avó. Elas já sofreram demais.

Mas isso não queria dizer que ela não poderia planejar o futuro.

— Não se preocupe — murmurava, abraçando a mãe quando ela chorava, todas as noites. — Vai ficar tudo bem.

— Como? — soluçava a mãe.

Ela cerrava os punhos.

— Vou dar um jeito.

Em pouco tempo, Carla revelou a mesma aptidão para os estudos que apenas começara a descobrir na Inglaterra, antes de tudo dar errado. O *nonno* se vangloriava da neta, com suas notas excelentes. Começou a escutar as professoras, que diziam que ela deveria fazer faculdade. Talvez Direito, porque Carla demonstrava talento nos debates escolares.

E foi quando a ideia começou a se formar. Ela estudaria Direito. Era um curso de cinco anos, que exigia muita dedicação, mas valeria a pena. Você consegue, diziam as professoras. (Na verdade, suas notas eram tão boas que ela pulou um ano na escola.) Mas o verdadeiro motivo para Carla querer fazer o curso era porque Lily havia lhe mostrado que o Direito nos dava poder. O privilégio de decidir o futuro alheio. A Lily que ela viu no corredor do prédio aquela noite exalava poder. Também poderia lhe dar dinheiro suficiente para salvar a mãe do ambiente asfixiante da casa do *nonno*.

Em retrospecto, Carla sabia que a mãe não havia se comportado tão bem assim na Inglaterra. Talvez *devesse* mesmo ter chamado o médico mais cedo. Talvez não devesse ter se relacionado com um homem casado. Mas ela era mãe solteira, uma pessoa vulnerável. Agora cabia a ela, Carla, protegê-la.

Foi durante o último ano de faculdade em Roma que, certa noite, quando pesquisava sobre um processo particularmente enfadonho, ela sentiu a súbita necessidade de ver o que aconteceria se digitasse o nome de Ed e Lily no Google.

Pois bem! Lily agora era sócia do escritório. Não era justo que estivesse tão bem de vida quando a mãe era quase prisioneira na casa do *nonno*, por consequência de uma atitude de Lily. A foto no site do escritório mostrava que ela agora usava corte chanel. Lily parecia quase glamorosa. Nada parecida com a Lily que ela havia conhecido.

Quanto ao Ed, ela encontrou muito pouca coisa além de pequenas exposições esporádicas. Mas então pareceu saltar da tela uma foto, de um site de artes obscuro. A foto era o quadro de uma menininha de cabelo preto, com um sorriso no rosto que, de alguma forma, conseguia ser ao mesmo tempo inocente e malicioso. As cores eram dramáticas — o vestido carmim contra o céu azul —, mas era a maneira como a menina olhava para fora do quadro que nos captava. Era como se ela estivesse ali, no mesmo cômodo.

Evidentemente a menina era ela. O vestido, na vida real, era preto. Mas o artista, Ed sempre dizia na época, tinha "o direito de fazer mudanças".

"Pintor vende quadro em acrílico para colecionador de arte anônimo por um valor na casa dos cinco dígitos", anunciava o texto abaixo.

Valor na casa dos cinco dígitos?

Aturdida, ela começou a ler.

"Ed Macdonald deu esperança a artistas promissores do mundo todo, depois que um colecionador lhe fez uma oferta irrecusável. 'Na verdade, pintei *A menina italiana* há alguns anos e inscrevi o quadro num concurso, no qual fiquei em terceiro lugar. Mas a tela não foi vendida. Fiquei chocado quando um colecionador, que pediu para não ter o nome revelado, entrou numa galeria onde exponho e o comprou no ato.'"

Não era justo! Se não fosse por ela, não haveria quadro nenhum. Por isso Carla escreveu para Ed. Não havia sido remunerada pelo trabalho de modelo, explicou. Talvez ele pudesse dividir com ela parte do dinheiro que havia recebido.

Três semanas depois, ainda não havia nenhuma resposta. Talvez eles tivessem se mudado. Por isso ela mandou uma segunda carta, para a galeria mencionada no final do artigo.

Ainda nada. Como ele se atrevia a ignorá-la? Quanto mais pensava no assunto, e quanto mais telefonemas recebia da mãe, presa na casa do *nonno*, mais ela ficava convencida de que deveria receber algum dinheiro. O rancor só crescia dentro dela.

Então um professor aventou uma ideia.

— Você é fluente em inglês, não é? Deveria fazer um curso de especialização no Reino Unido. Isso aumentaria suas chances no mercado de trabalho.

Também a deixaria mais perto das pessoas que haviam feito mal à mãe, incluindo Larry. Para reivindicar o que era seu por direito. E para ter o que Lily tinha. Dinheiro. Um bom emprego. Um novo estilo: talvez o corte chanel lhe caísse bem também. E o que mais ela quisesse.

Carla sentiu um leve toque em seu braço e se assustou. Fora despertada das lembranças que pareciam sonhos.

— Já vamos pousar — disse o homem da gravata pavorosa. — Achei melhor acordá-la.

Tirando a máscara de dormir, ela sorriu para ele.

— Obrigada.

— De nada. Onde você vai ficar em Londres?

— King's Cross — respondeu ela, com segurança, lembrando-se do albergue que encontrou na internet.

Parecia confortável, e o preço era bom.

— Você já esteve em Londres?

— Estive, sim. Mas há muitos anos.

— As coisas mudaram. — Ele tirou do bolso um cartão de visita. — Aqui está meu número, caso você queira sair para tomar um drinque qualquer dia.

Ela viu a aliança de prata na mão esquerda dele. Se a experiência da mãe havia lhe ensinado uma coisa, era que homem casado era roubada.

— Obrigada, mas não precisa.

Ele contraiu os lábios.

— Você é quem sabe.

Houve um solavanco, acompanhado do guincho dos freios. O avião avançava tão rápido que ela imaginou se ele conseguiria de fato parar. Dessa vez, não havia ninguém para tranquilizá-la. O homem estava inquieto. Ávido para se levantar e pegar a mala. Se ela tivesse aceitado o cartão, ele talvez a levasse para jantar.

Mas nada podia distraí-la de seu plano.

DESEMBARQUE DE PASSAGEIROS DA UNIÃO EUROPEIA POR AQUI.

O aeroporto estava lotado. As filas eram intermináveis. Demorou tanto tempo para a malinha vermelha aparecer na esteira que Carla quase se deixou convencer de que ela havia sido extraviada. Aliviada, fez menção de puxá-la, mas um jovem simpático se ofereceu para ajudar.

Para onde ir agora? Desorientada, Carla lia as diversas placas. Táxi? Decerto o metrô seria mais barato. O *nonno* havia lhe dado dinheiro para o curso e para despesas do dia a dia, mas não era muito.

Ela demorou uma eternidade para chegar à estação de King's Cross, depois de pegar o trem errado duas vezes.

— Com licença — disse ao vendedor de jornal, do lado de fora da estação. — O senhor sabe me dizer onde fica essa rua?

Ignorando o endereço que ela lhe mostrava, o homem atendeu o cliente que estava atrás dela. Já estava escurecendo, e Carla havia se esquecido de que, na Inglaterra, fazia muito mais frio do que na Itália. Tremendo e faminta, pediu informação a vários transeuntes. Todos passavam direto, como se ela não tivesse falado nada. Por fim, depois de entrar numa farmácia, encontrou alguém que teve a generosidade de pesquisar o endereço no telefone e lhe avisar que ficava a "uns bons 15 minutos de distância".

Quando finalmente chegou ao albergue, ficou olhando em desalento o prédio de concreto encardido com tinta verde descascando na porta. Duas meninas saíram de lá, de braços dados, usando meia-calça com buracos enormes. Sobre a meia-calça, elas usavam bermuda jeans.

Alisando o blazer de linho bege que a mãe havia feito especialmente para a viagem, Carla entrou.

— Eu reservei um quarto — disse à mulher atrás do balcão.

— Nome?

— Carla Cavoletti.

A mulher torceu o nariz e lhe entregou uma chave.

— Terceiro andar. Primeira porta à direita. O elevador está enguiçado.

A escada tinha cheiro de urina. Alguém havia escrito palavras obscenas na parede, em tinta vermelha. Carla sentiu o coração se apertar. O quarto parecia a cela de um monge! A cama era estreita e tinha uma manta cinza, áspera. Havia uma mesa, mas a luz era tão fraca que seria difícil estudar ali. O "banheiro" era um armário com pia. O aviso na parede informava que os sanitários daquele andar estavam em manutenção. FAVOR USAR AS UNIDADES DO SEGUNDO ANDAR.

Carla se sentou na beirada da cama e ligou o celular. "Avise quando chegar", pedira a mãe.

— Alô? Sou eu. A viagem foi ótima, sim! E o hotel é lindo. Você *sabe* quais são os meus planos, mamãe. Eu já disse mil vezes. Amanhã vou me matricular na faculdade. Claro, mamãe. Eu prometi. Vou procurar o Larry para dizer a ele onde você está. Também te amo.

Quando Carla desligou o telefone, uma barata saiu de baixo da cama. Eca! Ela imediatamente esmagou o inseto com o sapato de salto alto. Que nojo! Mas, ao mesmo tempo, havia naquilo uma inusitada satisfação.

Chutando o animal morto para baixo da cama, ela pegou a cigarreira e, apesar de haver um aviso que dizia PROIBIDO FUMAR preso na parede, acendeu um cigarro e tragou profundamente. Agora estava melhor. Depois foi até a janela. Lá fora, Londres vibrava com suas luzes e o zumbido constante do trânsito e de possibilidades. Em algum lugar daquela cidade, estavam as três pessoas que ela precisava encontrar. E ela as encontraria.

25

Lily

— Não. NÃO! Você mudou meus sapatos de lugar! Agora não posso usar. Por que você fez isso? POR QUÊ?

Respire, digo a mim mesma. Respire. Não grite. Não perca o controle. Não tente argumentar. Nada disso funciona. Só serve para fazer eu me sentir temporariamente melhor, até a culpa se instalar. Culpa por deixar tudo isso para trás — oba! — daqui a dez minutos, para pegar o trem para Londres. Culpa por deixar o Tom com minha mãe para me refugiar em meu trabalho, em minha casa, com meu marido. Culpa por pensar que talvez não devêssemos ter tido...

Não. Não é isso. Claro que amo meu filho. Amo-o alucinadamente, de corpo e alma. No instante em que dei à luz, entendi que o amaria para sempre. Mas não sabíamos o que estávamos fazendo. E é difícil quando seu filho de 11 anos às vezes se comporta como se tivesse 2 e outras vezes age como um intelectual, com um raciocínio digno de gênio. É por isso que nunca tivemos outro filho.

— Eu dou um jeito, querida, não se preocupe — intervém minha mãe, tentando me tranquilizar, enquanto ajeita os sapatos, que saíram da posição exata em que Tom os deixou ontem à noite.

Essa é uma das "manias" dele, como diz Ed. Um ritual que parece dar ao nosso filho a segurança que nós mesmos não temos.

— Vejo esse tipo de coisa o tempo todo — disse o especialista, com um suspiro. — E não, não é culpa de vocês. A síndrome de Asperger provavelmente sempre existiu, só que agora temos um nome para ela. Pode ser hereditário. Mas também pode surgir do nada, sem nenhum histórico familiar. — Minha boca estava seca. — Em geral, a síndrome começa a se revelar em torno dos 8 meses. Mas há casos de mães que dizem ter desconfiado de que, desde o começo, havia alguma coisa errada com o bebê.

Lembrei-me do nascimento do Tom. Ele corria os olhos de um lado para outro como se perguntasse: *Que diabo de lugar é esse?* Ele era muito mais quieto do que os outros bebês do hospital. Mas, quando chorava, era um grito agudo que me deixava assustada. Ou seria porque eu já estava mesmo assustada? Apavorada com a ideia de ser mãe num momento em que minha carreira estava decolando. Quando Ed e eu ainda estávamos tentando recomeçar.

Desde o instante, porém, em que mostrei ao meu marido a linha azul do teste de gravidez, houve um acordo tácito de que não ficaríamos mais "tentando" endireitar nosso casamento. Nós o *faríamos dar certo*, pura e simplesmente. Pensei em minha adolescência, quando ouvi minha mãe acusar meu pai de ter um caso. Estava morrendo de medo de que eles se separassem, depois fiquei aliviada por eles terem continuado juntos. Muitos filhos, é verdade, crescem perfeitamente bem em famílias de pais separados. Mas então eu me lembrei de Carla e Francesca. Eu queria mesmo acabar como elas?

E, de qualquer forma, Ed havia mudado.

— Um filho! — exclamou, botando a mão na minha barriga. Os olhos brilhavam. — *Nosso* filho. Pode ser nosso recomeço.

— Mas como vamos conseguir? — perguntei. Minha voz estava carregada de culpa, ressentimento e medo. — Todo mundo quer me contratar agora, depois do julgamento. Fui promovida. Você não tem nem emprego.

Se isso foi cruel, envergonhada, admito que era essa a intenção. Estava furiosa com o Ed porque estava furiosa comigo mesma.

— Posso trabalhar em casa e cuidar dele ao mesmo tempo.

Preciso reconhecer. Ed tem vocação para a paternidade. É louco pelo Tom. As palavras da minha cunhada se mostraram verdadeiras. Pelo menos no começo. A paternidade deu um norte a ele. Ed até largou a bebida por um tempo, embora agora tente beber com moderação. Mesmo quando nosso filho berrava a plenos pulmões, quando tentávamos tirá-lo do berço ou vesti-lo, meu marido mostrava uma paciência que eu nunca tinha visto nele. Depois, quando Tom se recusava a brincar com outras crianças, ou mesmo quando mordeu uma menininha que tentou arrancar dele o precioso trem azul que carregava para todo lado, Ed disse apenas que ele tinha "personalidade".

— Ele é muito mais inteligente do que as outras crianças — afirmava meu marido, cheio de orgulho. — Hoje de manhã, pediu a um menino: "Me dê um tempo." Você acredita? É quase como se fosse um miniadulto. E sabe contar até dez usando os dedos. Quantas crianças de 2 anos sabem fazer isso? Imagine como ele vai ser quando estiver mais velho!

Mas então o comportamento do Tom começou a ficar mais extremo. Ele perguntou a uma mulher, mãe de outra criança, por que ela tinha "bigode". (Sinceridade pode ser outra característica da síndrome de Asperger.) Jogou seu copo de plástico verde em outro menino, machucando-o, porque não era o amarelo de sempre. Pediram ao Ed que procurasse outro grupo de pais e filhos.

Em casa, era igualmente difícil.

— Não — protestou nosso filho quando tentei vestir nele o macacão de veludo azul, presente de Natal de seu padrinho Ross. — Não gosto da sensação na minha pele.

Até Ed começou a ficar preocupado.

— Qual é o problema dele? — perguntou quando Tom se recusou a ir para a cama porque o edredom havia sido lavado com um novo sabão em pó e tinha o cheiro "errado". — As mães do novo grupo de pais e filhos estão me ignorando. Acham que é minha culpa. — Meus pais também já haviam sido acusados de criar mal o meu irmão. — Deve haver alguma solução — insistiu Ed.

Por intermédio do nosso clínico geral, encontramos um especialista, que deu sua opinião. Transtorno do espectro autista e comportamento obsessivo.

— Há muito pouco a fazer — declarou o especialista. — Pode-se tentar cortar certos alimentos... Essas crianças geralmente são muito inteligentes... Considerem isso uma disposição mental distinta...

Tom, eu dizia em meus momentos mais sombrios, era meu castigo por algo tão terrível que eu mal conseguia admitir para mim mesma, muito menos para outras pessoas.

Quando Ed chorou no meu colo ("Estou tentando, Lily, juro que estou"), senti vontade de contar a ele. Mas como eu poderia? Ele com certeza me abandonaria se soubesse o que eu tinha feito. Um menino como o Tom precisava de ambos os pais. Agora estávamos fadados a permanecer juntos, assim como meus próprios pais.

— Deixe a gente ajudar — ofereceu minha mãe por fim, quando chegou a Londres para sua visita mensal.

A essa altura, Ed e eu tínhamos nos mudado para uma casa de três quartos em Notting Hill, graças à herança recebida após a morte do avô dele. Como eu tinha um bom salário, Ed podia ficar em casa para cuidar do Tom enquanto trabalhava como freelancer. Isso era ótimo na teoria, mas na prática era impossível para ele trabalhar enquanto cuidava de um garoto que, em um momento, era capaz de fazer complicados cálculos de divisão e, no instante seguinte, berrava desesperadamente porque as mãos estavam "sujas" de massinha.

— Podemos tomar conta do Tom durante a semana — acrescentou minha mãe, correndo os olhos pela sala desarrumada, cheia de brinquedos e desenhos inacabados, de quando Ed evidentemente estava tentando trabalhar ao mesmo tempo que salvava Tom de si mesmo. (Alguns dias antes, ele havia prendido os dedos na janela de guilhotina "para ver como ela funcionava".) — Vocês vão ter mais tempo para fazer outras coisas.

Minha mãe era sempre muito curiosa quando nos visitava. Nos anos que se seguiram à morte de Daniel, ficou mais invasiva, como se a falta dele tivesse deixado um buraco que ela precisava preencher, desempenhando um papel mais ativo em minha vida. E isso se intensificou quando Tom nasceu. Será que ela havia notado os sinais denunciadores no quarto de hóspedes? O livro embaixo da cama. As roupas do Ed na cômoda. A garrafa de vinho pela metade no fundo do armário. (Garrafa que não era minha: parei de beber quando fiquei grávida.) Tudo pistas de que aquele era o quarto que meu marido geralmente ocupava à noite.

— É melhor para a minha coluna — disse ele ao sugerir quartos separados.

Fiquei magoada no começo. Mas quanto mais o Tom gritava quando eu tentava escovar seu cabelo ("Machuca minha cabeça") ou quando alguém tirava do lugar sua "xícara especial" ("Onde está, onde está?"), mais irritados Ed e eu ficávamos um com o outro. Às vezes, isso gerava grandes brigas.

— Não sei lidar com duas crianças dando ataque — vociferei durante uma discussão particularmente feia, quando Ed pediu ao Tom que "procurasse sua turma".

Tom franziu a testa, confuso.

— Não sei onde procurar. Que turma?

O que dizíamos precisava ser claro. "Ficar com a cabeça nas nuvens", para o Tom, significava que a pessoa, de alguma forma, conseguira subir ao céu.

"Você pode ir para a cama?" significava "Você tem capacidade de ir para a cama?" Uma pergunta, não uma ordem.

Raiva ou lágrimas de nossa parte não adiantavam. Tom parecia ter dificuldades em reconhecer as emoções alheias.

— Por que essas pessoas estão chorando? — perguntou, um dia, quando estávamos vendo um grupo de refugiados na televisão.

— Porque não têm mais casa — expliquei.

— Por que não compram outra?

Algumas dessas perguntas podem ser normais para uma criança pequena, mas, à medida que Tom crescia, elas ficavam cada vez mais inapropriadas.

Era exaustivo. A situação estava praticamente como no começo do nosso casamento, quando quase nos separamos. Mas a proposta da minha mãe nos salvou. Tom foi morar com ela e com meu pai em Devon, no litoral. Havia uma escola no fim da rua, onde meu irmão e eu estudamos. Desde então, houvera outras "crianças especiais" como ele, a diretora nos disse. Não precisávamos nos preocupar. E Ed e eu iríamos vê-lo todos os fins de semana. Não havia dúvida do que aquela mudança representaria para meus pais. Desde que Tom nasceu, minha mãe deixara de achar que Daniel estava vivo. Agora havia outra missão: o neto.

Por mais que eu deteste admitir, a ausência de Tom também nos deu a chance de sermos novamente um casal. Havia tempo para conversar durante as refeições. Para nos deitarmos no sofá à noite, com minhas pernas entrelaçadas às dele, em silêncio. Para redescobrir nossos corpos na cama. Não posso dizer que tenha sido — ou que seja — algo muito apaixonado. Mas é satisfatório. Há carinho.

Nesse meio-tempo, Ed continuava tentando se tornar um pintor conhecido. Ambos esperávamos que isso acontecesse logo, ainda mais depois que ele ficou em terceiro lugar no concurso. Mas o mercado estava estagnado, ou pelo menos foi o que lhe disseram. De vez em quando, ele convencia uma galeria a expor seu trabalho. Mas foi tudo muito difícil, até que um colecionador anônimo comprou *A menina italiana*. Por fim, Ed conseguiria dinheiro suficiente para realizar seu sonho: abrir a própria galeria.

Ironicamente, minha carreira deslanchou depois do nascimento do Tom. Para meu deleite, virei sócia do escritório, como resultado dos êxitos que se seguiram ao julgamento de Joe Thomas, o que levou a vários acordos ao redor do país e também a uma mudança de lei, referente à saúde e segurança. Nossa contribuição consta da legislação comentada. Ganhei reputação.

Tão importante quanto isso, para mim, foi o fato de Davina estar agora casada com um latifundiário de Yorkshire. Declinamos o convite do casamento. Ed jura que nunca foi infiel a mim, mas eu ainda me sentia estranha na presença dela.

Ainda assim, Ed e eu nos tornamos muito mais fortes como casal. Dizem que, quando se tem um filho doente, ou um filho que impõe desafios, o casal se afasta ou se une. Surpreendentemente, nós nos unimos.

— MEUS SAPATOS! Não posso usar os meus sapatos agora que você encostou neles!

A fúria do meu filho me traz de volta ao presente. Se não pegar o trem do começo da manhã para Waterloo, perderei a reunião.

— Eu dou um jeito — garante minha mãe. Às vezes, desconfio de que ela assumiu o Tom para se certificar de que tudo dará certo dessa vez. Falhou com Daniel, ou pelo menos acha que falhou, mas não fará o mesmo com o neto. — Tome. Quase me esqueci. Essa carta chegou para você durante a semana.

E assim me retiro, covarde que sou. Entro no carro, onde meu pai me aguarda, e me recosto no banco, fechando os olhos, aliviada.

— O Ed vai encontrar você na estação? — pergunta ele.

Balanço a cabeça. Dessa vez, meu marido não veio comigo: foi convidado para comparecer ao *vernissage* de uma sofisticada galeria de Covent Garden, que está expondo uma réplica de *A menina italiana*. Há algo nesse quadro — as cores vivas, quase berrantes, o ar ao mesmo tempo malicioso e inocente — que me inquieta sempre que o vejo. Ou será que ainda fico irritada porque Francesca nos pedia para tomar conta de Carla para ficar com Tony Gordon? Ou Larry. Como alguém pode ter vida dupla?

Quando o trem passa por Sherborne, reviro o envelope na mão. Não deixarei Joe Thomas se aproximar. Nem sequer mentalmente. Não me permitirei pensar na minha participação para ajudar um homem culpado a se tornar livre. Se eu ceder, não saberei viver comigo mesma.

E é por isso que, assim que chegar a Londres, picotarei o envelope, com a singular letra de forma do meu ex-cliente, e jogarei tudo na lata de lixo mais próxima.

Quando chego ao escritório, há o urgente, constante e controlado pânico de sempre. Adoro. Pânico adulto. Briga de egos adulta. Adulação adulta.

Não é apenas minha carreira que está em plena ascendência. Meu corpo também. Há mulheres que envelhecem mal, como Davina — não consigo sufocar o sorriso de triunfo —, cuja foto numa coluna da revista *Tatler*, no mês passado, mostrava-a com uma enorme papada. Outras mulheres, como eu, parecem melhorar. Ou pelo menos é o que escuto.

— A meia-idade fez bem a você — comentou Ed, certo dia, ao contemplar minha barriga lisa, as coxas delgadas.

Brinquei fingindo indignação.

— Meia-idade? Os 40 são os novos 30. Ou pelo menos 38 são.

O mais irônico é que, depois que o Tom nasceu, fiquei ocupada demais para descontar minha preocupação na comida. Os quilos a mais da gravidez logo desapareceram (amamentar ajudou) e eu continuei emagrecendo à medida que Tom crescia. Quanto mais meu filho sujava as paredes de comida, ou — em algumas ocasiões — de coisa pior, menos vontade eu sentia de comer. Minha incapacidade de lidar com uma criança que exigia que tudo estivesse no lugar certo e, ao mesmo tempo, fazia questão de gerar caos foi muito mais eficiente do que qualquer dieta. Também comecei a correr antes do trabalho. No começo, dava apenas uma volta no quarteirão, depois comecei a percorrer distâncias maiores. Correr, sobretudo às seis da manhã, quando o mundo está acordando, me ajuda a escapar dos demônios dos meus sonhos.

Quando a gordura desapareceu e as maçãs do meu rosto ficaram salientes, passei a vestir 42, depois 40. Fui a um salão de beleza sofisticado de Mayfair e pedi um corte chanel, do tipo que dizia "Sou uma mulher séria". As pessoas agora reparam em mim quando ando pelo escritório com meus sapatos de salto alto vermelhos. Sapatos poderosos. Os clientes hesitam, como se mulher não fosse capaz de ganhar uma ação *e* também ser bonita. Uma vez, no tribunal, um promotor me entregou um bilhete, me convidando para jantar naquela noite. Recusei, mas fiquei lisonjeada.

Tribunal. Isso me faz lembrar que preciso estar lá dentro de uma hora. Desde "aquele processo", especializei-me em casos graves de homicídio culposo e doloso. Ver Tony Gordon andando pelo tribunal tantos anos antes acendeu algo dentro de mim. O *solicitor* pode receber uma qualificação extra para assumir processos que normalmente seriam encaminhados ao *barrister*. Isso aumenta nossa alçada e nosso valor no mercado de trabalho. E foi o que eu fiz.

No entanto, só aceito processos dos quais tenho certeza da inocência do cliente. Se hesito, passo o cliente para outro profissional, alegando estar ocupada. Não tenho dúvida sobre o julgamento dessa tarde. Uma adolescente. Atropelada por um motorista de caminhão quando andava de bicicleta. A justiça precisa ser feita.

— Pronto? — pergunto, impaciente, ao novo estagiário, um rapaz recém--saído de Oxford, cujo pai é amigo de um dos sócios.

Não gosto disso, mas o que posso fazer? O nepotismo floresce no Direito. O rapaz continua ajeitando a gravata no caminho.

— Não vamos pegar um táxi? — resmunga.

— Não.

Meus passos são compridos, calculados. Caminhar é outra maneira de permanecer magra. E, além disso, o ar fresco do outono me ajuda a pensar sobre o processo.

— Você fica nervosa no tribunal?

O rapaz volta os olhos para mim, e sinto uma pontada de compaixão. Boa formação e criação privilegiada não são nenhuma garantia quando estamos diante de uma fileira de jurados ou de um juiz — o segundo, em geral, não tolera estupidez.

— Não me permito ficar.

Subimos a escada de pedra. Não é um tribunal tão grande quanto o Old Bailey, mas também é imponente, com colunas cinza e pessoas vestidas de toga. Por mais injusto que seja, ainda há mais homens do que mulheres no...

— Lily?

Um homem de rosto cinzento e cabelo grisalho para diante de mim. Vasculho a memória. Tenho certeza de que o conheço, mas seu nome me escapa.

— Você não está me reconhecendo... — Isso é dito num tom ríspido que parece mais uma afirmação do que uma pergunta. — Tony. Tony Gordon.

Fico chocada. Faz meses que não o vejo e, na ocasião, foi apenas de passagem, um cumprimento rápido, como se nunca tivéssemos passado todas aquelas horas juntos, debruçados sobre papéis que resultariam numa grande injustiça. Esforcei-me ao máximo para esquecer essas horas.

— Como você está? — Quando Tony fala, e o susto passa, ele toca o pescoço. Então vejo um caroço acima do colarinho. — Câncer de garganta — explica ele, a voz rouca. — Fizeram o possível, mas...

As palavras são quase engolidas pelo burburinho à nossa volta. Ao meu lado, o estagiário se mostra evidentemente constrangido.

— Vi seu nome na lista e pensei em vir falar com você. — Os olhos de Tony, uma das poucas coisas que não mudaram nele, se voltam para o rapaz.

— Você pode nos dar licença, por favor? — peço ao estagiário.

Tony contrai a boca, como se achasse graça.

— Você está diferente. Mas eu já sabia. Sua reputação está se espalhando.

Ignoro o elogio.

— Como posso ajudar você?

— Joe Thomas.

Minha boca seca. Meu corpo inteiro gela. O barulho à nossa volta evapora.

— O que tem ele?

Penso na conversa que tive com Tony muitos anos antes. Meu telefonema aflito depois que Joe Thomas admitiu, orgulhoso, ser culpado.

— O que vamos fazer? — perguntei, desesperada.

— Nada — respondeu Tony. — Ele está livre e acabou.

A falta de surpresa dele era evidente.

— Você sabia que ele era culpado?

— Desconfiava. Não tinha certeza. Mas isso não importa.

— Claro que importa.

— Veja bem, Lily. Quando estiver mais velha, você vai entender que isso é um jogo. Um jogo que precisamos ganhar mesmo quando recebemos cartas ruins. Não havia provas suficientes para incriminar Joe Thomas, o que teria prejudicado todas as outras ações judiciais que dependiam desse processo. Esqueça. Parta para outra.

E esse é o verdadeiro motivo por que tentei não cruzar mais com Tony Gordon. Não foi apenas pela vida dupla que ele levava e pela consternação no rosto de Carla ao tentar compreender por que o Larry da mãe, na verdade, se chamava Tony. É também porque não quero ser uma advogada como ele. Meus princípios são mais elevados. Ou deveriam ser.

Mas, agora, aqui estamos. Frente a frente.

— O que tem ele? — pergunto, consultando o relógio.

Faltam apenas dez minutos para a audiência começar.

— Ele me escreveu. Queria que eu desse um recado a você.

Penso em todos os cartões de aniversário anônimos que recebi. Todos enviados para o escritório. Todos com a mesma letra de forma. Todos com carimbos estrangeiros. Inclusive o último, que agora se encontra numa lata de lixo em Waterloo. Pelo menos, imagino que era um cartão de aniversário. Por um instante, lembro-me do jantar tranquilo de comemoração dos meus 38 anos, com meu marido, na semana passada. Sem barulho. Sem confusão. Apenas uma comemoração íntima por chegar até aqui, por continuarmos casados. Mas agora um lembrete das minhas fraquezas está diante de mim.

— Ele precisa falar com você. — Tony me entrega um papel. — Disse que é urgente.

E se afasta. O paletó esvoaçando. Sem chapéu. Ele desaparece antes que eu tenha chance de dizer que sinto muito por sua doença.

Mas tenho trabalho pela frente. Um motorista de caminhão inocente, cuja vida foi arruinada quando uma adolescente de bicicleta atravessou a rua sem sinalizar. Poderíamos imaginar que a ciclista fosse a vítima. Afinal, estamos sempre lendo sobre casos assim. Mas esse é o desafio no Direito. Nada é o que parece.

Agora preciso libertar esse homem. Preciso manter meu recorde de vitórias no escritório. É a única maneira de provar que não sou uma pessoa tão ruim assim, afinal de contas.

Guardo no bolso o número do telefone de Joe Thomas e entro no tribunal.

26

Carla

Carla acordou cedo ao ouvir gritos. Tremendo de frio ao se dirigir descalça à janela, viu homens esvaziando latas de lixo no caminhão que avançava pela rua estreita do albergue.

Era reconfortante ver a coleta de lixo ali na Inglaterra. Fez com que ela se sentisse menos saudosa. Quando estava se alongando — a mãe sempre pregava a importância dos exercícios físicos pela manhã, para manter a forma —, viu que um dos homens olhava para ela, fascinado.

Ignorando-o, voltou para a cama, aninhou-se debaixo do edredom fino (não havia nem aquecedor no quarto!), ligou o computador e clicou no link que havia salvado em Favoritos: "Tony Gordon. Lincoln's Inn."

Então clicou em outro artigo:

O Lincoln's Inn é uma das quatro associações de *barristers* de Londres, onde se qualificam profissionais da Inglaterra e do País de Gales. Trata-se de uma das associações de advogados mais prestigiosas do mundo. E acredita-se que tenha recebido esse nome em homenagem a Henrique de Lacy, terceiro conde de Lincoln.

É claro que Carla havia pesquisado tudo isso na Itália. Mas o que ainda não havia decidido, apesar de garantir à mãe que procuraria Larry, era se simplesmente iria aparecer no lugar, na esperança de surpreendê-lo, ou se marcaria um horário, fingindo ser uma cliente.

Enquanto refletia sobre isso, outra barata saiu de baixo da cama. O inseto parou, como se pedisse *Não me mate*. Vou marcar um horário, decidiu Carla. Assim, ela com certeza o veria. Entretanto, não iria telefonar. Iria pessoalmente.

Vestiu o robe de seda cor-de-rosa que a *nonna* havia comprado para ela como um presente de despedida e, na ponta dos pés, contornou a barata.

Não era questão de ser sensível, disse a si mesma ao se dirigir ao banheiro compartilhado do segundo andar. Era questão de ser prática: não dava para matar todas as baratas do quarto.

Mas dava para obrigar Larry a ver o que ele havia feito.

Meia hora depois, ela estava pronta. Saia lápis bege, que revelava suas curvas mas que também era clássica. Usava suéter preto justo, com cinto largo para marcar a cintura. E o blazer bege do dia anterior. Sapatos de salto alto vermelhos. Uma borrifada de Chanel, uma amostra que ela pegara no *free shop* (ninguém estava olhando). Bolsa cruzando o peito, porque, aparentemente, assim como em Roma, havia muitos ladrões em Londres.

Na recepção do albergue, havia uma pilha de mapas do metrô. Pondo-se ao lado de uma menina de tatuagem no pescoço e calça jeans rasgada, Carla pegou um mapa e começou a estudá-lo, intrigada.

— Para onde você quer ir? — perguntou a menina.

— Holborn — respondeu Carla.

— Pegue a linha azul. — O dedo sujo indicava a linha no mapa. — Quer comprar um cartão Oyster barato?

— O que é isso?

Uma menina que estava atrás dela soltou uma risada. As duas fizeram Carla se lembrar da escola em Clapham, onde todas eram horríveis com ela.

— É para usar ônibus e metrô. São só vinte libras. Uma pechincha.

— Só tenho euro.

— Então me dá quarenta.

Carla entregou-lhe o dinheiro e se dirigiu à estação de King's Cross. Não conseguia parar de pensar no trajeto da noite anterior. Quando passou o cartão Oyster no leitor, como todos os outros passageiros, ouviu-se um bipe alto.

— Não tem dinheiro no cartão, querida — disse um homem de casaco de ginástica.

— Mas acabaram de me vender o cartão por quarenta euros!

— Enganaram você. Só compre esses cartões na estação ou on-line.

Ele indicou a máquina, com uma longa fila.

Furiosa, Carla comprou outro cartão. Esses ingleses! Ladrões! Todos eles.

Por outro lado, o Lincoln's Inn era ainda mais bonito do que parecia pelas imagens que viu na internet. Por um instante, Carla ficou admirando as construções com suas janelas de caixilho. Apesar de estar em Londres, parecia o campo, com aquelas praças bonitas, os arbustos aparados. A construção com telhado abobadado lembrava a basílica de Florença, que ela visitara numa excursão da escola.

Para seu alívio, ela não teve dificuldade de encontrar a sala de Larry, graças às orientações que havia copiado do Google.

— Posso ajudá-la? — perguntou a recepcionista.

— Eu gostaria de falar com o Sr. L... com o Sr. Tony Gordon.

A moça a encarou.

— A senhora é *solicitor*?

— Não. Eu conheço o Sr. Gordon e gostaria de retomar o contato.

Os olhos da recepcionista ficaram imediatamente mais frios.

— Sugiro que a senhora mande um e-mail para um secretário, que transmitirá o recado. — Ela lhe entregou um panfleto. — Aqui estão as informações.

— Mas preciso falar com o Sr. Gordon agora. É importante.

— Lamento, mas é impossível. Preciso pedir à senhora que se retire.

A voz já não era apenas fria. Era irritada e firme. Decidida a não se mostrar constrangida, Carla saiu de cabeça erguida. Encontrou uma cafeteria com Wi-Fi e escreveu uma mensagem breve.

Oi, Tony.

Não sei se você se lembra de mim, afinal faz muito tempo. Estou na Inglaterra e tenho um recado para você da minha mãe, Francesca.

Um abraço,

Carla

Isso bastaria. Educado e direto. Carla não nutria a mesma esperança da mãe de que Larry, ou melhor, Tony, sentia saudade dela. Mas, com sorte, ele concordaria em recebê-la. Ela poderia pelo menos arrancar dele algum dinheiro fazendo-o se sentir culpado.

Agora às duas missões seguintes da lista. A matrícula na faculdade, perto de uma estação chamada Goodge Street, foi mais tranquila. Todos foram tão simpáticos! A aula começaria no dia seguinte. Será que Carla tinha a lista de leitura que fora encaminhada por e-mail durante o verão? Sim. Ótimo. Haveria uma festa dos calouros à noite. Seria uma ótima maneira de conhecer pessoas.

Mas, pensou Carla ao voltar ao metrô, havia coisas mais importantes a fazer.

27

Lily

Aguardo o veredicto de inocência antes de fazer a ligação. O julgamento do motorista do caminhão foi acirrado. O outro lado trouxe um filme da "vítima": a adolescente feliz, de bicicleta. Quase convenceu as mulheres do júri, a maioria das quais tinha filhos.

Quase.

— Obrigada. — A esposa do motorista do caminhão me abraça. — Em certo momento, achei que íamos perder.

Eu também, embora jamais fosse admitir isso. Drogas. Álcool. Em geral é uma dessas duas coisas que resulta em prisão ou morte. A lembrança do bar de Highgate ainda me assombra. É por isso que não bebo mais.

— Vamos sair para comemorar — avisa a esposa do motorista do caminhão, voltando os olhos apaixonados para o marido. — Não vamos, meu amor?

Mas o motorista, assim como eu, olha para o outro lado do tribunal, onde um casal de meia-idade se abraça. A mulher descansa a cabeça no peito do marido. Como se sentisse nosso olhar, ela se vira, me fitando de um jeito que chego a duvidar da existência da minha alma.

Lamento, quero dizer. *Lamento pela morte da sua filha. Mas sobretudo lamento porque a lembrança dela está agora manchada para sempre. É preciso fazer justiça, porém.*

Ela se aproxima de mim. Trata-se de uma família instruída. Falou-se muito disso no julgamento. O pai é professor. A mãe passou a vida criando os filhos. Por sorte, há outros três. Mas a morte transforma o ser humano num ser irracional, como já descobri.

A esposa do motorista toma um susto quando o cuspe atinge meu rosto. A agressão não se destina à esposa do motorista, e sim a mim.

— Você devia ter vergonha — murmura a mãe da adolescente morta.

Limpo o rosto com um lenço que sempre mantenho na bolsa, para eventualidades como essa. Não é a primeira vez que acontece. E não será a última. O marido puxa a mulher, lançando-me um olhar fulminante.

— Sinto muito — murmura o motorista, os olhos molhados de lágrimas. Encolho os ombros.

— Está tudo bem.

Mas não está. E ambos sabemos disso. Graças a uma dica anônima (é surpreendente a frequência com que isso acontece), cheguei ao traficante que vendia drogas à adolescente que atravessou em frente ao caminhão. Se não fosse por isso, não teríamos provado que a menina era usuária, o que por sua vez acentuava seu grau de culpabilidade.

A justiça foi feita. Nem sempre é como se espera, mas sempre há um preço a pagar.

Desço a escada do tribunal, para o frio cortante de Londres. Aqui fora é outro mundo, lembro a mim mesma ao cruzar a rua em direção ao parque, escapando por pouco de um motociclista sem capacete. Um mundo onde posso escolher jogar fora o papel que Tony me deu com o número do celular de Joe Thomas.

Ou telefonar.

Precisamos encerrar essa história. É uma frase que ouço com frequência dos meus clientes. Mesmo se o veredicto é de culpa, eles precisam se livrar da espada que paira sobre a própria cabeça. Achei que tivesse me livrado da espada. Mas, sempre que recebo um daqueles cartões de aniversário, me dou conta de que não me livrei. E agora tenho esse número de celular.

Se eu não telefonar, ficarei sempre imaginando o que ele quer me dizer. Se telefonar, estarei me rendendo a ele. Uma mulher que passa por mim deixa a bolsa cair. Espalham-se pelo chão algumas moedas, que a observo juntar. Por que não? Pego na bolsa uma moeda de cinquenta centavos, que jogo para o alto. Cara, não telefono. Coroa, telefono.

Pego-a antes de ela cair na grama molhada.

Coroa.

Eu deveria voltar para o escritório, mas preciso de tempo para pensar. Minha conversa com Joe me deixou abalada, por isso vou à National Portrait Gallery. Sempre me tranquilizo vendo os retratos, outros rostos com as mesmas expressões que vejo em meu próprio rosto, em ocasiões distintas.

As emoções não mudam com o passar dos séculos. Medo. Animação. Apreensão. Culpa. E, quando me aconchego em Ed à noite, sinto alívio por ainda estarmos juntos. Uma família. O casamento tem altos e baixos, minha mãe sempre disse isso. E é verdade. É fácil jogar a toalha. Mas não vou deixar que Joe Thomas faça isso por mim.

Estou vendo um retrato de Thomas Cromwell quando o celular toca.

— Desculpe — peço ao casal que olha para mim com reprovação, usando cachecóis idênticos.

Dirijo-me ao salão de entrada, onde uma turista questiona o preço do ingresso.

— Onde eu moro, os museus são gratuitos — ouço-a dizer.

Vasculho a bolsa, mas o celular está no fundo e não atendo a tempo.

Chamada perdida.

Ed.

Sinto a boca secar. Meu marido nunca telefona durante o dia, a menos que haja alguma emergência com Tom. Faz tempo que não há nenhuma. Está na hora de haver. É sempre assim.

Com os dedos trêmulos, retorno a ligação.

28

Carla

Carla esperava algo grandioso. Não como a Royal Academy, evidentemente, que ela não via a hora de visitar. Mas algo que fosse... significativo. Só que aquela construção estreita ficava espremida entre uma sapataria e uma loja que vendia revistas. Se não soubesse o que estava procurando, a pessoa poderia muito bem passar direto. Era preciso inclusive descer uma escada de pedra para chegar à entrada.

Ela parou. Aturdida. À sua volta, havia paredes. Paredes brancas. E nessas paredes havia... ela.

Carla, como era antes.

A menininha italiana que sempre se achou tão diferente.

Não havia dúvida. Alguns quadros ela reconheceu de imediato. Mas também havia outros, novos. Ela sorrindo. Franzindo a testa. Pensando. Sonhando. Telas grandes. Telas pequenas. Em pinceladas vermelhas e pretas.

Ah, meu Deus! Ela se sobressaltou. Ali, no canto, com um carvão na mão, estava Ed. Mais velho do que ela se lembrava, com mais rugas na testa. Ele também usava óculos, coisa de que ela não se lembrava. Mas era ele sem dúvida.

Fique parada, Carla. Por favor. Pense numa coisa boa. Na sua bicicleta nova. Na sua amiga da escola. Qual é o nome dela mesmo? Maria! Isso mesmo. As palavras dele lhe voltavam quando ela se aproximou.

— Sr. Macdonald?

Relutante, ele levantou a cabeça. Era nítido que estava incomodado com a interrupção. Os olhos endureceram. Então se abrandaram. Ele fez menção de se levantar, mas se sentou novamente.

— Carla? — balbuciou. — É você mesmo?

Ela havia se preparado para todo tipo de reação. Mas não essa. Não essa mostra sincera de prazer. Não havia vergonha. Não havia constrangimento. Não havia nenhuma tentativa de fuga.

— Escrevi para você — disse ela, olhando-o nos olhos. — Mas você não respondeu.

Ele franziu as sobrancelhas.

— Escreveu para mim? Quando?

— No ano passado. Duas vezes.

— Mandou as cartas para a galeria?

— Mandei... não, não para essa galeria. — Carla sentiu o tremor da dúvida. — Mandei a primeira carta para a sua casa e a segunda para outra galeria. Onde você estava expondo.

Ed passou a mão no cabelo.

— Ah, nós nos mudamos há um tempinho. Mas as pessoas que compraram o apartamento costumam mandar para nós as correspondências que chegam. Já as cartas para a galeria podem ser um problema, porque há muita rotatividade de pintores.

Será que ela deveria acreditar nele? Ele parecia dizer a verdade. Carla fitou aquele homem ainda bonito com rugas em torno dos olhos. Havia atenção genuína neles. E admiração também. Sem dúvida. Ela se animou. Aquele era o homem que ela idolatrava na infância. Mas agora ela se tornara adulta.

Talvez houvesse outra maneira...

— As cartas eram para dizer que eu estava vindo. Eu me formei em Direito na Itália. Vim à Inglaterra fazer um curso e achei que seria bom procurar vocês.

— Que maravilha! — Ed segurou as mãos dela. Com força. Por mais tempo do que seria necessário. — Você não tem ideia, Carla, de como é bom ver você. Seja bem-vinda. Bem-vinda de volta!

29

Lily

O telefone do Ed está ocupado.

Agora estou de fato assustada. Afastando-me da fila, para que as pessoas passem na minha frente, tento outra vez.

— Lily?

Graças a Deus! Ele atendeu.

— O que houve? — pergunto, em desespero.

— Nada! — responde ele, com a voz animada.

Sou tomada de alívio.

— Você está ocupada?

É uma pergunta estranha, porque ele sabe que estou sempre ocupada. A Portrait Gallery é um raro ato de rebeldia da minha parte. Eu deveria estar no trabalho.

— Na verdade, estou descansando um pouco agora que o julgamento acabou.

— Vocês ganharam?

Hoje em dia, Ed mostra profundo interesse pelo meu trabalho.

Sinto uma pontada de orgulho.

— Ganhamos.

— Muito bem. — Ele está realmente orgulhoso. — Você pode dar uma passadinha aqui?

— Para ver você?

— Tenho uma surpresa.

— Uma surpresa boa?

— Com certeza.

De repente, me sinto como uma criança animada.

— Posso tirar uma horinha de folga — respondo, saindo novamente para a rua.

A galeria fica num porão antigo. Tem muito potencial, garantiu-me Ed, ainda mais com aquela coluna vitoriana maravilhosa no meio.

Muita gente compareceu à inauguração. O comprador anônimo (nem mesmo Ed sabe quem é, uma vez que a venda foi realizada por intermédio do marchand) ajudou muito a despertar o interesse pelo trabalho dele. Quando as pessoas começaram a perguntar se eu tinha parentesco com o pintor Ed Macdonald, fiquei orgulhosa de dizer que ele era meu marido. Mas, agora, menos de um ano depois, esse interesse estava desaparecendo. O estilo dele, acrílico, com cores fortes e pinceladas dramáticas, aparentemente não é do gosto de todo mundo.

As críticas negativas prejudicaram Ed, deixando-o inseguro de novo. Certa noite, ele voltou para casa com três garrafas de vinho tinto.

— Não vou beber tudo de uma vez — avisou, se defendendo.

Não falei nada. Sei que meu marido tem defeitos, mas eu também tenho. Desfrutamos um jantar tranquilo, algo que agora fazemos com frequência durante a semana, sem Tom gritando porque alguém estragou o prato dele colocando uma ervilha por engano. ("Já falei. Não gosto de verde!")

Ed só precisa de outra venda grande para recuperar a autoestima e pagar as contas da galeria. Talvez, digo a mim mesma ao descer a estreita escada de pedra, tenha sido por isso que ele me chamou aqui. Talvez tenha vendido outro quadro!

Quando entro na galeria, vejo Ed de costas. Isso me traz uma cálida alegria.

— Lily! — Ele dá meia-volta, dizendo meu nome como se tivesse acabado de aprender essa palavra. Como se eu fosse alguém que ele não vê há muito tempo, não a esposa de quem se despediu pela manhã. — Adivinhe quem apareceu aqui?

Enquanto ele fala, uma mulher magra, com o cabelo num corte chanel, sai de trás da coluna. O cabelo, à exceção da cor, é quase idêntico ao meu. Mas ela é jovem. Tem seus 20 e poucos anos. Um sorriso luminoso, de lábios grossos. É deslumbrante sem ser convencionalmente bonita. O rosto é do tipo que nos impele a ficar olhando. Mexo em minha pulseira de prata — a pulseira que sempre uso — com inexplicável nervosismo.

— Oi, Lily! — ela me cumprimenta. Sinto dois beijos inesperados, um em cada lado do rosto. Então ela se afasta. Sinto algo gelado por dentro, como se uma faca estivesse dividindo meu corpo em dois. — Você não se lembra de mim? Sou eu, a Carla.

Carla? A pequena Carla que morara em nosso prédio tantos anos antes, assim que Ed e eu nos casamos? A menina às vezes tímida mas também precoce, cuja bela mãe tinha um caso com Tony? Carla, vulgo *A menina italiana*? Será possível que ela seja essa jovem segura que agora se encontra à minha frente, usando batom e com essa pele perfeita, os olhos amendoados acentuados com a medida exata de delineador? Quanta atitude!

Levei anos para conseguir essa mesma segurança.

Mas é evidente que é a Carla. Trata-se de uma Francesca em miniatura, sem o cabelo comprido. Uma cópia da mãe solteira que morava no apartamento 7, tantos anos antes.

— Onde você esteve? — consigo perguntar. — Como está a sua mãe?

A moça lindíssima inclina a cabeça para o lado, como se considerasse a pergunta.

— Minha mãe está ótima. Está morando na Itália. Estamos lá há algum tempo.

Ed intervém.

— A Carla tentou entrar em contato com a gente. Escreveu para nós.

Acalmo a respiração, como quando estou no tribunal e preciso ter cuidado.

— É mesmo? — pergunto.

Não é uma mentira. Apenas uma pergunta.

— Duas vezes — responde Carla.

Ela me encara. Por um instante, lembro-me da primeira carta com carimbo italiano, enviada para nosso antigo endereço, no ano passado, mas encaminhada para nós pelos atuais moradores do apartamento.

Meu primeiro impulso foi jogar fora, como todas as outras cartas de pedido que recebemos naquela época. As pessoas deduzem que, se tem um grande sucesso, o artista fica rico. A realidade é que, mesmo com a venda do quadro, com o dinheiro da herança do Ed e meu salário, ainda não estamos tão bem assim. As hipotecas da galeria e da casa são assustadoras. E evidentemente também temos a terapia do Tom e seu futuro incerto.

Como qualquer pessoa digna, quero ajudar o próximo. Mas, se damos para um, onde vamos parar? Carla, porém, é diferente. Ela tem razão. Em certo sentido, devemos nosso sucesso a ela.

Eu ia conversar com Ed, havia decidido. Mas um crítico havia acabado de escrever outro texto negativo, no qual perguntava por que alguém iria querer pagar tanto por uma "obra em acrílico vulgar, que qualquer pintor de Montmartre poderia fazer". Meu marido ficou arrasado. Eu não conseguia convencer Ed de que o crítico estava errado. Melhor deixar a carta de Carla para quando as coisas estivessem mais calmas, pensei.

Então veio a segunda, enviada à galeria onde Ed estava expondo, depois encaminhada para a nossa casa. Por sorte, cruzei com o carteiro a caminho do trabalho. Ao reconhecer a letra e o carimbo, guardei na pasta o envelope, que abri ao chegar ao escritório. O tom da carta agora era mais revoltado. Mais exigente. Para ser sincera, me assustou. Senti a mão de Francesca por trás daquilo. Se déssemos dinheiro, elas poderiam pedir mais.

Por isso guardei a carta, fingindo para mim mesma que trataria do assunto "em algum momento". Depois, convenientemente, me esqueci dele. Não foi a atitude certa. Só agora vejo isso. Mas, se tivesse escrito para Carla explicando nossa situação financeira, ela talvez não acreditasse.

— Ficamos preocupados quando vocês foram embora tão de repente — comenta Ed. — Por que vocês não nos disseram para onde estavam indo?

A pergunta me faz voltar à última ocasião em que vi Carla. Durante aquela briga horrorosa entre mim, Tony e Francesca. Para piorar, eu estava tentando decidir se Ed e eu deveríamos continuar juntos.

— Pois é — digo, cerrando os dentes —, nós ficamos *mesmo* preocupados com vocês. — Olho para o quadro atrás dela. É difícil não olhar. Há quadros de Carla quando menina por toda a galeria. — O que você acha das suas pinturas? — pergunto.

É melhor fingir ingenuidade, digo a mim mesma. Obrigar Carla a falar. Isso também me faria parecer mais inocente em relação às cartas.

A moça que se encontra à minha frente enrubesce.

— São lindas. — Ela parece enrubescer mais ainda. — Eu não quis dizer que *eu* sou linda, vocês entenderam...

— Ah, mas você é — intervém Ed. — Uma criança muito bonita. Nós dois achávamos, não é, Lily?

Assinto com a cabeça.

— Você se lembra daquele quadro seu que ele botou num concurso, muito tempo atrás? Ficou em terceiro lugar. E, embora não tenha sido vendido na época, foi comprado recentemente por um colecionador.

Observo-a com atenção. Nas cartas, ela mencionava tanto o concurso como a venda. Por isso sei que ela sabe. Mas ela entreabre a boca como se estivesse surpresa, levando a mão aos lábios. As unhas perfeitamente redondas têm a mesma cor rosada da boca, e não há nenhuma falha no esmalte.

— Que incrível — diz de forma doce e suave.

Talvez agora ela esteja constrangida com o tom de exigência da segunda carta, que acha que não recebemos. É compreensível.

— Foi por isso que procurei você — acrescenta Ed, com avidez.

Sério? Se ele realmente fez isso, é novidade para mim. Às vezes, Ed diz coisas apenas para agradar às pessoas.

— Recebi um bom dinheiro — prossegue meu marido. Ele está animado, quase exultante. Conheço os sinais. Significa que ele é capaz de agir de forma imprudente. Toco seu braço, na esperança de acalmá-lo, mas ele continua: — Me ajudou a comprar a galeria!

Há uma breve pausa, durante a qual meu marido e eu pensamos a mesma coisa. Isso acontece bastante hoje em dia. Talvez seja assim também com todo casal que está junto há muito tempo.

— Precisamos lhe agradecer — digo, relutantemente aceitando que seria o certo a fazer, embora não estejamos em condição.

— Precisamos mesmo — concorda Ed.

Ele não olha para mim, mas sei que sua mente está dando voltas. Quanto deveria pagar? Quanto podemos pagar?

— Onde você está morando? — pergunto, para ganhar tempo.

— Num lugar chamado King's Cross. Num albergue. — Ela suspira. — Tem baratas por toda parte.

De repente, aquela moça segura desaparece. Vejo uma menina que acaba de deixar seu país e está tentando se encontrar numa cidade que provavelmente mudou muito. Paro de imaginar quanto lhe devemos, paro de pensar que sua presença me deixa nervosa porque me lembra o passado. Mais uma vez quero ajudar. Em parte, por culpa.

— Venha jantar na nossa casa.

— Isso!

Ed exala animação. E sei por quê. Em sua cabeça, já está desenhando. É um ponto de vista interessante. *A menina italiana adulta*. O cabelo agora sem cachos. Em vez disso, um corte chanel. Visual novo. Pastel em vez de acrílico. Ele vem pensando em mudar de estilo. De súbito me ocorre que o ressurgimento de Carla em nossas vidas pode ser exatamente do que meu marido necessita.

— Venha hoje — convida ele.

Não. Cedo demais. Precisamos de tempo para conversar.

— Hoje está complicado para mim — intervenho, pegando uma caneta na bolsa. — Me dê seu número e a gente liga para você.

Carla escreve o número de maneira ansiosa.

— Vou começar a estudar amanhã, mas com certeza terei tempo livre. — Ela endireita o corpo. — Eu me formei em Direito na Itália e vou fazer um curso de especialização para me qualificar como advogada na Inglaterra. Como você, Lily!

Por que meu peito se contrai? Por que sinto que essa menina bonita está invadindo meu espaço? É a *minha* área. Não a dela.

— É um mundo muito competitivo — pego-me dizendo. — Difícil. Impiedoso. Você tem certeza?

— Você foi minha inspiração! — Seus olhos brilham. — Sempre me lembro daquele processo do boiler em que você estava trabalhando enquanto o Ed me pintava. Estudei o processo na faculdade. Como era o nome do réu? Joe Thomas! "Esse homem é inocente", você dizia. "Vou fazer o resto do mundo ver isso."

Por que me parece que esse discurso foi ensaiado? Que há outro motivo para ela ter vindo aqui? Ou será que estou neurótica porque a menina mencionou o homem que tanto tentei esquecer?

Faço o possível para não pensar no telefonema de hoje cedo.

— A Lily vai poder ajudar você nos estudos — afirma Ed.

Ele parece uma criança eufórica, ávida para agradar. Entendo por quê. Sente-se culpado. Afinal, construiu uma carreira sobre a imagem dessa menina.

— Vamos telefonar para marcar o jantar lá em casa. — Entrego a ela um cartão de visita. — Mas, de qualquer modo, aqui está nosso contato.

— Pegue isso também. — Meu marido lhe entrega uma nota de vinte libras. — Pegue um táxi na estação do metrô.

— Ed — digo, tentando manter a calma. — Você pode chegar mais cedo em casa hoje? Precisamos conversar.

Ele se detém, os olhos cravados nos meus. *Precisamos conversar.* Sempre que usamos essa frase, é para discutir algo importante. Nosso casamento. O teste de gravidez. O diagnóstico do Tom. E agora quanto devemos pagar a Carla.

— Claro — responde ele, hesitante. — Se você chegar, eu chego. — Ele solta uma risada. — Minha mulher agora é importante. Praticamente mora no escritório. Deixa um edredom lá.

Faz muito tempo que ele não é sarcástico assim. Não tenho cama no trabalho, mas com frequência volto mesmo tarde para casa. Como não chegar tarde quando sou sócia do escritório?

— Tem outra coisa que não contamos a Carla — acrescento.

Ed estranha.

— Tem?

Essa é mais uma vantagem de ser artista. A pessoa pode se esquecer. Se esconder.

— Temos um filho. — Como sempre, titubeio ao dizer isso. — Ele se chama Tom.

— Jura? — Os olhos de Carla se abrandam. — Não vejo a hora de conhecê-lo.

30

Carla

Talvez fosse melhor eles não terem recebido as cartas. Isso poderia facilitar as coisas, se Carla agisse direito.

Ao voltar para o albergue, ela só conseguia pensar na admiração que Ed demonstrou ao vê-la e no calor que atravessou seu corpo. As folhas de outono e o ar frio lembravam a Carla a época em que ela havia conhecido Lily e Ed. A seus olhos infantis, eles pareciam tão adultos! Mas Lily provavelmente não era muito mais velha do que ela mesma era agora.

Como Lily havia mudado! Carla se lembrava dela como uma mulher alta e gorda. Seu único atrativo era aquele cabelo louro comprido.

— Eu queria ensinar essa mulher a se vestir — costumava dizer a mãe. — Não é preciso dinheiro para ter estilo. É uma questão de usar as coisas certas, com orgulho.

Bem, alguém, em algum lugar, decerto ensinara Lily a se vestir, porque ela agora tinha estilo. Carla mal a reconheceu quando ela apareceu na galeria. Lily estava muito mais magra e usava um blazer de belo corte que parecia da Max Mara. O cabelo loiro no corte chanel estava ainda mais bonito ao vivo do que na foto, emoldurando seus traços e acentuando suas maçãs do rosto. Ela estava quase bonita.

Ed também podia ter mudado, mas tinha aquela aura de generosidade e aquele jeito de falar de alguém que sabia exatamente o que você estava pensando. Carla também percebia que, enquanto conversava, ele estudava o nariz dela, as orelhas, a estrutura óssea. É o que fazem os verdadeiros artistas. E como era lisonjeador que fosse o retrato *dela* que o colecionador anônimo tivesse comprado!

Entretanto, era seu primeiro dia de aula. Faculdade de Direito! Carla sentiu o coração acelerar. Queria ser boa naquilo. Queria mesmo.

— Vamos telefonar para marcar o jantar lá em casa — prometera Lily.

Talvez, a essa altura, Larry já tivesse entrado em contato.

Não se preocupe, mamãe, disse ela a si mesma, sorrindo para o rapaz bonito que abriu passagem para ela entrar primeiro no saguão da universidade. Faço questão de que a justiça seja feita.

31

Lily

Ed mantém a promessa. Não apenas voltou para casa cedo, para a nossa "conversa", como também preparou o jantar. Nosso prato. Salmão *en croute*. Foi a primeira refeição que fizemos depois do meu teste de gravidez: o início da nossa nova vida juntos, depois daquele falso começo.

Durante quanto tempo podemos fingir? Durante quanto tempo, até que alguém surja do passado para trazer tudo de volta?

Carla. Joe.

Talvez seja por isso que fiz o esforço sobre-humano de estar em casa cedo também.

— Por hoje, chega — decretei ao jovem estagiário, que ainda estava debruçado sobre os documentos que eu havia lhe dado. — Às vezes, todos precisamos descansar.

— Mas são só sete horas!

Era como se ele estivesse dizendo que eram quatro. Trabalhar até tarde não é apenas o que se espera de um advogado: é uma das armas do profissional contra a demissão. Em outras palavras, as horas extras mostram que somos dedicados. Ajudam a nos proteger da constante ameaça de nos vermos deixados de lado. A advocacia pode ser um negócio cruel.

— Está cheiroso — digo para meu marido.

Por que sempre acabamos elogiando a pessoa que tememos magoar? Ed tira a refeição do forno com um floreio, colocando-a em cima da mesa. Tom nos observa da fotografia, na parede oposta. Está sério. Assim como Daniel, raramente sorri.

— Sobre o que você precisa conversar? Que assunto é esse tão urgente que não podíamos nem jantar com a menina responsável pelo nosso dinheiro?

— Responsável pelo *seu* dinheiro. Meu, não. Eu ganho o meu.

— Mas você não entende? — Os olhos de Ed brilham. — A Carla voltou. Se ela me deixar pintá-la de novo, isso vai alavancar minha carreira. Seria uma ótima publicidade.

Então já não pensei nisso? Mas algo não me parece certo.

— Talvez... — começo.

Mas o telefone toca.

— É melhor você atender — diz Ed, pondo-se a comer. — Vai ser trabalho de novo. Sempre é.

Relutante, atendo ao telefone.

— Filha!

Meu coração congela. Tentei ligar para minha mãe mais cedo, como ligo todos os dias. Um telefonema rápido para ver se estava tudo bem. Um telefonema carregado de culpa, porque minha mãe está lidando com uma situação com a qual eu não consigo lidar. Mas ninguém atendeu. O trabalho me ocupou e eu me esqueci. Pois é, eu sei.

— O que aconteceu?

A voz da minha mãe está tensa.

— É o Tom. Ele está com problemas.

O que desejamos e aquilo de que precisamos na vida são duas coisas muito distintas.

Mas a morte é necessária para colocarmos essas duas forças em perspectiva.

Agora só desejo uma coisa.

Viver.

32

Carla

Já era quase meados de outubro. Ela havia passado semanas esperando a ligação de Lily. Começou a se sentir idiota e bastante irritada. Era exatamente como as cartas. Lily e Ed eram sem dúvida pessoas que diziam uma coisa e faziam outra. Não tinham nenhuma intenção de lhe "agradecer", como haviam garantido. Só queriam que ela desaparecesse! Para ser sincera, ela já esperava isso de Lily. Mas Ed, com seus olhos generosos, a decepcionara.

Se achavam que o assunto estava encerrado, porém, estavam enganados. Com os olhos voltados para os livros de Direito, no quarto frio do albergue (a essa altura, ela já havia se acostumado com as baratas), Carla decidiu que daria a eles mais duas semanas e, então, iria outra vez à galeria.

Igualmente frustrante foi a resposta do e-mail enviado ao secretário de Tony Gordon.

O Sr. Gordon não está presente no momento. Seu recado será repassado a ele assim que possível.

Em outras palavras, ele não queria vê-la.

— Passe na casa dele — pediu a mãe quando Carla lhe contou o que havia acontecido, pelo telefone.

Mas a mãe não lembrava o nome da rua, apenas que ficava "num lugar chamado Islington". O Google tampouco fornecera o endereço.

Decidida a não se deixar vencer, ela passou algumas horas caminhando por Islington num sábado, na esperança de que algo despertasse a lembrança daquele Natal frustrante em que a mãe estava histérica porque Larry não podia ficar com elas. Mas só se lembrava de uma construção alta com janelas grandes. Havia tantas construções assim que era como procurar uma agulha no palheiro.

Não havia alternativa senão dedicar sua energia aos estudos. Todos na universidade eram brilhantes, mas Carla tinha uma vantagem. Sabia disso. Havia apenas outra menina italiana, e lhe faltavam os atributos naturais que Carla tinha. Beleza e inteligência. Todos os rapazes queriam ajudá-la. Ela perdeu a conta de quantas vezes foi convidada para um café ou para um jantar.

Sempre recusava o convite com um sorriso e a desculpa de que precisava estudar. Mas também dizia, inclinando de leve a cabeça, que seria muita gentileza se pudessem lhe explicar algo sobre o último trabalho.

Uma noite, no quarto, quando suas mãos estavam duras de frio, o celular tocou.

— Lily!

— Desculpe ter demorado tanto para ligar. — Havia hesitação na voz dela. — A verdade é que, desde que nos vimos, tivemos... uns problemas.

Fez-se um breve silêncio, durante o qual Carla achou que Lily tinha mais a dizer, mas estava se contendo.

— Você está doente? — perguntou.

— Não. — Ela soltou uma risada. — Eu, não.

Carla sentiu uma pontada de medo.

— O Ed?

— Não. Também não.

Ótimo. Dos dois, Carla preferia sem dúvida o Ed, com seus olhos compreensivos. Lily, disse ela a si mesma, não era digna de confiança. É verdade que ela costumava idolatrar a mulher que lhe ensinou fazer pão de ló e que cuidava dela quando a mãe estava "trabalhando". Mas depois ela se meteu no caso de Larry com a mãe. E também havia seu trabalho. Carla sorriu ao se lembrar de ter achado que Lily havia cometido um assassinato porque viu a palavra escrita nos papéis dela. Mas, mesmo assim, você precisa ser certo tipo de pessoa para defender alguém acusado de homicídio. Carla encolheu os ombros. Direito penal não era para ela. Direito trabalhista, dissera um professor, era o caminho a seguir. Aparentemente, ela tinha talento para a coisa.

Lily continuava falando do filho.

— O Tom... o Tom se meteu em uma confusão na escola. Mas agora já está tudo resolvido.

— Que bom.

Carla sabia que deveria parecer mais preocupada, mas a verdade é que não estava tão interessada assim. Algumas amigas da Itália também tinham filhos, e talvez um dia isso fosse algo que ela até poderia desejar. Mas agora estava ocupada com questões mais importantes.

— Precisei me afastar do trabalho — continuou Lily. — Mas agora estou de volta a Londres. O Ed e eu estávamos pensando se você não gostaria de vir jantar com a gente na semana que vem.

A casa de Ed e Lily era linda, embora houvesse um saco plástico voando na calçada. Antes de subir a escada da varanda, Carla estudou a bela construção de tijolo branco com gerânios na sacada. Um barulho na cerca viva que contornava a propriedade a assustou. Era apenas um pássaro. Calma, ela disse a si mesma. Você só está nervosa porque finalmente está aqui.

Hesitante, bateu a aldrava prateada contra a porta preta, acomodando debaixo do braço as flores que havia trazido. Quando Ed abriu a porta ("Entre! Entre!"), ela ficou admirada com o porcelanato preto e branco da sala. Todos os cômodos eram dignos de fotos de revista. Branco por toda parte. Branco e vidro. Mesas de vidro. Paredes brancas. Bancada branca na cozinha.

Eles decerto tinham muito dinheiro para morar tão bem. Mas era quase como se Lily tivesse abolido as cores.

— Rosas! — Ed enterrou o rosto no buquê que ela havia comprado pela metade do preço, de um florista de rua prestes a encerrar o expediente. — Que cheiro gostoso! E que tom de rosa bonito, parece bochechas rosadas! Sente-se. A Lily já vai descer.

Se a casa fosse minha, pensou Carla, sentando-se à mesa de vidro da cozinha, eu botaria um banco de madeira rústico aqui e um tapete vermelho ali...

— Seja bem-vinda — disse Lily, surgindo na porta.

Carla beijou a anfitriã, avaliando a calça e o escarpim bege. Ah, se ela tivesse dinheiro para se vestir assim, em vez de comprar roupas em brechós ou depender do talento de costureira da mãe!

— Obrigada pelo convite.

— Obrigada por vir. Como eu disse pelo telefone, só lamento termos demorado tanto. Ed, o jantar está pronto?

O "jantar" era torta de peixe semipronta. Na casa dos avós, isso seria considerado uma ofensa. A comida precisava ser preparada a partir do zero: o processo demorava horas. Era um sinal de respeito com o convidado.

Por mais que tentasse conversar sobre trivialidades, o clima era tenso.

— Sua casa — disse ela, em desespero — é muito minimalista.

Desde que voltara a Londres, Carla fazia questão de aprender uma nova palavra inglesa por dia. Essa era uma delas. Ela estava esperando a oportunidade de usá-la.

Lily enfiou a colher na torta de peixe, de modo que o molho subiu pelas bordas.

— É para que todas as telas do meu marido ganhem destaque.

Todas? Mas só havia duas!

— Parece que perdi minha força criativa — lamuriou-se Ed, servindo vinho para Carla e para si mesmo. Lily tomava apenas água com gás. — Venho tentando métodos diferentes, mas nada funciona.

Havia acontecido alguma coisa com aquele casal desde que ela os vira na galeria. Os dois pareciam vazios. Era como se uma luz tivesse se apagado dentro deles.

— Não entendo.

Ed pegou o garfo e a faca. Carla o acompanhou. Lily, ela notou, não se incomodou em fazer o mesmo. Era como se não houvesse comida à sua frente.

— Perdi a inspiração. Em parte, por causa do Tom. Ele não está... muito bem.

Ele se deteve quando Lily o repreendeu com um olhar de advertência.

Ciente de que a conversa estava ficando pesada, Carla procurou escolher as palavras com cuidado.

— Mas ele está melhor agora?

— Melhor? — Ed tomou outro gole demorado de vinho e soltou uma risada rouca. — O Tom nunca vai melhorar e...

— Ed — cortou-o Lily. — Não devemos expor nossos problemas à convidada. Agora me diga, Carla. Como está o curso?

Ela encarou a mulher sentada do outro lado da mesa.

— Está ótimo, obrigada.

De alguma forma, Carla disse a si mesma ao discorrer sobre o passado, sobre como ela gostava de cozinhar com Lily quando era pequena, depois comentando sobre as várias aulas da faculdade, ela precisava encontrar uma maneira de trazer Larry — não, Tony — para a conversa.

Quando terminou de falar, fez-se silêncio. Ed e Lily olhavam fixamente para a mesa, absortos. Muito bem, pensou Carla, vou puxar o assunto do nada.

— Aliás, eu estava imaginando se você saberia me dizer onde posso encontrar o Sr. Gordon. Preciso dar um recado da minha mãe para ele. Mandei e-mail para o secretário, mas recebi uma resposta dizendo que ele não está disponível no momento.

Lily se contorceu visivelmente na cadeira.

Ed havia tomado quase a garrafa de vinho toda.

— E isso é verdade — balbuciou, a voz enrolada.

— O Tony não está disponível no momento, Carla, porque está muito doente — respondeu Lily, afastando o prato, embora mal tivesse tocado na comida. — Na verdade, está numa casa de repouso perto daqui.

— Casa de repouso?

Carla sentiu um aperto na garganta. Um aperto que deveria ser de choque, mas era de entusiasmo.

— Ele está com câncer. O coitado não tem muito tempo de vida.

— Coitado? — Ed bufou. — Não foi isso que você falou dele para mim. — Ele se virou para Carla. — Os dois tiveram um desentendimento por causa de um processo. Mas minha mulher não pode entrar em detalhes porque é confidencial. Advocacia é isso.

Lily estava furiosa.

— É melhor não beber, se você não consegue se controlar — disse, com rispidez.

— Não sou eu que não consigo me controlar.

Ed se levantou, cambaleante.

— Já chega!

Eles estavam brigando como se ela não estivesse ali! Carla sentiu o entusiasmo crescer. Para ter êxito na sala de audiência, o novo professor havia dito, é sempre melhor se a oposição estiver dividida.

— Desculpe. — Lily tocou o braço dela quando Ed se retirou. — As coisas estão difíceis. — Lily entregou um envelope a ela. — Esse é um pequeno agradecimento nosso. É o dinheiro do concurso que o Ed ganhou, e um pouquinho mais.

Ela falava rápido. Com frieza. Sem simpatia. Como se aquilo fosse um pagamento, não realmente um presente.

— Obrigada. — Parte de Carla queria devolver o envelope. O "presente" a fez se sentir suja. Humilhada. Era evidente que Lily desejava apenas se livrar dela. — É muita gentileza sua. Mas tem outra coisa.

O susto tomou conta do rosto de Lily. Os olhos ficaram sem vida. Ela achava que Carla queria mais dinheiro! Saber disso deu poder a Carla. É claro que ela queria, mas deixaria isso para mais tarde.

— Será que você poderia — prosseguiu Carla, enfrentando a hostilidade daqueles olhos — escrever o nome da casa de repouso onde o Tony está?

A fisionomia de Lily se abrandou.

— Claro. — Ela pegou uma caneta. — Aqui está. Vou ligar em breve para você, Carla. Sinto muito por isso tudo. Como eu disse, tivemos alguns problemas. O Ed está meio desorientado.

Já na rua, Carla abriu o envelope. Mil libras? Se aqueles dois achavam que isso bastaria, estavam muito enganados.

33

Lily

— Eu não sabia se você viria.

Estamos sentados na área externa de um restaurante italiano, de frente para a Leicester Square. Ainda estou abalada pelo jantar com Carla. Sem falar de tudo que aconteceu com Tom. Afinal, isso é parte do motivo pelo qual estou aqui.

O dia está inusitadamente ensolarado para essa época do ano. Não estou de casaco, mas uso óculos escuros, de armação vermelha. Eles são uma proteção necessária contra a incandescente bola laranja no céu, mas também me permitem observar meu interlocutor sem deixá-lo me olhar nos olhos, como ele bem sabe fazer.

Joe Thomas, é preciso reconhecer, parece um dos vários homens de negócios que passam por nós. Respeitável, com seu terno azul-marinho. Barba feita. Cabelo penteado. Sapatos pretos de bico fino. E pele bronzeada.

— O que você quer?

Mantenho a voz tranquila. Aja normalmente, digo a mim mesma. Foi exatamente por isso que sugeri este lugar, à vista de todos.

Ele ajeita os talheres, para que fiquem alinhados. As unhas estão limpas. Bem cuidadas.

— Isso não é muito educado.

— Educado! — Solto uma risada. — E como você chama alterar o curso da justiça? — Abaixo a voz, embora ela já esteja baixa. — Você matou a sua namorada e me fez acreditar que era inocente.

— Você *quis* acreditar que eu era inocente. — Joe Thomas se inclina para a frente, e seu hálito se mistura ao meu. — Você achava que eu era como o seu irmão.

Recosto-me na cadeira. Foi um erro ter vindo. Vejo isso agora. Mas também tenho algumas perguntas.

— Quero que você pare de me mandar cartas. Como descobriu o dia do meu aniversário?

— Pesquisei. Hoje em dia dá para descobrir quase tudo. — Ele sorri. — Você devia saber disso. Eu queria que você soubesse que ainda penso em você. Mas é por causa do Tom que estou aqui.

Fico imóvel.

— Como assim?

— Acho que você já sabe. É por isso que você também está aqui. Eu teria vindo antes, mas estava trabalhando fora até pouco tempo atrás. E, quando voltei, descobri que você teve um filho.

Ele se debruça sobre a mesa novamente.

— Preciso saber, Lily. É meu?

Meu corpo congela. Fica dormente. Debaixo da mesa, minhas pernas começam a tremer. As palavras estão prestes a sair, mas consigo substituí-las por outras melhores a tempo.

— Claro que não. Não seja ridículo. Não sei do que você está falando.

Segurando a ponta da mesa, levanto-me.

— Estou falando de nós. — Há súplica na voz de Joe. A arrogância de antes agora carrega uma nota de desespero. — Não vá embora. Preciso saber a verdade.

— A verdade? — Solto outra risada. — O que você sabe sobre a verdade? Está imaginando coisas, Sr. Thomas — Detenho-me. Não é culpa dele ter "problemas comportamentais", como argumentamos no tribunal. Mas isso não justifica tudo o que ele fez. — Você foi meu cliente há 12 anos e eu amaldiçoo o dia em que ajudei a tirar você de trás das grades. É algo pelo qual nunca vou me perdoar. — As lágrimas embaçam minha visão. — A coitada da Sarah...

Joe segura minha mão.

— Eu também tenho sentimentos. Cometi um erro e lamento por isso. Mas isso ajudou outras pessoas, todas aquelas outras vítimas.

Puxo minha mão. De uma mesa próxima, as pessoas nos observam. Deixo uma nota de vinte libras para pagar a bebida e desapareço na praça.

— É o Tom. Ele está com problemas.

Mesmo agora, passadas algumas semanas, a voz tensa da minha mãe, carregada de medo, me aterroriza. Ouço-a nos sonhos. Ouço-a quando acordo.

Ouço-a quando deveria estar concentrada nas reuniões, muito embora saiba que esse "problema do Tom" especificamente tenha sido resolvido.

Até surgir outro.

Ed e eu fomos imediatamente para Devon. Foi logo depois daquele encontro surpresa com Carla na galeria. Deixei alguns recados rápidos para a secretária e para meus sócios enquanto Ed dirigia, a boca contraída naquela careta que dizia "Pelo amor de Deus, você não pode esquecer o trabalho nem por um instante, nem quando se trata de ajudar nosso filho?"

Entendo o que ele quer dizer. Já pensei o mesmo várias vezes, sobretudo quando vejo uma mãe com o filho da idade do Tom andando pela rua ou esperando na fila do Madame Tussauds.

Mas Tom jamais esperaria na fila daquele jeito. Ficaria preocupado querendo saber se nossos pés estavam na posição "certa". Perguntaria à mulher atrás da gente por que ela tinha uma mancha no queixo, há quanto tempo aquela mancha estava ali e por que ela não a havia tirado. Crianças como Tom nem sempre se dão conta de que estão sendo grosseiras.

Eu seria obrigada a dar uma explicação constrangedora, e a mulher da mancha no queixo se afastaria de nós. É difícil ter um filho pré-adolescente que se comporta como se tivesse 2 anos, mas eu sei lidar com isso.

A violência é que é a parte difícil. Por exemplo, essa cicatriz na minha testa. É de quando Tom acidentalmente me bateu com uma panela. Eu não tinha guardado a panela no lugar "certo", então ele deu um jeito de eu fazer isso. E aquela marca no braço do Ed? Foi porque ele tentou jogar futebol com o filho, mas a pouca noção espacial do Tom (algo que aparentemente às vezes faz parte do transtorno) o deixou frustrado.

Por isso ele mordeu o pai.

Vínhamos tentando fazer o possível para "implantar estratégias estruturais a fim de resolver o comportamento difícil" (de acordo com um artigo que li na internet). Mas, quando cresceu — e ficou até mais alto que eu, apesar da idade —, Tom piorou. Ficou mais violento. E agora havia chegado a hora de tomar uma atitude. Isso ficou claro quando, depois de viajar por cinco horas naquela noite, fomos a uma reunião na escola do nosso filho, na manhã seguinte.

— Ele atacou a professora com uma tesoura.

A entonação cansada da diretora — em geral mais solidária — me fez entender que havíamos chegado ao limite. Tom tivera permissão de estudar naquela escola, apesar de suas necessidades especiais, em parte por causa de nossos contatos na cidade (eu também havia estudado ali, e minha mãe é membro do conselho), e em parte porque argumentamos que queríamos que ele frequentasse uma escola normal. Se ficasse com outras crianças "como ele", Ed e eu argumentamos, Tom não teria nenhum modelo para ajudá-lo a melhorar.

— Nós tentamos, mas já não podemos mais tolerar esse comportamento.

A diretora falava como se Ed e eu tivéssemos atacado a professora.

— Mas ela está bem, não está? — perguntou meu marido, tentando se controlar.

— Depende do que o senhor considera estar bem — respondeu a diretora. — Ela precisou levar cinco pontos.

— O Tom também se machucou — retrucou Ed.

— Ele mesmo se machucou.

Estou habituada a fazer intermediação entre clientes. Também entre clientes e advogados. Mas, quando se trata da minha família, essa capacidade parece voar pela janela. Atenha-se aos fatos, eu disse a mim mesma, exatamente como digo aos clientes. Atenha-se aos fatos.

— A senhora pode nos dizer exatamente o que aconteceu? — intervim. — Minha mãe disse que houve uma discussão durante a aula de geografia.

A diretora voltou os olhos reprovadores para mim.

— A professora pediu aos alunos que cortassem mapas. O Tom criou confusão, disse que precisava de mais tempo para cortar direito. A professora disse que o mapa dele estava ótimo e que todos precisavam terminar antes do recreio. Houve uma discussão, durante a qual ele a atacou com a tesoura. Por sorte, ela conseguiu se afastar, e a tesoura atingiu a carteira.

— Espere aí. A senhora disse que ela precisou levar pontos! — disse Ed.

— Precisou. — A diretora encarava Ed como se ele merecesse ser repreendido tanto quanto o filho. — Ela caiu quando tentou se esquivar da tesoura e bateu a cabeça.

— Então ele não cortou a professora? Foi um acidente.

— Esse não é o caso. — A diretora agora levantava a voz. — Poderia ter sido fatal.

— Isso explica tudo! — exclamei, aliviada. — Não é que ele quisesse fazer mal a ela. Ele estava se sentindo mal porque o mapa não estava perfeito. A senhora não entende?

Ela balançou a cabeça.

— Não, Sra. Macdonald, não entendo.

— A senhora *sabe* que o Tom sente necessidade de que tudo esteja perfeito. Faz parte do transtorno.

— Pode ser, mas não aceito nenhum tipo de agressão aos funcionários. A senhora tem sorte de não termos chamado a polícia. — A diretora se levantou, indicando que a reunião havia chegado ao fim. — Lamento, mas a senhora precisa se lembrar do que a psicóloga educacional disse na última vez que isso aconteceu.

De pronto, lembrei-me do dia em que Tom havia se aproximado demais de uma menina no pátio da escola. (De novo, problema com noção espacial.) A menina o empurrou e ele reagiu. Ela levou um tombo e fraturou o pulso. A culpa, um tanto injustamente, na minha opinião, recaiu sobre o meu filho.

— É mais um exemplo do comportamento dele. — A diretora agora parecia cansada. — Já não podemos manter o Tom aqui. É hora de considerar a possibilidade de uma escola especial. Uma escola que possa lidar com as... questões dele. Nesse meio-tempo, o Tom está suspenso.

É claro que minha mãe se solidarizou. Já havia tido problemas por causa do "comportamento difícil" do Daniel. Dessa vez, faria a coisa certa.

— Vamos cuidar dele em casa, até chegarmos a uma solução — disse, quando voltamos, esgotados, preocupados, depois da reunião.

— Onde ele está?

Minha mãe mordeu o lábio inferior.

— No quarto. Botou alguma coisa atrás da porta, para eu não entrar. Mas ouço sua voz, por isso acho que está bem.

Senti o medo apertar meu coração. Já podia vê-lo pulando da janela. Cortando os pulsos. Se enforcando...

Juntos, Ed e eu subimos a escada.

— Tom, é sua mãe. Você está bem?

Nenhuma resposta.

— Tom — tentou Ed. — Nós entendemos o que aconteceu na escola. Só abra a porta.

Ele poderia continuar tentando o dia inteiro, mas Tom não cederia.

— Não quero conversar.

Ed insistiu:

— Você sabia que a professora precisou levar pontos?

— Ela não deveria ter levado pontos — respondeu ele. — Não deveria ter caído.

Culpa dela ter caído. Culpa minha ter aborrecido Daniel no fim. Culpa do Ed não ter me contado sobre a herança. Culpa do Joe ter matado Sarah.

Quem sabe de quem é a culpa de fato? Nunca é tão simples quanto parece.

Em desespero, Ed e eu tentamos tocar a vida enquanto resolvíamos o futuro educacional de Tom. Não foi fácil encontrar uma escola que soubesse lidar com as necessidades do meu filho. Porém, mais uma vez, um grupo de apoio que encontramos na internet nos indicou o lugar certo. Há pais, descobrimos mais tarde, que demoram séculos para encontrar "o devido suporte educacional para crianças com transtornos do espectro autista". Tivemos sorte.

Havia uma "escola boa" (segundo opinião de terceiros) a cerca de uma hora da casa de meus pais. A escola oferecia internato flexível, o que tirava um fardo dos nossos ombros, embora nos deixasse com um sentimento de culpa. Mas alguma coisa precisava ser feita. Portanto, fomos conhecê-la. Havia crianças como Tom. Mas muitas apresentavam quadros mais complexos. Uma professora estava limpando fezes da parede quando passamos. O cheiro nos impregnou, nos sufocando com a ideia de que aquele era o mundo ao qual estávamos condenando Tom.

— Como podemos botá-lo num internato? — lamuriou-se Ed, durante o trajeto de volta para casa.

O trânsito na estrada obstruída parecia refletir nosso impasse.

— *Você* estudou num colégio interno.

— Era diferente.

— Porque o seu era luxuoso?

— Talvez.

— Vamos botá-lo num colégio interno porque não sabemos lidar com nosso filho e porque nessa escola há ajuda especializada — respondi, tamborilando no volante.

— Você parece indiferente. Sem emoção.

Era meu jeito de enfrentar a situação. Melhor do que Ed, que passou a tomar vodca, além de vinho.

Algumas semanas depois, finalmente liguei para Carla, desculpando-me por não ter feito isso antes.

— Tivemos alguns problemas — disse, explicando que Tom havia se metido em confusão na escola, mas que tudo já havia sido resolvido.

Convidei-a para jantar. Eu ainda estava tensa, mas tudo correu melhor do que o esperado, a não ser por uma conversa incômoda sobre os quadros do Ed e pelo momento em que meu marido falou demais sobre Tom. Pelo menos ele não disse que botamos nosso filho em outra escola — uma escola acostumada a tratar daquele "tipo de comportamento" — e que Tom agora se recusa a falar com a gente pelo telefone.

Conversamos sobre o passado, quando Carla era uma menina e Ed e eu éramos um casal recém-casado. Aquilo fez com que eu me lembrasse do nosso início complicado. Então, a certa altura, segurei a mão do Ed debaixo da mesa. *Sinto muito por estar nervosa*, queria dizer. *Não é só o trabalho. É Joe Thomas também.* Mas, claro, não falei nada disso porque não tinha coragem de dizer nada daquilo em voz alta.

Carla falou sobre os estudos. E nós conversamos também sobre Tony Gordon. Carla queria encontrá-lo para dar-lhe um recado da mãe. Sério? O que havia acontecido com aqueles dois depois da nossa discussão pavorosa no corredor do prédio? Será que Francesca e Tony haviam mantido contato? Mas eu não quis perguntar nada a Carla. Além do mais, uma parte de mim ainda se sentia mal por ter interferido no caso deles naquela época.

Por isso dei o contato de Tony à nossa convidada.

Por que não? Carla é uma boa moça. Como poderia fazer mal a um homem que está morrendo?

34

Carla

Novembro de 2013

Carla só estivera uma vez numa casa de repouso, quando foi visitar uma amiga da *nonna*, que faleceu poucos dias depois. A mãe a havia levado. Era um desrespeito, disse ela, a família não cuidar da mulher em casa. Mas a nora era inglesa. O que se poderia esperar?

— Eu gostaria de visitar Tony Gordon — anunciou ela, com firmeza, à jovem da recepção.

Ela consultou um papel.

— Lamento, mas seu nome não está na lista.

Carla abriu um sorriso gracioso.

— Sou amiga dele, vim da Itália e não vou ficar muito tempo aqui. Por favor. Eu ficaria muito grata.

A mulher retribuiu o sorriso. Sorrisos são contagiantes, Carla sabia disso. A mãe havia lhe ensinado isso muitos anos antes.

— Tony está descansando, mas você pode vê-lo um pouquinho. Talvez não o entenda direito. Um dos nossos voluntários irá acompanhá-la.

Carla atravessou o corredor. Ao passar pelas inúmeras portas, olhou para dentro dos cômodos. Num quarto, havia uma jovem deitada de boca aberta, dormindo. O voluntário parou.

— É aqui — avisou.

Aquele era ele mesmo? O Larry do carro brilhoso? O Larry que era tão alto e importante?

Carla fitou o homem cinzento deitado na cama. Não havia chapéu. Nem cabelo. Mas havia algo parecido com uma caixinha no pescoço. Os olhos estavam fechados, mas, quando ela se aproximou, eles se abriram de imediato e depois ficaram imóveis.

— Larry — disse Carla.

— Esse é Tony — sussurrou o voluntário, atrás dela.

Carla se virou.

— Será que você poderia nos deixar a sós? — pediu. — Preciso ter uma conversa particular.

O rapaz assentiu e fechou a porta.

Ela voltou a fitar Larry. Os olhos dele estavam parados, ela se deu conta, por medo. Ótimo.

— É, sou eu. — Ela se obrigou a tocar a caixinha no pescoço dele. — Fiquei sabendo que você não pode falar. Câncer de garganta. Isso significa que vai ter que ouvir.

Era como se a voz dela fosse de outra pessoa. De uma pessoa cruel. Insensível. Como as crianças que a atormentavam na escola.

— Você prometeu um futuro para a minha mãe, mas não cumpriu a promessa. Sabe o que aconteceu por causa disso? — Ele continuava olhando para ela, assustado. — Ela precisou voltar para a Itália, ficou deprimida, se sentiu desprezada, porque tinha filha mas não tinha marido. Minha mãe desperdiçou os melhores anos da vida dela esperando você abandonar a sua mulher. Mas você não abandonou, não é? E por quê? Porque queria ter tudo.

Houve um leve movimento. Tão leve que mal se fez notar. Os olhos dele permaneciam fixos nos dela. Carla quase sentia o cheiro do medo dele. Mas isso não lhe deu a satisfação que ela havia imaginado. Na verdade, ela quase sentia pena daquele fiapo de homem.

— Tenho um recado da minha mãe para você. — Ela cerrou os punhos dentro dos bolsos do casaco. — É para eu dizer que ela ainda ama você. Que gostaria de rever você, se pudesse ir à Itália. Mas estou vendo que isso é impossível.

Uma lágrima caiu do olho esquerdo de Larry. Depois do direito.

Carla engoliu em seco. Não esperava por isso.

— Só torço para que você se arrependa do seu comportamento — disse ela, num murmúrio.

Deu meia-volta e atravessou às pressas o corredor. Passando pela jovem que dormia. Passando pela recepcionista. Saindo daquele buraco tenebroso o mais depressa possível.

Quatro dias depois, seu celular tocou.

Era Lily.

— Achei que você precisava saber, Carla. Tony Gordon faleceu ontem à noite. Você chegou a vê-lo?

— Não. — Carla começou a tremer. E se decidissem culpá-la dizendo que ela o havia deixado perturbado? — Não cheguei, não.

— É uma pena. — Mas Carla sentiu que Lily estava aliviada. Na verdade, tinha ficado surpresa com a facilidade com que ela lhe dera o contato dele. — É muito triste. Tony Gordon não era santo, mas tinha seus problemas.

— Como assim?

— A mulher dele tem esclerose múltipla há muitos anos. Não deve ter sido fácil. Na verdade, é quase irônico que ela ainda esteja viva e que ele tenha morrido. A pobre mulher está em uma cadeira de rodas, vai ser difícil para ela ficar sem o marido.

Carla sentiu um aperto no peito. Larry precisava de algo que a esposa não podia oferecer. Riso e companhia. No entanto, ele não podia abandonar a esposa inválida. Será que a mãe sabia disso?

— O enterro é na quarta-feira, se você quiser ir.

35

Lily

"Viva cada dia como se fosse o último."

As palavras da música me atingem em cheio. É um conselho salutar: o passado acabou de acontecer, e o presente só existe por um breve instante, até também ser relegado ao passado.

Tony aparentemente escolheu ele mesmo as músicas que tocariam no enterro.

Corro os olhos pela igreja. Do lado de fora, trata-se de uma linda construção cinzenta que se ergue com tranquilidade na movimentada rua Aldgate. Eu já havia passado por aqui algumas vezes, mas nunca tinha entrado. Agora me arrependo de não ter feito isso antes. A igreja é surpreendentemente calma e tem um belo vitral da Virgem Maria à minha direita. Pego-me rezando pelo Tom, pelo Daniel, pelo Ed e também por mim.

Nunca imaginei que Tony fosse um homem devoto. Mas, segundo o discurso do padre, ele frequentava a igreja todo domingo. E também era generoso com instituições de caridade. Sobretudo aquelas voltadas para a esclerose múltipla.

Em silêncio, todos observamos o caixão passar, carregado por seis homens de idades variadas. Amigos? Colegas de trabalho?

Será mesmo que ali dentro está o corpo do *barrister* brilhante que outrora tanto admirei? Que tanto me impressionou quando eu ainda era jovem e ingênua? O mesmo homem que saía com a mãe da Carla na surdina?

Não consigo deixar de pensar nisso quando a viúva do Tony me cumprimenta na recepção, realizada no salão contíguo à igreja. A mulher está numa cadeira de rodas, as costas eretas, a cabeça erguida, como se estivesse num trono.

— Obrigada por vir — diz, como se estivesse me recebendo numa festa.

Ela tem traços delicados. A pele é branca, quase translúcida, do tipo que vemos em artigos de revista sobre "beleza após os 60 anos". Sobre os joelhos, há um xale de seda fúcsia: o convite dizia claramente: "Não usar preto." Eu mesma estou com um tailleur cinza de grife, com gola de lapela branca.

Uma jovem fica ao lado dela, de maneira protetora. Imagino que seja a filha de Tony: há sem dúvida algo familiar no nariz dela.

— Dê atenção aos convidados, querida, por favor.

Então a viúva se volta para mim.

— Sou Lily Macdonald — apresento-me. — Eu trabalhava com o seu marido.

— Eu sei. Ele me falou muito de você. — Os olhos dela endurecem, então passeiam pelo salão. As pessoas mantêm uma distância respeitosa. Ela se inclina para mim. — Sei que meu marido teve seus momentos de indiscrição — sussurra. — Ele me contou sobre a mulher italiana no leito de morte. Ela não foi a primeira, sabe? Mas ele ficou comigo. E é isso que conta. Agradeço se você puder manter segredo.

Fico chocada com sua franqueza. É como se ela viesse esperando se encontrar comigo para me fazer essa advertência.

— Ele fazia tudo por mim — continua ela, estendendo as mãos, os dedos fechados como garras. — Quando eu já não conseguia cortar a comida, ele cortava para mim. — Ela se inclina para a frente outra vez. Há um sorriso em seus lábios, mas os olhos estão gelados. — Ele me vestia pela manhã. Preparava meu banho e me ajudava a entrar na banheira.

Sinto-me voltar no tempo. A sala de visita do presídio... Joe Thomas, que gostava de preparar o banho da Sarah. Lembro-me de pensar na época que Tony Gordon não parecia ser o tipo de homem que faria o mesmo para a esposa.

Como eu estava enganada!

— Entendo — digo.

E, quando a palavra sai da minha boca, eu me dou conta de que é verdade. Todo casamento tem seus altos e baixos. Mas é possível fazê-lo dar certo. Basta ver o meu casamento.

— Obrigada.

Ela faz um sinal com a cabeça, e a filha estava de volta para perto da mãe, como se tivesse sido convocada. A viúva de Tony desaparece em meio aos outros convidados para agradecer a presença de todos. Talvez imaginando quantas outras pessoas saibam da vida dupla do marido morto. E ao mesmo tempo acreditando piamente em sua própria versão da lealdade dele.

Como podemos nos enganar com tanta facilidade?

Estou saindo da igreja quando esbarro num homem alto de terno cinza, parado na calçada. Sinto um calafrio. Os olhos castanho-escuros. O cabelo mais curto do que da última vez. O corte quase militar.

— O que você está fazendo aqui?

Minha voz sai rouca de medo.

— Por que eu não viria? — A voz de Joe Thomas está carregada de um tom mais duro do que os tão sofisticados sotaques ao nosso redor. — Tony e eu éramos amigos.

Tento me afastar, mas há muita gente. Parece que o mundo inteiro veio prestar homenagem.

— Ele foi seu advogado. Libertou você quando deveria ter permanecido preso. Só isso.

— Por favor. — Ele põe a mão no meu braço. — Não fale tão alto.

Tento me desvencilhar, mas ele aperta meu braço.

— Não se atreva! — sussurro.

Joe abre um sorriso. O mesmo sorriso que exibiu depois do julgamento, quando saímos do tribunal sob os flashes das câmeras e com os jornalistas implorando por declarações.

— "Atrever-se" é um daqueles verbos com sentido ambíguo, não é? Que evocam bravura e ultraje ao mesmo tempo.

Já chega.

— Pare de brincar comigo.

— Só quero deixar algumas coisas claras. É para o seu próprio bem, Lily. Tenho certeza de que você não quer que essa gente saiba.

— Que essa gente saiba o quê?

Estamos quase no meio-fio. Os carros passam rente. Quero fugir, me esconder.

— Ajudei muito o Tony depois que fui solto. Era o meu jeito de agradecer.

— Não estou entendendo.

Mas estou, sim. Pelo menos começando a entender.

— Eu dava ao Tony informações extras sobre os processos dele. Foi um dos motivos pelos quais ele se esforçou tanto para me libertar. Prometi ajudá-lo no futuro. E ajudei mesmo. Aprendi muitas coisas quando estava preso. E algumas dessas coisas são úteis.

— Que tipo de coisas?

— Não posso entrar em detalhes, Lily, você sabe disso. E não banque a superiora, porque você também se beneficiou.

— Eu?

— Ah, qual é! E a dica sobre a adolescente atropelada pelo motorista de caminhão?

Sinto o corpo gelar. Só tivemos certeza de que libertaríamos o coitado daquele homem quando a carta anônima chegou. Sem carimbo. Havia apenas o nome do traficante que vendia drogas para a menina. Prova crucial que nos ajudou a vencer. Eu disse a mim mesma que dicas anônimas surgiam de vez em quando. Poderia ser de alguém que não tinha nenhuma relação comigo.

— Como você sabia em quais processos eu estava trabalhando?

Ele me encara.

— Talvez eu estivesse saindo com uma secretária do seu escritório.

— Qual?

Ele parece achar que estou perguntando porque teria algum interesse nele.

— Não importa. Ela não significou nada. Foi só um meio para atingir um objetivo.

— Mas você estava fora do país.

— Não o tempo todo.

Olho nos olhos de Joe.

— Por que você está fazendo isso?

— Porque você me libertou. É por isso quero ajudar você também. Mostrar que sou agradecido. Estou sempre de olho em você. Fiquei sabendo que estava tendo problemas com esse processo, então pensei em dar uma mãozinha.

— *Como* você ficou sabendo?

— Não vou dizer.

Percebo que ele falou "não vou dizer", em vez de "não posso dizer".

— E também tem o Tom, claro — continua ele. — Ajudando você, também consigo ajudá-lo.

— Não quero a sua ajuda.

Mas, quando digo isso, sinto aquela mesma sensação do passado: aquela atração magnética por um homem que desprezo e pelo qual me sinto inexplicavelmente seduzida.

— Acho que você quer, sim. — O rosto dele está tão próximo do meu que quase nos tocamos. — Admita. Existe algo entre nós, Lily.

Sinto o hálito dele. Sinto o cheiro de sua pele, o cheiro do perigo, mas não consigo me mexer.

— Preciso saber, Lily. — Sua boca se aproxima ainda mais da minha. — Como está o nosso filho?

Nosso filho?

— Eu já falei — balbucio, finalmente me desvencilhando. — Ele não é seu.

E vou embora andando o mais depressa possível com meus sapatos de salto alto, passando pelo supermercado e pelo cinema, distanciando-me de Joe Thomas. Até fazer uma bobagem.

Mais uma.

36

Carla

OBITUÁRIO

O advogado Tony Gordon faleceu no dia 22 de novembro, depois de uma longa e corajosa luta. Foi um pai e um marido dedicado e fiel.

Querida mamãe,
Tem uma coisa que preciso dizer a você.

Não, não estava bom.

Querida mamãe,
Preciso dizer que encontrei o Larry...

Não. Isso poderia lhe dar esperança.

Querida mamãe,
Tenho uma notícia ruim.

Pelo menos, haveria uma preparação.

Tony Gordon, que conhecíamos como Larry, faleceu. Fui visitá-lo antes de ele morrer, para transmitir seu recado. Ele não merecia você, mamãe. Deus o fez pagar com essa morte prematura. Agora podemos tirá-lo das nossas vidas.

Enfiando o recorte do obituário no envelope e selando-o às pressas, Carla jogou-o na caixa do correio, a caminho da igreja.

— O enterro é na quarta-feira, se você quiser ir — avisara Lily.

— Obrigada, mas prefiro não ir — respondeu ela, dizendo a verdade.

Em cima da hora, porém, a aula sobre agravo foi cancelada. Dava tempo de dar um pulo à cerimônia e voltar para a aula seguinte. Parecia quase destino.

Carla ficou nos fundos da igreja (não havia mais lugar para se sentar), ouvindo as palavras do padre, que falava ao microfone:

— Pai de família maravilhoso... respeitado pilar da comunidade... implacável na briga por justiça...

Quanta hipocrisia! E pensar que era só ela passar por aquelas pessoas, subir ao púlpito e contar à congregação tudo sobre Tony.

— É inacreditável, não é? — comentou um homem alto, de cabelo muito curto, ao lado dela. — Ah, se eles soubessem!

Carla tomou um susto. Mas, embora parecesse falar com ela, ele mantinha os olhos fixos numa pessoa mais adiante. Uma mulher usando um tailleur bonito que realçava seu cabelo louro e seu corpo esguio.

Lily! Será que aquele homem a conhecia? Ou ela era apenas um símbolo de tudo que ele evidentemente desprezava?

— Do que você está falando? — sussurrou Carla.

Os olhos castanhos se voltaram para ela.

— Acho que você sabe.

O homem falava como se eles se conhecessem.

— Mas... — começou ela, confusa.

— Psiu — interveio alguém.

E, antes que ela pudesse dizer mais alguma coisa, o homem de cabelo curto tinha ido embora, tão silenciosamente quanto havia aparecido.

— O que você vai fazer no Natal, Carla?

Era a pergunta que todos lhe faziam, desde o menino ruivo de franja que havia começado a andar atrás dela por toda parte na universidade, até Lily. Frustrada por não receber mais nenhuma notícia da antiga "amiga", desde o telefonema sobre a morte de Tony Gordon, Carla telefonou para perguntar o CEP da residência deles, "para mandar um cartão de Natal". Com sorte, isso suscitaria outro convite.

— O que vou fazer no Natal? — repetiu ela. — Eu estava querendo voltar para a Itália, mas minha mãe vai visitar uma tia viúva em Nápoles e disse que é melhor eu ficar aqui.

Carla não precisou fingir tristeza. Na verdade, sentiu um aperto no peito quando a mãe escreveu informando-lhe seus planos. As duas nunca haviam passado o Natal separadas. A letra redonda da mãe aumentou a saudade. Ela queria muito sentir o rosto suave da mãe contra o seu. Falar sua própria língua todos os dias. Comer o pão da *nonna* que ela mesma assava. Mas não era apenas isso, Carla também estava sem dinheiro. Estudar fora custava caro, e a quantia que o avô havia lhe dado estava quase acabando. Se não fossem as mil libras que Lily e Ed haviam lhe dado, ela não teria conseguido pagar o hostel ou nem mesmo comer. O que iria acontecer quando esse dinheiro acabasse?

— Então venha com a gente para a casa dos meus pais, em Devon.

Sim! No entanto, havia algo na entonação de Lily que sugeria que o convite era um pouco a contragosto, só por educação. Ed, Carla tinha certeza, teria sido mais caloroso. Não era novidade que, dos dois, ele era o mais simpático.

— Só tem uma coisa — acrescentou Lily. — Como eu já disse, o Tom, meu filho, é... diferente. Nunca sabemos como ele vai se comportar na frente de estranhos. Então esteja preparada.

Diferente? Carla sabia o que era ser "diferente". Era assim que ela se sentia quando frequentava a escola na Inglaterra, mesmo quando se esforçava para ser igual aos outros.

E, portanto, agora ela estava num trem, saindo de Londres com vários outros passageiros que, por mais incomum que fosse para pessoas inglesas, puxavam conversa, perguntando onde ela passaria o Natal e se ela não achava que as luzes da Oxford Street estavam bonitas.

Na mochila, havia alguns presentes: um porta-moedas bordado para Lily, um caderno de desenho para Ed e um aviãozinho de montar para Tom, tudo de um brechó de King's Cross. Ela ficou particularmente satisfeita com o aviãozinho de montar. Era difícil encontrar presente para menino. Ela não se lembrava da idade dele, mas, mesmo se ele não gostasse, valeria o gesto. Recostada no banco, Carla contemplou os campos verdes.

— É na praia — avisara Lily. — Você vai adorar.

"Você precisa pedir mais dinheiro a eles", lembrara-lhe a mãe em outra carta, que chegou pouco antes de ela partir.

Mas isso seria muito estranho, pensou Carla, abrindo um livro de Direito para estudar, apesar do balanço do trem. Como ela puxaria o assunto? *Você vai dar um jeito*, parecia dizer o trem. *Você vai dar um jeito.*

— Mas por que ele não voa? — perguntou o menino alto e magro, agitando os braços, frustrado.

— Já falei, Tom. É só um brinquedo.

— Mas a foto na caixa mostra o avião voando.

— É para parecer emocionante — resmungou Ed.

— Então não deveriam colocar assim na caixa. Nós deveríamos reclamar na Central de Defesa do Consumidor.

Carla ficou impressionada.

— Você tem razão, Tom! Você tem que ser advogado, como a sua mãe.

— Deus me livre. — Ed fez uma careta. — Um advogado na família é mais do que o suficiente. Desculpe, Carla, sem querer ofender.

Ela abriu um sorriso.

— Não me ofendi.

Até a explosão de Tom, o presente havia sido um grande sucesso. O menino montou o aviãozinho em dez minutos, embora fosse muito mais complicado do que ela havia imaginado. Mas depois foi difícil. Todas aquelas perguntas! Perguntas para as quais não havia resposta. Era exaustivo para todos, inclusive para os pais de Lily, que foram extremamente simpáticos com ela.

Quando chegou àquela casa linda, Carla ficou pasma. Achava a casa de Londres bonita, mas aquilo era extraordinário, as imensas janelas de guilhotina, o vestíbulo com tamanho suficiente para abrigar uma família inteira, a varanda gigantesca de frente para o gramado extenso. O tipo de casa que ela adoraria ter.

— Meus avós moravam aqui — explicara Lily.

Eles provavelmente eram muito ricos, pensou Carla, para comprar uma mansão assim na praia. A casa ficava num rochedo, à beira-mar. A vista do quarto dela era impressionante. Lá embaixo, as luzes da cidade piscavam, exatamente como agora estariam piscando as luzes de Florença. Mas Carla se obrigou a sufocar a saudade e se concentrar na enorme árvore de Natal da sala — que cheiro delicioso de pinheiro! — com os presentes ao redor. Havia até mesmo uma pequena pilha com o nome dela.

A sala de visitas — como a mãe de Lily a chamava — era lindamente decorada. Havia um tapete verde-musgo e móveis de madeira lustrosos, além de telas penduradas na parede, embora não fossem pinturas do Ed. Eram quadros mais antigos: paisagens e imagens do sol se pondo.

— Réplicas — desdenhou Ed num murmúrio para que ninguém ouvisse, enquanto ela observava as telas.

Também havia fotografias. Por toda parte. Sobre o console da lareira, nas mesas de canto. Retratos de Lily pequena e também de um menino que era um pouco mais alto do que ela.

— Esse é o Daniel — disse a mãe de Lily.

Daniel? Carla se lembrou vagamente de uma conversa que havia tido com Lily sobre o irmão dela, muitos anos antes, quando ainda morava na Inglaterra.

Não quero mais falar sobre ele.

Não era isso que ela havia dito?

— Ele vem para o Natal? — perguntou Carla.

Mas a pergunta se perdeu na confusão, porque Tom subitamente começou a abrir seus presentes, embora eles ainda não tivessem ido à Missa do Galo.

E agora havia esse rebuliço sobre o motivo de o aviãozinho não voar. Os ânimos estavam alterados, Carla percebeu. Tom ficava cada vez mais aborrecido, puxando o próprio cabelo. Lily parecia nervosa, embora estivesse daquele jeito quando foi buscar Carla na estação. Ela não se lembrava de Lily ser tão agitada assim. A mãe dela, que se parecia muito com a bem-sucedida advogada, com a mesma altura e mesma cor de cabelo, não parava de se desculpar.

Diferente, Lily havia dito. *O Tom, meu filho, é... diferente.* Quando as pessoas dizem isso, geralmente é porque essa diferença pode causar certo constrangimento. Mas não levam em conta como isso afeta a pessoa em questão.

A única coisa que poderia ajudar o menino era fazer com que ele se sentisse bem consigo mesmo. Precisavam tranquilizá-lo. E, como ninguém mais estava fazendo isso — Lily não parava de ler seus arquivos —, a incumbência recaiu sobre Carla.

— Na verdade — disse ela —, Leonardo da Vinci botou seus modelos de aviões para voar.

Quem é Leonardo da Vinci?, ela esperava que Tom perguntasse. Mas o rosto dele desanuviou.

— O pintor? O homem que desenhou Jesus Cristo como um relógio?

— Exatamente. — Era assim que ela também vira a imagem quando criança. Um homem parecido com Jesus Cristo de braços e pernas abertas, feito ponteiros. — Ele projetou um dos primeiros aeroplanos. Você sabia?

Tom balançou a cabeça.

— Ainda não cheguei nessa parte. Acabei de pegar o livro na biblioteca...

— Eu não sabia que você estava estudando Leonardo da Vinci na escola, meu amor — disse Lily, vindo do escritório.

A fisionomia dela fez Carla se lembrar da mãe, quando Francesca tentava ajudá-la a entender os deveres de casa de matemática.

— Não estou. Só gostei do desenho na capa. — Ele franziu a testa. — Se Leonardo da Vinci botou os modelos de aviões dele para voar, por que eu não posso fazer isso também?

— É um tipo diferente de avião. — Carla agora se ajoelhava ao lado dele. — Que tal tentarmos fazer nosso próprio avião de manhã?

Tom franziu a testa outra vez.

— Como?

— Usando papel.

— Não dá pra gente voar com papel.

Não é pra gente voar, Carla quase disse. *É só um brinquedo.* Mas ela já estava vendo que Tom não raciocinava como as crianças que ela conhecia.

— Então eu vou ensinar você a falar italiano — propôs, de súbito.

— Italiano? — Tom se animou. — Eu vou gostar! Aí vou poder falar para o moço da pizzaria que não gosto de tomate. Ele vai me dar atenção se eu falar a língua dele. Também estou aprendendo chinês. Comprei um livro pra aprender.

— Que incrível!

— Obrigado — disse Ed quando eles se dirigiram à sala de jantar, com sua imensa mesa de carvalho, seus reluzentes talheres de prata, guardanapos de pano vermelho, suas taças de vinho esculpidas e uma guirlanda decorativa no meio. — É muita gentileza sua se dar o trabalho.

Ela sentiu um calor lhe atravessar o corpo e abriu para ele seu melhor sorriso.

— Gosto de ficar com o Tom — respondeu, enquanto Ed puxava uma cadeira para ela. — Entendo como ele se sente.

— Por quê?

Ed a fitava. Intuitivamente, ela sabia que, em sua mente, ele a estava desenhando.

— Porque eu também me sentia diferente quando era criança e sei como é.

Os olhos dele ainda estavam fixos nela.

— Adoro quando as emoções cruzam o seu rosto assim. — Os dedos dele reviravam os talheres, como se Ed preferisse que fossem carvão. — Eu estava pensando: será que eu poderia...

— Me pintar de novo? — completou Carla.

Ele quase se debruçou sobre a mesa.

— É.

Carla enrubesceu de euforia. Claro que ele podia pintá-la de novo.

— Eu ficaria honrada.

Ele segurou as mãos dela. O toque era quente.

— Obrigado.

Com o canto dos olhos, ela viu que Lily os observava.

— Quem quer dar uma volta na praia amanhã, antes do almoço? — perguntou o pai de Lily, na outra ponta da mesa.

— Eu. EU! — Tom pulava na cadeira. — Eu e a Carla. — Ele franziu o rosto, aflito. — Mas não faço castelo de areia. Não gosto de areia molhada.

Coitadinho daquele menino!

— Também não gosto de areia molhada — falou Carla. — Parece que estamos sujos, não é?

Tom assentiu com tanta força que ela ficou com medo de ele machucar a cabeça.

— Exatamente.

Carla voltou os olhos para Lily. Conhecia aquela fisionomia. Ela estava magoada. Sentindo-se excluída. Carla deveria ficar satisfeita, mas uma parte dela sentiu dó de Lily.

Nessa noite, Carla não conseguiu dormir. Se ao menos pudesse telefonar para a mãe, para desejar-lhe feliz Natal! Mas a tia não tinha telefone, e o *nonno* achava celular algo desnecessário.

Inquieta, pulou da cama e foi até a janela. A lua pairava no horizonte, como se estivesse se equilibrando numa barra. Ela sentiu vontade de sair para andar. Então vestiu o casaco e atravessou o corredor na ponta dos pés. As luzes estavam todas apagadas, à exceção de uma linha debaixo da porta do quarto de Ed e Lily. O que será que estava acontecendo? Sem conseguir se conter, Carla parou para ouvir.

Eles estavam discutindo.

— Você devia ter dado dinheiro para a Carla de Natal — dizia Ed, com raiva.

— Como exatamente? Teríamos ficado ainda mais apertados.

— Mil libras não bastam, e você sabe disso.

— Caia na real! É mais do que ela merece. Aquelas cartas eram tão abusadas que...

Carla quase deixou escapar um suspiro, mas conseguiu se segurar a tempo.

— Então ela escreveu *mesmo*? — Ed elevou o tom de voz, indignado. — Você disse que não tinha recebido nada. Por que não me contou?

— Porque você não estava em condições. E porque, como estou tentando dizer, não podemos arcar com isso. O Tom é nossa prioridade. Talvez você devesse vender mais telas.

— Como eu posso vender mais telas quando você matou a minha inspiração?

— Ed, isso não é justo!

Carla ouviu o barulho de vidro se quebrando, seguido da voz irritada de Ed:

— Droga, olha o que eu fiz por sua causa.

Carla se recolheu à escuridão quando Lily saiu às pressas do quarto, felizmente na direção contrária. Com rapidez, a jovem voltou para o quarto, trêmula. Então sua intuição estava certa. Lily havia recebido as cartas. Havia mentido. Quanto a eles estarem apertados, ela não acreditava nisso. Com uma casa dessas?

Se sentia algum remorso antes, ela agora já não tinha nenhum.

37

Lily

Que alívio estar de volta! Londres. Trabalho. Pode ser esse momento estranho, meio morto, entre o Natal e o Ano-Novo, mas para nós há sempre trabalho a fazer. Finalmente posso relaxar.

Passei o tempo todo em Devon irritada. Fui indelicada com todo mundo, inclusive com nossa convidada. Estava ciente disso antes mesmo de Ed mencionar que eu ficava nervosa sempre que o telefone tocava ou que alguém batia à porta. Ainda não consigo acreditar que acabei contando para o Ed sem querer que havia recebido as cartas da Carla, o que resultou numa das piores brigas que já tivemos.

Não é de se admirar que eu tenha dado com a língua nos dentes. Minha mente ainda estava agitada depois do encontro com Joe Thomas, no enterro do Tony.

Durante todos esses anos, desde o julgamento dele, vivi a glória de ser uma advogada criminalista com índice de êxito de 95 por cento. Mas tudo se devia à ajuda que eu recebia de um criminoso.

Um homem que era considerado inocente pelo restante do mundo. Graças a mim.

Mas o que mais me deixou nervosa foram as alegações de Joe sobre Tom. Eu ficava imaginando que meu ex-cliente iria telefonar ou, ainda pior, que iria aparecer na casa dos meus pais afirmando (devida ou indevidamente) que Tom é filho dele. Afinal, ele sabe onde meus pais moram.

Não, não é de se admirar que eu estivesse aflita. À beira de um ataque de nervos, para ser mais precisa. Em várias ocasiões, quase contei tudo ao meu marido, mas me segurei. Ele não entenderia. Ninguém entenderia. Se minha mãe não estivesse tão sobrecarregada, talvez eu lhe confidenciasse esse segredo.

Mas bastou ver seu rosto cansado, exausto, por tomar conta do meu filho, que na verdade deveria ser *nossa* responsabilidade, para eu desistir. Esse era um problema que eu mesma precisava resolver.

Em certo sentido, a presença de Carla foi um alívio. Numa época do ano em que o mundo inteiro se sente obrigado a estar feliz, a presença de um desconhecido no meio de uma família tensa e instável faz todos se comportarem. Na verdade, foi por isso que eu a convidei.

Ed adorou a ideia, e eu sabia por quê.

Eu havia notado já na galeria que ela poderia ser nossa salvação. Ed precisava pintá-la. Isso faria com que sua carreira voltasse à vida. Depois, no Natal, observei-o agradecendo a ela do outro lado da mesa.

— Nem precisei propor! — exclamou ele, todo animado, mais tarde. — Ela mesma sugeriu. Vamos marcar uma sessão para janeiro. Você não entende. Lily? Pode ser o começo de uma nova fase da minha vida!

Ele ficou tão animado que nós quase nos esquecemos de brigar por causa do Tom. E por causa de trabalho. É claro que precisei conferir meus e-mails ("Exatamente, mamãe, até durante as festas de fim de ano"), mas isso já era esperado. E houve alguns momentos difíceis, quando Carla quis saber sobre Daniel.

— Por que você não diz logo que ele morreu? — perguntou Ed, afinal.

Tive vontade de gritar com ele. Será que ele não entendia? O Daniel era meu. Não era da conta de Carla.

Aí teve aquela briga pavorosa sobre as cartas, quando Ed me acusou de matar a inspiração dele.

— Como foi o Natal? — pergunta minha secretária, quando me sento à mesa.

— Foi ótimo — respondo, automaticamente. Então noto a aliança em seu dedo. — Devo deduzir que tenho motivos para parabenizar você?

Ela assente, entusiasmada.

— Não acreditei. Ele escondeu a aliança no panetone! Quase engoli...

É quando o telefone toca. É uma mulher. Uma mãe desesperada. O filho foi preso por dirigir alcoolizado. Está na delegacia. Quer saber se podemos ajudá-la.

Ainda bem que tenho meu trabalho. Ele se sobrepõe a todas as outras coisas. Tapa o buraco por onde o gás escapa e me ajuda a esquecer que, neste momento, minha mãe está ajudando Tom a se arrumar para sua primeira semana na nova escola, onde ele dormirá todas as noites sem beijo meu nem da avó.

— Ah, e mais uma coisa — diz a secretária. — Isso estava em cima da mesa quando cheguei.

Uma fotografia. Ela estava dentro de um envelope que tem apenas meu nome e a palavra CONFIDENCIAL em letra de forma.

A fotografia mostra um cruzamento sem sinalização.

O porteiro da noite, que está terminando seu turno, confirma meus piores temores. Um homem alto de cabelo curto lhe entregou o envelope.

Rasgo a fotografia lentamente e entrego os pedaços à secretária.

— Jogue na lixeira para documentos confidenciais — peço.

— Você não precisa das informações?

— Não.

De agora em diante, ganharei os julgamentos sozinha.

38

Carla

No dia 26 de dezembro, ao se levantar, Carla ficou sabendo que Lily já havia voltado para Londres, no trem das seis e cinco da manhã.

— Um cliente precisou dela — murmurou Ed.

Depois da partida de Lily, todos pareciam mais relaxados. Ninguém fazia mais comentários sarcásticos. Não havia mais "Por favor, Tom, fique sentado só por um instante".

Mas, mesmo sem a presença incômoda de Lily, Carla ainda sentia que havia algo errado na casa de Devon. A mãe de Lily havia sido particularmente simpática, mas de uma maneira que sugeria que estava escondendo alguma coisa. Carla tinha certeza de que se tratava de algo relacionado a Daniel, o filho sobre o qual ninguém queria falar.

Talvez eles não se falassem. Carla pensou em sua própria casa, na Itália, onde muitos vizinhos ainda a ignoravam pelo fato de ela ser filha ilegítima, embora a "desgraça" da mãe tivesse acontecido muito tempo antes.

Ela passou os últimos dias em Devon passeando na praia com Ed e Tom: tudo parte da vital preparação para o passo seguinte. Na verdade, foi prazeroso! Ela dedicou atenção especial ao Tom, ensinando ao menino frases em italiano, notando com prazer que ele parecia já gostar dela. Tom também aprendia rápido, embora precisasse bater no joelho com a mão esquerda sempre que acertava uma frase.

— Uma das manias dele — sussurrou Ed, como se soubesse que ela iria entender.

Carla também havia feito questão de ser adorável com os pais de Lily.

— O Tom vai estudar numa escola especial — comentou o avô do garoto, antes que ela fosse para a estação. — Todos temos muita dificuldade, mas você parece ter jeito com ele.

— Volte sempre — convidou a mãe de Lily, dando-lhe um único beijo no rosto. Era uma tradição inglesa. — Você nos fez muito bem.

Quando chegou a hora de ir para a estação, Carla não queria partir. No trem, ficou refletindo. Ela e Ed haviam combinado de se encontrar para discutir a sessão de pintura.

— Não vejo a hora — dissera ele, apertando a mão dela, ao se despedir.

O hostel parecia mais frio e solitário quando ela voltou. Apesar de conhecer de vista muitas meninas, ela não tinha feito amizade com ninguém. As garotas eram diferentes dela, com aquelas tatuagens medonhas e piercings no nariz. Como se compartilhassem desse sentimento, ninguém a havia chamado para a festa de Ano-Novo do hostel. Não que ela quisesse comparecer. Aninhou-se sob o edredom e resolveu estudar.

Havia telefonado para a mãe mais cedo. Era caro, mas precisava ouvir a voz dela. Porém a ligação estava ruim.

— Te amo, *cara mia*. — Ela mal conseguiu ouvir.

— Também te amo, mamãe.

Agora, deitada na cama estreita, Carla havia acendido um cigarro e soprava a fumaça, avaliando sua situação. Já era janeiro! Mas ela ainda não havia conseguido o que esperava alcançar a essa altura. Alguma coisa precisava acontecer.

Enquanto ela refletia, uma música alta começou a tocar. A menina do quarto ao lado sempre ouvia música alta. Como ela conseguiria pensar com aquele barulho? Talvez fosse melhor tomar um banho, para se acalmar. Pegando a *nécessaire* e o robe, trancou a porta do quarto e atravessou o corredor. Fazia apenas cinco minutos que estava no banheiro quando bateram à porta.

— Incêndio! Incêndio! Rápido. Saia daí!

Ainda tenho olfato.

Dizem que é a última coisa que perdemos.

Portanto nem tudo está perdido.

Ainda não.

Essa é a boa notícia.

A má notícia é que tem alguma coisa queimando.

E pior: o sapato de salto alto vermelho já não está mais aqui.

39

Lily

É Ano-Novo. Ed e eu estamos passando a noite tranquilos, em de casa. Nenhum dos dois teve energia para o almoço ao qual fomos convidados por um sócio do escritório. Nossa ausência não seria boa para nossa imagem, mas há momentos, digo a mim mesma, em que precisamos colocar a família em primeiro lugar.

A mesa está cheia de desenhos. Presumivelmente, são dos últimos dois dias que Ed passou em Devon. Carla sorrindo. Carla debruçada sobre Tom. Carla de olhos arregalados. Carla pensando, segurando uma taça. A única coisa que falta é a própria modelo, em carne e osso.

O telefone toca.

— Você pode atender? — peço a Ed.

A panela no fogão está fervendo. Diminuo o fogo. A vagem ficou mole. Viro-me para Ed que, agora percebo, evidentemente está tentando acalmar alguém do outro lado da linha. Minha mãe. Tom deve ter feito alguma coisa. De novo.

— Que horrível — diz ele.

Sinto meu coração se apertar. Eu sabia. Não devíamos tê-lo deixado lá. Eu devia ter largado o trabalho e...

— Tadinha.

Ed não costuma chamar minha mãe de "tadinha". Aproximo-me, imaginando o que estará acontecendo.

— Mas é claro que você tem razão em telefonar. Tem que ficar com a gente. Espere aí. Vou buscar você. Qual é mesmo o endereço?

Meu marido pega o casaco.

— É a Carla. Teve um incêndio no hostel. Ela está na rua, de roupão.

— Ela está ferida?

— Não, graças a Deus. Só parece assustada.

— Posso ir também, se você quiser.

— Não precisa. — Ele já está na porta. — Talvez você pudesse preparar a cama do Tom.

Claro, é o certo a fazer.

Quando Carla chega, o belo rosto moreno mostra cansaço. Ela está tremendo e veste um bonito robe cor-de-rosa, as mãos entrelaçadas com tanta força que os nós dos dedos estão brancos.

— Foi horrível. Tivemos que descer pela escada externa de emergência. Achei que eu fosse cair...

A LBC transmitiu a notícia. Aparentemente ninguém havia se ferido. A causa do incêndio ainda seria investigada.

Ed entrega a ela um copo de uísque.

— Tome isso. Você vai se sentir melhor.

Qualquer desculpa para você mesmo beber, quase digo.

— Sente-se. Por favor. — Lembro-me de mostrar educação. — Agora está tudo bem.

— Mas não tenho nada, não tenho roupa — soluça Carla, segurando o uísque nas mãos elegantes. — E perdi meus livros também.

— Tudo isso pode ser substituído — respondo, tentando tranquilizá-la, segurando suas mãos.

Embora eu tenha tido chance de examiná-la no Natal, agora me lembro de que ela é de fato bonita. Os olhos castanhos amendoados e as sobrancelhas pretas, grossas, poderiam ser considerados traços masculinos numa inglesa de pele clara, mas só a deixam ainda mais deslumbrante, mesmo quando ela está aflita.

Talvez termos Carla conosco seja bom. Ed e eu não poderemos mais brigar, com outra pessoa aqui. Nossa convidada será um anteparo, exatamente como era quando pequena.

— Vai ficar tudo bem — murmuro.

Carla levanta o rosto. Por um instante, vejo a fisionomia desorientada da menininha que encontrei na frente do apartamento da mãe, com um hematoma no rosto.

— É muita gentileza de vocês me receberem em casa. Obrigada.

É temporário, quero responder. Mas seria grosseiro.

E digo a mim mesma que esse estranho presságio não significa nada. Não acabei de concluir que a presença dela nos fará bem?

Além do mais, é com Joe Thomas que preciso me preocupar.

— Não leve tão a mal assim — diz um de meus sócios quando volto do tribunal, algumas semanas depois.

Mas levo a mal, sim. Se tivesse usado a foto que Joe Thomas me mandou, eu teria provado que não havia sinalização na estrada no dia em que meu cliente avançou o cruzamento. Agora há sinalização, evidentemente, mas é assim que a banda toca. Meu cliente teria sido incriminado por dirigir alcoolizado, mas a pena não seria tão grande se eu tivesse provado que aquela sinalização de "Dê a preferência" não estava lá na ocasião.

Só que marcações de estrada se apagam. Acidentes acontecem. Aí, milagrosamente, a prefeitura as refaz. Pergunte a qualquer advogado. O problema é que nem sempre temos provas fotográficas.

É o fim da minha tentativa de ganhar os processos por conta própria. Talvez por isso eu não fique surpresa quando chega um bilhete curto no dia seguinte.

Você poderia ter ganhado se tivesse usado a foto. Como está o Tom?

Fico olhando para o papel por um tempo, antes de pegar o telefone.

— Você tem tempo para tomar uma bebida?

Ross se mostra ao mesmo tempo surpreso e encantado.

— Eu adoraria.

Nós nos encontramos em um dos meus bistrôs italianos preferidos, em Covent Garden. Digo "preferidos", mas na verdade minha vida não me dá muito tempo para lazer. Sou uma dessas pessoas que, quando solicitadas a enumerar seus hobbies, têm dificuldade. Advogado tem pouco tempo para fazer qualquer coisa além de trabalhar. Saio para correr todas as manhãs, mas considero isso parte da minha rotina, como me vestir.

— Tudo bem? — pergunta Ross.

Encaro nosso velho amigo do outro lado da mesa, vestindo blazer de tweed e calça jeans. Um homem de opostos. Ross era amigo do Ed, mas acabou se tornando meu amigo também, sobretudo quando se trata de oferecer alguma direção em relação ao meu marido, que, como Ross sempre diz, às vezes consegue ser um verdadeiro idiota. Um idiota que ambos adoramos.

Às vezes fico me perguntando se Ross é gay. Afinal, nunca foi casado. E, até onde sei, nunca teve namorada. Mas tento não me intrometer na vida dele.

— Estou com um problema — digo.

Nervosa, reviro as mãos debaixo da mesa. Há muito tempo sinto vontade de contar a alguém sobre Joe e as "informações úteis" que ele me manda. Mas agora parece que, se eu não contar, vou explodir. Naturalmente, há partes que preciso omitir.

— Nossa — diz Ross quando termino. — Coitada de você. Que situação complicada! — Quero que ele diga que vai ficar tudo bem. Que há um meio de fazer isso tudo parar. — De qualquer forma — acrescenta ele —, acho que você fez o certo ao rasgar a foto.

— Sério?

— Claro. — Ele agora fala com mais firmeza. — Você pode vencer os julgamentos sozinha, Lily. Você fez isso durante anos. Tudo bem, esse homem pode até ter ajudado você uma vez ou outra. Mas não deixe isso abalar sua segurança. Você é uma boa advogada.

Quero contar a ele sobre a outra coisa, mas não posso. Fico me lembrando daquele dia, no bar de Highgate. Quando Joe segurou minha mão. Aquela descarga de adrenalina. A atração que não deveria existir. A culpa que veio depois, porque eu tinha bebido além da conta e não fui mais capaz de medir minhas ações.

O verdadeiro motivo por que agora não bebo mais.

— Promete que você não vai contar ao Ed? Nem a mais ninguém?

Fico subitamente aflita. Apavorada, caso Ross se sinta dividido em sua lealdade. É claro que estou falando das dicas anônimas. Não posso contar a ninguém sobre o Heath.

— Prometo. — Ele consulta o relógio. — Infelizmente, preciso voltar para o trabalho.

Também tem isso sobre Ross. Quando o conheci, ele era atuário. Foi seu conhecimento em estatísticas que me ajudou a desvendar o enigma de Joe Thomas. Mas, depois que Tom nasceu e convidamos Ross para ser padrinho dele, ele mudou de emprego. Disse que a experiência o fez encarar a vida de outra maneira. Agora dirige uma grande empresa de captação de recursos que ajuda instituições de caridade. Ele é um homem bom.

Quando volto para casa depois de mais um longo dia de trabalho, Ed e Carla já comeram. Estão sentados à mesa, Ed com o caderno de desenho.

— Desculpe — diz Carla. — Eu quis esperar, mas...

— A culpa é minha.

Ed sorri para mim. Ele sorri de um jeito que não o vejo sorrir há anos. E sei por quê.

— Seu jantar está no forno, querida. — Ele não me chama de "querida" há muito tempo. — Ainda deve estar quente. Agora, Carla, eu gostaria que você inclinasse um pouco a cabeça. Abaixe o queixo. E olhe para a esquerda. Perfeito!

Ed está feliz porque está pintando Carla de novo. Ideia dela, ele não se cansa de repetir para mim, como se estivesse lisonjeado.

Sinceramente, é um alívio. Isso me dá espaço para decidir o que fazer em relação a Joe.

40

Carla

Fevereiro de 2014

Carla acordou como vinha acordando todas as manhãs fazia um mês, no confortável quarto com vista para o jardim. Era tão mais agradável ali do que no hostel. Apesar de Lily dizer que a grana estava apertada, ela provavelmente ganhava muito dinheiro para bancar uma casa assim. E não era alugada. Eles eram os proprietários, embora Ed sempre reclamasse do "exorbitante valor da hipoteca".

Esse era um dos principais motivos das brigas que ela ouvia entre Ed e Lily através da parede que separava os quartos. "Você só está chateada porque eu não ganho tanto quanto você" era uma das frases preferidas dele.

"Quando você vai parar de ser tão sensível?" era a de Lily.

Quando era apenas convidada para o jantar, Carla volta e meia notava alguns comentários tensos, sarcásticos. Mas agora que estava morando ali era como andar por territórios inimigos. Qualquer coisinha deixava os dois irritados, sobretudo Lily.

— Por favor, guarde o leite de volta na geladeira — pedira ela a Carla, uma noite. — Senão vai estragar, como na semana passada.

Ed revirou os olhos, para que ela não se sentisse tão mal.

— Não ligue. Ela está trabalhando num processo importante — explicou ele depois que Lily voltou para o escritório. Ele tirou os óculos, como se a armação de repente o incomodasse. — Ela perdeu o último, por isso é *essencial* ganhar esse.

Ele disse a palavra "essencial" com uma entonação ligeiramente zombeteira. Pôs os óculos e pegou o pincel.

— Você pode segurar a xícara e olhar para longe? Como se estivesse pensando em alguma coisa? Perfeito!

Não era difícil. A investigação do incêndio do hostel estava prestes a começar. Todos os hóspedes haviam recebido um formulário oficial perguntando se estavam fumando no quarto aquela noite.

Evidentemente ela marcou o quadradinho que dizia "Não".

— Você topa tomar um café depois da aula?

Era o rapaz de franja que vivia convidando-a para jantar. Os cílios ruivos eram extraordinariamente longos para um homem, e ele mostrava pouca segurança para alguém tão alto e bonito. Era como se não soubesse que era atraente, não apenas na aparência, mas também no jeito educado e na maneira como lhe dava atenção. Como realmente lhe dava atenção.

A maioria dos meninos era arrogante, falava alto. Rupert era diferente. Talvez fosse hora de abrir uma exceção.

— Topo, sim — respondeu ela, erguendo os olhos do livro.

— Psiu — interveio alguém, do outro lado da biblioteca.

E eles sorriram, cúmplices.

— Quanto você tirou no último artigo? — perguntou ele, tomando um *latte* com leite desnatado, já na cafeteria do diretório acadêmico.

— Tirei sete e meio — respondeu ela, orgulhosa.

Os olhos dele se arregalaram.

— Que maravilha!

— E você?

Ele resmungou.

— Nem queira saber. Na verdade, você bem poderia me ajudar nesse artigo horrível sobre contratos, hein! Nós poderíamos conversar no jantar.

— Que jantar?

— Ah, Carla, já convidei você tantas vezes! Juro que não mordo.

Ele a levou a um pequeno restaurante italiano próximo à Soho Square. Ela imaginou que ele iria se enrolar na hora de fazer o pedido, como os ingleses geralmente se enrolavam ao falar a língua dela. Mas o italiano dele era impecável.

— Você conhece meu país? — perguntou ela, quando o garçom se afastou.

Ele deu de ombros, mas estava ligeiramente orgulhoso.

— Meus pais achavam fundamental que falássemos francês e italiano fluentemente. Sempre éramos despachados para o exterior nas férias, para nos aprimorar. Na verdade, acho que era para dar um pouco de paz a eles, embora já estudássemos em um internato.

Como o coitado do Tom. Por algum motivo, Carla se pegou falando para aquele rapaz bonito e inteligente sobre Tom, Lily e Ed.

— Você mora com Ed Macdonald? O pintor?

— Moro. Você o conhece?

— Não foi ele que pintou *A menina italiana*? Que foi comprado por uma fortuna por um colecionador anônimo?

Ela enrubesceu.

— Você também sabe disso?

— Adoro artes plásticas. Minha mãe também. Durante toda minha vida, ela me arrastou para exposições... — Ele parou. — Não me diga que a modelo é... *é* você, não é?

Ela assentiu, envergonhada e ao mesmo tempo lisonjeada.

— Eu adoraria conhecê-lo um dia. — O rapaz estava eufórico. — Mas só se der...

— Vou ver o que posso fazer — prometeu ela.

Carla deixou passar algumas semanas, não queria importunar seus anfitriões. Ed estava ocupado demais com o retrato dela: aquilo parecia tomar todo o seu tempo, mesmo quando ela não estava posando. E Lily vinha trabalhando tanto que às vezes Carla só a ouvia chegar quando já fazia horas que estava na cama. (Em geral, havia uma conversa sussurrada, durante a qual se fazia notar a reprovação de Ed.)

Mas, por fim, ela teve coragem de falar com Lily, que se mostrou surpreendentemente receptiva.

— A Lily perguntou se você gostaria de jantar lá em casa na semana que vem — disse Carla, enquanto eles tomavam *lattes* no que já havia se tornado sua cafeteria preferida.

O rosto de Rupert se iluminou.

— Eu adoraria! Obrigado.

Não. O prazer era dela. Rupert poderia ser exatamente aquilo de que ela precisava.

Quando Carla entrou em casa naquele dia, havia uma carta esperando por ela em cima da mesa da sala. Era o relatório da investigação do incêndio. O hostel havia enviado a carta a todas as pessoas que estavam hospedadas lá no dia. A causa do incêndio provavelmente havia sido um cigarro. Mas era impossível apontar o responsável, devido à extensão dos estragos e ao fato de que muitos hóspedes admitiram fumar no quarto.

Uma sorte.

Ainda melhor: o seguro de viagem agora pagaria por suas roupas e seus livros. (Ela havia aumentado um pouco o valor — a seguradora tinha condições de pagar.)

A carta também informava que o hostel permaneceria fechado até segunda ordem.

Não havia dúvidas de que as coisas estavam melhorando.

— É só um amigo — dissera Carla a Lily, com timidez. — Alguém que foi gentil comigo na faculdade.

Mas, no instante em que apareceu com Rupert a seu lado, Carla sentiu a hostilidade de Ed.

— Então *você* é o famoso Rupert sobre o qual a Carla vem falando.

Carla enrubesceu com a maneira como Ed frisou o "você". E o "vem falando" sugeria que ela estava interessada no rapaz, não o contrário. O que Rupert iria pensar? De repente, Carla começou a ter dúvidas sobre a noite.

— É bom saber disso — respondeu Rupert, apertando a mão de Ed enquanto olhava de esguelha para Lily.

Por sorte, Lily (que andava muito distante) pareceu notar a aflição de Carla. Ela conseguiu mudar de assunto, mas, durante toda a noite, Ed foi difícil. Ele não só se mostrou mal-humorado em relação à esposa ("Temos sorte de contar com a presença da Lily. Em geral, ela ainda está trabalhando a essa hora."), como também fez comentários sarcásticos sobre Rupert e sua antiga universidade. ("Um primo meu estudou lá depois de ser reprovado em Eton.")

Ed não gostou do convidado, ela começava a perceber. Coitado do Rupert. Ele também estava notando isso.

Depois do jantar, todos foram para o porão ver as telas de Ed.

— A Carla me disse que você gosta de pintura — comentou Ed, cruzando os braços.

— Gosto muito. Essas são maravilhosas.

— São uma porcaria. — Com desprezo, Ed correu os olhos pelas pinturas de senhoras, moças, a florista, a vendedora de cigarros, uma mãe no parque.

— Essas telas não renderam nada. A única coisa que deu certo foi a pintura da nossa querida Carla aqui.

Ai! Ed apertou o ombro dela com tanta força que doeu. Ele estava com cheiro de vinho: durante o jantar, bebera uma garrafa inteira sozinho. Carla sabia que Lily também havia percebido.

— Mas agora estou pintando a Carla de novo. Ela te contou?

Ed se aproximou de Rupert. Parte dela se sentia triunfante. Mas ela também estava morrendo de vergonha.

— Não, senhor. Não contou.

— Então você não sabe tudo que se passa na linda cabeça dela.

— Já chega, Ed. — Lily se pôs ao lado dele e segurou seu braço. — Está na hora de você se despedir. Você não acha?

— Que absurdo! Imagino que você gostaria de ver a tela, não gostaria, rapaz?

Rupert agora estava tão vermelho quanto ela.

— Só se não for incômodo.

— Mas é. E sabe por quê? Porque só mostro meus trabalhos quando eles estão prontos.

Com isso, Ed se retirou, deixando-os no porão.

— Sinto muito. — Lily balançou a cabeça. — Ele está cansado e vem passando por um momento importante na carreira. Ele está querendo uma segunda chance com o novo retrato da Carla. Dessa vez, em pastel. É um desafio para ele.

— Entendo. — Rupert pareceu se recompor, mostrando seus bons modos. — Temperamento artístico e tudo o mais... Muito obrigado pela noite agradável.

Mas não havia sido uma noite agradável, e todos sabiam disso. Mais tarde, Carla ouviu uma das piores discussões entre Ed e Lily.

— Por que você foi tão grosseiro? Era quase como se estivesse com ciúme, por ele estar apaixonado pela Carla.

— Que ridículo! Só não gosto de nenhum fedelho vendo meu trabalho e fazendo comentários arrogantes.

— Ele não estava fazendo comentários arrogantes. Estava sendo muito educado.

— Sei o que ele estava fazendo. E o que você tem com isso? Nunca está aqui.

— Talvez seja hora da Carla procurar outro lugar. Tem outros hostels onde ela pode se hospedar. Não sei por que você disse que ela podia continuar aqui. Era para ser temporário.

— Você quer expulsar minha modelo agora que recuperei minha inspiração? É como se *quisesse* meu fracasso.

Está acontecendo, Carla disse a si mesma, abraçando os joelhos na cama.

Mas, pela manhã, era como se não tivesse havido briga nenhuma.

— Você gostaria de ir para Devon com a gente no fim de semana? — convidou Ed.

Carla balançou a cabeça.

— Prefiro ficar, se não for problema.

Ed se mostrou decepcionado.

— Jura? O Tom vai ficar triste de não ver você. Pode até não dizer, mas sei que vai.

E eu também, diziam os olhos dele.

Ótimo.

— Preciso fazer um trabalho do curso.

— Entendi. — Ed estava chateado. — Quando eu voltar, gostaria que você posasse mais para mim.

Ela enrubesceu.

— Claro.

41

Lily

As semanas se transformam em meses, com a produção do retrato. A Páscoa passa com seus narcisos amarelos. No quintal, as rosas do início do verão desabrocham. E Carla também.

Com um misto de assombro e respeito, vejo nossa "inquilina" ganhar forma na tela de Ed. A mão do meu marido, que se encontrava tão instável nos últimos anos, em parte por falta de segurança, em parte, sejamos sinceros, por causa da bebida, ganha firmeza.

Os belos olhos amendoados de Carla me perseguem sempre que me viro para o cavalete. Ela agora está aqui o tempo todo. Uma presença viva no ateliê, que fica nos fundos da casa, onde há mais luz. Uma presença viva também no restante da casa, onde ela pega meu casaco quando chego do trabalho, anunciando que o jantar está quase pronto.

E ela vem despertando interesse.

— Então o senhor está pintando a mesma menina italiana? — perguntou o jornalista que veio nos entrevistar, algo que a agente de Ed conseguiu.

Eu estava ao lado da tela, que Ed deixou à vista, em vez de mantê-la escondida, como em geral faz com trabalhos em andamento.

— Estou — respondeu meu marido, casualmente. — Carla, a menina de quem minha mulher e eu cuidávamos assim que nos casamos, voltou para nossa vida. Está agora com seus 20 e poucos anos. Na verdade, ela está estudando Direito e fez a gentileza de me deixar pintá-la de novo.

A notícia se espalhou rápido quando o artigo saiu no jornal. O telefone começou a tocar. Evidentemente, não é apenas porque o mundo das artes (e a imprensa) considera isso uma boa história: a modelo que virou adulta. É porque a pintura do meu marido é de fato assombrosa. É como se Carla fosse sair da tela a qualquer momento. O cabelo liso, tão diferente dos cachos da infância, anuncia que esta é uma mulher de estilo. Os lábios parecem prestes a falar.

Aqui estou. De volta.

E às vezes algo pior. *Por que você é uma péssima esposa? Pare de ser tão ruim com o Tom.*

Sim. É verdade. Há algumas semanas, tenho a sensação cada vez mais forte de que ela não gosta de mim, apesar do cuidado com que pega meu casaco e que prepara o jantar todas as noites (sugestão dela). Vejo que Carla desaprova o fato de Tom não morar conosco.

— Você não fica com saudade quando se despede dele nas noites de domingo? — perguntou ela, uma vez.

— Muito. Mas ele tem necessidades especiais, e essa escola tem mais chances de supri-las do que nós.

Ela não é a única pessoa que faz perguntas assim. Somente pais de filhos como o nosso entendem a agonia de não sermos capazes de lidar com a situação e querermos fazer o certo.

Ed nunca diz nada para me apoiar. É como se concordasse com Carla. E de fato concorda. Embora Tom esteja prosperando no internato, e embora não tenha havido mais nenhum incidente de agressão a professores, meu marido não gosta da ideia de o filho passar a semana no que chama de "dormitório militar".

Só que não é assim. Eu vi o quarto aconchegante com camas confortáveis e ursinhos de pelúcia. (Um colega de turma de Tom não vai a lugar nenhum sem o dele, embora tenha quase 13 anos. É obcecado por bichinhos de pelúcia, que mantém enfileirados na estante. Se alguém bota a mão nos brinquedos, ele surta.) A reação do meu marido, eu sei, é por causa do tempo que ele mesmo passou num internato, quando só desejava estar em casa.

A reprovação da Carla é uma grande ironia, levando em consideração tudo que estou fazendo por ela.

— A Carla precisa estagiar agora que o curso está terminando — comenta Ed, certa noite, durante o jantar. — Eu disse que você poderia ajudar.

Estamos comendo um prato italiano, uma mistura deliciosa de feijão-branco e salada que, se eu tivesse feito, teria gosto de mingau. Carla o transformou em algo completamente distinto. *Você poderia ajudar.* Sou sócia do escritório, mas ainda assim é muita presunção do meu marido deduzir que eu possa tomar uma decisão dessas quando temos um monte de e-mails de outros alunos se mostrando interessados.

— Recebemos muitos currículos — começo. — Mas vou ver o que posso fazer.

Não vai ser fácil, porque meu próprio rendimento no trabalho não anda tão bom. Até agora, este ano, perdi um terço dos processos, tanto os que eu mesma defendi como aqueles em que contei com a ajuda de um *barrister*. É tentador jogar a culpa no *barrister*, mas não seria justo. Se não lhe dou as informações certas ou os detalhes suficientes sobre o caso, ele não pode ter êxito no tribunal.

Tento me convencer de que meu desempenho fraco não tem nada a ver com as dicas anônimas que recebi pelo correio e ignorei. Procuro nem sequer olhá-las, mas não consigo deixar de conferir se são dele. Como sei disso? Porque elas sempre vêm com uma última frase: *Como está o Tom?*

Por mais úteis que essas dicas poderiam ser, obrigo-me a jogá-las no lixo, dizendo a mim mesma que não preciso da ajuda de Joe Thomas. Não quero nem pensar no esforço que ele faz para obter essas "provas", mas fico imaginando como as consegue. Que secretária estaria namorando? Talvez isso seja mentira. Talvez ele receba as informações de outra fonte. De qualquer forma, a ideia de que Joe está me vigiando me dá calafrios.

Por isso, quando Ed convida Carla para passar o fim de semana em Devon conosco e ela recusa, não consigo deixar de me sentir aliviada. Uma chance para ficarmos sozinhos. Para que eu convença Ed a ficar do meu lado de novo.

42

Carla

Maio de 2014

— O que você vai fazer no fim de semana? — perguntou Rupert.

— Estudar.

Desde o jantar constrangedor na casa de Ed e Lily, Carla vinha evitando o colega de faculdade. Mas ali estava ele, esperando por ela, no corredor.

— O fim de semana todo?

Ela o encarou.

— O fim de semana todo.

— Que pena. — Ele começou a acompanhá-la. — Seus amigos são... diferentes.

— A Lily anda meio nervosa, mas é simpática. O Ed foi grosseiro. Desculpe.

— Não precisa se desculpar. — Ele tocou de leve o braço dela quando eles dobraram o corredor. — Como eu disse, é temperamento artístico. Mas, para ser sincero... achei que você estava me evitando. Por isso decidi te esperar, para ver se está tudo bem entre a gente.

Carla não pôde deixar de ficar lisonjeada. Mas também sentiu necessidade de esclarecer as coisas.

— Claro que está. Você é um ótimo amigo.

"Amigo"? Ele a fitava intrigado, como se esperasse algo mais.

— Então talvez eu pudesse levá-la para jantar no fim de semana. O que acha?

Era tentador. Mas a vida já estava suficientemente complicada.

— Me desculpe, mas preciso fazer dois trabalhos. O Ed e a Lily só voltam no domingo à noite, então pensei em aproveitar a tranquilidade da casa para estudar.

Carla fez o que pretendia. Passou o sábado inteiro debruçada sobre os livros. Mas, no domingo, na hora do almoço, ouviu batidas à porta. Lily e Ed não tinham avisado que aguardavam visita. Devia ser um vendedor, ou algum vizinho.

Mas era Rupert.

— Eu estava passando por aqui.

Ele entregou a ela um buquê de flores, com um belo laço de palha. Frésias. Uma de suas preferidas. Era incrível que uma florzinha tão pequena tivesse um perfume tão forte.

— É muita gentileza sua.

— Vamos dar uma volta? Por favor, vai ser bom para você dar um descanso para o cérebro.

— Bem... — Estava um dia lindo. Por que não? — Só até o parque.

Foi surpreendentemente prazeroso ter companhia. Havia muitos casais na rua, rindo, passeando de mãos dadas. Com uma sensação estranha no peito, Carla se deu conta de que nunca havia passeado no parque com um homem de quem gostasse.

— Adoro ficar com você, Carla.

Rupert fez menção de segurar a mão dela.

Não.

Ela enfiou a mão no bolso.

— Também gosto de ficar com você, Rupert. — Houve uma breve pausa, enquanto ela contava até cinco. — Mas, como eu disse, gosto de você como amigo.

Ou ele não notou que ela o rejeitava, ou preferiu não notar.

— Você é diferente das outras. É determinada. Como se tivesse um objetivo. A maioria das meninas que conheço só quer se divertir.

Carla pensou nas alunas mais frívolas, que estavam sempre atrás de Rupert e de rapazes como ele.

— Não tenho tempo para me divertir.

— Sério?

Havia decepção na voz dele.

Carla mantinha os ombros encolhidos ao atravessar a rua, de volta para a casa de Ed e Lily.

— Minha mãe depende de mim. Cabe a mim ganhar dinheiro para nós duas, para termos uma vida razoável.

— Nossa. Que lindo. Gosto da sua atitude.

— Na verdade, preciso entrar agora, senão não vou conseguir terminar meu trabalho.

— Ainda tem tempo para me oferecer um chá?

— Não sei...

— Por favor. — Os olhos dele brilhavam. — É o que fazem os *amigos*.

Eles estavam na escada da varanda: degraus pretos e brancos, conduzindo à porta preta. Parecia indelicadeza não convidá-lo a entrar.

Carla juntou os livros que estavam em cima da mesa da cozinha imensa, que também fazia as vezes de sala, e convidou Rupert a se sentar. O sofá, ela notou com irritação, estava uma bagunça de almofadas e cobertores.

— O que você acha de... — começou ela.

Mas de repente Rupert se aproximou e, com segurança e ao mesmo tempo muita delicadeza, começou a passar o dedo nos lábios dela.

— Você é linda, Carla — murmurou. — Sabia?

Ele a puxou.

Por um instante, ela se viu tentada a ceder. Rupert era bonito, charmoso, um cavalheiro. Mas ela não podia deixar que ele a distraísse. Quando estava prestes a recuar, ouviu um barulho de chave na fechadura.

Era Ed! Horrorizada, ela o viu associar o sofá bagunçado e Rupert se afastando. O rosto dele ficou vermelho de raiva.

— Então foi por isso que você não quis ir para Devon? Para fazer nossa casa de motel? Como você se atreve? Ainda bem que voltei cedo.

Carla sentiu o corpo esquentar, gelar, esquentar novamente.

— Não. Você não está entendendo.

Mas a voz de Ed era mais alta. Ele encarou Rupert.

— Saia. AGORA.

Desorientada, Carla viu Rupert fazer o que Ed mandou. Ele deveria ter ficado, pensou. Deveria ter se defendido.

— Como VOCÊ se atreve? — gritou ela, trêmula de ódio. — Eu não estava fazendo nada de errado. E você me constrangeu na frente do meu amigo.

Ele agora iria exigir que ela fosse embora. Ela não teria onde morar. Não teria mais nenhuma chance de conseguir o que pretendia.

Mas ele desmoronou, caiu aos pés dela.

— Desculpe, Carla. Desculpe mesmo. É que o fim de semana foi um inferno. Você devia ter ido. Teria acalmado o Tom. Ele estava impossível. Sabe qual é a nova obsessão dele? Um jogo de computador que o mantém acordado a noite toda, por isso ele quase não dorme. E, quando tentamos tirar o computador dele, ele ficou com raiva. Nós brigamos. A mãe da Lily quer deixá-lo fazer o que ele bem entende. Tem medo de que ele acabe como o Daniel...

— O Daniel? O que aconteceu com ele?

— O Daniel se foi. — Ed fez um gesto largo com as mãos. — É difícil imaginar isso pela maneira como a família fala dele. Mas o Daniel morreu.

— Não entendo.

Ed segurou a mão de Carla e a apertou.

— O Daniel era o irmão adotado da Lily. Era um menino muito perturbado. Desde pequeno. Coitado.

Foi a vez de Carla apertar a mão dele, ouvindo aquela história terrível. A discussão que Lily havia tido com o irmão. O estábulo. A maneira como o encontraram. Ed não sabia os detalhes ("Lily não consegue falar sobre o assunto"), mas uma coisa era certa: algo que Lily dissera levou o irmão a se suicidar.

— É como se esse assunto fosse uma barreira entre nós. Ela não divide as coisas comigo.

Ed desabou no sofá, chorando.

Que horror! E coitado do Ed. Não era justo que ele sofresse pela culpa da esposa. Lily o tratava muito mal. Ela nem sequer cuidava dele direito. Que mulher não preparava o jantar do marido, não ia para a cama assim que ele se deitava? A mãe de Carla havia lhe ensinado a importância dessas coisas, por mais ultrapassadas que parecessem.

Mas por que ela estava surpresa? Lily era advogada criminalista. Insensível, fria. Acostumada a libertar assassinos e estupradores.

De alguma forma, ela conseguiu fazer com que Ed se acalmasse. Abraçou-o, serviu-lhe uma bebida (uísque com um pouquinho de água quente). E, embora a mão dele ainda estivesse trêmula, convenceu-o a pintar.

Obrigada, Rupert, disse em silêncio, sentada de frente para Ed. ("Vire o rosto um pouco mais para a esquerda, Carla.") Com sorte, tudo daria certo no fim das contas.

43

Lily

Apesar de minhas recentes perdas no tribunal, e de minhas próprias ressalvas, os sócios concordaram com o "favor", e Carla começou a trabalhar comigo em meados de julho.

— Que moça inteligente essa — elogiou um dos sócios, já no fim da primeira semana. — Ela pode ser bonita, mas é muito competente.

Ele falou isso como se beleza fosse uma desvantagem, o que, de certo modo, é. Se a mulher é mais atraente do que a média, sobretudo numa profissão como a advocacia, as pessoas nem sempre a levam a sério. Tenho consciência de que jamais serei considerada bonita, embora me deleite com o fato de ter ficado mais segura. Talvez isso seja bom.

Mas Carla chama atenção aonde quer que vá. E não apenas por causa de seu rosto, ou pelo fato de estar se saindo tão bem no escritório. Ed finalmente terminou o retrato. Depois de um fim de semana em Devon, dessa vez sem Carla, tudo pareceu se resolver. Nós brigamos, ele voltou para Londres mais cedo, mas às vezes acho que nossas dificuldades o estimulam. Quando voltei para casa, ele estava pintando a parte mais difícil: os olhos.

A tela foi aceita numa exposição importante, e a imprensa soube da notícia.

De repente, Carla está por toda parte. Nas revistas femininas. No caderno cultural do *Times*. E nos convites para coquetéis que começamos a receber. Evidentemente, todos querem saber o que aconteceu. Como a reencontramos. Ou como ela nos reencontrou. Quando abro uma revista, vejo que Carla contou a história praticamente sem se referir a mim. Ed lhe ofereceu um teto depois do incêndio no hostel. Ed é seu mentor, não eu. Ed diz que ela é maravilhosa com nosso filho, Tom, que estuda numa "escola especial", em Devon. Ela não menciona o fato de que ele mora com meus pais.

Que audácia a dela!

— Você não tem o direito de mencionar o Tom — repreendo Carla, tentando controlar a voz. Estamos indo para o trabalho. Andando rápido. Isso me lembra o tempo em que eu a encontrava no ponto de ônibus com a mãe.

— Ele faz parte da nossa vida particular — prossigo, ainda enfurecida, depois de ver a chamada numa revista.

— Desculpe — diz ela, numa entonação que sugere não estar nem um pouco arrependida. A cabeça erguida. Mais erguida do que de praxe. — Mas é verdade, não é?

— Ele está — respondo, esforçando-me para manter a compostura — no melhor lugar para ele.

Ela dá de ombros.

— Na Itália, a família fica unida, sejam quais forem as circunstâncias. Acho melhor.

— Estamos na Inglaterra — retruco, sem conseguir acreditar em sua petulância.

Estamos entrando no prédio do escritório. Não posso dizer mais nada. Mas, à tarde, recebo um recado de um dos sócios.

Por sorte, isso ainda não foi para o cliente. Uma estagiária notou o erro, marcado abaixo. Por favor, corrija.

Cometi um erro ao redigir o texto sobre uma fraude empresarial. Não é grande. Porém é o suficiente. Mas o pior é que a estagiária, segundo as iniciais na correção, é nossa "hóspede" italiana.

À noite, Ed se vira para mim.

— Por que você foi tão dura com a Carla em relação ao Tom?

Sinto um calafrio. É como se eu fosse monitora de uma escola, repreendida pela professora por ter delatado a menina que peguei fumando no banheiro. Por que eu deveria ser culpada por algo que ela fez?

— Porque a Carla não deveria ter mencionado o Tom nem o fato de que ele estuda numa escola especial. Ele é assunto nosso.

— Então nosso filho é segredo? Você tem vergonha dele?

Não é justo.

— Você sabe que não é isso. Você acha que conseguiria trabalhar se o Tom estivesse aqui o tempo todo? Acha que conseguiria se concentrar se ele estivesse no ateliê exigindo saber por que tinta se chama tinta? Ou citando todas as estatísticas imagináveis sobre Monet e John Singer Sargent?

Ed se senta na cama e acende a luz do quarto. Há tristeza em seus olhos. Sei que minhas palavras parecem egoístas, e me detesto por isso. Mas é fácil deixar o ressentimento irromper de vez em quando, furando a camada de santidade. Sei que ele também pensa isso às vezes, só é mais fácil colocar a culpa em mim.

— Só não consigo deixar de achar — diz Ed devagar, manifestando meus pensamentos — que, quando temos um filho como o Tom, é nossa obrigação fazer o certo.

Ele apaga a luz e me deixa sozinha, revirando-me na cama, refletindo. Lembrando a mim mesma que separar nossas vidas como fios de seda bagunçados é melhor do que ficar com meu filho. E por quê? Porque passei anos seguindo Daniel praticamente por toda parte, tentando protegê-lo de si mesmo. Mas fracassei. Disse coisas que não deveria ter dito. Fiz coisas que não deveria ter feito. E foi isso que desestabilizou meu irmão.

Se eu não estiver com Tom, ele tem chance de se salvar. Minha presença não vai ajudá-lo.

Talvez o mate.

Tentando trabalhar em casa certa noite, com tantos pensamentos se atropelando em minha cabeça, acabo avançando pouco, então decido dar um telefonema.

— Lily!

A voz grave de Ross imediatamente me tranquiliza. É como se tudo fosse ficar bem.

— Que surpresa você estar em casa — diz ele, surpreso.

— Por quê?

— Devo ter entendido errado. Achei que o Ed tinha dito que você iria a um *vernissage* com ele.

— Ele me convidou, mas tenho muita coisa para fazer. Além do mais, é a Carla que as pessoas querem ver. Você sabe. O pintor e a modelo. A menina italiana.

Nem tento esconder minha irritação.

Carla estava esplendorosa quando saiu com meu marido. O cabelo curto liso, a maquiagem impecável. Ninguém imaginaria que, meia hora antes, estava debruçada sobre os livros.

Ed também estava bonito. Não apenas por causa da camisa azul listrada nova, mas também pela maneira como agora se porta. A alegria está estampada em seu rosto. O sucesso lhe cai bem. Sempre lhe caiu. Meu marido, agora me dou conta, é um desses homens que precisam vencer na vida. Nem que seja pelo bem de todos à sua volta. A garrafa de uísque permanece intocada há algum tempo. Ele tem sido até gentil comigo. Meu marido merece, penso, ao me despedir de Ross depois de combinar um jantar com ele daqui a duas semanas. Que ele aproveite.

Agosto de 2014

Três semanas depois, estou novamente trabalhando até tarde no escritório. Ed foi para outro coquetel. Carla ficou em casa. Não veio para o escritório hoje.

— Estou me sentindo mal — disse ela, pela manhã, enroscada na cama como um gato.

São quase dez horas — todos já foram embora — quando meu ramal toca. Sei que é Joe antes mesmo de ele se pronunciar. Sinto sua presença do outro lado da linha.

— Lily. Não desligue. Apenas vá.

Minha pele se arrepia.

— Ir para onde?

Ele diz o nome de um hotel na Strand.

Será isso outra dica de algum processo que devo ignorar?

— É o seu marido. Tenho vigiado o Ed. — A voz fica mais urgente. — Estou tentando cuidar de você. Como sempre cuidei. Agora vá.

Desligo o telefone, tremendo. Visto o casaco, despeço-me do segurança e digo a mim mesma que vou direto para casa, que não irei a esse hotel para ver seja lá o que for.

Ed não faria isso. Ed não faria isso. As palavras ficam martelando em minha cabeça. Mas então penso nos altos e baixos dele. Em sua instabilidade durante nosso casamento. Nosso casamento apressado, por causa de uma herança sobre a qual ele jamais havia me falado. Um casamento que mantivemos por causa do Tom. Mas que deu certo, não deu?

Quando desço do táxi, vejo um vulto. Não, é um casal. Ela está com a cabeça encostada no ombro dele. Tem o cabelo curto, que brilha à luz do poste. O homem é alto, os ombros ligeiramente curvados. O tipo de curvatura que surge do excesso de tempo debruçado sobre um cavalete.

Corro na direção deles. Os dois param sob a luz do poste. Ele abaixa a cabeça para beijar a menina. E ergue os olhos.

— Lily? — balbucia meu marido. Então, como se não acreditasse, repete: — Lily?

Há um clarão breve. Como o flash de uma câmera.

Uma credencial de imprensa surge à minha frente.

— A senhora gostaria de fazer algum comentário sobre os rumores de que seu marido está tendo um caso?

O cheiro de queimado se foi.
    Já é alguma coisa. Mas há o gosto do medo no ar.
    Terei perdido minha última chance?
    O que ela está tramando?
    O que pretende?

44

Carla

É claro que a publicidade em torno do novo quadro contribuiu para aproximá-los. A "história de conto de fadas", como disse um jornal, sobre o pintor e sua modelo. *A menina italiana adulta.* Os artigos de revista. Ed abraçando-a para as fotos. O rosto dele roçando o dela — tão perto da boca! — depois de um coquetel particularmente animado. Carla nem sequer precisou se esforçar.

Mas não havia acontecido nada mais físico até uma noite em que Lily ficou fazendo serão no escritório (mais uma vez!), e Carla estava posando para outro retrato no ateliê, com a janela aberta para abrandar o calor incomum da noite. Carla não havia passado maquiagem, sabendo que ele preferia assim. Sentia o calor fazendo brotar gotinhas de suor sobre os lábios.

— Um pouco mais para a esquerda... Agora para a direita.

De repente, Ed largou o cavalete e se aproximou dela. Ficou de joelhos e, com muito cuidado, afastou uma mecha de cabelo.

— Você é a criatura mais linda que eu já vi.

Ele a beijou. E ela se deixou levar.

Por um instante, Carla se lembrou daquele homem no avião, que ela havia rejeitado por causa da aliança. Ela não prometera a si mesma que jamais se machucaria como a mãe?

Mas, ao se deitar no tapete macio do ateliê, Carla não pôde deixar de pensar que adoraria ter um namorado que fosse um pintor famoso. Casa própria. Dinheiro (que ela evidentemente dividiria com a mãe). Uma posição que deixaria até os vizinhos italianos impressionados, que agora teriam de ser educados com a mãe, sobretudo porque o trabalho do Ed em breve seria exposto em Roma.

Depois desse dia, eles faziam amor sempre que podiam, onde podiam. Hotel era melhor, dizia Ed. Mais reservado.

No entanto, ele parecia sentir mais satisfação do que ela. Ed não era o amante que Carla havia imaginado. Naturalmente, ela tinha alguma experiência. Na universidade, livre afinal das regras do *nonno*, flertava com os rapazes que podiam levá-la para jantar. E, às vezes, deixava a coisa avançar. Um vestido novo, talvez, em troca de um fim de semana em Sorrento. Mas ela sempre tomou precauções. Não apenas com o corpo, mas também com a mente.

— Quero me concentrar nos estudos, não estou pronta para me apaixonar — dizia a todos.

Mas a verdade era que não queria sofrer como a mãe havia sofrido. Era a estabilidade financeira do casamento que desejava, não o papel de amante.

E, no entanto, ali estava, sendo exatamente isso.

— Vou deixar a Lily — prometia Ed. — Só preciso encontrar o momento certo para dizer a ela. Isso é mais do que sexo para mim.

Posso ajudar com isso, pensou Carla.

Um dia, poucas semanas depois de eles começarem a dormir juntos, Carla telefonou do quarto de hotel para uma revista de fofoca de celebridades, enquanto Ed estava no chuveiro. A mulher do outro lado da linha ficou bastante interessada no que ela tinha a dizer. Carla falou rápido. Depois desligou o telefone, sem dar seu nome.

E, pouco tempo depois, Lily os descobriu.

Foi estranho. Apesar de tudo aquilo ter acontecido, Carla não sentia a satisfação de vingança que havia imaginado.

Sentia-se baixa. Suja.

O rosto de Lily estava pálido sob a luz do poste. Os olhos assustados pertenciam a um animal selvagem. Carla teve medo. Ed notou. Ele a abraçou, embora ela também sentisse o corpo dele tremendo.

— Nós nos amamos — anunciou ele para Lily. — Queremos ficar juntos.

— Não tivemos escolha — balbuciou Carla.

Lily soltou um rosnado. Sim, um rosnado.

— Claro que tiveram. — Ela começou a chorar, o que foi ainda pior. — Ajudei tanto você! É assim que você retribui?

— Retribui? — Carla ergueu a voz, e um transeunte se virou para olhar.

— É você que deveria ter me retribuído. Ouvi você falando para o Ed em Devon que ignorou as minhas cartas.

— Eu...

— Não negue. Não me venha com essas mentiras de advogado, porque conheço todas muito bem. — Ela agora estava indignada. — Se você não tivesse pedido ao Larry que deixasse a minha mãe, teríamos ficado bem.

Lily soltou uma risada amarga.

— Você realmente acredita nisso, menininha idiota?

— Não sou...

— Escute aqui. — Por um instante, pareceu que Lily iria agarrar o pescoço dela. — Se o Tony foi capaz de enganar a esposa, você não acha que ele seria capaz de enganar você e a sua mãe?

Carla se lembrou da mulher de batom no carro.

— Fiz um favor a vocês. Acredite. Assim como você me fez um favor. Vocês dois, na verdade. — Ela se virou para Ed. — Se não fosse pelo Tom, eu já tinha deixado você há muito tempo. Pegue essa garota e vá embora. — Ela se virou novamente para Carla. — Você vai descobrir como ele é logo, logo. E, se acha que vai conseguir dinheiro com isso, está enganada.

Ed apertou a mão dela. Tão forte quanto o medo lhe apertava o peito.

— Já chega. Pode deixar. Nós vamos sair de casa. Venha, Carla.

— Não. — A voz de Lily tinha mais vigor do que ela jamais ouvira. — Sou eu quem vai sair de casa. Você acha que quero voltar para lá sabendo que vocês dois provavelmente se refestelaram em todos os cômodos enquanto eu estava trabalhando? Além do mais, a casa agora terá mesmo que ser colocada à venda. Tome. — Ela entregou a chave para Carla. — Fique com a minha também. Entrarei em contato para pegar as minhas coisas. Agora desapareçam da minha frente. Vocês dois.

Espere, Carla queria dizer. *Não foi assim que imaginei que seria.* Mas Ed agarrou a mão dela com tanta força que quase a machucou. Chamou um táxi, e eles foram embora.

— Para onde a Lily vai? — perguntou ela, ao abrir a porta de casa, sendo saudada por todos os pertences de Lily: o casaco branco pendurado no gancho da entrada, os sapatos de salto alto deixados junto à porta.

— Ela vai ficar bem — respondeu Ed, puxando-a para si. — É mais forte do que parece. Botou alguém para seguir nós dois.

— Sério?

Carla tentou mostrar inocência.

— De que outra maneira teria nos encontrado?

Mas Carla não conseguiu dormir de tão preocupada que estava. E se Lily fizesse uma bobagem, se pulasse de uma ponte, como um coitado havia pulado na semana anterior? *Por que você se importa com isso?*, a mãe talvez lhe perguntasse. Mas, por algum motivo, ela se importava. Pela primeira vez, Carla se perguntou se Lily não tinha razão quando disse que havia feito um favor ao afastar Larry de sua mãe e dela. Então viera aquela última declaração: *Se acha que vai conseguir dinheiro com isso, está enganada.*

Carla passou a noite inteira se revirando na cama. Quando acordou pela manhã, com a cabeça de Ed sobre seu peito, como uma criança precisando de conforto, sentiu ainda mais dúvida. Ele acordou, abriu um sorriso e se espreguiçou na cama ampla, o sol entrando pelas persianas bege.

— Não é maravilhoso? — perguntou, contornando o seio dela com a ponta do dedo. — Nascemos um para o outro. E agora vamos ficar juntos para sempre.

Não era isso que ela queria? Mas Carla só conseguia pensar naqueles pelos brancos no peito dele, no começo de calvície no alto da cabeça e nas lágrimas no rosto de Lily.

As manchetes vieram rápido:

PINTOR TROCA ESPOSA POR
MODELO ITALIANA SEXY

MENINA ITALIANA ADULTA:
UMA HISTÓRIA DE ADULTÉRIO

— Vou ficar com a casa — avisou Ed, alguns dias depois. — Vou pegar um empréstimo para comprar a parte da Lily. Ela vai embora de Londres. Ela quer abrir um escritório em Devon, para ficar perto do Tom. É o melhor para todos.

— Mas vamos ter dinheiro suficiente para viver?

Ele a abraçou.

— Não se preocupe com isso.

Ela respirou fundo.

— Não tenho dinheiro, Ed.

— Não se preocupe. — Ele beijou a testa dela. — Agora vou cuidar de você.

— Mas não tenho um tostão.

Ele pegou algumas notas na carteira.

— Isso basta?

Ela sentiu o coração se encher de alívio.

— Obrigada — murmurou.

Depois evidentemente depositou quase tudo, transferindo para a mãe.

Durante algumas semanas, as dúvidas de Carla se dissiparam. Havia algo muito gratificante em viver com um pintor famoso. Eles frequentavam restaurantes sofisticados. Os garçons os tratavam com deferência. Eles eram o casal do momento. Todos conheciam os dois.

Carla não precisava se preocupar em pagar aluguel ou contas. Edward — ela às vezes gostava de chamá-lo pelo nome completo — comprava roupas lindas para ela. Então Lily estava *mesmo* mentindo sobre o dinheiro! Carla conseguiu até continuar trabalhando no escritório de Londres: não podiam demiti-la, era contra lei. E, graças a Deus, Lily não estava mais lá.

No começo, algumas pessoas a trataram com frieza.

— A memória tem vida curta — tranquilizava-a Ed.

E ele estava certo. Dois meses depois, a frieza passou, principalmente depois que um dos sócios trocou a esposa pela secretária, e todos tinham outro assunto sobre o qual falar.

Quanto a Ed, ele não poderia ser mais atencioso. Às vezes até demais. Um dia, ela recebeu pelo correio uma carta escrita à mão, de Rupert.

Fiquei feliz de saber que você está bem.

— De quem é isso? — perguntou Ed, lendo a carta, atrás dela.

— De um amigo da faculdade.

— Aquele garoto que veio aqui?

Carla se lembrou do constrangimento que havia sido quando Ed a encontrou com Rupert em casa.

— É.

Ed não disse nada. Mas, à noite, quando foi jogar o resto de comida na lixeira, Carla encontrou a carta de Rupert rasgada.

— Por que você fez isso? — Ela estava indignada.

Mas, em vez de responder, ele a beijou e começou a fazer amor com ela com uma paixão que não demonstrava havia algum tempo.

Valeu a pena ver a carta rasgada, pensou Carla, deitada na cama, arfante. Era como no começo, quando Ed ainda era um homem inalcançável para ela, mesmo que, de vez em quando, ele demonstrasse interesse. E Carla desconfiou de que ele pensava o mesmo.

Pela primeira vez em muito tempo, ela se lembrou daquele estojo. O estojo de lagarta que havia roubado de outro aluno. Como desejou aquilo! Mas, quando o conseguiu, o desejo se transformou em outro sentimento. O que havia de errado com ela, pensou Carla enquanto caminhava até o banheiro no escuro, que sempre precisava de mais?

45

Lily

Novembro de 2014

— Agora não posso comer. — Tom me encara com fúria nos olhos. — Você mexeu nos talheres. Olha!

Ele indica o garfo que empurrei alguns centímetros para a esquerda, a fim de abrir espaço para mais um prato. Estou cuidando do Tom há tempo suficiente para saber que não devo fazer isso, mas de vez em quando parece que me esqueço. O resultado pode ser desastroso. Como agora.

BUM!

Minha mãe e eu levamos um susto e seguramos o braço uma da outra. Não foram apenas os talheres que caíram no chão, mas também o prato e uma taça de cristal de um conjunto que ganhei de presente de casamento.

Depois que Ed e eu nos separamos e iniciamos a partilha dos bens (o que não é nada se comparado ao que se passa em meu coração), não pude deixar de pensar na ironia de que é a ideia de que os presentes podem sobreviver ao próprio casamento.

Para meu horror, sinto lágrimas nos olhos. Lágrimas que geralmente reprimo, porque não me fazem bem. Além do mais, quem quer um marido infiel? Taças de boa qualidade são muito mais úteis.

— Por que você fez isso? — grito, ignorando a advertência nos olhos de minha mãe: *Não questione o Tom, não discuta com ele, você não vai ganhar*.

Durante o divórcio — trâmite realizado com uma pressa obscena —, Ed disse que "não vale a pena" discutir com advogado. Pessoas como eu aparentemente nunca escutam: sempre têm respostas prontas.

Talvez venha daí a capacidade do Tom de compreender seu próprio ponto de vista e o de mais ninguém.

— Você encostou no meu garfo — responde ele, estreitando os olhos por trás dos novos óculos de armação preta grossa. — Já falei. Não gosto.

Agacho-me para pegar os cacos de vidro.

— Você está agindo como uma criança de 3 anos — murmuro.

— Sshhh — intervém minha mãe.

Normalmente não arrumo confusão. Desde que vim cuidar do Tom, decidi que era melhor assim. Mas, de vez em quando, perco a paciência. Em geral, alguma coisa funciona como um gatilho. Hoje desconfio de que tenha sido o prato extra em cima da mesa. Um lembrete da vida que terminou na noite em que vi Ed e Carla se beijando em frente ao hotel da Strand. Ainda hoje estremeço se alguém diz a palavra "hotel". É como um elemento deflagrador que me leva de volta àquele momento, fazendo meu estômago se revirar, me faz sentir ânsia de vômito e um misto de traição e incredulidade.

Por mais estranho que seja, depois daqueles momentos iniciais de sofrimento, não houve raiva. Ainda não há. Seria mais fácil se houvesse. Minha mãe diz que é porque ainda não processei minhas emoções. Talvez tenha razão. Mas, se for o caso, *quando* irei processá-las? Já faz meses que Ed e eu nos separamos. E continua doído como se tivesse sido ontem.

Passei aquela noite numa organização da qual faço parte (o University Women's Club, que, por acaso, tinha um quarto vago) e, no dia seguinte, liguei para o trabalho dizendo que estava doente. De forma alguma conseguiria olhar para Carla, e não duvido de que ela apareceria no escritório como se nada tivesse acontecido.

Então meu celular tocou.

Era Ed. Ed?

— Precisamos conversar — disse ele.

Com gentileza. Sem a entonação defensiva da véspera. Seria porque estava sozinho?

— A Carla está com você?

— Não.

Portanto ele podia conversar! Livremente. A esperança inflou em meu peito. Ed me queria de volta. Claro que queria! Tínhamos um filho juntos. Um filho que não era como a maioria das crianças. Talvez agora, à luz da manhã, ele tivesse se dado conta de que precisávamos ficar juntos pelo Tom.

Eu não tinha a chave, ocorreu-me quando cheguei à minha casa. Toquei a campainha, sentindo-me uma estranha em minha própria varanda. Ed me recebeu com um copo de uísque. Não eram nem dez horas da manhã.

Desandei a falar:

— Olhe, fiquei magoada por causa da Carla. Mas posso perdoar você pelo bem do Tom. Podemos recomeçar, não? — Então, um tanto desesperada, acrescentei: — Já fizemos isso antes.

Ed alisou minha mão como se eu fosse uma menininha.

— Ah, Lily. É compreensível que você esteja com medo.

Ele falava com brilho nos olhos. Era como se ele mesmo fosse uma criança, uma criança que tivesse sido surpreendida com a mão dentro do vidro de doces mas não se importasse. Estava animado, sem dúvida revigorado pela bebida. Algo que eu já vira diversas vezes durante nosso casamento. Em breve haveria uma alteração de humor.

Entende? Eu o conheço melhor do que Carla. Como ela iria saber lidar com isso?

— Você é jovem para recomeçar, Lily. Ganha muito mais dinheiro do que eu e...

— Como você pode falar de dinheiro!

Levantei-me, aproximei-me de uma tela dele. Era a pintura do hotel onde passamos a lua de mel. Um quadro que ele me ajudou a copiar, me ensinando a misturar as cores para conseguir aquela combinação sutil de azul e verde. Ainda me lembro da mão dele conduzindo a minha, seu toque me deixando em êxtase.

— Nada mal — dissera ele, admirando minha tentativa.

E, para mostrar boa vontade, pendurara o quadro na parede. Ao lado do dele.

— Precisamos falar de questões práticas — dizia ele agora. — Eu gostaria de ficar com a casa, de comprar a sua parte.

— Como?

Ed sempre foi uma negação quando se trata de dinheiro.

— Vou fazer uma exposição, lembra? Você poderia procurar um lugar na cidade, e nos revezaremos para visitar o Tom em Devon nos fins de semana...

— Você já pensou em tudo, não é? — murmurei, assombrada. — Você e aquela piranha italiana.

Ed fechou o rosto.

— Não se refira a Carla assim. Faz anos que você não me dá carinho. Só quer saber de trabalho.

Não era justo. É verdade que eu ficava exausta à noite, depois do trabalho, mas todo mundo não fica? E, quando eu tomava a iniciativa nas manhãs de domingo, Ed sempre se afastava, dizendo que estava com dor nas costas ou que poderíamos acordar Carla, no quarto ao lado. Como pude ser tão idiota?

Mais uma vez, lembrei-me de Carla na infância. A menininha que pediu que eu mentisse por ela por causa de um estojo. A menininha cuja mãe, na verdade, se encontrava com "Larry" em vez de trabalhar.

Tal mãe, tal filha.

— O que você está fazendo? — gritou Ed.

Eu mal me reconhecia. Mais tarde, lembrei-me vagamente de correr em direção aos quadros de nossa lua de mel, pegar o dele e jogá-lo no chão, pulando em cima dele, depois sair às pressas de casa, chorando pela rua.

No dia seguinte, recebi uma carta no trabalho, dando início ao divórcio por causa do meu "comportamento irracional".

No entanto, existe outra coisa. Algo que só agora estou me permitindo pensar. Se eu for completamente sincera, faz muito tempo que Ed e eu não estamos bem. Só que eu não podia deixá-lo por causa do Tom. Será possível que, sem querer, eu tenha ignorado os sinais de afeto entre nossa hóspede e meu marido? Será que, inconscientemente, *desejei* que algo acontecesse entre eles para escapar do casamento?

Portanto, talvez o "irracional" não seja tão irracional assim.

46

Carla

Já fazia alguns meses que, fim de semana sim, fim de semana não, Carla e Ed iam para Devon ver Tom. No começo, ela ficava nervosa. E se o menino se recusasse a lhe dirigir a palavra? Carla sentia realmente algo por ele: há uma espécie de compreensão mútua entre duas pessoas que sempre se sentiram deslocadas. Mas, quando Ed foi buscá-lo em casa — os dois tinham decidido que era melhor Carla esperar no carro —, Tom saiu correndo na direção dela, de sorriso aberto.

— Carla, você veio!

Ela não se permitiria pensar em Lily, que, decerto, estava dentro de casa. Uma mãe sendo obrigada a deixar o filho passar o dia com outra mulher. Lily merecia, pensou Carla. Ela havia sido negligente com Tom a fim de prosperar na profissão. Havia sido negligente com o marido também. Essa era a única maneira de Carla enfrentar aquela voz insistente em sua mente. A voz que refletia a carta da mãe.

"Espero que você saiba o que está fazendo, minha querida", escrevera a mãe. "Hoje me arrependo do sofrimento que posso ter causado à mulher do Larry. Tenha cuidado."

Então, numa manhã de sábado, quando ela e Ed estavam deitados, alguém deixou um bilhete debaixo da porta. Por sorte, ela o encontrou.

VOCÊ VAI PAGAR POR ISSO.

Nada mais.

Evidentemente, aquilo se referia ao término do casamento de Ed e Lily.

O recado havia sido escrito em letra de forma. Mas quem o mandara? Lily? De alguma forma, porém, Carla sabia que isso não era do feitio dela. Seria alguém do escritório? Embora a maioria das pessoas agora tratasse Carla com mais simpatia, ainda havia quem falasse da ex-colega de trabalho com carinho. Lily havia aberto uma filial (aparentemente com horário flexível) especializada em processos que envolviam pais cujos filhos tinham necessidades especiais. Ela merecia "se dar bem". Isso havia sido dito pela antiga secretária de Lily, com um olhar significativo direcionado a Carla.

Seria possível que fosse alguém do escritório? Ela leu o bilhete mais uma vez:

VOCÊ VAI PAGAR POR ISSO.

Uma parte de Carla queria mostrar aquilo a Ed, para que ele a acalmasse, que falasse que estava tudo bem. Mas e se o bilhete despertasse a consciência dele? E se o fizesse se sentir mais culpado do que já se sentia? Várias vezes ela o havia surpreendido vendo fotos de Tom com ar melancólico. E ele sempre ficava de mau humor quando voltava das visitas a Devon. Será que Ed estaria arrependido de ter deixado o filho por ela? Seria possível que ele a abandonasse para voltar para Lily?

Que humilhação! Ela não podia acabar como a mãe.

Por isso, em vez de contar a Ed sobre o bilhete, rasgou-o em pedacinhos. E, para garantir que ele não o encontraria, como havia encontrado a carta de Rupert, jogou os pedaços de papel numa lixeira na rua.

Passou as semanas seguintes nervosa, olhando para trás sempre que ia para o escritório, atenta à secretária. Mas nada aconteceu.

Em casa, a paixão de Ed por ela o deixava possessivo, controlador.

— Onde você estava? — perguntou ele, certa noite, quando ela voltou tarde para casa, depois de solucionar um contrato urgente da venda de um imóvel. — Tentei falar com você e não consegui.

— Precisei desligar o telefone para me concentrar.

Mas, quando saiu do banho, Carla o encontrou guardando o celular dela na bolsa, como se o estivesse inspecionando.

— Não estou escondendo nada de você — disse ela, irritada.

— Sei que não está, meu amor. — Ele a abraçou. — Só achei que tinha ouvido o celular vibrar. Está vendo, você recebeu uma mensagem. — Ele revirou os olhos. — Trabalho de novo.

Aquela sensação asfixiante só aumentou.

Depois um cliente importante cancelou a encomenda de um retrato da esposa.

— Parece que a mulher não aprova todo esse falatório em torno de nós dois — explicou Ed, dando de ombros. — Mas não importa. Encomendas vêm e vão. O importante é que você é minha. Nunca senti que a Lily fosse minha. Ela estava sempre pensando no Daniel, no Tom ou na carreira dela.

Enquanto isso, as garrafas de vinho desapareciam da adega em uma velocidade alarmante.

— Levei algumas para a galeria — justificou-se Ed, quando ela o questionou.

Mas, no fim da semana, ela encontrou as garrafas vazias no fundo da lixeira para coleta seletiva, no quintal.

Ainda eufórica depois de ter instruído um *barrister* sobre um processo que parecia estar praticamente ganho, Carla sentiu uma pontada de frustração. Será que era assim que Lily se sentia?

Depois, num domingo, quando Ed saiu para desenhar (de novo), ela fez uma boa faxina na casa, em parte para extinguir o que restava da presença de Lily. O escritório de Ed era sagrado: ninguém entrava lá. Mas, quando deu uma olhada no cômodo, ela viu que a mesa estava cheia de papéis. Havia teias de aranha pelos cantos. Xícaras sujas por toda parte. Não faria mal nenhum arrumar um pouco daquela bagunça, não é?

Debaixo dos desenhos inacabados, ela encontrou envelopes fechados.

Alguns traziam o carimbo de "Urgente". Outros, "Importante".

Então ela os abriu.

Apavorada, desabou na cadeira. Ele tinha uma dívida de milhares de libras no cartão de crédito. Fazia dois meses que a hipoteca não era paga. Uma carta dava a ele três meses de prazo, "conforme solicitado".

Mas, depois desses três meses, o dinheiro deveria ser pago.

— Vai ficar tudo bem — disse Ed quando ela o confrontou, assim que ele entrou em casa. — É uma questão de fluxo de caixa. A próxima exposição está chegando. Minha agente está muito otimista. Vou vender mais do que o suficiente para nos manter.

Então ele a encarou, decepcionado, como se *ela* estivesse errada.

— Por favor, não entre mais no meu escritório. Não tenho nada para esconder.

No dia seguinte, os envelopes haviam sumido.

A abertura da exposição quase a distraiu das dívidas que cresciam. Era tão prazeroso ser fotografada nos braços de Ed! Ele ficava tão bonito de smoking!

— Devo me referir à senhora como acompanhante do Sr. Macdonald? — perguntou um jornalista.

Ed, que estava ali perto, adiantou-se:

— Escreva "noiva", por favor.

Carla levou um susto. Eles não haviam nem conversado sobre casamento. Mas Ed falava como se tudo já estivesse resolvido.

— Por que você disse aquilo? — perguntou ela, quando os dois estavam voltando para casa.

Ed apertou sua mão.

— Achei que você iria gostar.

— E gostei.

Mas, por dentro, ela não tinha certeza. Lembrou-se da primeira noite em que fizeram amor. Ela havia adorado sua impetuosidade. Mas agora parecia que ele a tratava como a criança que ela era quando os dois se conheceram. Ele tomava todas as decisões. Decisões importantes, sobre as quais ela também deveria ter o direito de opinar. Será que ela queria mesmo se casar? Aquilo já não parecia tão necessário.

Na noite seguinte, quando Carla ainda estava no trabalho, Ed telefonou.

— Você viu o *Telegraph*? — perguntou, de pronto.

Carla sentiu um aperto na garganta.

— Não.

— Então leia.

Os jornais ficavam na recepção, para os clientes. Carla abriu o caderno cultural. Meu Deus!

NOVA EXPOSIÇÃO DECEPCIONA
OS AMANTES DA ARTE

O pintor Edward Macdonald não satisfez as expectativas...

— Desculpe — disse Carla a um dos sócios. — Preciso ir para casa.

Ele ergueu as sobrancelhas.

— Você terminou o parecer?

— Ainda não. Mas tenho um problema urgente para resolver.

— E terá outro se não estiver com tudo pronto pela manhã.

— Pode deixar.

Quando ela colocou os pés em casa, Ed estava afundado no sofá.

— Vai ficar tudo bem — murmurou ela, inclinando-se para beijar a testa dele.

— Será? Vamos ter que vender a galeria. Não sei como posso mantê-la.

Ela nunca vira um homem chorar.

— Tenho certeza de que...

Ele a abraçou, o hálito quente de uísque, a boca molhada. Deitou-a no sofá.

— Pare, Ed, pare. Não é prudente.

Mas ele continuou beijando-a, e parecia mais fácil deixá-lo continuar do que protestar.

Na semana seguinte, ela recebeu uma carta da mãe.

Cara mia,

Você não vai acreditar no que aconteceu! O Larry deixou dinheiro para mim. Acabei de descobrir: a mulher dele contestou, mas o juiz decidiu a meu favor. Parece que o Larry mudou o testamento antes de morrer. Isso mostra o bom homem que ele era, você não acha?

Portanto a visita dela rendera alguma coisa, afinal.

Mas Carla se sentia péssima. Sim, a mãe agora teria segurança financeira, a julgar pela quantia mencionada. Não era de se admirar que a viúva tivesse contestado. Mas aonde isso levaria Carla? Então ela havia se colocado naquela situação terrível com Ed à toa?

Talvez fosse hora de ir embora.

47

Lily

Fevereiro de 2015

— Ele está chegando, ele está chegando!

Tom anda de um lado para o outro, batendo nos joelhos como se tocasse bateria, mais uma característica de seu transtorno. Segundo os especialistas, isso acalma a pessoa. Mesmo que enlouqueça todos à sua volta.

— O carro chegou, mãe. O carro chegou!

Ross sempre exerce esse efeito sobre ele. Se tem uma coisa em que Ed e eu acertamos, digo a mim mesma, foi na escolha do padrinho do nosso filho.

Ross ficou chocado quando Ed me trocou pela Carla e depois quis ficar com a casa.

— Quanto ao "comportamento irracional", isso é ridículo — observou quando o visitei no dia seguinte. Eu estava péssima, não conseguia parar de chorar.

Encolhi os ombros, correndo os olhos pela casa dele. A tampa da máquina de lavar estava solta, largada sobre a bancada da cozinha, aguardando conserto. Na pia havia louça de muitos dias, e tinha uma pilha de jornais no chão, ao lado da lixeira. Também havia uma garrafa de Jack Daniel's pela metade em cima da bancada. Mas Ross estava sempre impecavelmente vestido, de terno e gravata. Ocorreu-me, como costuma me ocorrer com certa frequência, que nunca conhecemos as pessoas de verdade. Sobretudo nós mesmos. Todo ser humano é um poço de contradições.

— Que motivos ele dá para sugerir comportamento irracional? — perguntou Ross.

— Que trabalho até tarde, que não tiro férias, esse tipo de coisa. — Solto uma risada. — Comportamento irracional pode ser qualquer coisa. Tive uma cliente que se separou do marido porque ele fez uma horta em casa sem pedir permissão para ela.

Agarrei a beirada da mesa bege de Ross. Imagine se os advogados do Ed soubessem a verdade... Não, digo a mim mesma. Não entre nessa.

— O que você vai fazer? — perguntou Ross.

Ele havia se aproximado. Por um instante, imaginei que iria me abraçar. Até aquele momento, sempre nos cumprimentamos com um beijinho no rosto. Foi estranho. Afastei-me.

— Não sei.

Eu só conseguia pensar no padrão geométrico do chão de cerâmica. Desde a noite anterior, pequenos detalhes me pareciam gigantescos. Talvez fosse a maneira que minha mente encontrou para lidar com a situação.

— Tenho uma ideia.

Ross se aproximou da janela e olhou lá para fora. O apartamento dele ficava em Holloway. A vista não era tão bonita quanto a de nossa casa, em Notting Hill (esse "nossa" que logo seria "deles").

— Saia de Londres. Recomece. Monte seu próprio escritório em Devon, para ficar perto do Tom. Eu me lembro de que você e o Ed já cogitaram isso.

Encolhi-me ao ouvir o nome do meu marido.

— É um passo muito grande. E se meus clientes não me acompanharem?

Pela fisionomia do Ross, ele reconhecia que isso era uma possibilidade.

— E se você propuser ao escritório abrir uma filial? Eles poderiam lhe conceder alguns processos.

Hesitei. Sair de Londres? Voltar para o lugar onde eu havia jurado jamais viver depois do Daniel? Mas fazia sentido. Isso aumentaria a distância entre mim e Aquela Mulher. E, ainda mais importante, desafogaria meus pais. Tom passava a semana na escola, mas eu não podia esperar que eles se ocupassem do meu filho nos fins de semana para sempre.

Portanto foi o que aconteceu. Mesmo agora, enquanto lavo o garfo e a faca especiais do Tom e os coloco novamente na mesa sob seu olhar atento, ainda tento entender como consegui enfrentar a situação naquelas primeiras semanas. O escritório havia sido bastante compreensivo: exatamente como Ross imaginou, todos foram muito receptivos à ideia de eu abrir uma filial. O fato de meus pais morarem aqui e estarem ávidos para me receber também ajudou, embora seja estranho voltar ao meu antigo quarto, com todas aquelas medalhas de equitação empoeiradas na gaveta.

— É só até eu encontrar um lugar para mim — justifiquei-me.

Porém, uma vez aqui, pareceu mais fácil ficar. Protegida pelos meus pais. Na esperança de que Joe Thomas agora me deixaria em paz.

Ninguém, penso, pode saber a verdade.

As batidas à porta interrompem meu devaneio, enquanto mexo a sopa de abóbora. Suave. Gostosa. Nos meses de inverno, Devon é bem mais escura e fria do que Londres, mas aos poucos estou voltando a me acostumar. Existe alguma coisa na maneira decidida com que as ondas vêm e vão: é como um reconfortante relógio carrilhão.

Sempre adorei o mar. Tom também adora. Quando ele vem para casa nos fins de semana, passamos horas caminhando na praia, procurando conchas. Mamãe também comprou um cachorrinho para ele. Um *schnauzer*. Aquela raça que parece um homem velho de barba. Tom passa horas conversando com Sammy, assim como Daniel costumava passar horas conversando com Merlin.

Às vezes, me pego fazendo o mesmo.

— O Ross chegou, o Ross chegou! — exclama Tom, pulando pela sala.

Ele nunca faz tanto alvoroço quando o pai aparece, digo a mim mesma ao atravessar o corredor. Por outro lado, procuro não estar por perto quando Ed faz suas visitas quinzenais. Desde o divórcio, nossos "encontros" são um cumprimento rápido à porta, quando ele vem pegar Tom.

Fico imaginando como devem ser esses passeios. Já é suficientemente complicado para o pai divorciado entreter os filhos fora de casa. No caso de uma criança como Tom, fica ainda mais difícil. Como será que Carla lida com a situação? Espero que não muito bem. Apesar daquela matéria sobre o noivado no tabloide que uma colega de trabalho me mostrou, constrangida, ainda não houve nenhum anúncio sobre a data do casamento.

É um alívio, embora ao mesmo tempo eu fique irritada comigo mesma por ter essa reação. Evidentemente isso significa que Ed está hesitante. Carla, tenho certeza, agarraria às pressas a chance de ter uma aliança de ouro no dedo.

— Esqueça o Ed — Ross sempre me aconselha. — Você é especial demais para ele.

Sei que ele só está sendo gentil, mas fico agradecida. Ross se tornou muito importante para nós. Tom adora suas visitas, principalmente porque ele sempre chega com presentes suficientes para acharmos que é Natal, seja qual for o mês. Meus pais também gostam da companhia dele.

— Não entendo por que esse homem não se casou — minha mãe costuma dizer.

— Oi! — Ele sorri radiante na varanda, segurando caixas e flores. — Como estão meus amigos preferidos?

Tom franze o cenho.

— Como você pode dizer "preferido" no plural? Se você gosta mais de uma pessoa, precisa ser no singular. Não dá para ter mais de uma pessoa preferida, porque aí ela não seria preferida, não é?

É o tipo de pergunta pedante com certa lógica de que já estou cansada, por mais inteligente que seja. Mas Ross apenas sorri. Faz menção de passar a mão no cabelo do Tom, como qualquer padrinho faria com o afilhado, mas para a tempo, lembrando-se de que Tom detesta que ponham a mão em sua cabeça.

— Bem pensado.

Minha mãe surge em meu encalço. Tirou o avental e me lança um olhar que sugere que eu deveria ter feito o mesmo.

— Entre. Você deve estar com fome depois da viagem. A comida está quase pronta.

Ross pisca o olho para Tom.

— Não conte a ninguém, mas parei para comer um hambúrguer no caminho. Só que ainda estou com fome.

Tom solta uma risada. A conversa é um ritual, a mesma que eles têm todas as vezes. Uma narrativa que me tranquiliza tanto como a meu filho. Na verdade, tranquiliza meus pais também. A conversa repetida ajuda a trazer para esta casa uma normalidade que raramente existe quando somos apenas nós três tentando salvar Tom de si mesmo, para que o que aconteceu com Daniel não se repita com ele. Não dizemos, mas todos temos o mesmo receio. É o desafio que nos assombra.

A pessoa que não tem um filho assim não entende. Lembro-me de uma vez, quando Tom era menor e conversei com uma mulher na fila do supermercado. O filho dela — de seus 10 anos, agitando os braços desengonçados — estava numa cadeira de rodas. As pessoas abriam caminho para ela. Foram solidários quando ele derrubou algumas latas.

Embora eu jamais desejasse que Tom estivesse numa cadeira de rodas, não posso deixar de pensar que, pelo menos, os outros compreenderiam. Quando meu filho se comporta mal em público — pisar numa taça de vinho, num restaurante, para ver quantos cacos isso "faria" é um exemplo recente —, recebo olhares que dizem: *Por que você não consegue controlar o seu filho?* Ou até: *Esse menino deveria estar preso.* Fico enfurecida.

As pesquisas que fiz revelam que, à medida que as crianças com síndrome de Asperger crescem e ficam menos "fofinhas", seu comportamento difícil gera hostilidade. Outro dia, li um artigo no jornal sobre o dono de uma cafeteria que expulsou do estabelecimento um adolescente autista porque o menino criou confusão quando serviram seu café com leite. O garoto caiu na calçada de mau jeito e quebrou o braço.

Eu mataria quem fizesse mal ao meu filho.

Depois do jantar, Ross e eu saímos para passear com o cachorro. É outro ritual. Às vezes, Tom pede para nos acompanhar, mas fico com medo. Os rochedos na praia são altos: à noite fica difícil ver quando ele se afasta, se está subindo numa pedra, da qual poderia cair. Hoje, para meu alívio, Tom diz que está cansado. Vai tomar uma ducha pela manhã — detesta banheira — e, se sua toalha especial do Manchester United não estiver a postos, todos ficaremos cientes disso. Pouco a pouco, habituei-me a essas "regras" rígidas.

Por mais difícil que ele seja, porém, pego-me pensando que sou abençoada de uma maneira que nem todos iriam entender. Posso não ter um filho convencional, mas ele nunca será enfadonho. Tem eterna curiosidade intelectual. Encara a vida de maneira distinta. "Você sabia que, ao longo da vida, produzimos saliva para encher duas piscinas?", perguntou ele, um dia desses.

— Como estão as coisas? — pergunta Ross agora, quando caminhamos sobre o rochedo íngreme, contemplando a luz dos barcos no horizonte.

É como se fosse outro mundo. Um mundo no qual levamos vidas normais.

— Está tudo bem, obrigada. A escola, graças a Deus, parece estar satisfeita com o Tom. E venho formando uma boa clientela. Também comecei a fazer spinning na academia, para tirar um tempo para mim, como você sugeriu.

Ele assente com a cabeça.

— Muito bem.

Tem alguma coisa errada. Eu sinto.

— E você? Como está o trabalho?

— Tranquilo, embora, para ser sincero, eu ache que a vida precisa ter mais do que isso.

— Sei como é.

Passamos por uma gaivota bicando um saco de batatinhas, por um casal andando de braços dados, que nos lança olhares cúmplices. Os dois imaginam que somos como eles, o que faz com que eu me sinta uma farsa, alguém que precisa deixar claro para Ross que não tem nenhum interesse nele nesse sentido.

— Prezo muito seu carinho pelo Tom — começo.

— Não é só do Tom que eu gosto.

Respiro fundo.

— Eu me preocupo com você, Lily.

Ele segura meu braço, e sinto um calor subir pelo meu corpo. Às vezes digo a mim mesma que aprendi a viver sem o Ed: ele parece fazer parte de outra vida. Às vezes parece que foi ontem. Nesses dias, gostaria que ele estivesse aqui, ao meu lado.

— Não precisa ficar — respondo. — Estou melhor. Eu consegui superar.

Minhas palavras são uma mentira tão óbvia que nem o mar acredita nelas. As ondas quebram com força nas rochas. *Mentirosa. Mentirosa.*

— Preciso contar uma coisa a você — diz Ross.

Quando ele fala, uma onda rebenta. Corremos para longe dos respingos, com ele me puxando, mas a água nos alcança de qualquer forma. Não sou dessas mulheres que ficam bem de cabelo molhado.

Ross segura minha mão, alisa minha pele como um pai tentando tranquilizar a filha.

— O Ed e a Carla marcaram a data de casamento.

Ele realmente disse isso? Ou foi o mar? *Sshh, sshh,* parece dizer agora. Como uma cantiga de ninar.

— O quê?

Ross me encara. Que idiotice a minha! Sua fisionomia é de piedade, não de admiração.

— O Ed vai se casar com a Carla.

Ed. Carla. Casamento. Não é mais só um noivado que pode se romper num piscar de olhos.

Portanto ela conseguiu. Assim como consegue tudo o que deseja.

— Não é só isso.

Começo a tremer de frio e apreensão.

— Ela está grávida, Lily. Carla está esperando um bebê.

De um jeito estranho, a notícia que Ross me dá é um alívio. Assim como quando vi Ed e Carla saindo do hotel. O choque ainda me persegue, mas pelo menos aquilo era uma prova de que eu não estava apenas imaginando o comportamento do Ed em relação a mim.

E agora o aviso sobre uma data de casamento — que logo ganhará as páginas das revistas de fofoca — parece deixar tudo em ordem. Isso me mostra que não há chance de Ed e eu nos reconciliarmos, mesmo se eu quisesse. E não quero.

Isso é outra coisa sobre o término de um casamento longo, pelo menos para mim: por pior que tenha sido, também houve bons momentos. E é desses momentos que costumo me lembrar. Não pergunte por quê. Não fico remoendo as brigas, quando Ed estava mal-humorado ou bêbado. Ou o fato de ele detestar que eu ganhasse mais do que ele e as alfinetadas quando eu chegava tarde do trabalho.

Não. Penso nos momentos que passamos deitados no sofá, assistindo aos nossos programas preferidos. Nos longos passeios que fazíamos com nosso filho ainda pequeno pela praia, vendo conchas e caranguejos.

O que realmente parte meu coração é saber que Ed agora faz essas coisas com Ela. Lembro-me de ler um artigo sobre uma mulher cujo ex-marido havia se casado novamente. Duas coisas haviam me deixado espantada. A primeira era que ela não conseguia dizer o nome da moça, referindo-se à mulher apenas como "Ela". "É porque ainda engasgo com o nome", explicava. "Ele a deixa real demais."

Consigo entender isso.

A segunda coisa que me espantou foi que aquela mulher não conseguia compreender que agora havia outra usando o mesmo sobrenome e compartilhando os mesmos hábitos com o homem de quem ela havia sido tão íntima.

E é exatamente assim que eu me sinto. É muito estranho o fato de meu marido ter outra mulher. Carla logo será Carla Macdonald. Ambas seremos Sra. Macdonald. Ela será mulher do meu marido porque, embora tecnicamente Ed já não seja meu cônjuge, nunca conseguimos de fato apagar um casamento. O divórcio pode anular legalmente o contrato prévio existente entre duas partes, como diria qualquer advogado. Mas não apaga as lembranças, os costumes, os hábitos que nascem com o casal, por melhor ou pior que tenha sido o relacionamento.

Dói. Sim, dói saber que eles também estão criando seus próprios costumes. Talvez ela entrelace as pernas às pernas dele ao assistir àquela série nova sobre a qual todos estão comentando. Os dois agora passeiam com meu filho na praia, enquanto eu me escondo em casa, dizendo a mim mesma que é saudável para Tom passar tempo com o "papai". A ideia de outra mulher bancando a "mamãe" me deixa péssima. Tom às vezes é ingênuo, capaz de transferir seu afeto de uma pessoa para outra em um piscar de olhos. Depois de uma visita recente, não parava de falar do cabelo dela.

— Por que o seu cabelo não brilha como o da Carla? — perguntou. — Por que o cabelo de todo mundo não é como o dela? Do que é *feito* o cabelo dela?

A primeira pergunta puxou milhares de outras, como sempre era o caso com Tom. Mas eu continuava parada na primeira. Não quero pensar no cabelo da Carla, não quero pensar em nada relacionado a ela.

Mas isso... isso dói mais do que tudo. Um filho. Um filho que será sem dúvida "normal". Que não irá precisar de supervisão 24 horas por dia para não se machucar ou para que não aconteça coisa pior com ele. Que não trará dificuldades ao casamento.

Não é justo.

Depois da revelação de Ross, de súbito começo a sentir a raiva que, de acordo com todos os livros de autoajuda sobre divórcio, eu deveria ter sentido há muito tempo. Foi Ed quem errou. E, no entanto, ele acabou melhor que eu. Encontrou outra pessoa. Lida apenas com o lado tranquilo do Tom, que fica sempre eufórico demais depois das visitas, o que significa que preciso trocar o lençol na manhã seguinte. (Um novo desdobramento. Segundo minha pesquisa, é comum em crianças com síndrome de Asperger, embora em geral "desapareça" durante a adolescência. Assim espero.)

E Ed também não tem nenhum dos problemas que ainda me atormentam. Como Joe Thomas.

Junho

Passam-se meses. Durante algum tempo depois de me mudar para Devon, fiquei com medo de que ele me procurasse. Precisei até alertar minha mãe. Disse a ela que havia um antigo cliente que costumava me perseguir e que não deveria ser convidado para entrar lá em casa de jeito nenhum, caso aparecesse.

É claro que ela ficou preocupada.

— Mas por que você não chama a polícia? — perguntou. — Eles não podem tomar uma providência?

Eu estava quase confessando tudo, mas não seria justo. Meus pais já estavam mais do que sobrecarregados com o retorno da filha.

— Era de se imaginar que sim, não é? — murmurei. — Mas na verdade eles não podem fazer muita coisa.

Isso é verdade. Já tive uma cliente cujo ex-namorado a perseguia. Só conseguimos fazer a polícia levar o caso a sério botando um detetive particular no encalço do rapaz para provar que ele estava fazendo o mesmo com outras mulheres. Ainda assim, ele só recebeu uma advertência. A justiça às vezes toma decisões bastante estranhas.

Sinceramente, só estou aliviada por Joe não ter tentado fazer contato conosco. A lembrança do pobre Merlin ainda me atordoa. Ainda me dá calafrios. Se ele foi capaz de planejar isso, o que mais poderia fazer?

Afasto meus temores me concentrando no trabalho. Trabalho, trabalho, trabalho. É a única maneira de conseguir alguma paz, a única maneira de esquecer o impacto do noivado do Ed e a tensão causada pelo Tom.

Quando vim para Devon, tinha medo de não conseguir clientes suficientes e de que, depois de algum tempo, meus sócios chegassem à conclusão de que não valia a pena subsidiar uma filial. Mas, em poucas semanas, os pais de um aluno da escola do Tom me procuraram. Estavam convencidos de que a epilepsia do filho era causada pela água suja de um antigo poço que havia entrado no sistema de abastecimento. Por acaso, eu conhecia um especialista que disse que isso não era impossível. Entramos com um processo e ganhamos não muito dinheiro, mas o suficiente para provar que nem todas as doenças de crianças "simplesmente aparecem" e que elas podem ser evitadas.

Outro pai da escola do Tom me pediu que investigasse alguns registros hospitalares que haviam desaparecido depois do nascimento do filho. Houvera problemas, explicou ele. O cordão umbilical se enrolara no pescoço do menino durante o parto, e o médico que deveria estar de plantão não estava presente. Não encontramos os registros (evidentemente, tinham sido destruídos havia muito tempo). Mas descobrimos que a mesma coisa havia acontecido duas outras vezes, sempre que esse médico deveria estar de plantão. Isso resultou numa ação coletiva, que rendeu indenização para o meu cliente e para outros pais.

"Você está construindo uma reputação e tanto", escreveu meu primeiro chefe, agora aposentado. (Ainda mantemos contato por e-mail.) "Muito bem."

Como está Carla, quero perguntar. *Ela vai continuar trabalhando para você depois que tiver o bebê?* Mas não tenho coragem de tocar no assunto.

Certa manhã, quando estou correndo na praia antes do trabalho, ouço alguém correndo atrás de mim.

Não é incomum. Muitas pessoas se exercitam às seis da manhã, e todos nós nos conhecemos. Tem até uma mulher com olheiras enormes que corre empurrando um carrinho de bebê.

Mas, intuitivamente, sei que esses passos são diferentes. Eles se ajustam ao meu ritmo. Desaceleram quando eu desacelero. Ganham velocidade quando imponho velocidade.

— Lily — ouço a voz. Uma voz que conheço muito bem. — Pare, por favor. Não vou machucar você.

48

Carla

Junho de 2015

Carla fitava seu corpo debaixo da água com espuma. O quarto banho de banheira em quatro dias. Mas não havia mais nada para fazer à noite. E isso lhe permitia fechar a porta e passar um tempo sozinha.

Desde que havia descoberto que ela estava grávida, Ed não a deixava levantar um dedo em casa. Já bastava, dizia, ela fazer questão de continuar trabalhando. Ela deveria descansar. Eles dariam um jeito, apesar dos comunicados do banco. Ele a amava. Cuidaria dela.

A antiga Carla teria adorado essa atenção. Mas a vida com Ed não era como ela havia imaginado. Não era só a depressão dele pelo fato de não vender suas telas e as dívidas bancárias. Ou o comportamento do Tom nos fins de semana de visita, que aborrecia Ed e também abalava a relação dos dois, sobretudo quando ela sugeria que, se fosse "castigado" com mais frequência, Tom melhoraria. Nem o último bilhete de ameaça, que ela havia escondido de Ed.

TENHA CUIDADO.

Não. O que realmente afligia Carla era a aliança em seu dedo. Se não fosse pelo fato de que estava grávida, não teria aceitado se casar. Os "cuidados" de Ed eram asfixiantes. Mas agora ela estava presa pela gravidez. Como poderia deixar o filho crescer sem pai, como ela havia crescido? Seu filho não seria "diferente". Veja aonde isso a havia levado.

Portanto eles se casaram. Uma cerimônia simples, por insistência dela. Apenas eles e duas testemunhas desconhecidas. O casamento, decretara ela, precisava ser ali, na Inglaterra, num cartório. Se fosse na Itália, as matronas de olhos afiados logo veriam a pequena saliência que já começava a aparecer.

— Tão antiquada — comentara Ed, beijando sua cabeça, como se ela ainda fosse a criança que ele havia conhecido.

Às vezes Carla ficava imaginando se Ed na verdade gostaria que ela *fosse* aquela menininha, para poder controlá-la completamente.

— Ah, que fofo! — exclamou uma moça do curso de gestante quando Carla lhe confidenciou que seu marido não a deixava fazer nada em casa.

O que Carla não disse era que ele também não a deixava levar para fora suas garrafas vazias. Ed agora bebia muito mais do que queria admitir, o que havia resultado numa briga pavorosa numa festa da associação de críticos de arte. Mais tarde, evidentemente, ele se desculpou.

— Estou bebendo por dois — brincara, colocando a mão sobre a taça de Carla quando ela pegou a garrafa de vinho, um dia. — Você não pode. Não me importa qual seja o último parecer dos especialistas. Esses médicos mudam de ideia o tempo todo. É melhor não arriscar e evitar álcool durante a gravidez.

Ele passou a mão na barriga dela.

— Você está carregando um filho meu — murmurou. — Prometo tomar conta de vocês. Falta pouco, meu amor.

Seis semanas. Mas todos os dias pareciam levar uma eternidade. Como era desconfortável! Como pesava! Carla não conseguia nem se olhar no espelho, embora Ed lhe garantisse, com hálito de uísque, que ela estava bonita. Também não suportava o toque da mão dele na barriga, para ele sentir o bebê se mexendo como se fosse um monstro em seu corpo.

Ensaboando os seios (imensos, os mamilos tão escuros que ela mal os reconhecia), Carla se permitiu lembrar o dia em que havia esbarrado com Rupert, pouco tempo depois do casamento.

— Como você está? — perguntara ele.

Os dois estavam no fórum. Ela estava auxiliando um *barrister.* (Por ironia do destino, era o julgamento de um homem que se embebedara numa festa de trabalho e fora demitido por abordar a chefe de maneira inapropriada. Rupert fazia parte da acusação.)

Ela teve dificuldade de se concentrar nas argumentações, pois ficou olhando para o ex-colega de faculdade o tempo todo. Ele também parecia não tirar os olhos dela. Durante o intervalo, os dois se encontraram.

— Eu me... — começou ela, mas se deteve. Os olhos se encheram de lágrimas. — Eu me casei com um alcoólatra praticamente falido. E estou grávida dele.

Rupert arregalou os olhos.

— Ouvi dizer que você tinha se casado com o Ed — respondeu. — Mas não sabia dos detalhes. Acho que deveríamos tomar um café quando a audiência terminar.

Carla não tinha a intenção de se expor tanto, mas as palavras simplesmente saíram. O jeito controlador de Ed podia ser interpretado como atenção. A eterna preocupação com dinheiro. (A pedido do banco, a casa seria, enfim, colocada à venda, mas ainda não houvera muitas visitas de pessoas interessadas.) A sensação desagradável de morar na casa de outra mulher.

— No fim, a Lily deixou quase tudo, até as roupas. É como se estivesse querendo me dizer que não posso substituí-la.

Então havia chegado o bilhete, do nada, ameaçando-a por ter feito mal a Lily.

Rupert ficou perplexo.

— O que a polícia disse?

— Não contei à polícia.

— Por que não?

Ela sentiu os olhos se encherem de lágrimas novamente.

— Porque aí o Ed faria um alvoroço, não ia me deixar continuar trabalhando. Ele me obrigaria a ficar em casa, presa como um pássaro, para me proteger.

Rupert segurou a mão dela.

— Que horror, Carla! Você não pode viver assim.

— Eu sei. — Ela voltou os olhos para a barriga já visivelmente saliente. — Mas o que posso fazer?

— Várias coisas. Você poderia...

— Não — ela o interrompeu. — Não posso ir embora. Não posso ser como a minha mãe. Não vou deixar essa criança crescer sem pai, como eu cresci.

Rupert soltou a mão dela. *Não faça isso*, ela queria gritar. *Não faça isso.*

Ele pegou um cartão no bolso interno do paletó.

— Esse é meu celular. Mudei o número há pouco tempo. Ligue para mim. A qualquer hora. Você sabe que sempre pode contar comigo. E minha noiva quer conhecer você também.

— Sua noiva?

Rupert enrubesceu.

— Katie e eu ficamos noivos no mês passado. Foi meio repentino, mas estamos felizes.

A mão dele segurando a dela, o rubor em seu rosto... Carla entendera tudo errado. Rupert estava, de fato, sendo apenas amigo. Nada mais.

Já fazia algumas semanas que isso havia acontecido. Ela guardara o cartão. Volta e meia, cogitava telefonar. Mas sempre surgia uma frase em sua cabeça: *Minha noiva quer conhecer você.*

Ela estremeceu. Não queria nunca mais roubar nada de ninguém. Aquela situação intolerável era seu castigo por ter roubado o marido da Lily.

— Carla? — chamou Ed, batendo à porta do banheiro. — Meu amor? Está tudo bem?

— Está, sim — respondeu ela.

E abriu a torneira para abafar a resposta dele, abaixando a cabeça na água, permitindo-se pensar com clareza, sem a voz dele atravessando a porta.

49

Lily

Paro. Apoio-me na cerca do calçadão. Tento me acalmar olhando para o mar, a luz de um barco ancorado, oscilando na água, contra o sol nascente.

E dou meia-volta.

Joe Thomas não parece um ex-detento. Está muito mais velho do que em nosso último encontro, mas isso lhe cai bem. Confere a ele certa imponência. Ele deixou o bigode crescer, embora o cabelo ainda esteja curto.

Mas uma coisa não mudou. Os olhos. Os olhos castanho-escuros que me fitam.

— Precisamos conversar.

Sinto um calafrio atravessar meu corpo.

— Não tenho nada para dizer a você.

Ele estende o braço. Por um momento, imagino que vai segurar minha mão. Recuo. Uma conhecida de corrida passa por mim.

Joe espera alguns instantes.

— Preciso falar com você. Por favor.

O tom é de súplica. Fico balançada.

— Aqui, não.

Hesitante, conduzo-o às mesas de uma cafeteria no outro lado da rua, com uma placa de ABRIMOS ÀS 9H! Nós nos sentamos um de frente para o outro, afastados do calçadão e das pessoas que passam se exercitando.

— O que foi? — pergunto de maneira brusca.

Os olhos dele estão cravados nos meus. Como se tentassem me engolir.

— Você não precisa se preocupar com a Carla.

Inicialmente, as palavras dele são tão inusitadas que demoro alguns instantes para assimilá-las. Quando finalmente entendo o que elas querem dizer, fico ao mesmo tempo assustada e — preciso admitir — animada.

— Como assim?

— Seu ex-marido e Carla não vão ficar juntos por muito tempo.

Minha boca seca.

— Como você sabe?

— Sabendo.

Ele aproxima a cadeira da mesa. Sem olhar para baixo, sinto que nossas pernas estão quase se tocando. Um homem passa com o cachorro, que cheira uma batata caída na calçada. Para ele, somos apenas duas pessoas que se sentaram para descansar depois da corrida, admirando a vista. Ou talvez um casal de turistas hospedados num hotel da praia, dando um passeio antes do café da manhã.

— Sei que não deve ser fácil — observa Joe. — Seu marido se casou com outra mulher. E eles agora vão ter um filho.

— E daí? Eu segui com a minha vida.

Os olhos escuros desnudam meu fingimento.

— Tem certeza?

Não. Claro que não tenho. Gostaria que Carla nunca tivesse existido. Gostaria de ter dito à mãe dela que lamentava mas que não podíamos cuidar da filha dela nos fins de semana.

Mas não sou assim. Na verdade, preciso ajudar as pessoas. Para compensar o fato de não ter ajudado meu irmão. Por ter falhado com ele. Por ter falhado comigo mesma.

— É por isso que você está aqui? — pergunto. — Para ver como estou?

— Em parte.

Gotículas de suor brotam na testa dele. Sinto o mesmo acontecendo em minhas costas.

Aguardo como um camundongo prestes a ser atacado. Sabendo o que me espera.

— Quero um teste de paternidade, Lily. Não acredito quando você diz que o Tom não é meu filho. Ando vigiando você, assim como sempre vigiei você e todo mundo com quem você se relaciona, desde que saí da prisão.

Que ridículo! Como? Onde?

— Essa é mais uma das suas mentiras? — pergunto.

Ele solta uma risada.

— Até me apresentei a Carla no enterro do Tony.

— Não acredito em você. Ela não estava lá.

Mais uma risada.

— Então você não estava prestando muita atenção.

Ele aproxima ainda mais a cadeira. Afasto-me.

— Nunca estou muito longe, Lily. Vejo quando você busca o Tom na escola, nas noites de sexta-feira. Ou quando o leva para passear na praia, com o Ross.

Ele contrai a boca.

Meu coração acelera. Ele não faria...

— E como você nos espiona assim sem que a gente consiga notar? — pergunto rispidamente. O medo está me deixando irritada.

O medo está me deixando enfurecida.

— Espiono? — Ele parece refletir sobre a palavra. — Não sou nenhum James Bond, mas passei um tempo atrás das grades. Aprendemos algumas coisas na prisão. Cheguei até a pagar um contato meu para investigar você quando pensei em contratá-la. Queria ver se você estava à altura do trabalho.

Uma lembrança me ocorre. A sensação, assim que me casei, de estar sendo seguida na rua. Minha surpresa ao descobrir que Joe sabia que eu havia acabado de me casar.

Seria verdade?

Ou é apenas o devaneio de um fantasista? Mas então como explicar o fato de ele saber tanto sobre mim? Sobre Tom. Sobre Ross.

— O Tom se parece muito comigo quando eu era menino. — O rosto dele se contorce em sofrimento. É uma das poucas vezes que o vi manifestar emoção. — Eu o observo. Ele faz as mesmas coisas que eu. Não gosta quando não está tudo em ordem. Sei que ele é meu filho. Dei tempo a você por causa do término do seu casamento, mas mereço saber. Você não acha?

Eu entenderia seu lado se não tivesse tanto medo dele. Se ele não fosse um assassino.

Um casal passa correndo no calçadão, de mãos dadas. Vejo-os todos os dias. O Sr. e a Sra. Recém-Casados, como os chamo. Joe me vê observando os dois.

— Você se sente sozinha, Lily?

Essa mudança de abordagem me desestabiliza. Talvez seja esse o objetivo. Meus olhos embaçam de súbito. É claro que me sinto sozinha. É muito injusto que Ed tenha encontrado a felicidade enquanto eu me vejo fadada à solidão. Quem aceitaria um filho como o Tom?

— Você não precisa ficar sozinha. — Joe segura minhas mãos. O toque é quente. Firme. — Sempre amei você, Lily. Do meu jeito.

A solidão que sinto parece zumbir em meus ouvidos. Eu gostaria de dizer que não sei o que estou fazendo. Mas sei.

Inclino-me na direção dele. Deixo-me ser tocada. Deixo-me ser beijada no pescoço. Sinto o hálito dele em minha pele, enviando calor ao meu sexo.

Uma pessoa surge correndo à distância, perto do posto do salva-vidas. Afasto-me. Joe abre os olhos. Levanto-me, perplexa com o que acabo de fazer. Ao me levantar, uma chave cai do meu bolso. É a chave que sempre levo comigo, embora não tenha nenhuma utilidade. A cópia da chave da minha antiga casa com Ed. Quando somos atacados, aprendi num curso de defesa pessoal, devemos acertar o olho do agressor para ter tempo de fugir. Chave é sempre bom, dizia o instrutor, ou dedo. É um conselho que sempre tenho em mente, esteja eu em Londres ou na praia, correndo de manhãzinha.

Joe se agacha para pegá-la.

Esse homem é um assassino e deveria estar preso por ter matado a namorada. Mas o gesto educado de pegar a chave sugere cortesia. E esse é o x da questão. É claro que Joe é uma pessoa ruim. Mas também é generoso em certos aspectos.

Gosto de pensar que sou boa. Mas não há escapatória: também errei. Fiz algo que atinge não apenas a mim mesma, como também Ed. E, ainda mais importante, Tom.

Quando volto correndo para o calçadão, o mar agora deslizando sobre os seixos, finalmente me permito pensar na noite do veredicto.

Esqueça a dor que sinto no peito, dificultando a respiração.
Não é nada comparada à agonia da espera.
Meu corpo está tenso. Rígido de apreensão.
Ouço passos. Ela está vindo.

50

Carla

As contrações começaram no dia seguinte, quando Carla estava no trabalho, conferindo a correspondência. Sempre havia alguma coisa, graças a Deus. Uma carta, um contrato, um telefonema, uma reunião. Qualquer atividade para afastar a imagem de Ed esperando por ela em casa, de olho no relógio, com uma garrafa na mão.

— Chegou outro envelope — anunciou a antiga secretária de Lily, enfiando a cabeça no vão da porta. — Acabaram de entregar, em mãos.

Carla sentiu o coração acelerar, embora não houvesse necessidade. Muitas cartas eram entregues em mãos. Era comum o uso de boys. Ao pegar o envelope, porém, ela viu que seu nome não estava digitado, e sim escrito em letra de forma. Ela o abriu.

VOCÊ E ESSA CRIANÇA PAGARÃO POR ISSO.

Carla sentiu o bebê se mexer, uma pontada forte de dor.

— Quem entregou isso? — perguntou, num murmúrio.

A secretária já havia deixado claro que não gostava da sucessora de Lily.

— Um motoboy. Mas não disse para qual empresa trabalhava.

A mulher se retirou, deixando a porta aberta.

Ao se levantar para fechá-la, Carla de repente sentiu um fio de líquido lhe escorrer pela perna.

Que constrangedor! Ela havia urinado. Então era nisso que seu corpo havia se transformado? Ela guardou a carta na bolsa, atravessou o corredor e entrou no toalete. Para seu horror, a mesma secretária estava ali, enxugando as mãos.

A mulher tomou um susto.

— Sua bolsa estourou?

Evidentemente, ela sabia que, quando a bolsa estoura, está na hora do parto. Mas a professora do curso de gestante havia descrito o acontecimento como se fosse um grande fluxo, não um fio de líquido.

— Aconteceu comigo também, quando tive meu segundo filho — disse a mulher, a entonação relutantemente afável. — Sente-se aqui. Vou chamar a ambulância.

Era como se as paredes se fechassem sobre ela.

— Mas está cedo demais. Ainda faltam seis semanas.

— Mais um motivo para você ir para o hospital. — A mulher já estava ao celular. — Ambulância, por favor. Urgente. — Ela se virou para Carla. — Ligo para o Ed? Ainda tenho o número dele, na agenda antiga da Lily.

Lily... Ed... Eles nunca iriam desaparecer? Será que ela estava condenada a ficar presa para sempre naquele casamento triangular?

— Desculpe — murmurou ela quando a ambulância serpenteava pelas ruas.

— Não precisa se desculpar, querida — falou um homem, ao seu lado. — É nosso trabalho.

Não é a você que estou pedindo desculpas, ela tentou dizer. *É ao meu filho, que está vindo para esse caos horrível que criamos. Volte. Volte para a segurança de onde você está.* Mas uma dor estranha havia começado a lhe contrair a barriga. Era uma contração seguida da outra.

— Precisamos acalmá-la — interveio uma mulher.

A entonação urgente e ao mesmo tempo tranquila fez Carla se lembrar da ocasião em que ela fora levada ao hospital quando criança. *Você podia ter morrido*, repreendeu-a o médico na época, como se ela, e não a mãe, fosse responsável por não reagir aos sintomas rápido o bastante. Talvez ela agora estivesse morrendo. Talvez fosse melhor. Que tipo de vida o bebê teria com pais que já brigavam antes mesmo de ele nascer?

— Carla, você está me ouvindo? — perguntou o homem. — Vamos lhe dar uma injeção para tentar manter o bebê no útero por mais tempo. Tudo bem?

Então tudo escureceu.

51

Lily

— Vamos dar uma volta — propôs Joe, depois que ganhamos o recurso.

Palavras tão inocentes...

Começamos a andar pelo Heath, respirando o ar fresco da noite depois da tensão no tribunal.

— Você se lembra — perguntou ele, mantendo os olhos fixos à frente — de quando nossas mãos se tocaram na penitenciária?

Como eu poderia esquecer? Ele havia deixado a impressão de que a iniciativa fora minha, e não dele.

— Sabe — continuou, sem esperar minha resposta —, tem muito pouca gente no mundo que consigo tocar. Sempre fui assim, desde pequeno.

Ele segurou minha mão — com força, com firmeza —, e continuamos andando no escuro, nos afastando do bar.

É claro que eu deveria ter me afastado dele. Inventado uma desculpa e voltado para casa, naquele exato momento. Mas estava eufórica depois do veredicto. E triste por causa do Ed. Precisava enfrentar o fato de que meu marido não gostava de mim. Ele e Davina formavam um par muito mais apropriado. Era com ela que ele deveria ter se casado. Não comigo.

Também tinha outra coisa. Há pouquíssima gente no mundo que Joe consegue tocar. Foi o que ele disse. Mas eu era uma dessas pessoas. E fiquei lisonjeada. Por que não? Ele era um homem que eu acreditava ter sido injustamente aprisionado. Um homem que merecia piedade e também admiração, sobretudo porque decidira não pedir compensação financeira. Nada, ele havia dito no tribunal, traria Sarah Evans, sua namorada, de volta. Ele só queria justiça. Liberdade.

— Você está chorando — comentou Joe quando me dei conta de que minha mão estava retribuindo o aperto dele.

E foi quando lhe contei. Contei tudo sobre meu casamento. Baixei a guarda. Gostaria de dizer que foi porque não costumo beber de estômago vazio. Gostaria de dizer que foi por causa da euforia do êxito de ganhar meu primeiro processo grande. Mas a verdade é que Joe era alguém com quem eu podia conversar.

Como eu já havia descoberto, a penitenciária é capaz de fazer isso. Estabelece um elo comum. O próprio fato de estarmos num lugar que a maioria das pessoas teme faz a gente se sentir diferente. Cria relações improváveis. O fraudador e o colega de cela estuprador. O professor e o homicida. O advogado e o cliente.

E, evidentemente, também havia essa coisa sobre a qual não dá para impor leis ou normas. A energia física que imperava entre nós. Uma eletricidade que senti pela primeira vez na sala de visitas, debaixo daquele cartaz da ESPERANÇA. Algo que jamais deveria acontecer entre detento e advogado. Só que Joe já não era mais um detento. Era um homem livre.

Ambos éramos livres para fazer o que quiséssemos.

Não posso nem dizer que foi estupro, embora eu tenha tentado reagir por alguns segundos. Só sei que de repente me deixei levar. Nem sequer tentei fingir para mim mesma que era amor, porque era melhor do que isso. O amor é frágil, pode ser destruído facilmente. O desejo é mais forte. Tem gratificação imediata. Meu passado havia me ensinado isso muito bem.

Quando Joe me deitou no chão e desabotoou minha blusa, lembrei-me de como o "errado" e o "desejo" podem nos proporcionar uma inexplicável descarga de adrenalina, que não se parece com nada mais. Uma descarga tão forte que nos faz derreter e arder ao mesmo tempo. É revigorante quando alguém nos dá permissão de quebrar todas as regras, principalmente quando esse alguém somos nós mesmos. Por fim, eu me sentia livre.

— Rápido — disse Joe, quando terminamos. — Tem alguém vindo.

Com dificuldade, eu me levantei.

Só então, quando vi o olhar de nojo da pessoa que se aproximava, senti a vergonha que deveria ter sentido antes. Vergonha que poderia ter me salvado dessa situação.

— Vá embora — murmurei, as mãos trêmulas abotoando a blusa. — Vá embora e não volte nunca mais.

Então saí correndo. Corri pelo Heath, ciente de que deveria estar medonha. Corri pela calçada, até chegar ao metrô, colando-me aos corpos suados das outras pessoas, sabendo que eu tinha o cheiro do erro. Desesperada para chegar à minha casa e tomar um banho. Um longo banho quente para me livrar dos vestígios de Joe Thomas.

— Precisamos comemorar! — exclamou Ed, quando cheguei. — Abrir um vinho! — Ele ficou subitamente sério. — E ter a conversa que você prometeu.

Ver o rosto do meu marido me encheu de culpa a ponto de eu fazer questão de sair para comprar o tal vinho só para fugir da situação.

Então houve aquela discussão com Tony e Francesca no corredor. Foi por isso que fui tão dura com ele. Claro que sentia pena da mulher do Tony. Mas ataquei-o daquele jeito porque reconheci nele minhas próprias fraquezas. Condenei-o exatamente como condenava a mim mesma.

Na noite seguinte, quando já não podia mais postergar a conversa com Ed, sentei-me no banheiro e tentei decidir se o deixava ou não.

Se abrisse a revista numa página ímpar, eu o abandonaria.

Se a página fosse par, ficaria com ele.

Setenta e três.

Ímpar.

A página mostrava a fotografia de uma família feliz, sentada em torno da mesa. A imagem me comoveu. Almoço de domingo. Vida normal. O tipo de vida que meus pais deveriam ter tido. Que Ed e eu ainda poderíamos ter se parássemos de mentir um para o outro.

Não preciso aceitar a página ímpar que o destino me deu. Assim como, entre cara e coroa, Daniel sempre rejeitava a cara.

— No fundo, a gente sabe o que quer antes de a moeda cair. — Ele sempre dizia isso. — Por isso essa é uma maneira tão boa de tomar a decisão.

E, no fundo, eu sabia que, apesar de tudo, ainda amava meu marido. Joe era apenas desejo. Eu não devia ter me deixado levar. Ed era minha chance de virar minha sorte.

E, no entanto, às vezes precisamos errar para só depois acertar.

Era o que eu precisava fazer agora, hoje, caso a sementinha de Joe já estivesse crescendo dentro de mim.

Por isso saí do banheiro, segurei a mão do Ed e o conduzi à cama.

No mês seguinte, descobri que estava grávida. De uma criança que poderia ser de qualquer um dos dois.

52

Carla

— Carla? Você está me ouvindo?

Parecia que haviam se passado apenas alguns minutos desde que alguém na ambulância fizera essa pergunta. Mas agora era outra pessoa. Era o Ed.

O primeiro pensamento de Carla foi que ele havia descoberto o bilhete com letra de forma. Será que ela não o guardara na bolsa? Quem sabe ele talvez tivesse vasculhado a bolsa. Já havia feito isso antes com o pretexto de "procurar dinheiro trocado".

— Está tudo bem, meu amor. Estou aqui. E temos uma filha linda.

Filha? Por favor, não! Uma menina decerto cometeria os mesmos erros que ela e a mãe haviam cometido. Aquilo jamais iria acabar.

— Ela é muito pequenininha, Carla. Mas os médicos disseram que vai ficar bem.

Como isso era possível? Ela não se lembrava nem sequer de dar à luz. Ed estava mentindo.

Já mentira para Lily. Por que não mentiria para ela?

Ele se aproximou e beijou seu rosto. O toque fez sua pele formigar.

— Você nos deu um susto, meu amor.

— Não foi culpa minha — ela conseguiu dizer.

Ele estava agitado.

— Eu podia ter perdido vocês duas.

— O que aconteceu? — balbuciou ela.

— O bebê decidiu vir antes da hora. — Era outra pessoa que estava falando. Carla tentou se virar para ver quem era, mas tudo doía. — Acabou sendo bom. Você tinha placenta prévia, por isso foi preciso fazer uma cesariana de emergência. Foi uma grande confusão. Quer ver o bebê agora?

Que bebê? Não tinha nenhum bebê no quarto. Ela sabia. Havia acontecido alguma coisa.

— A UTI fica aqui do lado, querida. — Uma enfermeira de uniforme verde surgira na frente dela. — Suas pernas ainda estão fracas? Vamos botá-la nessa cadeira de rodas. Assim.

— Ela é saudável? — perguntou Carla, num murmúrio.

— É uma guerreira — respondeu Ed.

Mas Carla viu o olhar que ele lançou para a enfermeira. Um olhar de medo.

— Chegamos, querida.

Aquele era o bebê? Carla fitou a incubadora. Havia um ratinho lá dentro. A pele era tão clara e translúcida que lhe lembrou o filhote de pássaro morto que ela havia encontrado na calçada de casa, quando ainda era vizinha de Lily e Ed. ("Deixe isso para lá", resmungou a mãe arrastando-a para o ponto de ônibus.)

Aquela "coisa" não era muito maior do que a mão do Ed. Saíam fios dela. Os olhos estavam fechados. Uma máscara cobria o restante do rosto, se é que se podia chamar aquilo de rosto.

— Ela está respirando por meio de aparelhos — informou a enfermeira. — Mas, daqui a algumas semanas, vai conseguir respirar sozinha.

Semanas?

— Infelizmente, você não pode segurá-la no colo, mas pode conversar com ela.

— Faz bem para o bebê ouvir a voz dos pais — interveio Ed. Ele parecia versado no assunto, mas ao mesmo tempo se mostrava quase convencido por ser o especialista, comparado a ela. — Nós sempre conversamos com o Tom.

— Mas como ela pode ouvir se está tão doente?

— Você iria se surpreender se soubesse, querida. Você poderá ir para casa daqui a alguns dias. O cirurgião fez um ótimo trabalho, mas você precisa descansar. E não deve pegar peso. Poderá visitar sua filha todas as tardes e noites. — A enfermeira suspirou. — Tínhamos um lugar reservado para os pais ficarem, mas infelizmente isso acabou quando tivemos que cortar os gastos.

Carla mal ouvia, apenas fitava o ratinho. A barriga inchada subia e descia com uma regularidade estranha. Por causa da máscara e dos fios era quase impossível ver o restante do corpinho. Isso era castigo! Era o que ela merecia por roubar o marido de outra mulher. Agora ficaria realmente presa, mais do que antes. Como poderia voltar a trabalhar? Ed já era contra a ideia, mas seria impossível se a filha deles fosse mesmo doente.

Enfurecida, ela se virou para Ed.

— Por que você me engravidou?

— Pronto, pronto — interveio a enfermeira, alisando o ombro dela. — Você ficaria surpresa ao saber quantas mães dizem isso, mas vai mudar de ideia quando conhecer melhor a sua filha.

Ed a encarava, perplexo.

— Você precisa ser forte pela nossa menininha.

Mas aquela coisa não parecia uma menininha, não parecia nem um ser humano.

— Não quero vê-la — respondeu Carla, a voz histérica. — Quero ir embora. Quero a minha mãe. Por que ela não está aqui? Me dê o telefone. Agora. Preciso falar com ela.

— Carla...

— Não! Pare de ser tão dominador. Me dê o celular.

Ed e a enfermeira se entreolharam. O que estava acontecendo?

— Carla, meu amor, escute. — Ele a abraçou. — Eu só ia contar isso quando você estivesse recuperada. Mas sua avó telefonou durante a cesárea. Infelizmente, sua mãe ficou doente.

Carla sentiu o corpo enrijecer.

— O que ela tem?

— Câncer. Já faz um tempo. Ela não passou o Natal com a sua tia. Estava no hospital. Para onde, desde então, precisou ir algumas vezes.

A boca de Carla ficou seca.

— Mas ela está melhor agora? Vem conhecer a neta?

Ed tentou abraçá-la novamente, mas ela o empurrou.

— Responda. RESPONDA.

Os olhos dele estavam cheios de lágrimas. Os da enfermeira também.

— Sua mãe morreu, Carla. Pouco tempo depois de você dar à luz. Sinto muito.

53

Lily

De volta ao calçadão, fujo de Joe, as gaivotas grasnando no céu. Só então me dou conta de algo tão óbvio que fico me perguntando por que eu não tinha pensado nisso antes. Se eu provar que o Tom *não* é filho do Ed, posso proibir suas visitas. Ele não precisa saber quem é o verdadeiro pai.

E mais importante: a mulher do meu marido também não veria mais o meu filho.

Uma maneira de recuperar parte da minha vida. Ter meu filho para mim.

Mas, se o DNA do Joe for compatível, Tom teria um pai assassino.

À distância, um barquinho balança sobre as ondas.

É quando outra ideia me ocorre. Bem melhor do que a primeira.

54

Carla

A mãe tinha dado o último suspiro sem ela ao seu lado?

— Mas eu não me despedi — lamuriou-se Carla ao telefone, com a *nonna*.

A avó também chorava.

— Ela não queria incomodar você.

Ao fundo, ela ouvia um homem se lamentando.

O *nonno*. Então ele se importava?

No entanto, todos haviam escondido aquilo dela. Apenas agora os sinais faziam sentido. A magreza da mãe antes de Carla partir para Londres. (Ela havia acabado de receber o diagnóstico.) A voz fraca ao telefone. A posterior decisão de que cartas eram melhor do que os telefonemas caros. A promessa de que ela viria à Inglaterra quando o bebê nascesse, mas que, no momento, estava "atarefada".

E agora, além do luto, ela precisava lidar com aquela criatura. Aquela coisa. *Você vai se sentir melhor quando puder segurá-la.* Era isso que Ed e as enfermeiras diziam. Mas, quando finalmente puseram o rato em seus braços, ouviu-se um barulho eletrônico agudo.

— Está tudo bem, querida — tranquilizou-a a enfermeira. — É só porque o bebê ainda não consegue respirar sem a ajuda dos aparelhos.

Era tudo tão apavorante! Como ela poderia levar aquela coisa para casa se não respirava sozinha?

— Essas coisas demoram — observou o jovem médico.

— Foi o que eu disse — assentiu Ed, como se ele próprio fosse médico.

Mais uma vez, Carla se sentiu a criança que falava besteira sempre que abria a boca. Ah, se a mãe estivesse ali para ajudá-la! Ela saberia o que fazer.

Às vezes, Carla achava que haviam roubado seu verdadeiro filho. O rato não se parecia nem com ela nem com Ed. E ainda pior, eles descobriram que bebês prematuros com frequência têm "problemas de desenvolvimento" que, segundo o especialista, podem aparecer apenas mais tarde. Como ela conseguiria lidar com essa incerteza?

Cinco semanas depois, quando estava fazendo mais uma de suas relutantes visitas diárias (incentivada por Ed), Carla se deparou com várias pessoas em torno da incubadora. Isso não era incomum. Frequentemente, alunos de medicina apareciam para admirar o menor bebê que havia nascido aquele ano no hospital. Mas havia um alarme soando, diferente do barulho eletrônico daquela outra vez. E a tela junto à incubadora emitia bipes incessantes.

— Telefonamos para vocês — disse uma enfermeira. — Mas seu celular e o celular do seu marido estão desligados. Vocês pensaram num nome?

Desde que o rato havia nascido, as pessoas não paravam de fazer essa pergunta. Mas Carla recusou todas as sugestões de Ed durante a gravidez, como se estivesse em negação sobre o próprio fato de estar grávida. Agora que aquela coisa estava ali, ela continuava sem vontade de lhe dar um nome. Isso seria reconhecer que ela estava ali para ficar.

— Talvez fosse bom batizá-la — acrescentou a enfermeira, apreensiva. Ela segurava um formulário. — Aqui diz que você é católica. O padre está aqui, caso você queira conversar com ele.

— Não estou entendendo...

— Minha querida. — Um jovem gordo de colarinho clerical segurou as mãos dela como se os dois fossem amigos íntimos. — O que a enfermeira está tentando dizer é que o quadro clínico da sua filha piorou. Vamos nos assegurar de que ela esteja preparada para a vida eterna que a aguarda?

O rato estava morrendo? Será que essa era a solução para todos os seus problemas? Mas por que ela sentia essa aflição lhe subir pelo corpo?

— Não pode ser.

— Minha querida, os planos de Deus nem sempre são o que esperamos.

— Você gostaria de segurá-la?

Não. Ela poderia cair.

Um médico fez sinal para a enfermeira. Entregaram-lhe o rato, com todos os fios. Dois olhinhos minúsculos a fitaram. O nariz era inusitadamente comprido, quase aristocrático. Então Carla viu o fiapo de cabelinho ruivo na cabeça quase careca.

— Poppy — murmurou. — O nome dela é Poppy. Poppy Francesca.

Milagrosamente, Poppy melhorou durante a noite.

— Você devia ter me consultado antes de batizá-la — repreendeu-a Ed quando chegou afinal ao hospital, com cheiro de uísque.

— Eu teria consultado você se estivesse aqui — respondeu ela, sem despregar os olhos da filha, que agora estava outra vez na incubadora.

— Na verdade, eu estava vendendo uma tela.

— Não tem importância — disse a enfermeira. — A Poppy recebeu aquilo de que precisava. Carinho de mãe. Claro que os médicos vão dizer que foram eles quem resolveram o problema dos pulmões, mas amor é fundamental. E acho esse nome lindo. Faz tempo que não temos uma Poppy.

— É, é um nome distinto — acrescentou Ed de má vontade. — Engraçado como a cor do cabelo pula algumas gerações. Meu avô era ruivo.

De maneira inacreditável, no mês seguinte, Poppy foi ficando cada vez mais forte. Mas o amor que Carla havia sentido durante aquele momento dramático — sim, amor! — se esvaiu. Agora havia medo. *Não*, ela queria dizer quando comentavam que Poppy estava "quase pronta" para ir para casa. Como ela cuidaria sozinha de uma criança tão frágil assim?

— Sei que é difícil para você, mas vai ficar tudo bem — disse Ed, segurando a filha junto ao peito.

Para ele, era fácil. Ele sabia o que fazer com um bebê. Mas ela se sentia despreparada. E, sem a mãe, era como se faltasse metade sua. Jamais deveria tê-la abandonado para vir a este país.

— É só a melancolia que algumas mulheres experimentam depois do parto — avaliou a enfermeira do centro de saúde designada para acompanhar o bebê, ao encontrar Carla se debulhando em lágrimas. — É muito natural, ainda mais depois de um parto complicado. Mas, se isso não passar, fale com a gente.

Natural? Era um horror absoluto. Por um lado, Carla ficava apavorada com a possibilidade de deixar a filha sozinha, caso ela parasse de respirar. Mas, se isso acontecesse — que pensamento hediondo! —, ela se veria livre daquela responsabilidade gigantesca.

Se conseguisse pregar o olho, talvez ficasse bem. Mas Poppy não dormia as duas ou três horas que os livros sobre recém-nascidos mencionavam. Sempre que Carla se deitava, a filha já estava chorando de novo. Era como estar num voo de 24 horas sem nenhuma parada para reabastecimento. Dia após dia. Semana após semana.

— Ela precisa ganhar peso — disse a enfermeira. — Talvez uma mamadeira ajude.

Então o leite dela não era suficiente? Mais uma vez, Carla viu no rosto de Ed que ela era um fracasso. Os olhos azuis de Poppy a acompanhavam por toda parte, como uma repreensão dupla.

— Você já foi com ela ao grupo de mães e filhos? — perguntou a enfermeira, em outra ocasião.

Por sorte, Ed estava na galeria.

— Sim — mentiu ela.

Mas a verdade era que Carla tinha medo de que Poppy pegasse alguma doença dos outros bebês do grupo. (Havia tantos germes horríveis no mundo!)

Será que a mãe também tinha esse medo? Ah, se ela pudesse lhe perguntar!

Para piorar a situação, eles estavam prestes a perder a casa. O banco estava pressionando e iria reaver a propriedade no mês seguinte, caso ela não fosse vendida. Era o que diziam as cartas endereçadas a Ed. Cartas que ele escondia de Carla, mas que ela havia aprendido a farejar.

Mas ela não queria arriscar ter outra briga. Quando ficava irritado, Ed a assustava, sobretudo agora que estava bebendo ainda mais do que antes. Os olhos ficavam vermelhos, o corpo tremia como se não lhe pertencesse. Ele havia começado a falar até sobre conseguir custódia integral do Tom ("Conversei com a Lily sobre isso.")

— Eu não saberia lidar com a situação — protestara ela.

— Tenha um pouco de compaixão, Carla. Ele é meu filho e quero que ele fique com a gente.

Para onde fora o antigo Ed? No entanto, ele era a delicadeza em pessoa quando se tratava de acalmar Poppy, cujos pulmões agora funcionavam o tempo todo, dia e noite.

— Vá descansar — dizia Ed, num tom de voz que sugeria satisfação com o fato de Poppy reagir à atenção dele e não à dela.

Mas Carla não conseguia dormir. Ficava se revirando na cama, pensando no que poderia ter acontecido se ela e a mãe não houvessem tido o azar de morar ao lado de Lily e Ed.

Às vezes demora para a mãe estabelecer um vínculo com o filho. Essa era outra frase de um dos livros sobre recém-nascidos que se encontravam na estante, da época em que Tom havia nascido. Mas, sempre que acomodava aquele pedacinho de gente ao seio (era a única coisa que acalmava Poppy), ela sentia um desespero terrível.

O medo inicial de que a filha iria morrer havia sido substituído por outra preocupação. No pânico do parto prematuro, ela havia temporariamente se esquecido daquele último bilhete com letra de forma.

VOCÊ E ESSA CRIANÇA PAGARÃO POR ISSO.

Ao voltar do hospital para casa, para seu alívio, Carla viu que o bilhete ainda estava na bolsa, o que sugeria que ninguém o havia encontrado.

— Vai ser nosso segredo — murmurou para a filha, que lhe rasgava o mamilo, fazendo-o sangrar. — Você não pode contar para ninguém.

Quanto a quem havia escrito o bilhete, Carla tinha certeza de que a letra de forma impetuosa era de uma mulher. Alguém que estava do lado de Lily. Uma de suas amigas que queria vingança por ela, quem sabe. A antiga secretária, talvez, que fingira ser gentil com ela quando sua bolsa estourou. Ela não podia confiar em ninguém.

— Estou preocupado com você — dizia Ed. — Você não está comendo direito. Não vai ter leite para a Poppy.

Então essa poderia ser outra maneira de elas morrerem. Ambas morreriam desnutridas. E assim ela encontraria a mãe no paraíso.

— Ela não para de sonhar com um bilhete — ela ouviu Ed confidenciar à enfermeira do serviço social.

Carla sempre ficava ouvindo atrás da porta quando eles pensavam que ela havia voltado para a cama.

— Dar à luz é traumático — foi a resposta. — Ela tem direito a alguns pesadelos.

Pesadelos? Eles não faziam ideia da confusão que era sua cabeça. Ela precisava de outro plano. Mas qual? Não havia saída. Apenas uma escuridão infindável que a engolia, ameaçando asfixiá-la. Alguns dias atrás, ela havia lido no jornal uma matéria sobre uma mulher que asfixiara o filho e tinha sido condenada a dez anos. E a sentença teria sido maior se não sofresse de depressão pós-parto. Mas Carla não tinha depressão pós-parto. Ed dizia que isso era mito. "Lily ficou ótima quando teve o Tom. Quando temos um filho, precisamos simplesmente aceitar que a vida mudou e seguir em frente."

Ou seja: fazer as coisas como ele queria.

— Preparei um frango para nós. — Ed a segurou pelo cotovelo e conduziu-a à mesa. — Vai fazer bem a você. Vamos lá, Carla! Você sabe que é seu prato preferido.

Comer? Como ela podia comer?

Ele serviu outra taça de vinho.

— Você já não bebeu demais? — perguntou ela.

— E o que você vai fazer? Bater em mim de novo, como me bateu na frente do Tom aquela vez? — perguntou ele.

— Eu não bati em você.

Carla gostaria que ele parasse de remoer isso. Ela havia apenas estendido o braço para impedi-lo de abrir outra garrafa, mas, ao mesmo tempo, ele se virou na direção dela. Deus sabe que um deles precisava manter a sanidade para cuidar do filho de Lily.

— Vou tomar outra taça nem que seja para comemorar o meu aniversário. Isso mesmo. Você se esqueceu, não foi?

Não era de admirar que ele estivesse furioso. Mas Poppy ocupava todo o tempo dela. Ela não se lembrava de nada!

Carla se dirigiu à pia e calçou as luvas de borracha, trêmula de medo e raiva. ("Sempre cuide das mãos", recomendava a mãe.)

— Não lave as panelas antes de jantarmos. Já falei. Pode deixar. Eu lavo depois.

Ela abriu a água quente e jogou detergente na travessa.

Sentiu o coração se apertar ao ouvir a campainha. Seria o vizinho novamente? Ele havia reclamado das brigas.

— Você.

Ed não falaria daquele jeito arrogante com o vizinho.

— Rupert!

Ao se virar para ele, Carla sentiu que estava ficando vermelha.

— Desculpem a intromissão, mas eu estava de passagem.

Ele estendeu um embrulho bonito: papel prateado, com um laçarote.

Carla começou a suar de medo, entusiasmo, pânico e esperança, tudo inacreditavelmente misturado.

— Posso vê-la? É uma menininha, não é?

— É — respondeu Ed, com rispidez. — Mas agora vamos jantar, por isso...

— Ela está aqui — cortou-o Carla.

Meu Deus. Ed estava olhando o cabelo ruivo de Rupert. Não deduziria que...

O rosto do Rupert se abrandou.

— Que coisinha linda! Eu não tinha me dado conta de como eles são tão pequenos. É...

— Eu disse que agora vamos jantar.

Que grosseria do Ed! Nervosa, Carla tentou tirar as luvas de borracha, mas elas não saíam.

— Você não gostaria de ficar para jantar?

O convite escapou de sua boca. *Por favor*, ela queria dizer. *Por favor, preciso de você. Quando você for embora, o Ed vai reclamar. Vamos brigar de novo...*

— Acho — respondeu Rupert, voltando os olhos para o rosto furioso de Ed — que preciso ir. A Katie, minha noiva, está me esperando.

Portanto os dois ainda estavam juntos. Todas as esperanças dela, todas as ideias ensandecidas, desesperadas, que ela teve quando Rupert tocou a campainha, se desintegraram.

— Noiva? — escarneceu Ed, mal esperando a porta se fechar. — Sei. Quantas vezes esse garoto esteve aqui?

A voz dele fez Poppy se mexer no carrinho, no canto da cozinha. (Ed fazia questão de tê-la sempre ao alcance dos olhos.)

— Como assim? — perguntou Carla.

Ele se aproximou.

— Vi que você ficou vermelha quando ele chegou. Vi que teve dificuldade para conversar normalmente. — Ele cuspia ao falar. — O cabelo da nossa filha é da mesma cor que o dele. Se é que é *mesmo* nossa filha.

— Não seja ridículo. O seu avô era ruivo. Você mesmo comentou que a cor do cabelo às vezes pula algumas gerações.

Ele segurou os pulsos dela, apertando-os com força.

— Que conveniente! Mas nós dois sabemos como você é.

— E você, que não teve nenhum problema em abandonar sua mulher para ficar comigo? — retrucou ela.

— Mas você não teve nenhum problema em me seduzir para que isso acontecesse.

O que aconteceu depois? O que aconteceu depois? Quantas vezes lhe fariam essa pergunta nos dias que se seguiram, nas semanas que se seguiram, nos meses que se seguiram.

Carla só sabia disso. Foi rápido.

Só queria se lembrar disso.

Houve um grito. Poppy, no carrinho. Outro grito. Dela, quando Ed começou a sacudi-la pelos ombros.

A faca de destrinchar.

A faca de destrinchar com cabo verde. Mais um pertence que Lily deixara para trás.

Um gemido pavoroso.

Sangue.

E a fuga. A fuga pelo parque, com todos aqueles pensamentos se atropelando.

Eu o detesto. Eu o detesto.

Mamãe! Onde você está?

Ah, se elas pudessem recomeçar!

55

Lily

Outubro de 2015

"Um homem foi encontrado morto a facadas na zona oeste de Londres. Acredita-se que..."

O grito de Tom abafa a voz do rádio.

— Você precisa prender o seu primeiro, mãe! Já falei.

Que idiotice a minha. Sei muito bem que Tom sente necessidade de que eu afivele meu cinto de segurança antes de afivelar o dele. Exatamente quatro segundos antes, na verdade. Ele cronometra no relógio. É mais um de seus rituais. Que, num dia normal, não é difícil de acompanhar.

Mas, por algum motivo, hoje estou devagar. Talvez ainda esteja cansada, depois de ter ido para Londres ontem. Talvez seja a expectativa da reunião que terei com a diretora da escola do Tom, sobre um "episódio" recente. Talvez seja porque tenho um encontro particularmente complicado com um profissional do Serviço Nacional de Saúde à tarde, referente a mais alguns apontamentos que se perderam depois do nascimento de uma criança com falta de oxigênio. Ou talvez seja porque estou furiosa com a última que Ed aprontou, que agora quer a custódia integral do nosso filho.

Ligo o carro dizendo a mim mesma que muita gente mora na zona oeste de Londres. Assassinato a facadas acontece todos os dias. Não há nenhum motivo para ser alguém que conheço. Mas minha pele está arrepiada. No cruzamento, dobro à esquerda e paro, em cima da linha, a tempo de deixar passar uma moto, que sem dúvida está andando rápido demais.

— Aquele motociclista poderia ter morrido se você não tivesse parado o carro — comenta Tom.

Obrigada.

— Ele poderia ter ficado só com uma parte do cérebro, como o Stephen — prossegue ele. — Você sabia que a nossa pele pesa o dobro do cérebro?

Ele provavelmente tem razão. Em geral tem. Mas é no Stephen que estou pensando: o menino que acabou de entrar na turma do Tom. O carrinho dele foi atingido por uma caminhonete quando ele não tinha nem 1 ano de vida. O motorista estava tendo um ataque cardíaco na hora. Ninguém podia culpá-lo. Nem Stephen, que é bastante feliz em seu mundo; nem os pais, que são cristãos devotos e afirmam que é o "desafio" deles na vida. Motivo para nos sentirmos envergonhados.

Inclusive para Ed. Como ele pode pedir a custódia integral do Tom? Mal consegue aparecer para as visitas quinzenais, volta e meia cancelando em cima da hora. Isso está acontecendo com cada vez mais frequência, desde que Carla teve o bebê. Aparentemente, ela não está bem.

— Cuidado! — exclama Tom ao mesmo tempo que um caminhão buzina na outra pista.

O que está acontecendo comigo? Não estou só dirigindo mal. Não são somente as folhas molhadas do outono me fazendo derrapar. Estou completamente desconcentrada. Mas é desconcertante mesmo saber que a mulher do meu marido acaba de dar à luz. Até agora, Ed e eu possuíamos algo (ou melhor, alguém) que não tínhamos com mais ninguém, o que criava um laço inquebrantável entre nós. Mas agora ele provavelmente está deitado ao lado de Carla, abraçado a ela, contemplando o bebê (uma menina, segundo Ross), com o mesmo tipo de admiração que tínhamos quando olhávamos para Tom. Deve estar dizendo à mulher, como falava para mim, que ela foi corajosa. Deve estar prometendo, como prometeu para mim, que será o melhor pai do mundo.

À noite, deve se levantar quando o bebê chora. (Ed sempre fez questão de se levantar, levando Tom para a cama, para que eu pudesse amamentá-lo, recostada no travesseiro.) Deve alimentar a filha — é como se eu estivesse vendo! — com o leite que Carla tirou para a noite. E deve desenhá-los enquanto os dois estão dormindo, o carvão riscando o papel com amor e ternura.

É muito injusto. Eu sempre quis ter uma filha para vestir, para levar às compras. Uma menina com quem pudesse trocar confidências. Mas Ed não quis ter mais filhos depois do diagnóstico do Tom.

Concentre-se. Estamos chegando à escola. Tom, que estava relativamente calmo até agora, considerando-se a confusão em que se meteu, parece aflito: puxa os pelos do braço. Há algum tempo, peguei um desses pelos para o teste de DNA.

Estaciono o carro e volto os olhos para ele. Meu filho. Meu menino. Meu menininho especial, que eu defenderia até o último suspiro.

— Já conversamos sobre isso, Tom — digo, olhando dentro de seus olhos, falando devagar, com calma, como a terapeuta aconselhou. — Precisamos explicar à diretora por que você bateu no Stephen.

Tom mantém o rosto sério. Rebelde. Obstinado.

— Já falei. Ele tirou meus tênis da posição certa.

— Mas não foi de propósito.

— Não importa. Ele tirou. Ninguém pode encostar nas minhas coisas.

E eu não sei disso? Preciso comprar vários artigos extras para quando os originais são inevitavelmente rejeitados. Sapatos extras. Casacos extras. Escovas de cabelo extras.

Inclino-me para desligar o rádio. Por favor, meu Deus, rezo. Que Tom não receba outra advertência. Meu dedo paira sobre o botão de desligar o rádio, mas algo me detém. Faz meia hora desde o último noticiário. Daqui a pouco, haverá outro.

"Um homem foi encontrado morto a facadas na zona oeste de Londres", anuncia o locutor novamente, quase com alegria. "A polícia prendeu uma mulher que estaria envolvida no assassinato."

É nesse momento que o celular toca.

— Você não pode atender. — Tom bate o dedo no relógio. — Já estamos trinta segundos atrasados.

Número restrito.

Isso acontece nas poucas ocasiões em que Ed (ou às vezes Carla) telefona para combinar sobre os fins de semana com Tom. Ed passou a usar número restrito há alguns meses, talvez porque eu de vez em quando ignorasse suas chamadas. Se for urgente, digo a mim mesma, Ed (ou quem quer que seja) irá telefonar de novo. Pego minhas anotações, embora já esteja preparada, e atravesso o pátio com meu filho, que agora mexe no meu celular. Em qualquer outra circunstância, eu tentaria pegar o aparelho. Mas estou concentrada demais na reunião.

— Obrigada por vir — saúda a diretora.

A fisionomia é gentil, mas ela tem a aparência um pouco desmazelada. É uma dessas mulheres, observo enquanto Tom posiciona a cadeira alinhada à minha, que usam vestido de lã na altura do joelho com bota rasteira na altura do tornozelo. Ela se intitula especialista em síndrome de Asperger, mas às vezes tenho a impressão de que não entende Tom porque se dirige a ele com perguntas conduzidas pela emoção. Não é uma boa ideia, como aprendi por experiência própria.

— Eu gostaria de entrar direto no assunto, se não for problema — começa ela. — Tom, você poderia me dizer de novo por que bateu no Stephen, apesar do fato de não tolerarmos violência na escola?

Tom a encara como se ela fosse idiota.

— Já expliquei. Ele tirou meu tênis da posição certa.

Eu já disse que Tom não se emociona? No entanto, neste momento, seus olhos estão marejados, o pescoço está vermelho. Mexer nas coisas dele é contra a lei. A lei dele. A Lei do Tom, que apenas ele compreende.

A diretora faz anotações. Eu também. Nossas canetas competem. É meu filho contra essa mulher que se veste mal.

— Mas isso não é motivo para bater em ninguém

— A Carla bateu no meu pai outro dia. Ele queria beber mais, e ela não queria que ele bebesse.

Faz-se silêncio. Nossas canetas param de se mexer ao mesmo tempo.

— Quem é Carla? — pergunta a diretora, num tom de voz perigosamente neutro.

— A mulher do meu marido — ouço-me responder.

A diretora ergue as sobrancelhas, que precisam ser feitas, observo. Estão grisalhas, espessas.

— Quer dizer, meu ex-marido — acrescento.

Ainda é estranho dizer isso. Como outra mulher pode ser esposa do Ed? Como é possível que Carla esteja usando uma aliança que Ed deu para ela?

Dividir a cama é uma coisa. Mas casar? Com a menina que morava no apartamento ao lado do nosso?

A voz da diretora é enganosamente solidária.

— Você acha ruim, Tom, seu pai ser casado com outra mulher agora?

Levanto-me, a mão no ombro do meu filho.

— Não sei se a senhora deveria fazer esse tipo de pergunta sem a presença da psicóloga.

Ela olha dentro dos meus olhos. Vejo que, por trás do vestido e das botas antiquadas, há nervos de aço. Eu deveria ter imaginado. Então já não fui eu mesma uma mulher desmazelada?

De repente, um cachorro late na sala. No começo, não entendo o que se passa. Mas logo me lembro de que Tom estava mexendo no meu celular. Ele decerto mudou o toque da chamada. De novo. Dessa vez, são latidos.

Ross.

A diretora me encara com reprovação. Tom balança a cadeira, ansioso.

— Desculpe — digo, enquanto tento desligar o aparelho.

Mas, de alguma forma, aperto o botão do alto-falante.

— Lily?

— Posso ligar para você mais tarde? — Olho para a diretora com uma cara de quem pede desculpas e desligo o alto-falante. — Estou numa reunião.

— Não.

Minha boca seca. Aconteceu alguma coisa. Sei disso.

— Tenho uma má notícia.

O que foi?, quero perguntar. Mas a voz não sai. A diretora continua me encarando. A cadeira do Tom está quase virando.

— É o Ed. Infelizmente, não existe uma maneira fácil de dizer isso. Ele morreu. Foi assassinado.

— Morreu? — repito.

Tom retorna a cadeira para a posição normal, mas corre o dedo indicador pelos dentes. Sinal de estresse.

— Assassinado? — murmuro.

— Isso.

Um fio de urina escorre pela minha perna. No escritório da diretora, não! Por mais ridículo que seja, isso parece mais importante do que a terrível notícia que acabo de receber.

Lembro-me do noticiário no rádio.

Um homem foi encontrado morto a facadas na zona oeste de Londres...

Não. NÃO. As pessoas do rádio não têm nenhuma relação com as pessoas da vida real. Acidentes e facadas acontecem com outras famílias, não com a minha. Não com meu marido, que já não é mais meu marido.

— A Carla foi presa.

Ross fala como se ele mesmo não conseguisse acreditar no que diz.

O noticiário do rádio continua em minha cabeça. *A polícia prendeu uma mulher que estaria envolvida no assassinato.*

Tom agora puxa a manga do meu blazer.

— Por que você está assim, mamãe?

— Só um instante, Tom.

Cobrindo o telefone com a mão, afasto-me da diretora e do meu filho.

— Foi... foi *ela*? — sussurro.

Quase vejo Ross assentindo do outro lado da linha.

— Ela está na delegacia. Mas não é só isso.

O quê?, quero gritar. *O que mais pode ter acontecido que se compare a isso?*

— A Carla quer falar com você, Lily.

Há um barulho estranho.

Como se alguém tivesse se sentado no chão, suspirando.

Se eu não a conhecesse, imaginaria se tratar de um suspiro de desistência.

Escute, *quero dizer.* Talvez possamos resolver isso.

Mas as palavras não saem.

Não tenho força.

E se eu já tiver morrido quando me encontrarem?

Será que vão entender o que realmente aconteceu?

56

Carla

Nada a declarar.

Era o que ela pedia aos clientes que dissessem ao serem presos, uma das partes de Direito Criminal que detestava.

— Nada a declarar — repetiu.

Aquilo estava virando um refrão. Uma música que acompanhava a pulsação em sua cabeça.

— O que aconteceu? — perguntou a mulher de terninho azul-marinho, sentada de frente para ela, embora Carla não olhasse em sua direção.

Se olhasse, talvez dissesse o que não deveria.

Respire fundo.

Nada a declarar.

Em sua mente, os acontecimentos das últimas horas passavam como um filme reproduzido em rápida sucessão.

A visita do Rupert.

Ed gritando.

A faca.

Sangue.

Poppy chorando.

Ed gemendo.

Um rosto.

O rosto de um homem.

Aí a fuga.

A lembrança de que ela havia deixado Poppy para trás.

A voz da mãe na cabeça.

Dizendo para ela se livrar das luvas.

Alguém a segurando.

Com força.

Sirene.

Algemas.

Pessoas olhando.

A vergonha da viatura.

Nada a declarar.

Ela descendo uma escada.

Um colchão.

Manhã.

Mesa.

Voz ríspida do outro lado.

Nada a declarar.

Alívio.

Alguém que talvez acreditasse em sua versão da história.

Só então Carla levantou o rosto, fitando a mulher que se encontrava à sua frente. Ela tinha uma pinta no lado direito do rosto, que parecia um terceiro olho.

Carla se concentrou nisso. Em encontrar os pontos fracos. O que tornava a pessoa diferente. Era o que haviam feito com ela na escola. Portanto era justo que ela fizesse o mesmo. Era assim que se ganhava.

— Tenho direito a um advogado — disse com firmeza, os olhos fixos na pinta. — Aqui está o número. Tentem encontrá-la.

— É uma mulher? — perguntou a policial.

— Lily Macdonald.

A policial voltou os olhos para os papéis sobre a mesa.

— É o mesmo sobrenome da senhora?

Carla assentiu.

— É. O mesmo sobrenome. — Então, como se outra pessoa movesse seus lábios, ela acrescentou: — A mulher do meu marido. A primeira.

57

Lily

— Açúcar? Fita adesiva? Objetos cortantes? Chiclete?

O que aconteceu com as batatas chips? Talvez aqui chiclete seja usado como forma de suborno. Ou talvez para outros fins. Faz tempo que não visito clientes detidos. Desde que saí de Londres, meu trabalho gira em torno de pais como eu. De famílias cujas vidas foram abaladas na tentativa de cuidar de filhos que não são como as outras crianças. Que não recebem do sistema o que deveriam. Não apenas bebês que, de algum modo, foram prejudicados no parto e cujas informações hospitalares depois "desapareceram". São também crianças como Tom, cujos entes queridos precisam lutar para que elas frequentem a escola certa.

Os casos de assassinato, roubo, inadimplência e lavagem de dinheiro que defendi em Londres agora me parecem uma lembrança distante.

Mas aqui estou. Mostrando minha identidade para a policial da recepção. Ainda sem saber por que vim. Nem por que não estou em casa com Tom (a diretora lhe deu uma semana de descanso, "consideradas as circunstâncias"). Ou por que deixei minha mãe consolando-o (embora Tom tenha mostrado extraordinária praticidade, fazendo perguntas como "O que vai acontecer com o cérebro do papai agora que ele morreu?"). Nem ao menos sei por que estou numa delegacia.

Prestes a ver a mulher do meu marido.

Muita coisa se passou desde a noite em que encontrei Carla e meu marido na frente do hotel. O divórcio. A notícia de que Carla estava grávida. O nascimento da filha. A morte do Ed. É tão surreal que preciso repetir tudo para mim mesma.

A sequência de acontecimentos é clara. Dolorosamente clara. Quase como se tudo tivesse sido planejado numa dessas tabelas demográficas. Nascimento.

Morte. Dois opostos que têm mais semelhanças do que imaginamos. Ambos são começo. Ambos são fim. Ambos são milagres que não sabemos explicar.

E de repente me dou conta de que é exatamente por isso que estou aqui. Não vim porque Carla pediu. (Ela telefonou para o Ross quando não atendi. Decerto era ela chamando do "Número Restrito".) Não. Vim porque quero olhar dentro dos olhos dela. Quero perguntar por que ela fez isso. Quero dizer que ela arruinou três vidas. Que é uma vagabunda. Uma vagabunda que estava de olho no meu marido desde o instante em que o viu pela primeira vez. Uma menina com o coração de um adulto perverso.

Sim, eu queria que Ed fosse castigado, mas jamais desejei algo assim. Assassinato. Choro pelo homem que segurou minha mão naquela festa, há tantos anos. Não acredito que ele está morto. Nem que isso foi necessário para me mostrar que — droga! — eu ainda o amo, embora não saiba por quê.

Certo dia, uma mulher que trabalhava no meu antigo escritório chegou com os olhos vermelhos.

— O ex-marido morreu — murmurou uma das secretárias.

Na época, não entendi por que ela ficou tão transtornada. Mas agora entendo. O fato de não termos mais o direito de sofrer por alguém com quem dividimos nossa vida um dia deixa o sofrimento ainda pior.

Descemos uma escada. Uma escada de pedra, que faz meus sapatos de salto alto ressoarem. Quando comecei a visitar delegacias, as celas não tinham mais do que um colchão sujo no chão, uma janela com grade e — com sorte — um copo de plástico.

Essa cela tem uma janela sem grades. E filtro de água. Carla está sentada na cama, balançando as pernas, parecendo uma modelo entediada à espera da sua vez para desfilar na passarela. Digo "modelo", mas o cabelo está emaranhado. Os lábios sempre viçosos estão pálidos, sem batom. O cheiro é de suor.

Mas, ainda assim, ela tem alguma coisa. Um estilo que sobrepuja esse lugar miserável. Uma presença que sugere que não deveria estar aqui.

— Não fui eu.

A voz é baixa. Rouca. Desafiadora.

— Obrigada por vir, Lily — digo, como se ensinasse bons modos a uma adolescente intratável. — Obrigada por vir de Devon até aqui, para ver a mulher que matou o seu marido.

Ela inclina a cabeça, novamente me lembrando uma adolescente difícil.

— Eu já disse. — Ela me olha nos meus olhos. Sem piscar. A voz é calma. Mais segura do que instantes atrás. — Foi um engano. Não fui eu.

Solto uma risada. Ela parece a menininha que conheci. A menina italiana com imensos olhos castanhos e sorriso inocente. *Minha mãe está no trabalho. O estojo é meu.*

Mentiras. Tudo mentira.

Minha raiva aumenta e sai pela minha boca.

— Você espera mesmo que eu acredite nisso?

Ela encolhe os ombros, como se eu tivesse sugerido que ela dobrasse a rua errada.

— É verdade.

— Então quem foi?

Ela encolhe os ombros novamente, depois examina as unhas ao falar, uma a uma.

— Como eu vou saber? Acho que vi alguém. Um homem.

Sinto uma pontada de apreensão. Será isso mais uma de suas histórias?

Inclino-me para a frente na cadeira.

— Carla, meu marido morreu. O Tom está desorientado porque o pai foi assassinado.

Ela me fita com seus olhos felinos.

— Agora você se enganou — diz ela, e eu sinto uma sombra de esperança. Ed não morreu? Será que alguém, em algum lugar, entendeu tudo errado?

— Ele não é mais seu marido. É meu marido.

Não consigo esconder o desdém.

— Fui casada com ele por mais de dez anos. Criamos um filho juntos. — Detenho-me ao me lembrar do teste de paternidade, mas rapidamente continuo: — Você era só um brinquedinho. Um nada. Ficou dois minutos com ele. Isso não é casamento.

— Aos olhos da justiça, é. E você está se esquecendo de uma coisa. Temos uma filha. — Ela cerra os punhos. — Botaram minha filha num orfanato. Preciso que você me ajude a pegá-la de volta.

Tento engolir o átimo de compaixão que sinto.

— Um bebê — respondo. — Você estava no começo. Não passou pelo que eu passei. Não precisou abrir mão de tudo para cuidar de uma criança que dá muito trabalho enquanto o Ed...

— Rá! — interrompe-me Carla, furiosa. — Não seja hipócrita. Também sofri. O Ed não era fácil. A bebida, as mentiras, as alterações de humor, o ciúme, o suposto temperamento artístico...

Então era a mesma coisa com ela? Sinto um gostinho inevitável de prazer. Mas, pelo fato de vir da boca de Carla, me faz ter vontade de defender Ed. *Ele estava estressado... era sensível...* Por que me lembro do lado bom do meu ex-marido e me esqueço das partes difíceis? Sou obrigada a concordar, porém, que ele tinha seus defeitos.

— Ele era muito controlador! — exclama Carla. — E foi um canalha com você.

Essa não é uma palavra de que eu goste, mas me pego assentindo. Então me detenho. Hora de ser profissional.

— Controlador? — repito. — Por isso você o matou?

Agora é ela que se inclina para a frente, as mãos ainda fechadas. Sinto seu hálito. Bala de hortelã e medo.

— Tinha alguém lá. Eu já disse. Vi um homem.

— Isso é muito conveniente. Como era esse homem?

— Não me lembro. — Ela se recosta na parede, cruzando as pernas sobre a cama. Tranquila. Tranquila demais. — Eu não devia estar aqui. Estou em choque. Aliás, você tem uma escova de cabelo?

Escova de cabelo? Sério?

— Eu também não devia estar aqui — respondo, me levantando.

É verdade. Eu deveria estar no hospital, no necrotério. Identificando o corpo do meu marido, em vez de deixar que Ross faça isso.

— Não. Por favor. Fique.

Ela segura minha mão. O toque é frio. Gelado. Tento me desvencilhar, mas ela me segura com firmeza, como se tivéssemos acabado de nos conhecer numa festa e descobríssemos que temos um amigo em comum.

— Preciso de você, Lily. Quero que você seja minha advogada.

— Você enlouqueceu? Por que eu ajudaria você? Você roubou meu marido.

— Exatamente. Se você me defender, passará uma mensagem para o resto do mundo de que até a mulher a quem fiz mal acredita que não matei o Ed.

O *barrister* que você escolher vai acreditar em você. E você é uma boa pessoa. É conhecida por salvar casos perdidos. — As pálpebras dela tremem. — É o que eu sou agora.

A mulher segura desapareceu. Restou apenas a criança solitária.

Mas ainda estou tentando entender isso tudo.

— Digamos que você esteja dizendo a verdade. O que eu ganho com isso? Por que deveria ajudar a mulher que destruiu a minha família?

— Porque você perdeu todos aqueles processos antes de sair de Londres. — A Carla adulta ressurge. — Pode estar se saindo bem nas ações de negligência, mas essa é uma chance de provar que ainda é capaz de ganhar um julgamento de assassinato. — Ela me encara como se soubesse que tocou num ponto fraco. — Por favor, Lily. Se não puder fazer isso por mim, faça pela Poppy.

— Por quem?

— Pela minha filha. Pela nossa filha.

Eu não sabia o nome da criança. Não quis saber. Pedi ao Ross que não me dissesse. Assim a criança ficava menos real.

— Se eu for presa, vou perder minha filha. — Os olhos dela se enchem de lágrimas. — Eu... fiquei mal por muito tempo. Não fui... não fui uma boa mãe. Mas agora minha própria mãe morreu.

Eu não sabia disso.

— Sinto muito — murmuro. — Como?

— Câncer.

Carla ergue os imensos olhos castanhos.

— Sinto tanta falta dela! Não posso deixar a Poppy sentir minha falta assim. Por favor, Lily. Você é mãe. Me ajude.

— Talvez — respondo, com uma crueldade quase prazerosa — o orfanato seja um lugar melhor para ela.

Carla olha dentro dos meus olhos.

— Você não está falando sério, Lily. Sei que não está.

Droga. Ela tem razão. Trata-se de um bebê. Um bebê que deve estar chorando de aflição porque não sente o cheiro da mãe. Criança, seja qual for a idade, precisa dos pais. O que seria do Tom sem mim?

— Mas não sei se acredito na sua inocência.

— Você precisa acreditar.

Ela aperta minha mão. É novamente uma menininha. Sou a mulher mais velha. Velha demais para ser irmã dela. E jovem demais para ser sua mãe. E, no entanto, temos tanta coisa em comum. É como se a vida dela estivesse entrelaçada à minha e, por mais que eu tente me desvencilhar, ela está sempre aqui. Uma sombra nociva? Ou uma criança incompreendida?

Passo a mão no cabelo.

— Como você sabe que eu não faria uma defesa medíocre? Para garantir sua condenação, como vingança?

Os olhos dela mostram confiança.

— Porque você é correta demais para isso. E porque também é ambiciosa. Pense bem, Lily. Você pode entrar para a história como a advogada que ajudou a absolver a nova mulher do seu marido.

Existe, preciso reconhecer, certo apelo na ideia. Mas ainda há muitos furos nesse argumento, muitas falhas na justificativa. Também não gosto do fato de Carla ficar repetindo meu nome. É uma técnica para convencer o cliente. E ela sabe disso.

— Ainda há a pequena questão de quem teria assassinado o Ed, se não foi você.

Mesmo quando digo isso, não me parece verdade. Meu marido — porque é assim que eu o vejo — não pode ter morrido. Está em casa. Na minha antiga casa. Desenhando. Respirando.

Carla me segura com muita força para uma mulher tão pequenina. Continuo tentando me desvencilhar dela, mas ela está decidida a se manter agarrada a mim como se eu fosse um colete salva-vidas.

— O Ed estava muito endividado. E acho que nem sempre pegava empréstimo em lugares oficiais. Talvez alguém quisesse o dinheiro de volta. Com certeza, a polícia poderia descobrir isso. Eu vi aquele homem na porta de casa. Alguém deve ter visto alguma coisa. — Ela se mostra muito segura. Minhas pernas começam a tremer como se alguém as estivesse balançando. — E tem outra coisa. Recebi cartas anônimas. — Carla olha novamente dentro dos meus olhos. — Bilhetes dizendo que eu e a Poppy iríamos pagar pelo que fiz com você.

Meu corpo esquenta, depois gela.

— Você guardou esses bilhetes?

— Só o último. Mas acabei rasgando, como fiz com os anteriores, porque fiquei com medo do Ed surtar, se descobrisse. Mas eu reconheceria a letra.

A letra?

Sinto um calafrio subir pelo meu corpo, centímetro a centímetro.

— Você não tem dinheiro para me contratar. — Estou me agarrando a qualquer desculpa. — Não posso trabalhar de graça. O escritório cobraria.

Os olhos de Carla brilham. Ela tem consciência de que está conseguindo me fazer mudar de ideia. De repente, sei o que dirá antes mesmo que diga.

— Os desenhos do Ed! Os desenhos que ele me deu quando eu era criança. Devem valer bastante agora. Vou vendê-los para provar minha inocência!

Preciso admitir: sinto o sabor da mais deliciosa ironia.

58

Carla

Evidentemente, Carla disse a si mesma, não estava falando sério quando falou aquelas coisas sobre precisar da Poppy e querê-la de volta. Aquilo era apenas para convencer Lily.

Pela primeira vez em muitos meses, ela finalmente se sentia como antes. Com Ed morto, já não era a menininha que fazia tudo errado. Já não tinha o choro de Poppy ecoando em seus ouvidos dia e noite: um lembrete doloroso — como se ela precisasse de um lembrete — de que, se não tivesse engravidado, ainda estaria livre. Sem a filha, dormia melhor, embora os sonhos ainda fossem interrompidos pela lembrança da mãe. Às vezes, sentava-se na cama, certa de que a mãe ainda estava viva. Mas logo se lembrava de que não estava. Ah, se ao menos tivesse estado com a mãe no fim, pensava, sentindo lágrimas quentes lhe escorrerem pelo rosto.

Agora precisava convencer o juiz de sua inocência.

Não era fácil ser ré em vez de advogada, Carla logo se deu conta. Se pelo menos entendesse melhor o que estava se passando... Se tivesse se especializado em Direito Criminal, em vez de Trabalhista...

Enquanto Lily se preparava para a audiência do pedido de fiança, que determinaria se ela precisaria aguardar o julgamento no presídio, Carla tentava se lembrar dos processos de assassinato que havia estudado na faculdade.

— Só preciso me declarar "inocente", não é? — perguntou para Lily.

— Não é tão simples assim. — Lily voltou os olhos para seus papéis. — O juiz consultará as provas, por exemplo as portas da casa, que não parecem ter sido forçadas, para decidir se você representa algum perigo.

— Perigo? — repetiu ela. — A quem eu faria mal?

— Essa é a questão, Carla. O juiz não sabe nada sobre você. Para ele, você matou seu marido. É difícil conseguir fiança para acusação de assassinato, mas não é impossível.

Lily estava ficando irritada. Era visível. Melhor não forçar a barra, pensou Carla. Para dizer a verdade, ela ficou surpresa quando Lily aceitou defendê-la. Além disso, segundo a própria Lily, tinha sorte de a audiência do pedido de fiança estar acontecendo tão rápido.

Quando o juiz a visse, certamente entenderia que ela não era nenhuma assassina. Lily havia levado xampu, secador e também uma escova de cabelo, embora não fosse a escova dela. Também havia lhe emprestado uma saia marrom sem graça, que batia na altura da panturrilha, embora Carla tivesse descrito especificamente a saia que desejava, do seu próprio guarda-roupa.

— Essa é mais discreta — disse Lily, com rispidez. — Isso faz toda a diferença.

Ela estava se esforçando. Carla precisava reconhecer. O que a convencera? Será que foi o momento em que ela disse que Ed era um canalha? A parte da filha? Ou o argumento de que aceitar o processo seria bom para a carreira dela?

Talvez um pouco de cada.

Teria sido mais fácil, porém, se Lily tivesse sido mais gentil com ela, em vez de se mostrar tão fria. Frio... O corpo do Ed agora estaria frio. Isso não parecia possível. Nada daquilo parecia possível. A qualquer instante, ela iria acordar em casa. Não na casa que havia sido de Lily e Ed. Mas em sua verdadeira casa.

Na Itália.

O sol entrando pelas persianas; crianças passando na rua, a caminho da escola; o velhinho da casa ao lado reclamando dos turistas. E a mãe. A bela mãe chamando-a com sua voz cantada: "Carla! Carla!"

— Carla Giuliana Macdonald. A senhora se declara inocente ou culpada?

Elas já estavam mesmo diante do juiz? Carla correu os olhos pelo tribunal. Era tão fácil se perder em devaneios! Tão fácil esquecer!

Todos olhavam para ela. Ao longe. Então de perto. A sala girava. O anteparo do banco dos réus estava molhado com o suor de suas mãos. Havia um zumbido alto em seus ouvidos.

— Inocente — ela conseguiu responder.

A sala continuava girando, tudo parecia se afastar e se aproximar, como as lâminas do acordeão que um velhinho tocava na praça, em frente ao chafariz, na Itália...

A primeira coisa que Carla viu ao abrir os olhos foi Lily. Lily com seu terninho azul-escuro, que poderia ser preto, se ela não estivesse olhando bem de perto.

— Você foi ótima — dizia Lily.

Era difícil saber se ela estava sendo sarcástica ou não.

Carla correu os olhos ao redor para ganhar tempo. Elas não estavam na cela. Nem no tribunal. Estavam numa sala que parecia um escritório.

— Conseguiu a piedade dos jurados com aquele desmaio dramático. Por sorte, seu avô pagou a fiança.

O *nonno*? Carla começou a suar.

— Ele sabe disso?

— A notícia correu o mundo. A imprensa está eufórica. Os jornalistas estão aí na frente do tribunal. Esperando por nós, com câmeras a postos. — Os olhos de Lily estavam acesos. Vidrados como os de um animal, embora Carla não conseguisse decifrar se ela era caça ou caçadora. O pensamento a deixou pouco à vontade. — "*Ménage à trois* no tribunal", é como estão chamando. Acho que alguém ficou sabendo que nós compartilhamos um marido. — Lily soltou uma risada rouca. — Eu gostaria de dizer que fomos mulheres do mesmo homem em épocas distintas, mas houve um período de interseção, não é mesmo?

— Desculpe.

— Você disse alguma coisa? — Lily se aproximou, como uma professora na sala de aula. — Não entendi. Você pode repetir?

— Eu pedi desculpa.

Lily inclinou a cabeça.

— E você acha mesmo que um pedido de desculpa remedeia todos os seus erros? Que repara a destruição do meu casamento e as consequências que isso teve para o meu filho?

— Não foi fácil ficar casada com o Ed.

— Se você continuar dizendo isso, todo mundo vai achar que você o matou *mesmo*, inclusive eu.

A entonação de Lily era ríspida, mas Carla notou que aquilo havia mexido com ela. Era um começo. Devagar e sempre. O Direito Trabalhista havia lhe ensinado isso. Solidarizar-se com o outro lado. Sobretudo quando aquele era na verdade seu próprio lado...

— Vamos embora? Quando sairmos, olhe para a frente e não diga nada, em hipótese alguma. Entendido?

Lily foi na frente. Conduzida por um policial, atravessou o saguão e caminhou até a rua. Inicialmente, Carla pensou que o sol estivesse forte, mas, ao abaixar a mão do rosto, viu os flashes. Jornalistas. Um mar de rostos. Gente gritando.

— Carla, é verdade que a sua advogada era casada com o seu marido?

— Carla, se não foi você, quem você acha que matou o seu marido?

— Lily, por que você aceitou defender a mulher do seu ex-marido? Vocês sempre foram amigas?

Carla tomou um susto quando Lily segurou seu braço. Com firmeza. Machucando-a.

— Vamos para o carro. Agora.

De alguma forma, elas conseguiram se desvencilhar dos repórteres, descendo a escada e entrando no carro prata que as aguardava.

— Você armou isso tudo — disse Carla com relutante admiração.

Lily estava no banco da frente, o rosto virado para o lado, observando aquele mar de gente. Mas de repente pareceu ficar assustada.

— O que foi? — perguntou Carla.

Lily ficou vermelha.

— Nada.

Então se virou, para ficar de costas para Carla.

Lily vira alguma coisa. Ou alguém. Quem? Carla tentou descobrir, mas o carro deu a partida, afastando-se do tribunal.

Seria melhor, sugeriu Lily, no carro, se Carla ficasse com ela em Devon. Seria mais tranquilo mantê-la longe dos jornalistas. As duas poderiam trabalhar no processo juntas. Poderiam até, se Carla quisesse, entrar com uma solicitação para Poppy viver com elas.

— Você faria isso por mim? Deixaria a filha do Ed morar com a gente?

Carla sentiu o coração se apertar. Poppy, com seus olhinhos azuis onividentes, era a última pessoa de que ela precisava. A filha poderia deixá-la louca de novo.

— Por que não? Não é culpa da menina.

Lily havia resolvido tudo.

Mal sabia ela.

59

Lily

Preciso admitir que o temor de Carla é justificável. Seria muito fácil aceitar o processo da mulher do meu marido e apresentar uma defesa medíocre de propósito para que ela fosse condenada.

Mas não é assim que se faz.

— Vou esclarecer algumas coisas para você — digo a ela quando nos sentamos na sala dos meus pais, de frente para o mar.

Ela se acomodou na minha poltrona, a de veludo cor-de-rosa em que sempre me sentei, desde a infância, e que, no entanto, parece ter sido feita para ela. Quem olhasse para Carla agora poderia confundi-la com uma turista. Recostada à luz do sol, agindo como se fosse uma hóspede, em vez da cliente que decidi defender, para surpresa da minha mãe.

— Você precisa me contar tudo — continuo. — Não pode esconder nada de mim. Em troca, farei o melhor para defender você.

Ela estreita os olhos.

— Como posso ter certeza disso? E se na verdade você quiser que eu seja condenada?

— Se você está preocupada, por que me pediu que fosse sua advogada?

— Eu já disse. Porque você conhecia o Ed e porque as pessoas confiam em você.

Ed. Mais uma vez, o nome dele faz com que eu fique arrepiada. Como é possível gostar de alguém que nos magoou tanto?

— E eu estou dizendo a você, que, quando aceito um processo, é para dar tudo de mim.

Detenho-me, contemplando o mar. Há vários barcos atracados, como uma fileira de patos. O grupo do clube de vela sempre sai nas tardes de sábado.

Tom adora ficar observando, embora faça perguntas insistentes sobre por que os barcos boiam e por que os peixes vivem na água. Agora ele está na praia, com minha mãe. Poppy também, no antigo carrinho da Silver Cross, que mamãe achou em algum lugar da casa. Na verdade, ela é um dos motivos por que estou fazendo isso.

Não quero gostar da filha do Ed. Não quero mesmo. Mas, desde o instante em que a vi, com seu cabelinho ruivo e os dedinhos roliços do meu marido, senti um aperto no peito. Essa é a filha que deveríamos ter tido. É a criança que poderia ter nascido se não estivéssemos tão ocupados com Tom.

Ajuda o fato de Poppy não se parecer muito com a mãe. E também é estranho que a menina chore sempre que Carla a pega no colo. Estranho que Carla se encolha sempre que segura a filha.

— Claro que vou contar tudo para você. — A voz dela interrompe meus pensamentos. — Por que não contaria?

Às vezes é difícil saber se essa mulher é mesmo tão inteligente quanto todos acham que é.

— Porque a maioria das pessoas esconde alguma coisa — respondo.

— Eu não esconderia. — Ela olha dentro dos meus olhos. — Estou dizendo a verdade.

Estou dizendo a verdade. Não foi isso que Joe Thomas me disse quando eu o conheci? Joe Thomas, que estava junto com os repórteres, na frente do tribunal. Encarando-me.

Olho para o mar. À distância, vejo os rochedos. Vermelhos. Furiosos. Nos últimos anos, parte deles vem caindo no mar. As pessoas vêm perdendo parte de suas propriedades.

Pior é perder o marido. Não importa que Ed tenha se casado com essa mulher depois do nosso casamento. Fui a primeira esposa. Vim primeiro.

— Já tive um cliente que mentiu para mim. — Esboço uma risada. — Provavelmente outros também mentiram, mas em relação a esse tenho certeza, porque ele me contou depois do julgamento. Era um recurso. Ele já havia cumprido alguns anos, mas eu o libertei. Depois ele admitiu que era culpado.

Carla me encara.

— Ele foi preso de novo?

Balanço a cabeça.

— Deveria ter sido, mas não pude fazer nada, porque uma pessoa não pode ser julgada duas vezes pelo mesmo crime.

O telefone toca. É o *barrister* que tinha ficado de me ligar. Decidi trabalhar com ele, em vez de ficar à frente do processo. Como expliquei a Carla, nem todo juiz gosta de *solicitor* defendendo processos de assassinato, apesar da qualificação. Proteção da classe.

Conversamos um pouco e, então, desligo o telefone e me viro para Carla.

— Precisamos nos preparar. O julgamento foi antecipado. Você é evidentemente uma prioridade para as autoridades. Temos apenas dois meses para nos preparar.

— Confio em você, Lily. Você sempre foi a melhor advogada do escritório.

Carla se espreguiça, cruzando uma perna delgada sobre a outra, como se exibisse o corpo para mim. As mesmas pernas que se entrelaçavam às do meu marido.

— Por que você a trouxe para cá? — Minha mãe não para de me perguntar isso. — Não entendo.

Evidentemente não é apenas por causa da Poppy, com seu sorrisinho sem dentes. É porque quero fazer Carla sofrer. Quero que ela more numa casa cercada de fotos do Ed comigo. Fotos que eu havia guardado e que agora deixo novamente expostas.

Quero que ela more com a ex-mulher do marido, que me ouça falar de um tempo em que ela não estava presente. Quero que sinta o olhar de reprovação dos meus pais.

Mas, sobretudo, quero que Carla saiba o que é viver com Tom, cuja vida se transformou para sempre quando ela roubou o pai dele.

E está funcionando. Vejo em seus olhos. Por mais que eu queira acreditar que "a menina italiana adulta" é completamente má, desconfio de que seja capaz de sentir tanta culpa quanto você e eu.

60

Carla

Abril de 2016

— Sra. Macdonald, o que exatamente a senhora se lembra da noite em que seu marido foi assassinado?

Carla sabia a resposta de cor. Ela e Lily haviam repassado aquilo várias vezes na biblioteca, semana após semana, enquanto a mãe de Lily cuidava de Poppy.

Ela preferia estar na biblioteca agora, e não ali no tribunal. O promotor, que havia acabado de fazer a pergunta, fitava-a com desprezo. Os jornalistas lá fora já a haviam condenado, Carla tinha certeza. Olhando para a galeria, ela viu uma mulher de cabelo preto, comprido. *Mamãe!*, quase chamou.

Mas a mulher se virou, e Carla viu que não era ela.

— Sempre há desconhecidos assistindo aos julgamentos — avisara Lily. — São apenas curiosos.

Estranhamente, havia sido a mãe de Lily ("Me chame de Jeannie") que a ajudara a enfrentar o luto durante sua estada em Devon.

— Sei o que é perder alguém — dissera ela, depois da recepção inicialmente fria. — Mas você precisa se lembrar de que agora também é mãe. E mães precisam ser fortes.

Graças a Jeannie, Carla também havia aprendido que o barulho do aspirador de pó às vezes fazia Poppy parar de chorar (incrível!), e que os bebês eram muito mais resistentes do que ela havia imaginado.

— Você só está com medo de segurá-la porque ela estava muito frágil — observara Jeannie. — Mas a Poppy agora está forte. Olhe que sorriso lindo!

Tom também havia ajudado. O enteado desajeitado, que desfiava perguntas estranhas e fazia coisas bizarras, havia ficado maravilhado com Poppy. No começo, ela teve medo de que ele a machucasse, mas então suas ineptas tentativas de dar colheradas de mingau para ela, que sorria o tempo todo, fizeram Carla entender que os bebês são, de fato, mais resistentes do que parecem.

Todos haviam sido muito generosos com ela, o que era surpreendente, considerando-se o fato de que ela havia roubado o marido de Lily.

— Eles acham que o Ed deveria ter sido mais responsável — disse Lily, um dia.

Agora Carla voltava novamente os olhos para a galeria no tribunal. Jamais havia sido apresentada à família de Ed. "Já não temos muito contato", justificara-se ele em certa ocasião. Mas talvez ele sentisse vergonha por ter abandonado a esposa e o filho. De qualquer forma, ela não sabia se eles estavam lá. Será que eram aquelas pessoas sentadas na frente, olhando fixamente para ela.

Aprumando-se, Carla virou o rosto. Mas, por dentro, estava gelada de medo. Quem cuidaria da Poppy se ela fosse condenada? O *nonno* e a *nonna* estavam velhos. Não tiveram nem condição de comparecer à audiência. "Amamos muito você", escrevera a avó. "Seu avô não demonstra porque é orgulhoso. Mas sabemos que você não pode ter cometido esse crime terrível. Você será absolvida."

Seria mesmo? Pela primeira vez, Carla começou a imaginar se não havia tomado a decisão errada ao contratar Lily. Na hora, parecera uma boa ideia, mas, agora que ela estava ali, no banco dos réus, a dúvida a atormentava. Lily já tivera a reputação de ser uma das melhores advogadas, mas estava afastada desse meio. E o *barrister* que ela havia escolhido? Lily não parava de lhe passar bilhetes, o que sugeria que ele nem sempre dizia o que deveria ter dito, ou que omitira alguma coisa. Ela gostaria que Lily estivesse à frente do processo, mas, segundo a própria, era melhor que ela apenas assessorasse o *barrister*. O próprio fato de defendê-la já causara agitação tanto na imprensa como no tribunal. Até o juiz havia questionado isso no começo do julgamento.

— A senhora está representando a segunda esposa do seu marido — observara. — Isso não poderia ser interpretado como um conflito de interesses?

Lily avisara a ela que isso poderia acontecer. E estava pronta para a pergunta.

— De jeito nenhum, Meritíssimo. Minha cliente fez questão de que eu a representasse. Acha que temos muito em comum.

Houve risos na galeria. Mas não era engraçado. Era verdade.

De volta à pergunta do promotor. O que *exatamente* ela se lembrava da noite em que Ed havia sido assassinado?

— Já respondi isso no meu depoimento.

Lily franziu a testa. "Sempre mostre respeito", havia aconselhado. "Esteja preparada para responder às mesmas perguntas várias vezes."

Carla se recompôs.

— Desculpe. Só estou cansada.

Ela abriu um sorriso para o rapaz do júri que não parava de encará-la desde que o julgamento havia começado. Ele estava do seu lado.

— Vista-se com discrição — fora outro conselho de Lily.

Mas ela não conseguiu usar a roupa horrível sugerida. Fez questão de usar um blazer sofisticado e sua melhor saia justa. Aquilo estava despertando muita atenção, ela percebeu.

— Posso responder sentada?

O juiz assentiu. Ainda bem que era homem. Ela tinha mais chance de persuadi-lo também, se jogasse suas cartas direito.

— Ed e eu estávamos em casa. Ele estava bêbado mais uma vez. — Ela fechou os olhos. — Começou a gritar comigo. Dizendo que a nossa filha não era dele...

Os olhos dela se encheram de lágrimas.

— Mas ele *era* pai da sua filha?

Carla levantou a cabeça.

— Claro. Eu amava meu marido. Jamais o trairia. Posso fazer um teste de DNA, se o senhor quiser, para provar.

O promotor andava de um lado para o outro.

— Mas não é verdade que, na noite do assassinato, seu ex-namorado Rupert Harris visitou vocês? A senhora estava cogitando deixar seu marido para ficar com ele?

Carla ficou tão perplexa que, durante alguns instantes, não conseguiu responder. O *barrister* também parecia surpreso. O jovem não parava de verificar suas anotações, como se temesse esquecer alguma coisa. Mas, segundo Lily, ele era "perfeito para o trabalho".

— Não — respondeu ela, afinal. — O Rupert é só um amigo de faculdade. Além disso, eu sabia que ele tinha acabado de ficar noivo.

O promotor ergueu as sobrancelhas como se estivesse sugerindo que duvidava de que isso bastaria para desencorajá-la.

— Por favor, conte o que aconteceu depois.

Ela olhou para o júri. Havia uma mulher de rosto enrugado sentada ao lado do rapaz que não parava de encará-la. Carla se dirigiu a ela.

— O Ed estava gritando comigo. Começou a me sacudir pelos ombros. Estava me machucando. Fiquei com medo... — Ela parou, levou a mão ao peito. — Eu o empurrei na parede. Ele estava bêbado, mal conseguia ficar de pé. A cabeça começou a sangrar, e me senti péssima. Por isso tentei estancar o sangue com um pano. Mas ele me empurrou. Os olhos ardiam de raiva.

Carla se deteve novamente. Eles precisavam acreditar nela. Precisavam.

— Aí... aí ele pegou a faca que tinha acabado de usar para cortar o frango. — Ela pôs a mão no pescoço, como se ele estivesse lhe mostrando a faca naquele momento. — Achei que fosse me matar.

O tribunal estava em silêncio absoluto.

— Então ouvi a porta se abrir...

— Tem certeza?

— *Per certo.*

— Na nossa língua, por favor, Sra. Macdonald.

— Desculpe. Tenho certeza.

Carla passou a língua pelos lábios. Essa era a parte complicada, avisara Lily. A parte com a qual o júri talvez não se mostrasse tão compreensivo.

— Corri para a porta. Tinha um homem lá. Eu não sabia o que estava acontecendo, achei que ele também quisesse me fazer mal. Estava apavorada. — Um soluço escapou de sua boca. — Entrei em pânico e fugi.

O rosto do promotor se mantinha impassível, inexpressivo.

— A senhora pode descrever esse homem?

— Posso tentar — respondeu Carla, a voz trêmula. — Ele era alto, tinha cabelo e olhos castanhos. Não me lembro de mais detalhes. Gostaria de me lembrar!

— Nós também gostaríamos que a senhora lembrasse, Sra. Macdonald.

O que Carla não disse — Lily aconselhou que ela não dissesse, porque poderia deixar tudo mais confuso — era que, quanto mais pensava a respeito, mais ela achava que se lembrava do homem de algum lugar.

— A senhora pegou a sua filha quando fugiu *desesperada*?

Não era justo. Ele sabia que ela não havia pegado Poppy.

— Não — murmurou Carla, desatando a chorar.

Ouviram-se sussurros de reprovação no júri.

Aquilo não era bom. Carla precisava fazê-los entender o que ela havia passado. Levantou o rosto molhado de lágrimas.

— Tive depressão pós-parto. Já contei isso aos meus advogados. — Um soluço lhe escapou. — E minha mãe morreu de câncer, na Itália, no dia em que dei à luz. Não tive nem a chance de me despedir dela. Sei que não deveria ter fugido sem a Poppy, mas não estava raciocinando direito...

Carla cobriu o rosto com as mãos, embora mantivesse os dedos suficientemente abertos para observar o júri. Em vez de mostrar desprezo e incredulidade, a mulher de rosto enrugado enxugava as lágrimas num lenço de papel. Seria possível que ela tivesse passado por algo semelhante?

Com cuidado, ela começou a falar novamente, entre lágrimas.

— Estava frio. Eu queria voltar para pegar minha filha, mas ouvi passos atrás de mim, no parque. Por isso entrei num bar, para pedir ajuda. Alguém chamou a polícia, mas me prenderam! Pelo assassinato dele...

Agora ela chorava convulsivamente. Houve murmúrios de compaixão no júri. Alguém lhe trouxe um copo d'água. As pernas lhe faltavam.

— É melhor — decidiu o juiz — fazermos um intervalo agora.

Ela havia se saído bem, disse o *barrister* com o rosto ruborizado, eufórico. Muito bem. Parecia que o júri estava do seu lado. Embora nunca desse para ter certeza.

— Ele sabe o que está fazendo? — perguntou ela a Lily, mais tarde.

— Carla, o que foi que eu disse? Você precisa confiar em mim.

O julgamento parecia não terminar nunca.

— Seis dias — tinha dito Lily.

Mas já era o décimo.

O pior, depois de seu testemunho, chamaram Rupert.

— Já gostei da Carla, sim — disse ele ao tribunal. — Mas agora estou casado, sou feliz. Estava noivo quando fui visitá-la para levar um presente para a filha deles. E fiquei surpreso com o clima tenso. O Ed estava nitidamente alcoolizado, não me recebeu bem. Por isso fui embora minutos depois de chegar.

Ele falava rápido e voltava os olhos apreensivos para uma mulher loura na galeria a todo instante. Intuitivamente, Carla sabia que ele estava dividido. Não podia ser lisonjeiro demais com ela, para que a esposa não achasse que os dois realmente estavam tendo um caso. Carla ficou aliviada quando ele finalmente saiu o tribunal, lançando para ela um olhar de desculpa.

Depois um perito salientou que a pequena quantidade de sangue encontrada na roupa de Carla não provava que ela havia ferido Ed. Que era mais provável que aquilo fosse do machucado na cabeça do marido, depois que ela o empurrou num gesto de autodefesa, fato confirmado pelas descobertas da necropsia. Tampouco havia impressões digitais na faca, além das do Ed.

Carla sentia a cabeça girar. Tantas pessoas dizendo tantas coisas, como se a conhecessem! Um especialista em luto. Outro em depressão pós-parto e a relação com o estresse do nascimento prematuro. Ambos foram convocados pela promotoria para sugerir que Carla teria agido de maneira imprevisível. A defesa os interrogou alegando que seria esse o motivo de as lembranças dela serem tão difusas. O *barrister*, que graças a Deus parecia ganhar confiança com o passar dos dias, chamou ao banco de testemunhas um marchand, que falou sobre a "reputação de altos e baixos" de Ed. Havia também um relatório médico sobre o alcoolismo dele. Uma declaração do banco sobre suas dívidas. Fotos do corte terrível no corpo. A faca de destrinchar.

Ela se sentia aérea. Como se aquilo estivesse acontecendo com outra pessoa.

Agora, por fim, havia terminado. Enquanto aguardavam o veredicto numa sala adjunta, Lily se mantinha em silêncio. O *barrister* havia saído para dar um telefonema.

Como era possível que o futuro dela fosse decidido por um grupo de desconhecidos? Carla sentia os joelhos tremerem. Estava novamente na escola. Em Coventry. Carla Espagoletti.

— O júri voltou. — Era o *barrister*, a fisionomia tensa. — Foi rápido. Estão nos chamando.

61

Lily

Já perdi a conta de quantos veredictos precisei aguardar. Às vezes acho que é como esperar o resultado de um teste de gravidez. Ou de um teste de DNA.

Dizemos a nós mesmos que fizemos o que podíamos e esperamos que tudo dê certo. Mas também nos advertimos de que esse pode não ser o caso. Tentamos nos preparar, lembrando que não é o fim do mundo se o resultado não for o desejado. Mas, ao mesmo tempo, sabemos que isso não é verdade.

Um processo perdido é uma decepção. Para si mesmo e, mais importante, para outras pessoas.

Em circunstâncias normais, eu não teria trabalhado com esse *barrister*. Ele é jovem demais. Inexperiente demais. Mas, como eu disse a Carla, alguns júris ficam desconcertados com advogados enfáticos, seguros, agressivos. Nosso rapaz me convenceu quando disse que precisávamos ir com calma.

— Nossa defesa deve se concentrar no fato de que só há provas circunstanciais — observou ele, enrubescendo terrivelmente. É uma dessas pessoas, como eu, que enrubescem com facilidade. — Não há nada concreto. Nenhuma testemunha viu Carla fazer nada a não ser correr pelo parque. Não há impressões digitais na faca. Ela viu um homem na porta de casa.

— Mas também não há prova disso — ressalto.

O *barrister* ficou roxo.

— A Carla é uma mulher bonita. Aposto que os homens do júri vão acreditar nela. Isso já nos daria pelo menos cinquenta por cento de chance.

Evidentemente, era nesse momento que eu deveria ter contado a ele sobre o envelope que recebi pouco tempo depois de Carla ter sido detida. O envelope com letra de forma que, segundo o porteiro noturno, havia sido entregue de manhãzinha.

O envelope que me recusei a abrir.

Eu sabia o que havia ali dentro. Uma informação. Joe havia me dito isso por telefone naquela manhã.

— Quero ajudar você, Lily.

Quase desliguei o celular no ato.

— Já falei, Joe. Não me procure mais. Eu fiz o teste de paternidade que você tanto queria, agora acabou. Não existe mais nada entre nós.

— Não acredito em você. Você mentiu para mim. — A voz dele era grave, o que me provocou um calafrio. — Você só está com medo. Eu entendo. De verdade. Pela sua voz, já sei que não abriu o envelope. Vai ser bom para o processo. Abra. Rápido. Pelos bons e velhos tempos.

Pelos bons e velhos tempos? Ele falava como se tivéssemos compartilhado um passado. Coisa que não tínhamos. Um passado do qual ninguém deveria saber. Um passado que ele sempre poderia usar contra mim. Já imaginou as manchetes? ADVOGADA E ASSASSINO DA BANHEIRA. Não consigo nem pensar nisso. Poderia destruir minha carreira. Sem falar na minha família. E Joe sabe disso.

— O Tom não é seu filho, Joe.

— Já falei que não acredito em você, Lily. Eu te amo.

Eu queria vomitar. Um assassino me amava? Desliguei o telefone. Escondi o envelope numa gaveta. Deveria ter jogado fora, mas está lá. Minha garantia. Meu plano B.

Agora estou esperando. Esperando para saber a decisão do júri. Carla treme visivelmente. (Já consigo dizer o nome dela sem ficar aflita.) Seu medo me dá prazer. Não há nada que ela possa fazer agora. Ninguém que possa subornar. Ninguém com quem possa dormir para conseguir o que deseja.

Ela não pode nem sequer me culpar por isso. Ninguém pode negar que fiz tudo para absolvê-la. Até a levei para casa, com o objetivo de instruí-la para a defesa. (Embora ela tenha recusado minha sugestão de vestir algo apropriado.) Juntas, sujamos o nome do Ed, de modo que todos agora acham que o homem com quem fui casada não passava de um alcoólatra mulherengo. Está vendo? Não sou tão boazinha quanto pareço.

O tribunal inteiro está tenso. À espera.

— O júri chegou a um veredicto?

O representante do júri abre a boca. Minhas mãos estão suando. Juro que sinto Ed ao meu lado, puxando a manga do meu blazer. Quando me viro, noto que prendi a manga no banco.

— Inocente.

Não consigo acreditar.

As paredes balançam. Ouço suspiros de perplexidade. Gritos da galeria. Choro de bebê. Poppy? A filha que nunca tive. Carla cai no chão. Evidentemente, pode ser apenas encenação. Um policial a ajuda a se levantar. O *barrister* me lança um olhar de "Conseguimos". As pessoas me parabenizam. Um detetive troca palavras urgentes com uma colega. Sinto uma pontada de apreensão. Eles agora sairão à caça do verdadeiro assassino. Mas, na galeria, vejo alguém.

Um homem alto, barbeado e de cabelo curto me encarando. Está usando um paletó de tweed verde-musgo com gola de camurça bege. Então ele desaparece.

O telefone toca no instante em que chego ao escritório.

— Por que você não usou a prova? — pergunta Joe Thomas, a voz carregada de decepção.

Pego o envelope na gaveta. Ele continua fechado. Quantas vezes cogitei abri-lo? Faria com que meu trabalho fosse muito mais fácil. Eu sabia disso. Joe nunca se enganou. Como já fez questão de salientar em muitas ocasiões, eu não teria chegado tão longe em minha carreira sem a ajuda dele.

— É minha garantia — respondo.

— Garantia? Não entendi.

— Caso o veredicto não fosse o que eu esperava.

Enquanto falo, penso em Carla e no fato de que ela mal me agradeceu depois do julgamento. Apenas levantou a cabeça, como se a absolvição não fosse nada além de seu direito. E foi engolida pela histeria da imprensa, um jornalista oferecendo mais que o outro por sua história.

— Você não pode usá-la agora — observa ele. — O julgamento acabou. A polícia já deve estar procurando outra pessoa para culpar pelo assassinato do Ed.

Estremeço. Mesmo agora, ainda não consigo acreditar que meu ex-marido morreu. Sinto falta dele. Fico me lembrando dos bons momentos do nosso casamento. Nós dois aninhados no sofá. Ninando Tom ainda bebê. Comemorando a compra da tela dele por um colecionador anônimo.

Então minha memória se volta para aquela corrida de manhã, na praia, quando Joe me pediu que fizesse o teste de paternidade. Eu estava muito vulnerável naquela época. Furiosa por meu marido ter conseguido tudo o que desejava. Enciumada por Carla ter contato com meu filho nos fins de semana de visita. Solitária. Assustada. Confusa por ainda me sentir atraída por Joe.

E, pela primeira vez desde que isso aconteceu, permito-me pensar na chave. A chave que eu sempre carregava para me defender. Que caiu do meu bolso. A chave que Joe pegou.

E não devolveu.

— É a cópia da chave de casa — falei com amargor, na ocasião. — Da minha antiga casa, que ficou para a Carla quando ela roubou meu marido e meu filho, que aparentemente a considera maravilhosa.

— Eu poderia puni-la — disse Joe, num murmúrio.

Senti uma pontada de medo e, sim, também de entusiasmo.

— Eu não gostaria de fazer mal a ela. Nem a ele.

— Quem sabe dar um susto.

— Talvez — peguei-me dizendo.

Foi quando atravessei a rua correndo, na direção da praia, aturdida com minhas próprias ações. Então eu havia mesmo acabado de me permitir infringir a lei? Num momento de insensatez, tinha dado a um criminoso carta branca para invadir a casa onde Ed e Carla moravam. Um criminoso que faria qualquer coisa por mim.

Um cúmplice.

Voltei correndo à mesa da cafeteria, arfante. Mas Joe não estava mais lá.

Quando os dias se passaram e nada aconteceu, eu me tranquilizei. Quanto mais tempo se passava sem notícia do Joe, mais eu me sentia segura para esquecer o teste de DNA. Talvez ele tivesse decidido não fazer nada, no fim das contas. Talvez eles tivessem trocado as fechaduras. Mas então veio a notícia chocante sobre o assassinato do Ed. Quando Ross me telefonou na escola do Tom, deduzi, assim como todo mundo, que Carla fosse culpada.

Mas, logo depois, ela me contou que tinha visto um homem parado na porta. E falou dos bilhetes.

Foi por isso que aceitei defendê-la. Carla tinha de ser condenada porque, se não fosse, a polícia iria procurar o verdadeiro assassino.

Joe.

Ele contaria que eu tinha lhe dado a chave.

Eu seria presa.

Perderia o Tom.

Isso era impensável.

Eu faria qualquer coisa. Qualquer coisa pelo meu filho. De repente, precisava arquitetar a estratégia de defesa mais difícil da minha vida. Como fazer Carla ser condenada sem parecer que eu não havia me esforçado para isso.

Apresentar uma defesa medíocre?

Esse não era o caminho.

Eu pensei nisso quando Carla me pediu que aceitasse o caso, mas precisava ser muito mais sutil. Deveria usar a psicologia reversa.

Por que não assumi o processo sozinha? Não era porque o juiz poderia não gostar de uma *solicitor* à frente do caso, como falei para Carla, mas porque acreditariam mais em mim se eu chamasse outro profissional. Além do mais, os juízes me conhecem, conhecem meu método: se eu apresentasse uma defesa medíocre, saberiam logo e alegariam conflito de interesses.

A mulher do meu marido.

Era muito mais inteligente convidar um *barrister* jovem e nervoso que errasse por mim. Falei para Carla que o júri nem sempre gosta de um advogado seguro, agressivo. Às vezes, isso é até verdade, mas nem sempre. Só que, para meu azar, os jurados de fato gostaram do meu resumo mal preparado, e isso, por sua vez, deu segurança ao jovem advogado. Àquela altura, era tarde demais para perder.

Também imaginei que, se insistisse para que ela usasse roupas "sem graça", Carla não seguiria meu conselho porque é vaidosa demais. E estava certa. Mas foi outro tiro que saiu pela culatra. Pela fisionomia dos jurados (tanto homens como mulheres), era evidente que eles admiravam seu estilo.

Por que não enxergavam Carla como eu a enxergava? Uma criança manipuladora que havia se tornado uma adulta manipuladora, ladra de marido alheio.

— Você não deveria ter feito isso — digo agora, ao telefone.

Minha voz treme de incredulidade. Choque. Autorrecriminação.

A voz de Joe, pelo contrário, revela tranquilidade.

— Achei que você não gostasse mais do Ed.

— Você disse que daria um susto na Carla. — Estou sussurrando. — Não que mataria meu marido.

— Ex-marido — corrige-me Joe. — E quem disse que eu o matei? Abra o envelope.

Minhas mãos fazem o que meu cérebro pede que elas não façam.

Dentro, há um saco plástico fechado.

Dentro do saco, há um par de luvas. Luvas de borracha.

Azuis. Pequenas. Com sangue. Sangue e terra.

Não consigo acreditar.

— Entendeu agora? — pergunta Joe.

— Então foi mesmo a Carla?

Não consigo acreditar.

— Quem mais seria?

Ele parece satisfeito.

— Como você conseguiu isso?

— Eu estava vigiando a casa fazia um tempo.

— Para quê? — sussurro.

— Ainda não sabia. Só fico sabendo quando essas coisas acontecem.

Essas coisas?

Uma imagem da pobre Sarah me vem à cabeça.

— Eu estava lá naquela noite. Um rapaz saiu da casa. Parecia chateado. Eu me aproximei da porta e ouvi uma briga feia. Imaginei que aquilo poderia proporcionar a distração de que eu precisava. Por isso entrei.

Com a minha chave. Com a *minha* chave!

— Ela apareceu na minha frente, usando um par de luvas de borracha cobertas de sangue. Ficou quase tão assustada quanto eu. Vi quando jogou as luvas num matagal, do outro lado da casa. Em vez de segui-la, peguei as luvas para você poder usar como prova. Só que você não usou.

Não, não usei. Queria trabalhar por conta própria, sem ajuda de um criminoso.

— E agora? — A voz de Joe me traz de volta às questões práticas. — O julgamento acabou, Lily. Sua cliente ganhou. Mas sabemos que é culpada. E agora a polícia vai procurar outra pessoa. Eu.

— Você vai contar a eles sobre nós?

Minha voz sai como um gemido.

— Depende — responde ele, com firmeza. De maneira ameaçadora. — Se você me disser qual foi o verdadeiro resultado do teste de paternidade, não.

— Eu já disse. Você não é pai do Tom.

— Não acredito em você. — Ele endurece a voz. — Quero fazer outro teste, Lily. Ou então...

Ele se interrompe. Mas o recado é claro.

— Você está me chantageando?

— Pode-se dizer que sim.

Desligo o telefone, minha mão está trêmula. Joe é assassino. E está desesperado. É perigoso.

E não é o único.

O que devo fazer?

Nesse momento, sinto algo dentro da luva.

Uma chave. Uma chave que conheço.

Se estivesse raciocinando direito, iria direto à delegacia entregar as luvas.

Mas farei uma visita.

À mulher do meu marido.

62

Carla

Carla estava fazendo as malas. Apressada. Furiosa. Os sapatos de salto alto vermelhos não. Ela iria usá-los. O perfume preferido também, para dar sorte. Primeiro iria ao hotel, para aquela entrevista exclusiva que havia prometido ao jornal. O adiantamento se destinaria ao seu novo futuro.

Ela estava livre. Livre!

Estava tudo dando certo. Muito melhor do que poderia ter imaginado. Pobre Lily. Tão ingênua, certa de que todo mundo era bom. Carla quase sentia pena dela. Por outro lado, ela merecia.

Lily precisava aprender a lição.

O júri havia acreditado nela. Ela havia representado bem seu papel. Mas havia partes que eram mesmo verdade. Ed bêbado de vinho e ciúme pegando a faca. Ela empurrando-o contra a parede. Ele caindo e batendo a cabeça. Sangue. Depois ele se levantando e investindo novamente contra ela. Ela segurando a faca para se defender, atacando-o. A faca na coxa dele, o cabo verde cravado ali.

Carla saiu correndo. Jogou as luvas no mato.

Ah, se pudesse ter confessado! Legítima defesa. Foi exatamente o que aconteceu. As pessoas sabiam que eles já haviam brigado antes — haja vista a maneira como Ed se dirigiu a ela na última festa, na frente de todo mundo. Mas e se a justiça não acreditasse nela? Seria muito melhor falar do homem que invadira a casa. Outra verdade.

Obrigada por estar lá, quem quer que você seja, pensou ela. Assim pudemos culpá-lo por todo o sangue. Todo o horror.

Os pensamentos se atropelavam.

A única saída era esquecer. Dizer a si mesma que tudo havia se passado como ela contou no tribunal. Seguir a vida. Ela iria para os Estados Unidos com Poppy. Recomeçaria longe do olhar atento de italianos e ingleses. Também desistiria do Direito. Chega.

— Você.

Carla levou um susto.

— Lily? Como você entrou aqui?

Lily mostrou a chave a ela.

— Tenho uma cópia da chave. Eu costumava morar nessa casa, lembra? Antes de você roubá-la de mim. Você devia ter mudado a fechadura, Carla. Você e o Ed.

Carla começou a tremer.

— Você ainda tem a chave? — repetiu.

Lily sorriu.

— Tenho. Emprestei a um amigo. Foi ele que você viu na porta. E ele viu você jogar as luvas sujas de sangue fora, e guardou as luvas como prova.

— Você está mentindo!

— Não. — A voz de Lily era fria. Assustadoramente segura. — Não estou, não.

Lily

Tiro as luvas do saco plástico.

— Está vendo? Quando elas forem analisadas, o DNA vai mostrar que esse sangue é do Ed. Muito mais sangue do que havia na sua roupa. E também tem terra, porque você tentou escondê-las. Não é suspeito?

— Você não pode fazer isso. — Carla solta uma risada. — Não pode usá--las. O julgamento acabou.

— Você não entende nada de Direito Criminal mesmo, não é, Carla? Sua especialidade é Direito Trabalhista, pelo que me lembro. Bem, a lei mudou. Já faz alguns anos, na verdade. Depois do caso sobre o qual contei a você. Propositadamente, aliás. Agora a pessoa pode ser julgada duas vezes pelo mesmo crime, especialmente se houver novas provas. Como DNA. Basta eu entregar essas luvas à polícia para você ser julgada de novo. E condenada à prisão perpétua.

Carla ainda sorri.

— Se você tem tanta certeza disso, por que não foi à polícia?

Já estou começando a pensar que cometi um erro nesse sentido.

— Porque primeiro eu queria ver você frente a frente. Para dizer o que realmente acho de você. — Meus olhos estão molhados. — Coitado do Ed. Não merecia ser assassinado. Você vai pagar por isso, Carla, nem que seja a última coisa que eu...

É quando ela me ataca, os olhos acesos como os de um animal. O empurrão é mais forte do que sua constituição física sugeriria. Revido, mas perco o equilíbrio. Tropeço na cadeira de mogno da cozinha que comprei num leilão. Mais uma coisa que Carla roubou de mim.

Estendo as mãos para aparar a queda, e a chave e as luvas caem no chão.

Metal reluzindo.

Estrondo ecoando em meu ouvido.

"Está entrando no ar o noticiário das cinco horas."

O rádio chiando no aparador de madeira, abarrotado de fotografias (férias, formatura, casamento); o belo prato azul e rosa; meia garrafa de Jack Daniel's, parcialmente escondida por um cartão de aniversário.

A dor, quando surge, é tão lancinante que não pode ser real.

Uma rápida sucessão de perguntas passa pela minha mente. O que vai acontecer com o Tom quando eu morrer? Quem vai entendê-lo? Como meu pai e minha mãe vão conseguir suportar a morte de outro filho?

Acima de mim, na parede, há a imagem de uma casinha branca na Itália, cheia de buganvílias roxas. Uma lembrança da lua de mel. A tela que Ed me ajudou a pintar.

E aqui estou, uma hora depois, caída junto à parede. Os membros dormentes. À espera. Minha cabeça ainda sangra da pancada na parede. O coração bate acelerado. Estou tendo um ataque cardíaco? A pulseira de prata que ganhei de casamento e — contrária a qualquer razão — ainda uso todos os dias, rasga meu pulso por causa da maneira como caí. E o tornozelo, que antes estava apenas latejando, agora dói demais.

Mas pelo menos o cheiro de queimado diminuiu. Era cheiro de borracha. As luvas?

Se Carla as destruiu, não há mais provas.

E, se Joe disser a verdade sobre a chave, eu é que serei condenada.

402

Carla

O empurrão a lançara contra a bancada da cozinha. Um pires havia caído e se estilhaçado. Ela não se machucou, ficou apenas um pouco desorientada. Mas não o suficiente para não conseguir empurrar Lily mais uma vez. Houve um baque surdo quando ela bateu a cabeça na parede.

Carla se lembrava vagamente de se dirigir à pia para tentar se livrar das luvas. *Provas incriminatórias.* Quantas vezes havia lido essa expressão nos arquivos do escritório? Era essencial se livrar delas.

As luvas não queimavam direito, por isso ela as cortou em pedacinhos e jogou tudo no vaso sanitário. Depois se sentou no corredor, abaixo de um dos esboços em carvão de *A menina italiana.*

Parecia apropriado ficar ali. Não estava ferida, mas estava transtornada.

Do corredor, ouvia Lily gemer. Quem poderia imaginar que um corte na cabeça sangraria tanto?

Se não fosse pelo fato de as pernas parecerem não lhe pertencer, talvez Carla se levantasse para ajudar Lily. Havia tido tempo para pensar depois do susto inicial ao ver aquelas luvas ensanguentadas. Por mais estranho que fosse, não odiava Lily por querer entregá-la. Na verdade, se estivesse no lugar dela, faria o mesmo.

Durante toda a sua vida, havia desejado coisas que pertenciam a outras pessoas. O estojo de lagarta. Roupas melhores. Um pai. Até a mãe pertencia a Larry quando ela era pequena. E, evidentemente, Ed. Até consegui-lo afinal e ver como ele era de verdade.

Não havia sido sua intenção machucar Ed. Ela só estava tentando se defender. Foi horrível quando a faca entrou na coxa dele. A facilidade com que a lâmina deslizou pela carne. Só de pensar nisso, ela se sentia enjoada.

Mereço ser condenada, pensou. As coisas foram longe demais. Então seus olhos se voltaram para uma fotografia do Ed com o Tom, na estante. Pai e filho abraçados, sorrindo.

Poppy.

Como a filha viveria sem ela? Mães precisam proteger os filhos. Agora ela entendia por que a mãe havia fingido que o pai dela estava morto. E por que, mais tarde, não lhe disse que estava com câncer. Carla não podia deixar Poppy sofrer o fardo de ter uma mãe detenta. Quando era criança, achava que já era ruim o bastante ter uma mãe com sotaque e que estava sempre trabalhando. Mas isso seria muito pior. Poppy seria Diferente com D maiúsculo quando entrasse na escola. Sem dúvida.

Ela precisava se levantar e sair dali, nem que fosse pelo bem da filha. A realidade começava a ganhar foco. Ela já havia ficado ali tempo demais. Era hora de pegar algumas coisas. A aliança da avó do Ed renderia algum dinheiro, o suficiente para mantê-las por algumas semanas.

Ela ouviu um gemido.

Não queria que Lily morresse, sobretudo agora que havia se livrado das luvas. Apenas a empurrara, embora o baque tivesse sido feio. Mas também não podia ajudá-la. Isso comprometeria sua própria segurança. Talvez, quando saísse de casa, pudesse fazer uma ligação anônima, de um telefone público, avisando que havia uma mulher ferida.

— Lily?

Passos. Alguém que havia entrado na casa estava se aproximando. Sobressaltada, Carla deduziu que Lily decerto deixara a porta aberta.

— Onde está a Lily? O que você fez com ela?

Carla sentiu o medo lhe apertar a garganta. Era ele! O homem que havia invadido a casa naquela noite. Algo em seus olhos negros despertou uma lembrança mais distante. O desconhecido no enterro do Tony!

Ele passou por ela. Aproximou-se de Lily.

— Está tudo bem, meu amor. Estou aqui.

Ela não ouviu a resposta de Lily. Mas ouviu os passos dele retornando. Viu o metal em sua mão.

Sentia-se estranhamente calma.

— Você feriu a Lily! — gritava ele. — Machucou a Lily!

A última coisa que ela ouviu foi a lâmina da faca vindo em sua direção.

63

Lily

Demorei muito tempo para me recuperar.

Não tanto física, mas mentalmente.

Ainda me parece impossível que tudo isso tenha acontecido.

Quando, enfim, nos damos conta de que não estamos morrendo, sentimos uma onda de euforia.

— Você teve tanta sorte! — todos diziam. — Alguém estava cuidando de você.

E acreditamos nisso. Acreditamos mesmo. Olhamos pela janela do hospital e vemos pessoas andando, ambulâncias chegando, pacientes em cadeira de rodas, de muleta, cabeça baixa, outros rindo de alívio. E entendemos que esse é o mundo real, onde se salvam vidas, ao contrário do mundo lá fora, onde pessoas ruins tentam tirar vidas.

Então, quando voltamos para o mundo aqui fora, as dúvidas começam a surgir novamente. Começamos a refletir. Se eu não tivesse me casado com Ed... Se meu chefe não tivesse me encarregado do recurso de Joe quando eu era jovem e inexperiente demais... Se eu não tivesse me deixado levar pelos sentimentos... Se não tivesse conhecido Carla e a mãe dela... Se não tivesse bebido com Joe em Highgate... Se não tivesse deixado a chave cair no chão... Se não tivesse defendido Carla... Se não tivesse aberto o envelope...

— Você não pode ficar pensando no que poderia ter sido — adverte Ross.

Ele é uma de minhas visitas regulares aqui em Devon, para onde vim quando tive alta. Sempre haverá uma cicatriz em minha têmpora, de quando bati a cabeça na parede, embora talvez não vá aparecer muito quando o cabelo voltar a crescer. As costelas fraturadas (daí a dor alucinante no peito) melhoraram. Mas o pulso ainda dói, e já não uso a pulseira que ganhei de casamento. O tornozelo, que torceu quando caí, está melhorando.

— Pensar no que poderia ter sido só vai deixar você louca — continua ele. — Você fez o que podia, Lily. De verdade. E, se cometeu alguns erros, é a vida.

Minha mãe entra no quarto com uma bandeja de café para a visita e ouve a última frase. Ela olha dentro dos meus olhos e desvia o rosto. Mas é tarde demais. Sei o que está pensando. Para me curar, preciso contar a verdade. A última parte da minha história. A parte que nunca contei ao meu marido nem ao terapeuta que o hospital me incentivou a consultar.

Ross é um bom amigo. Devo isso a ele. E, talvez, ainda mais importante, devo a mim mesma.

Eu tinha 11 anos quando meus pais adotaram Daniel. Não tinha sido a primeira vez que eles haviam trazido uma criança para casa. Lembra aquele irmãozinho que meu pai prometia que eu teria? Só mais tarde fiquei sabendo que minha mãe havia sofrido vários abortos. Por isso meus pais recorreram à adoção temporária, para me dar "companhia".

É claro que a atitude deles foi louvável. Mas não era o que parecia na época.

Algumas crianças eram ótimas. Outras, nem tanto. Tinha vezes em que eu voltava da escola e encontrava minha mãe brincando com uma criancinha de 3 anos. Eu queria conversar sobre meu dia, mas ela estava muito ocupada. A assistente social faria uma visita. Ou ela precisava levar a criança ao médico, por causa de um resfriado.

Eu não teria me importado, mas as crianças não eram meus irmãos e minhas irmãs de verdade. Afastavam meus pais de mim e faziam com que eu me sentisse diferente. Meus amigos da escola achavam estranho meus pais assumirem criança após criança, cuidando delas por alguns dias ou por um ano, até elas irem embora e serem substituídas por outras.

Por fim, meus pais entenderam.

— Você agora vai ter um irmão para sempre — anunciou meu pai, certa manhã.

Eu me lembro muito bem. Estávamos comendo ovo cozido, em casa, ainda em Londres. Morávamos em uma linda casa geminada de cascalho. Não era grande, embora a família da minha mãe tivesse dinheiro, porque isso ia contra os "princípios socialistas" dos meus pais.

— Ele teve uma infância difícil — explicou minha mãe. — Os pais do coitadinho eram... fizeram besteira. Por isso, ele às vezes também não se comporta muito bem. Passou por algumas casas de adoção temporária, mas agora vamos adotá-lo em definitivo. Dar um lar a ele. — Ela me abraçou. — E você também pode ajudar, Lily, sendo uma irmã generosa. Precisa nos ajudar a cuidar dele.

Então Daniel chegou.

Ele era um ano mais novo do que eu, mas parecia mais velho, com seu corpo esguio e seu cabelo preto revolto. Em retrospecto, meus pais poderiam ter sido mais cautelosos. Mas queriam ser úteis, adotar a criança que ninguém mais queria. Depois descobri que a mãe do Daniel era uma prostituta viciada em heroína, embora ele dissesse que ela era trapezista de um circo. (Gostava de "enfeitar os fatos" para deixá-los mais emocionantes.) O pai estava preso por duplo homicídio. (Daniel nunca falava dele.)

Desde o instante em que chegou, Daniel começou a desafiar os limites impostos pelos meus pais. Não, não queria ir à escola. Não, não voltava para casa quando prometia. Não, não tinha roubado dinheiro da bolsa da minha mãe. Não confiávamos nele?

Na verdade, só havia uma pessoa em quem Daniel confiava.

— Você — deduz Ross.

Pela janela, vejo Tom jogando croquet com meu pai no jardim. Ele brande o taco todo feliz quando acerta a bola no arco, exatamente como Daniel fazia. Quando erra, bate o pé no chão. As semelhanças são incríveis, embora não haja nenhuma relação de sangue.

Natureza ou criação? Sempre me pergunto.

— É — respondo, num murmúrio. — O Daniel só confiava em mim. Por algum motivo, ele se apegou a mim. Me adorava. Mas falhei com ele.

Ross segura minha mão. Com firmeza, me consolando, sem me julgar. Penso em como ele me ajudou a superar as traições do Ed. E sei que, assim como Daniel confiava em mim, posso confiar em Ross. Não vou lhe contar a história editada que contei ao Joe no bar. Nem a versão que relatei ao Ed, deixando de fora a parte vital.

Contarei toda a verdade.

Foram as outras meninas da escola que começaram. Todas adoravam meu irmão. Ele era muito bonito: alto, com aquele cabelo cheio e um sorriso de canto de boca encantador. Como fazia as pessoas rirem! Adorava bancar o bobo da turma. Respondia aos professores. Ridicularizava-os. Vivia se metendo em confusão. Quanto mais o advertiam, pior ficava. Começou a roubar dinheiro das outras crianças e depois jurava que não tinha sido ele.

Quando meu avô materno morreu, minha mãe herdou a casa de Devon. Seria um recomeço para Daniel, disseram meus pais quando protestei por ter de trocar de escola. E de fato foi. Daniel e eu adoramos a casa nova. Era uma novidade morar na praia!

Detenho-me por um instante, contemplando pela janela as ondas que quebram nas pedras, à distância.

Meus pais faziam o possível para deixar Daniel feliz. Compraram o Merlin e um cachorro. Ignoravam o mau comportamento porque acreditavam na "força do elogio". Compraram o casaco novo que ele queria, mas haviam se recusado a me dar o moletom azul em que eu estava interessada. (Aparentemente, ele precisava. Eu, não.)

— Fui escolhido por eles — dizia Daniel às vezes, cheio de orgulho.

Mas, em seus momentos mais difíceis, a máscara caía.

— Não quero ser diferente, Lily — confidenciava. — Quero ser como você. Como todo mundo.

Daniel não era o único que estava confuso. Às vezes, eu sentia ciúme da atenção que meus pais lhe dispensavam. Outras vezes, sentia o coração se encher de amor pelo meu novo irmão, feliz por finalmente ter a companhia que desejava. Mas volta e meia ocorria alguma coisa que me fazia imaginar o que teria acontecido se eles tivessem escolhido outra pessoa.

É claro que Daniel ainda se metia em confusão, exatamente como fazia em Londres. Era a mesma história. Mentia sobre o dever de casa. Mentia sobre seu paradeiro. Eu o acobertava. É o que irmã faz. Uma vez, o dono de uma loja saiu correndo atrás de nós dois falando que Daniel tinha roubado um pacote de balas.

— Ele não faria isso — protestei.

Mas, quando fomos liberados, Daniel tirou da meia o pacote de balas.

Voltei à loja e expliquei que havia ocorrido um engano. E Daniel jurou que nunca mais iria fazer aquilo.

— Prometo. Prometo.

Nossa infância foi cheia de incidentes semelhantes.

Quando ele completou 15 anos, uma menina disse que ele havia dormido com ela. A notícia correu a escola.

— Não é verdade — negou ele, quando lhe perguntei. — Por que eu faria isso? Ela é uma piranha. E só existe uma menina que eu quero.

— Quem? — perguntei, implicando com ele.

Daniel ficou sério.

— Não vou dizer.

Mas então, um dia, um garoto me convidou para sair. Seria meu primeiro encontro.

Paro novamente, o rosto ardendo.

Era um dos garotos da escola. A essa altura, todas as minhas amigas já tinham sido convidadas para sair com meninos. Mas elas eram mais bonitas do que eu. Mais magras.

Minha mãe se mostrou animada.

— Que roupa você vai usar?

Daniel ficou furioso. Não queria falar comigo. E, quando finalmente apareci na sala, depois de passar um tempão me arrumando, meu irmão me informou que o menino tinha telefonado para avisar que não poderia vir. Mais tarde, descobri que Daniel tinha ficado na varanda, esperando por ele, para dizer que eu havia desistido do encontro.

Ross me interrompe:

— Você não imaginou que...

A voz se perde.

— Não. Sei que parece idiotice, mas achei que fosse só o Daniel sendo difícil de novo. Causando confusão como sempre. — Respiro fundo. — Só que aí o braço dele passou a *acidentalmente* roçar o meu. Ficávamos conversando até tarde. E, uma noite, quando fomos ao estábulo alimentar o Merlin, ele me beijou.

Fecho os olhos. Ainda me lembro daquele beijo. Nunca mais fui beijada do mesmo jeito. Saber que era errado só aumentava a emoção. Isso mesmo, eu também o desejava. No fundo, entendi que sempre havia desejado que ele fizesse aquilo. Que sentia ciúme da menina com quem ele supostamente teria dormido. Mas, quando finalmente me afastei dele, fui tomada pela vergonha.

— Está tudo bem — disse Daniel, arfante, a voz grave. — Não somos parentes. Podemos fazer o que quisermos.

Mas não estava tudo bem. E nós sabíamos disso. Em pouco tempo, os beijos ficaram mais ousados. Ainda me lembro daquela excitação ilícita.

Minha mãe começou a notar que estava acontecendo alguma coisa.

— Posso estar enganada — disse, as faces ruborizadas. — Mas tenha cuidado. Daniel não é seu irmão de sangue, mas não se esqueça de que é seu irmão adotivo.

Fiquei petrificada. Nauseada. Por isso fiz o que muita gente faz ao ser acusada de alguma coisa. Contra-ataquei.

— Como você pode ter a mente tão suja? — gritei.

Minha mãe ficou roxa, mas se manteve firme.

— Tem certeza de que você está me dizendo a verdade sobre o seu irmão?

— Claro que tenho. Como você pode ser tão repugnante?

As palavras dela me assustaram. A essa altura, eu já tinha 18 anos. O Daniel, 17. Não havíamos dormido juntos, mas estávamos perto disso. Perigosamente perto.

Às vezes, meu amor pelo Daniel era tão grande que eu mal conseguia respirar quando me sentava de frente para ele no café da manhã. Outras vezes, não suportava ficar no mesmo cômodo que ele. Ambos sentimentos que eu teria mais tarde pelo Joe.

E esse é o cerne da questão. Por causa do Daniel, eu era incapaz de me sentir atraída por qualquer homem, a menos que isso fosse errado. Por isso fiquei seduzida pelo Joe. E por isso minha lua de mel foi um desastre. E foi por isso sempre tive dificuldade com o Ed.

— Então — continuo, hesitante — aquele mesmo garoto da escola me convidou para sair de novo, depois que expliquei a ele que tinha acontecido um mal-entendido naquele dia. Dessa vez, eu não deixaria o Daniel me impedir. Era minha maneira de me libertar.

Fecho os olhos, tentando afastar a lembrança do meu quarto com pôsteres na parede, a mesa com os livros da escola, meu irmão furioso ao ver a blusa apertada que vesti para o encontro. Uma blusa prateada que revelava minhas curvas...

— Você não precisa me contar — Ross me interrompe, notando minha aflição.

— Preciso, sim.

Por isso me obrigo a dizer que Daniel surtou. Que ficou louco de ciúme do garoto. Disse que eu jamais conseguiria parar o que estávamos fazendo. Que me chamou de nomes horríveis.

Piranha.

Puta.

Gorda.

Ninguém jamais iria me desejar.

E que respondi com aquelas palavras fatídicas.

Eu queria que você nunca tivesse nascido.

Daniel se calou. Ficou me encarando pelo que me pareceu uma eternidade e saiu do quarto. Passei corretivo para esconder as marcas das lágrimas e desci para a sala.

Paro de falar. Recomponho-me antes de prosseguir com a última parte da história.

Quando eu estava saindo de casa, encontrei minha mãe.

— Você está bonita — elogiou ela, voltando os olhos para a blusa. — Mas é melhor levar o casaco. Está frio lá fora.

Eu estava tão desesperada para sair que me esqueci disso. Peguei o casaco no cabide.

A voz dela tremia.

— Você vai sair com o Daniel?

— Não. — Cuspi a palavra, enrubescendo, como se estivesse contando uma mentira. — Vou encontrar outra pessoa.

Ela enrubesceu tanto quanto eu.

— Jura? — perguntou.

— Claro que juro. O Daniel... foi para outro lugar.

Essa é a parte difícil. A parte que é tão penosa que as palavras engasgam na garganta, mas preciso continuar. Cheguei ao fim da estrada. Se não contar agora, jamais conseguirei falar.

Ross continua segurando minha mão. Respiro fundo.

— Quando voltei, na verdade cedo, porque o encontro foi péssimo, minha mãe estava histérica. Eles tinham encontrado um bilhete do Daniel. O bilhete dizia apenas "Tchau". Eu sabia alguma coisa sobre aquilo? Ele tinha fugido? Foi quando me ocorreu. Ele estaria no nosso canto. No nosso lugar especial.

Ross aperta minha mão.

— Ele estava enforcado no caibro do estábulo, com Merlin esfregando o focinho em seus pés. E sabe o que havia no chão gelado?

Ross balança a cabeça.

— Minha boneca. A boneca que na infância eu levava para toda parte, Amelia. Ele deve ter voltado para casa para pegá-la no meu quarto e escrever o bilhete. E sei por quê. Com a Amelia, ele podia sentir que estava comigo no fim...

Ao dizer isso, lembro-me de Carla ainda menina, querendo saber da minha boneca, no táxi, quando a levei para o hospital.

— Você ainda tem essa boneca? — perguntou ela.

— Não. Não tenho — respondi.

E é verdade.

Pedi que botassem a boneca no caixão do Daniel.

A dor que sinto ao me lembrar disso tudo me arrebata, faz minha garganta fechar, dificulta minha respiração. Vejo meu pai chorando, sem conseguir acreditar no que os olhos lhe mostravam muito claramente. Vejo minha mãe abraçando a si mesma, balançando o corpo para a frente e para trás, repetindo a mesma frase várias vezes: *Deve ser um engano...*

Viro-me para Ross.

— Você entende? Foi minha culpa. Se eu não tivesse saído com aquele garoto da escola, o Daniel não teria se matado. Foi por isso que nunca mais namorei ninguém. Só quando meu pai disse que era hora de seguir com a minha vida.

— Quando você conheceu o Ed — assente Ross, num murmúrio.

— Exato. Também foi por isso que me tornei advogada. Não apenas para consertar o mundo. Mas para consertar a mim mesma. Queria nunca mais cometer outro erro.

Paro.

— Mas aí... — instiga-me Ross.

— Mas aí conheci Joe Thomas.

64

Lily

Oi, Lily.
Me desculpe por tudo. Fiz coisas que não deveria ter feito. E deixei de fazer
coisas que deveria ter feito. De qualquer forma, estou pagando por elas...

Sim, há um *post scriptum* nessa história.

Ninguém sabe como Carla sobreviveu. O efeito da ira de Joe Thomas foi grotesco. Uma jurada precisou ser levada para fora da sala de audiência ao ver as fotografias.

Uma coisa é certa. A menina italiana jamais será a mesma. Já não existe a pele bonita. Em seu lugar, há cicatrizes. Um olho jamais voltará a se abrir. Um lado da boca pende. Apenas o reluzente cabelo negro permanece.

A vida é longa. Sobretudo quando já não temos beleza.

CRIME PASSIONAL

EX-DETENTO E ADVOGADA ENVOLVIDOS
EM TRAMA DE ASSASSINATO

VIÚVA DE PINTOR ENVOLVIDA
EM ESCÂNDALO DE MORTE

O caso foi manchete por dias a fio. Evidentemente, foram necessários dois julgamentos. Um para Joe. Outro para Carla.

Por sorte, Carla encontrou um novo protetor. Seu verdadeiro pai. Um homem que antes não queria saber dela porque tinha família. Mas, quando os filhos cresceram e ele se divorciou da mulher, contratou um detetive para localizar a filha. A essa altura, ela estava na Itália. Ele decidiu não levar a coisa adiante, mas foi suficientemente sentimental para comprar o retrato que o detetive havia descoberto numa pequena galeria de Londres. *A menina italiana* era o título da obra. E os documentos que acompanhavam a tela traziam o nome da modelo.

Carla Cavoletti.

Por um tempo, o retrato bastou. Mas, quando ele leu sobre o primeiro julgamento de Carla e ficou sabendo da morte de Francesca, sua consciência finalmente pesou. Ele se ofereceu para pagar a fiança. Pediu ao avô de Carla que mantivesse segredo, dizendo que o dinheiro era dele.

Então, quando ela foi condenada pelo assassinato de Ed e por me agredir, ele teve coragem de intervir abertamente. De se revelar. Os jornais se esbaldaram mais uma vez.

PAI DA MENINA ITALIANA
PROMETE CUIDAR DA NETA

Por mais que eu tenha ficado feliz com o fato de Poppy ser criada pela família enquanto a mãe cumpre a pena, tento não pensar em nada disso ao seguir com a minha vida.

Cansei do Direito. Minha nova clínica de terapia familiar deu frutos. Tom está anos adiantado com suas habilidades em matemática, mas ainda tem ataques de fúria dignos de uma criança de 2 anos quando alguém mexe em seus sapatos. Preciso me lembrar de que, segundo os especialistas, é preciso usar a palavra "colapso" em vez de ataque de fúria, porque "ataque de fúria" denotaria vontade. Também preciso me lembrar de que isso é algo que Tom realmente não consegue evitar.

Mas Alice, sua nova amiga da escola, tem ajudado muito. Todos nós adoramos a Alice. Ela tem problemas semelhantes aos do meu filho. Compreende-o. Talvez um dia os dois se tornem mais do que apenas amigos.

Meu pai e minha mãe andam cogitando vender a casa. E Ross se tornou uma visita regular, mas sem jamais impor sua presença e sem se intrometer. Mas ele está sempre lá. Mesmo depois da minha confissão.

Como hoje, quando ele trouxe a carta da Carla para mim. Respiro fundo e leio o resto.

... estou escrevendo para dizer que vou me casar de novo, assim que o divórcio do Rupert sair. O casamento será no presídio, mas não importa. Rupert não liga para o fato do meu rosto estar diferente. Ama a Poppy como se fosse filha dele. (E não é.) Meu advogado diz que perpétua nem sempre quer dizer perpétua.

Por favor, me perdoe.

Espero que você ainda consiga me desejar felicidade.

Beijo,
Carla.

Deixo a carta no gramado. Ela se dobra ao vento e é levada para longe. Não tento pegá-la. Ela não significa nada. Carla sempre foi mentirosa. Por outro lado, algo ainda me incomoda. Alguma coisa não está certa...

— Chiclete? Fita adesiva? Objetos cortantes?

Volto à cadeia. Dessa vez, é outro presídio. E não vim como advogada. Vim como visitante.

— Levante as mãos, por favor.

Sou revistada. Rápida, mas meticulosamente.

Agora um guarda passa por mim com um cachorro. O animal não me dá nenhuma atenção, mas se senta ao lado da garota de trás. Ela é retirada da sala. Aparentemente, é assim que os cães farejadores trabalham. Não latem nem rosnam. Apenas se sentam.

— Por que você veio?

Já estou acomodada à mesa quando Joe Thomas aparece. Ele está mais magro. E de alguma forma parece mais baixo. Ele me encara. Eu deveria sentir medo, mas não sinto. Há muita gente à nossa volta.

— Quero saber exatamente o que aconteceu.

Ele se recosta na cadeira, balançando-a, e solta uma risada.

— Eu já disse. Contei para todo mundo no julgamento.

Permito que minha mente volte ao passado. Lembro-me do momento em que Carla foi condenada pelo assassinato de Ed e por me agredir. Lembro-me do julgamento posterior, apenas alguns dias depois, quando Joe foi condenado por agredir Carla. E por ser cúmplice do assassinato de Ed.

Inacreditável, não?

Mas foi o que aconteceu. No julgamento de Carla, Joe se pronunciou dizendo que a havia conhecido no enterro de Tony (outra pessoa presente confirmou ter visto os dois conversando) e que eles mantiveram contato. Depois jurou que Carla, sabendo de seu passado, o contratou como assassino de aluguel, prometendo pagamento quando o seguro de vida do Ed saísse. Os dois combinaram que ele apareceria uma noite. Mas, quando ele chegou, ela estava desorientada, e ele logo entendeu por quê. Carla já havia ela própria esfaqueado Ed na coxa. Então fugiu, para que Joe levasse a culpa.

Carla negou veementemente isso. Também achei que não seria verdade. Carla não parece ser o tipo de pessoa que contrata um assassino de aluguel.

Mas o promotor era bom. Muito bom. O interrogatório incessante levou Carla a ceder, afinal, e admitir que, sim, havia enfiado a faca na coxa do Ed. Ele havia pegado a faca primeiro. Ela achou que Ed a atacaria porque estava com ciúme de Rupert. Foi legítima defesa. Mas ela não tinha contratado Joe como assassino de aluguel. Essa parte era mentira.

O júri não se deixou convencer. As mentiras que ela já havia contado garantiram isso.

Eu estava morrendo de medo de Joe me envolver na história. Mas, assim que ele afirmou que Carla o tinha contratado, entendi que estava fazendo isso para me proteger. Imagino que a chave deveria ter sido outra pista. A chave que ele me mandou pelo correio, dentro das luvas de borracha da Carla. Na época, achei que ele estava tentando fazer com que eu me vingasse dela.

Agora me pergunto se na verdade ele não estava me concedendo minha liberdade.

Joe explicou sua presença na casa de Carla dizendo que havia ido lá para exigir o pagamento. E que me encontrou ferida.

Mas, evidentemente, sei que não isso não é verdade. Ele voltou por minha causa. Provavelmente pensou que eu pudesse querer confrontar Carla depois de abrir o envelope e ver as luvas de borracha. Queria saber se eu estava bem.

Tenho consciência de que, se ele contasse a verdade sobre qualquer uma dessas coisas, eu também seria presa.

Mas esse é o problema das mentiras. Como eu disse no início, elas começam pequenas, então se multiplicam. Repetidas vezes. De modo que as mentirinhas inofensivas se tornam nocivas. E, no entanto, a mentira dele me salvou.

De forma surpreendente, o júri acreditou em Joe. Contribuiu o fato de não haver nenhum sinal de invasão na casa. Portanto fazia sentido que Carla o tivesse deixado entrar.

Ele foi condenado à prisão perpétua por tramar a morte de Ed e por agredir Carla. A mesma sentença que Carla recebeu pelo assassinato de Ed. A mesma sentença que Joe deveria ter recebido pela coitada da Sarah Evans.

Pode-se dizer que foi justiça. Mas não tenho tanta certeza assim. Por isso estou aqui.

— Sei que você não contou a verdade. Quero saber o que realmente aconteceu.

Ele sorri. Como se tudo aquilo fosse um jogo, exatamente como no começo, quando ele me obrigou a descobrir aqueles números referentes aos boilers.

— Toque em mim. — A voz dele é tão baixa que mal a ouço. Então ele repete: — Toque em mim e, então, eu conto.

Corro os olhos ao redor. Os guardas de braços cruzados. Mulheres conversando com os detentos. Casais em silêncio.

— Não posso.

— Olhe. — Ele me encara. — Olhe para a direita.

Obedeço. A mulher sentada ao meu lado mantém o pé erguido, entre as pernas do companheiro.

— Eu não vou fazer isso.

Estou ruborizada. Sinto calor.

— Então não vou contar.

Isso é chantagem. Exatamente como ele fez com o teste de DNA e com a chave.

Corro os olhos ao redor mais uma vez. O guarda mais perto se aproxima da mesa do casal. Não está olhando para nós.

— Rápido — diz ele.

Meu coração começa a bater acelerado como quando eu estava na praia, quando Joe pegou a chave. Sinto uma onda de desejo brotar na parte inferior do meu corpo, embora eu tente contê-la.

Então me lembro do estábulo. Daniel com a cabeça pendendo. Amelia, minha boneca, caída no chão. E Merlin com uma expressão intrigada nos olhos, em seu amado rosto cheio de sabedoria. Morto pelo assassino de Sarah Evans, numa tentativa de me assustar.

É um alerta. Uma aguilhoada de volta à sanidade.

— Não — respondo, com firmeza, os pés ainda plantados no chão. — Não. Não vou fazer isso. Estou cansada desses jogos, Joe. Já chega.

Ele me lança um olhar desapontado e dá de ombros, como se dissesse "Se é assim que você prefere".

Faz menção de se levantar, mas parece mudar de ideia.

— Tudo bem. Você está com sorte. Estou me sentindo generoso hoje. Vou te dar uma pista.

— Já falei. — Quase bato na mesa. — Estou cansada desses jogos.

— Mas esse, Lily, é do seu interesse. Vai te dar paz. Confie em mim. — O sorriso dele faz meu corpo gelar. — Olhe meu dedo. Com atenção.

Ele traça um número no tampo da mesa. Tem um zero. Depois cinco. Então acho que seis.

— Não entendi.

Sinto lágrimas ardendo nos olhos. O horário de visita está quase chegando ao fim. Achei que conseguiria encerrar essa história, mas estou apenas tentando compreender um louco.

— Olhe de novo.

Zero. Sem dúvida.

Cinco. Ou pelo menos parece.

Seis.

056.

— Cinco minutos — anuncia o guarda.

Joe volta os olhos para o relógio. Será uma pista?

Tente, digo a mim mesma. Pense nesse enigma como seu filho pensaria.

— Não sei — falo, soluçando. — Não sei.

Alguns detentos se viram para nós. Joe também nota.

E fala devagar. Em voz baixa. Como um pai tranquilizando o filho.

— Vou contar. Não quer dizer nada. Às vezes vemos pistas em coisas que não existem. A verdade, Lily, é que, no fundo, você é uma boa pessoa. Mas foi fraca naquele dia. Estava magoada. Assustada. Por isso me deixou ficar com a chave. Eu sabia que, se eu fizesse alguma coisa terrível usando a chave, você jamais conseguiria se perdoar. Agora pode. Eu estava sendo sincero quando falei que não precisei usar a chave. Por isso a devolvi.

Sinto uma ponta de esperança.

— Jura?

Pela primeira vez, percebo que não conheço de fato esse homem. Nunca conheci. Sim, ele pode ser parecido com Daniel. Pode falar como ele. Mas não é o Daniel. É um assassino. Um mentiroso.

Ele sorri.

— É verdade: a Carla abriu a porta antes que eu pudesse usar a chave. Estava evidentemente fugindo.

— Então o assassinato do Ed não foi culpa minha?

Ele balança a cabeça.

— Mas por que você disse que foi contratado como assassino de aluguel?

Outro sorriso.

— Eu sabia que seria condenado por agredir a Carla, por isso deduzi que poderia destruir a vida dela também.

— Mas você foi condenado a uma pena maior — sussurro.

— Fui. Ora. — Ele encolhe os ombros. Parece constrangido. — Digamos que foi meu penúltimo ato de amor pela mulher que eu jamais poderia ter.

— Penúltimo? — pergunto.

— É. E este é o último. — Ele se aproxima. — A Carla foi condenada por matar o Ed porque enfiou a faca na coxa dele. Não foi?

Assinto.

— Mas a faca foi encontrada no chão.

Lembro-me do interrogatório na sala de audiência, quando essa questão foi levantada. Sim, Carla admitiu afinal ter enfiado a faca na coxa do Ed, mas não recordava do que havia acontecido em seguida. Tudo estava confuso.

— Quando cheguei naquela noite, Lily, a faca ainda estava enfiada na perna do Ed. — Joe agora fala bem devagar. — Não se deve tirar a faca sem o devido conhecimento médico. Você sabia disso? Pode causar mais estrago.

Mal consigo respirar.

— Depois que vi a Carla jogar as luvas fora, voltei para a casa. Precisava descobrir se havia alguma coisa que me incriminasse. Esperei atrás de um arbusto por alguns minutos, mas ninguém parecia ter notado a porta aberta. É a vantagem das casas grandes. Elas ficam afastadas da rua. O alvo perfeito para ladrão.

Ele diz isso de maneira tão leviana que não consigo disfarçar o calafrio que sinto.

— Entrei na casa. Olhei para ele. Notei que ainda estava respirando. Pensei no mal que ele tinha feito a você. Por isso puxei a faca. O sangue esguichou, ele soltou um gemido.

Aturdida, desvio os olhos.

— Depois fugi. Queimei minhas roupas e as luvas que evidentemente tinha levado. E esperei a polícia me procurar. — Ele abre um sorriso torto. — Não acreditei quando a Carla foi presa. Depois fiquei sabendo que você iria defendê--la. Por um instante, imaginei que estivesse querendo se valer da situação. Condená-la fingindo que estava tentando provar sua inocência. Mandei as luvas para ajudar. Mas, como você não usou as luvas, ela foi absolvida.

— Então você matou mesmo o Ed — murmuro.

— Pode-se dizer que nós três matamos.

Joe crava os olhos negros nos meus.

Sinto outro calafrio.

Ele estende as mãos para mim. Hesito. Mas deixo a ponta do dedo tocar o dedo dele. Brevemente. Por mais que eu resista, Joe e eu sempre estaremos ligados por nossa história. Ele podia estar preso quando nos conhecemos, ao passo que eu estava livre, ainda tateando nesse novo mundo assustador de portas duplas trancadas, corredores compridos e guardas. Mas, como eu estava tentando tirá-lo dali, parecia que éramos nós dois contra o resto do mundo.

Depois houve nossa noite no Heath, o nascimento do Tom, o assassinato do Ed, a condenação da Carla. Dá para ver por que a linha divisória entre o certo e o errado ficou tão obscura.

— Eu te amo — diz ele, os olhos escuros ainda cravados nos meus. — Eu te amo porque você me entende.

Daniel dizia o mesmo.

E veja o que aconteceu.

— Não posso... — começo.

— Eu sei.

Joe segura minha mão.

Desvencilho-me.

— Você não sabe a força que tem, Lily. — Joe parece quase achar graça, mas logo seu rosto se entristece. — Cuide do meu filho.

Penso nos desenhos maravilhosos do Tom. No fato de que basta ele olhar uma coisa para essa coisa surgir no papel. É um novo talento, que só descobrimos quando uma professora de artes recém-formada começou a trabalhar na escola. É incrível a diferença que faz uma professora dedicada. Alguém que realmente queira entender a criança com (e sem) síndrome de Asperger.

Esse tipo de talento em geral se herda. Ou pelo menos é o que diz a professora.

Joe ainda me encara.

— Andei pensando. Não quero outro teste de DNA. Preciso pensar que o Tom é meu. Isso vai me ajudar a levar a vida. E não se preocupe comigo. É justo que eu esteja preso de novo.

— Acabou o tempo!

Joe solta minha mão. Tenho uma breve sensação de abandono, seguida pela sensação de liberdade.

A voz dele muda.

— Não volte mais aqui, Lily. — Ele olha para mim como se tentasse decorar cada parte do meu rosto. — Não me visite mais. Não seria bom. Para nenhum de nós dois. Mas seja feliz. — Os olhos escuros se cravam nos meus pela última vez. — Você merece.

Epílogo

Verão de 2017

CASAMENTOS

O casamento de Lily Macdonald e Ross Edwards aconteceu no dia 12 de julho...

— Feliz? — pergunta Ross quando caminhamos de volta para casa, depois da cerimônia religiosa.

Sim, Ross e eu! Aconteceu tão naturalmente que fiquei me perguntando por que não havia acontecido antes.

Minha mãe está usando um tailleur de seda cor-de-rosa e tem no rosto uma expressão de euforia. Tom anda de mãos dadas com Alice (a relação deles continua cada vez mais forte). Meu filho se parece muito com Ed nessa idade, pelo que vejo nos álbuns de fotos que minha ex-sogra deixou para mim quando morreu. Agora me sinto mais segura para cuidar do Tom. Já não temo desestabilizá-lo como acho que desestabilizei o Daniel.

Enquanto isso, meu pai cuida do churrasco.

Poderíamos ser apenas mais duas pessoas de meia-idade se casando. Somos muitos. Carla não é a única que vai se casar na penitenciária. Parece que Joe também vai. Havia uma foto da futura esposa dele no jornal. Reconheci-a de imediato: minha antiga secretária, que havia anunciado o noivado no escritório com tanta animação. *Ele escondeu a aliança no panetone! Quase engoli.*

Portanto ela era a fonte do Joe! Durante todo o tempo em que dizia ser obcecado por mim, ele também saía com ela. E aparentemente ela chegou à conclusão de que ainda o amava, mesmo ele sendo um assassino.

Mais uma prova de que preciso seguir em frente. Recomeçar. Todo dia faço a promessa de esquecer o passado.

Mas de vez em quando a culpa ainda volta para me assombrar em pesadelos terríveis. Se eu contasse à polícia que Joe me confidenciou ter arrancado a faca da perna do Ed, Carla talvez tivesse a pena reduzida. Sei disso. Mas, se o processo fosse reaberto, haveria a possibilidade de Joe falar sobre a chave e inventar que eu o havia contratado, como disse que Carla o contratou.

É uma hipótese que não consigo nem cogitar. Como Tom ficaria sem mim? Como eu ficaria sem ele?

Portanto, Carla permanecerá presa pelo bem do meu filho.

Nada disso é fácil para mim. Acredite.

Desde que Ross e eu ficamos juntos, já refleti muito. Ele foi de grande ajuda para que eu me perdoasse pela minha relação com Daniel. Agora entendo que cometi um erro porque era jovem. Vulnerável. Daniel fazia com que eu me sentisse bem numa época em que eu era maltratada na escola por ser gorda. E, no entanto, ironicamente, como Ross bem salientou, meu irmão também me maltratava.

— Às vezes é difícil perceber isso no momento — considerou ele. — Principalmente quando amamos a pessoa. A infância difícil que ele teve, antes de seus pais o adotarem, também não deve ter ajudado em nada.

Verdade. Às vezes as pessoas são apenas diferentes, independentemente de terem ou não um rótulo como a síndrome de Asperger.

Ross também foi de grande ajuda para que eu aceitasse meu comportamento no Heath aquela noite, depois que ganhei o recurso do Joe.

— Você estava extasiada depois do julgamento — observou. — Achava que não tinha futuro com o Ed. O Joe lembrava o Daniel.

Ross é um homem bom. Sempre enxerga o melhor das pessoas.

Mas ainda não consegui contar a ele sobre a última confissão de Joe. Que Carla não o contratou. Que Joe arrancou a faca da coxa do Ed, fazendo-o sangrar até a morte. Desconfio de que Ross me diria que tenho a obrigação moral de contar tudo à polícia, sejam quais forem as consequências.

Quando sinto necessidade de me justificar (algo que acontece com frequência), lembro-me do que disse aquela professora da faculdade de Direito:

— Acreditem ou não, a justiça nem sempre é justa. Há quem escape impunemente. Há quem vá para a cadeia por crimes que não cometeu. E uma porcentagem desses "inocentes" já escapou impunemente de outros crimes. Por isso, podemos dizer que, no fim, tudo fica equilibrado.

Talvez ela tenha razão. Joe deveria ter ficado preso por causa da Sarah. Mas está preso por causa da Carla e do Ed. Carla não deveria ter sido de todo responsabilizada pela morte do Ed. Talvez a sentença seja seu castigo por assassinar meu casamento. Por querer algo que não era seu.

A sentença da Carla é prisão perpétua. Mas, como o advogado dela bem salientou, hoje em dia isso não necessariamente significa o que sugere o nome. Ela estará livre antes de chegar à velhice.

Mas minha sentença permanecerá comigo até o dia da minha morte. Porque esse é o tipo de pessoa que eu sou. Alguém que deseja fazer o bem, mas que nem sempre consegue.

— Você está pronta? — pergunta Ross.

Galanteador, ele me pega no colo e me leva para a casa que meus pais construíram onde antes ficava o celeiro, para nos dar mais privacidade.

Enquanto todos nos jogam confete e gritam votos de felicidade, prometo a mim mesma que, com a ajuda do Ross, minha vida será diferente daqui para a frente.

— Eu te amo — diz ele antes de me beijar.

Eu também o amo. E, no entanto, por mais estranho que seja, uma parte de mim ainda sente saudade do Ed. É dos detalhes que me lembro. Ed gostava de chá fraco, e por isso deixava o saquinho pouco tempo na água. Ele, por sua vez, sabia que eu gosto de cereal sem leite. Essas pequenas coisas, que você vai aprendendo com o passar do tempo juntos, estabelecem um laço inevitável.

E evidentemente tínhamos o Tom. Não importa que eu não tenha feito o teste de paternidade porque não sabia se conseguiria lidar com o resultado. Com ou sem razão, é mais fácil para mim não saber se meu filho adorado é do Ed ou do Joe.

O fato é que Ed criou Tom como se fosse seu filho (embora não tivesse motivo para acreditar que não fosse). E agora Ross prometeu fazer o mesmo.

— Sempre estarei ao lado dele, Lily. E ao seu lado.

Eu sei. Não o mereço. Pelo menos meu lado negro não o merece. Mas talvez todos tenhamos camadas de bem e mal. De genuinidade e farsa.

Agora, quando Ross e eu nos preparamos para cortar o bolo de casamento com todos os nossos amigos e parentes à nossa volta, com Tom ao meu lado, de uma coisa pelo menos tenho certeza.

Já não sou mais a esposa de Ed Macdonald.

Sou a mulher do meu novo marido.

Na alegria.

E na tristeza.

Agradecimentos

Sou grata à minha agente, Kate Hordern, por ter gostado do livro e pelos conselhos sensatos que me deu. Grande capitã.

Abençoado seja o dia em que conheci Katy Loftus, minha maravilhosa editora na Penguin, que imediatamente compreendeu meus personagens tão bem quanto eu. Suas sugestões foram inestimáveis.

Palavras não podem expressar a forma como me senti acolhida por toda a família Penguin. A confiança, o incentivo, profissionalismo e apoio foram surpreendentes. Sinto um calafrio sempre que ando pela editora. São pessoas demais para citar o nome, mas eu gostaria de mencionar Annie Hollands, Poppy North, Rose Poole e Stephenie Naulls, assim como a incrível equipe de direitos autorais, que me ajudou desde o início. A fotógrafa Justine Stoddart fez um trabalho excepcional ao lidar com a minha franja na chuva! Caroline Pretty, minha revisora, também ajudou muito com a cronologia.

Preciso fazer uma menção especial à lendária Betty Schwartz, que me ajudou no primeiro esboço e, desde então, se tornou uma amiga da família, assim como Ronnie, seu marido afetuoso e divertido.

Houve grande esforço para a descrição correta das práticas legais. Muito obrigada a Richard Gibbs, juiz aposentado e colega de quadra de tênis. E também ao *solicitor* Ian Kelcey, da Kelcey and Hall Solicitors, com quem a Ordem dos Advogados me pôs em contato. No entanto, este não é um livro de Direito! O Direito é pano de fundo para a narrativa.

Agradeço a Peter Bennett, ex-diretor do presídio onde passei três anos ensinando escrita criativa. É preciso salientar que o Breakville não espelha o presídio onde trabalhei. Mas ele me ensinou a enxergar o outro lado. A vida na penitenciária é inusitadamente sedutora para quem está de fora — e sempre surpreendente.

A National Autistic Society me ofereceu ajuda inestimável na pesquisa para o livro. Quem desejar obter mais informações deve visitar o site www. autism.org.uk.

Só me dei conta de como é difícil matar um personagem quando conversei com a patologista Elizabeth Soilleux, que também é professora honorária do Oxford University Hospitals NHS Foundation Trust, da Universidade de Oxford, no Reino Unido. Obrigada, Elizabeth, por todos os nossos telefonemas noturnos e pelas várias conjecturas do tipo "Seria possível?"

Como autora, sei que é difícil fazer tudo caber num dia. Por isso sou muito grata aos escritores que tiveram tempo para ler *A mulher do meu marido*.

Muitos escritores têm a sensação de que ninguém pensa como eles. Por isso foi um prazer descobrir mentes que pensam de forma parecida com a minha. Quero mencionar especificamente as amigas Kate Furnivall, Rosanna Ley, Bev Davies e todas do Freelance Media Group, assim como uma nova descoberta: a fabulosa Prime Writers. Obrigada por me acolherem.

Por fim, preciso agradecer à velha instituição do casamento. Gostemos ou não. a aliança de casamento gera situações extraordinárias...

Nota da Autora

Era meu primeiro dia de trabalho. Eu estava nervosa. E não era de se admirar. Quando vi o rolo de arame farpado no alto do muro de concreto, fiquei aflita. O que eu estava fazendo ali? Então estava louca quando me candidatei àquele emprego num presídio masculino? Como conseguiria enfrentar dois dias por semana na companhia de criminosos, entre os quais havia psicopatas? Seria perigoso?

Até aquele dia, sempre achei que penitenciária era para outras pessoas, que tinham feito coisas terríveis. A ideia de estar ali dentro — fosse como alguém que havia cometido uma infração ou como um membro da equipe — era algo que eu jamais havia imaginado. Mas, depois que meu primeiro casamento terminou, vi o anúncio para o cargo de professor de escrita criativa num presídio próximo à minha casa. Isso coincidiu com o fim de uma coluna que escrevi durante dez anos para uma revista feminina semanal. (A editora havia saído, e algumas mudanças estavam sendo realizadas.) Eu precisava fazer outra coisa. E esse foi o único trabalho que encontrei.

Durante o tempo que passei no presídio, descobri um mundo que não poderia ter imaginado sem estar de fato ali. Um mundo no qual ninguém era exatamente o que parecia. Um mundo ao qual me adaptei, no qual me viciei e — ouso dizer — do qual aprendi a desfrutar. Mas, durante todo o tempo, havia a sensação de medo pelo desconhecido.

Na prisão, aprendi que havia muitas contradições. Havia riso. Mas também choro. Havia generosidade. E fúria. Fiz amizade com alguns funcionários, mas muitos se mostravam compreensivelmente desconfiados da escritora "bem- -intencionada". Um dia, suspeitaram de que eu havia levado batata chips para "subornar" os detentos. Fui revistada e encontraram um saquinho de sabor queijo e cebola, para consumo próprio. Reclamei, e nunca mais questionaram minha marmita!

Também descobri que é preciso conquistar confiança, embora isso possa envolver riscos. Por exemplo, não havia guardas presentes quando eu dava oficinas ou mesmo aulas particulares. Um dia, descobri que não havia sala para mim. Os homens sugeriram que eu desse aula no andar de cima, perto das celas. Isso normalmente não era permitido, mas naquele dia tive autorização, "caso eu quisesse". Por consequência, fiquei numa posição delicada. Se acontecesse alguma coisa comigo, os jornais criticariam a escritora que se colocou naquela situação estranha. Mas, se eu recusasse, os alunos pensariam que eu não confiava neles. Subi a escada com o coração na boca... e correu tudo bem. Aliás, no geral, os homens me tratavam com extrema educação e tinham muita satisfação em escrever histórias biográficas, romances, contos e poemas. Tudo isso, aprendi, pode aumentar a autoestima, o que, por sua vez, diminui o risco de reincidência no crime.

As aparências, entretanto, enganam. Alguns alunos eram transferidos da noite para o dia por cometer delitos como posse de drogas ou celulares. Os homens se feriam (um detento matou outro quando eu estava lá). E de vez em quando eu ouvia rumores sobre antigas relações entre funcionários e presidiários.

Quando comecei a dar aulas, achei que sentiria vontade de saber quais crimes os alunos haviam cometido para estarem ali. Depois descobri que, segundo a etiqueta carcerária, não é "apropriado" perguntar. Mas, às vezes, os alunos queriam me contar. Um confessou ter cometido estupro. Outro era assassino. Eu preferia que eles tivessem mantido segredo. Era melhor enxergá-los apenas como homens que queriam escrever. Afinal, as palavras são um grande nivelador.

Tudo isso — e mais — me inspirou a escrever *A mulher do meu marido*.

Espero que você tenha gostado de ler este livro.

Perguntas para grupos de leitura

1. O que o prólogo trouxe para sua experiência de leitura? Você leu o prólogo para reinterpretá-lo depois que chegou ao fim do livro?

2. Os capítulos de Lily são escritos em primeira pessoa, ao passo que os de Carla são escritos em terceira pessoa. Que efeito isso teve na sua percepção das duas personagens?

3. Você se identificou com Lily no começo do livro? Sua opinião em relação a ela mudou no fim?

4. Você acha importante dizer a verdade numa relação, ou algumas mentirinhas inofensivas são admissíveis?

5. Apesar de ser preso por seus crimes, Joe nunca parece se sentir culpado. Qual a função da penitenciária na sua opinião: reabilitação ou castigo?

6. A autora brinca muito com a ideia de "inocência" *versus* "malícia" na protagonista infantil, Carla. Até que ponto você acha que a criança é responsável por suas ações?

7. Tanto Lily como Carla têm experiências na adolescência — Lily com Daniel, Carla com a mãe — que mudam dramaticamente suas personalidades. Até que ponto você acha que somos formados por nossas experiências?

8. Na primeira metade do livro, a autora mostra a infância de Carla, que, por sua vez, gera o contexto para o crime que ela cometerá no futuro. Por que você acha que a autora decidiu construir o livro dessa forma?

9. Na primeira metade do livro, o trabalho de Lily, além dos segredos que ela guarda, ergue uma barreira entre ela e o marido. Você acha que o colapso do casamento deles é culpa dela?

10. O dinheiro, ou a falta dele, tem um papel importante no livro. Você acha que, se a família da Carla tivesse dinheiro, a história dela teria um fim tão terrível?

11. Carla teve uma experiência difícil no parto e no início da maternidade. Você acha que alguém que comete um crime quando está sob algum tipo de tensão psicológica é totalmente responsável por suas ações?

12. A autora passou três anos trabalhando num presídio. Você acha importante o autor ter experiência na área sobre a qual está escrevendo?

13. Há alguns personagens com transtorno do espectro autista, mais notadamente Tom. O que você achou da caracterização dele? E da forma como Lily e Ed lidaram com o transtorno do filho?

Este livro foi composto na tipografia Minion
Pro, em corpo 11/15, e impresso em
papel off-white no Sistema Cameron da
Divisão Gráfica da Distribuidora Record.